COLLECTION FOLIO

Joanne Harris

Voleurs de plage

*Traduit de l'anglais
par Jeannette Short-Payen*

Quai Voltaire

Titre original :
COASTLINERS

© Joanne Harris, 2002.
© Frogspawn Ltd., 2002.
© Quai Voltaire / La Table Ronde, 2003,
pour la traduction française.

Johanne Harris est anglaise, de mère française, et vit dans le Yorkshire avec son mari et sa petite fille. Elle est l'auteur de *Chocolat*, roman qui lui a apporté une réputation mondiale. *Voleurs de plage* est son quatrième roman.

PROLOGUE

Les îles sont un bien autre monde ! Et plus l'île est petite et plus c'est vrai ! Il n'y a qu'à regarder la Grande-Bretagne. Qu'une telle diversité puisse exister sur cette étroite langue de terre est une chose à peine concevable. Pensez donc ! Le cricket, la tasse de thé de cinq heures avec les petits gâteaux à la crème, Shakespeare, Sheffield, le poisson-frites enveloppé de papier journal saturé de vinaigre, Soho, deux universités, l'esplanade de Southen, la toile rayée des chaises longues de Green Park, Coronation Street, Oxford Street, les dimanches après-midi où l'on peut enfin se laisser aller à la paresse. Tant de contradictions, marchant de front, toutes ensemble, comme autant de manifestants ayant un peu trop bu et dont aucun n'a encore compris que la principale raison qu'il a de se plaindre est la présence même des autres. Pionnières, dissidentes, mécontentes, marginales, isolationnistes par leur nature même, voilà ce que sont les îles. Oui, je l'ai déjà dit, les îles sont un bien autre monde !

Celle dont je parle, par exemple. On pourrait la parcourir facilement d'un bout à l'autre à bicyclette et, de là, il ne faudrait pas plus d'un après-midi à un homme capable de marcher sur les eaux pour atteindre le continent. C'est le Devin, l'une des nombreuses petites îles prises comme des crabes dans les dédales des hauts-fonds de la côte vendéenne. Dans l'ombre de Noirmoutier du côté du continent, et dans celle de l'île d'Yeu au sud, par temps de brume, il serait bien facile de ne pas l'apercevoir du tout et pour trouver son nom, il faudrait vraiment chercher sur la bonne carte.

D'ailleurs, pour vous dire entièrement la vérité, elle mérite à peine le nom d'île. Elle est faite d'une confusion de simples bancs de sable qui se donnent des airs, d'une épine rocheuse qui la fait émerger de l'Atlantique, de deux hameaux, d'une petite conserverie de poisson et d'une plage, *une seule* plage. Tout au bout, c'est mon pays, les Salants, une rangée de chaumières à peine assez nombreuses pour s'appeler un village, dégringolant entre les rochers et les dunes jusqu'à la mer qui, par forte marée, s'en rapproche de plus en plus dangereusement à chaque tempête. Oui, mon pays, celui auquel il m'est impossible d'échapper, mon nord magnétique à moi vers lequel toujours se tourne la folle aiguille de mon cœur.

Bien sûr, si l'on m'en avait donné l'occasion, j'en aurais sans doute choisi un autre quelque part en Angleterre peut-être où ma mère et moi avons été heureuses pendant presque un an avant que la bougeotte ne me reprenne et ne nous entraîne de nouveau. Quelque part en Irlande ou à Jersey, à Iona ou à Skye. Vous avez remarqué que ce sont les îles qui m'attirent, comme si j'avais cela dans le sang, comme si j'essayais d'y retrouver les éléments de mon île à moi, le Devin, le seul endroit du monde que nul autre ne saurait remplacer.

Elle ressemble à une femme endormie. Les Salants en sont la tête. Ses épaules s'arrondissent comme pour se protéger du mauvais temps. La Goulue en est le ventre. La Houssinière c'est la partie abritée par les genoux fléchis. La Jetée est la jupe de petits bancs de sable qui s'étale autour d'elle. Au gré des marées, ils grandissent ou décroissent, modifiant lentement la côte, rongeant un peu ici, consolidant là, gardant rarement leurs contours assez longtemps pour qu'on puisse leur donner un nom. Au-delà de la Jetée, c'est l'inconnu. Les hauts-fonds s'y engloutissent dans un abîme dont on ne connaît pas la profondeur et que les habitants appellent le Nid'Poule. Que de n'importe quel point un message soit jeté à la mer, c'est à la Goulue le plus souvent qu'on le retrouvera. Le village des Salants se blottit derrière elle contre les coups de vent qui viennent de la mer. Les rochers de la pointe Griznoz, à l'est, font que les petits galets, la vase et les débris de toutes sortes s'y accumulent. Les grandes marées et les tempêtes d'hiver aggravent cet état de choses en élevant sur la plage rocheuse des remparts de goémon qui resteront là six mois, un an peut-être, avant d'être remportés par une nouvelle tempête.

Non, vous le voyez bien, notre île n'est pas une jolie fille. Elle a les épaules voûtées, le profil rude et primitif de Marine-de-la-Mer, notre sainte patronne. Peu de touristes viennent ici. Il y a si peu, si peu pour les attirer. Si ces îles, vues du ciel, sont comme des ballerines aux robes de tulle tourbillonnantes, le Devin est celle de la dernière ligne du corps de ballet — cette fille plutôt quelconque qui a oublié les pas de la danse. On nous a laissées derrière, elle et moi, et c'est sans nous, hélas, que le spectacle continue.

Mais l'île a conservé son identité. Simple étendue de terre de quelques kilomètres de long, elle a pourtant son caractère bien à elle : son patois, sa nourriture, ses traditions, son costume, aussi différents de ceux des autres îles qu'ils le sont de ceux du continent. Les gens de l'île se considèrent Devinnois plutôt que Français ou même Vendéens. Ils n'accordent leur loyauté à aucun homme politique. Peu de leurs fils se donnent la peine de faire leur service militaire. Tout cela ne veut rien dire pour eux qui vivent si loin de l'endroit où les décisions sont prises. À la périphérie extrême du domaine de l'administration et de la loi, l'île obéit à ses règles à elle.

Il ne faudrait pas croire que les étrangers n'y soient pas bien accueillis. Au contraire ! Si seulement nous savions comment encourager le tourisme, nous le ferions. Pour les habitants des Salants, le tourisme, bien sûr, est synonyme d'aisance. Au loin, nous apercevons Noirmoutier avec ses hôtels, ses pensions de famille, ses magasins et l'envol gracieux du pont qui la rattache au continent. L'été, là-bas, les routes sont comme des rivières de voitures aux plaques d'immatriculation étrangères, aux galeries ployant sous le poids des bagages et les plages sont noires de monde. Nous, nous essayons d'imaginer ce que cela représenterait si ces touristes-là étaient à nous. Cela ne va jamais guère plus loin que le fantasme, hélas. Les quelques touristes qui s'aventurent jusqu'ici s'entêtent à s'installer à la Houssinière, sur la côte de l'île la plus proche. Rien ne les intéresserait aux Salants avec sa côte rocheuse, sans plage, ses remparts de cailloux grossièrement cimentés, ce vent qui souffle sans cesse et fait voler le sable.

Les habitants de la Houssinière le savent bien. D'aussi longtemps que l'on puisse s'en souvenir, un état de guerre divise les Houssins et les Salannais. À l'origine, il s'agissait de questions religieuses, puis sont venues les disputes à propos des droits de pêche, des permis de construction, des droits de passage, du commerce et inévitablement de la propriété. Selon la loi, tout terrain arraché à la mer appartient à perpétuité à ceux qui ont accompli le travail et à leurs descendants. La terre représente la seule richesse des Salannais mais c'est la Houssinière qui contrôle les apports du continent — sa famille la plus ancienne est propriétaire de l'unique ferry — et elle fixe les prix. Si un Houssin peut escroquer un Salannais, il le fera et si un Salannais réussit à battre un Houssin à son propre jeu, le village entier prendra part à son triomphe.

Et la Houssinière a une arme secrète : les Immortelles, cette petite plage de sable fin, à deux minutes du port, dont un côté est protégé par une vieille jetée. Là, abréyés des vents d'ouest, les voiliers effleurent l'eau comme de grandes mouettes.

À l'abri des forts courants qui s'acharnent contre la pointe, c'est le seul endroit où l'on puisse se baigner ou faire de la voile en toute sécurité. Cette plage, un heureux accident de la nature, est tout ce qui fait la différence entre les deux communautés. Peu à peu le village s'est transformé en petit bourg et, selon les critères de l'île, grâce à sa plage, la Houssinière jouit d'une certaine prospérité. Il y a un restaurant, un hôtel, un cinéma, une discothèque et un terrain de camping. L'été, les bateaux de plaisance se pressent dans le port. C'est à la Houssinière qu'habitent le maire, l'agent de police et le seul prêtre de l'île. Un certain nombre de familles du continent y prennent des locations au mois d'août et, grâce à eux, le commerce y est florissant.

Aux Salants, au contraire, l'été, tout semble mort. Desséché par le vent et la chaleur, le village gît, pantelant sous le soleil. Moi, pourtant, je m'y sens bien. Ce n'est peut-être pas le plus bel endroit du monde, ni même le plus accueillant, mais j'y suis chez moi.

« *Tout revient.* » C'est ce que les gens disent au Devin. Vivant, comme nous le faisons, sur la frange effilochée du Gulf Stream, pour nous ces mots sont comme une profession d'espoir. Tout finit par revenir : épaves, messages en bouteille, bouées de sauvetage, débris de toutes sortes, marins perdus en mer. L'appel de la Goulue est puissant. Rares sont ceux qui peuvent y résister. Mais cela peut prendre des années. Le continent est bien tentant avec l'argent que l'on y gagne, ses cités et leur vie trépidante. Trois quarts de nos enfants quittent l'île à dix-huit ans, fascinés par ce monde là-bas, au-delà de la Jetée. Mais la patience de la Goulue est aussi proverbiale que son appétit est gargantuesque. Et pour ceux qui, comme moi, n'ont pas d'autre attache, le retour est inévitable.

Il fut un temps où, moi aussi, j'avais une histoire. Cela n'a plus d'importance maintenant. Au Devin, seule notre histoire à nous présente un intérêt quelconque. Divers débris sont rejetés sur le rivage — des épaves, des ballons de plage, des oiseaux morts, des portefeuilles vides, de coûteuses chaussures de sport, des couverts de matière plastique, des êtres humains même, et personne ne se demande d'où tout cela peut bien venir. Les vagues remportent tout ce qui n'est pas réclamé. La faune marine aussi emprunte ce passage : physalies, squales, hippocampes et, de temps en temps, une baleine. Soudain, ils occupent pendant un bref moment la curiosité des gens, qui les oublient aussi rapidement dès qu'ils quittent nos eaux. Pour les habitants de l'île, rien vraiment n'existe au-delà de la Jetée. Entre elle et la côte de l'Amérique, l'horizon reste vide. Personne ne s'aventure plus loin. Personne n'observe les marées, ni ce qu'elles apportent. Je suis l'exception. Faisant moi-même partie de ces débris que le jusant a abandonnés sur le rivage, je m'en donne le droit.

Regardez cette plage, par exemple. C'est quelque chose de remarquable. Une île, une seule plage, le résultat fortuné de l'action des courants et des marées, cent mille tonnes de sable aussi vieux que le monde, aussi obstiné que la roche elle-même, transformé par la magie de mille regards d'envie en une substance plus précieuse que de la poudre d'or. Sans aucun doute, c'est ce qui a fait la fortune des Houssins. Pourtant, nous sommes tous conscients, Houssins aussi bien que Salannais, que les choses auraient pu être si facilement, si arbitrairement bien différentes.

Une déviation du courant d'une centaine de mètres vers la droite ou vers la gauche, une saute du vent dominant d'un degré seulement, un léger mouvement de la plate-forme continentale sous-marine, une forte tempête, n'importe lequel de ces événements-là pourrait à n'importe quel moment provoquer un spectaculaire retournement des situations. Le lent mouvement de balancier de la chance au cours des décennies amène dans son ombre l'inévitable.

Et les Salants attendent toujours patiemment dans l'espoir de son retour.

PREMIÈRE PARTIE

FLOT ET JUSANT

1

C'est par une journée torride de la fin août que je revins, peu de temps avant les fortes marées d'équinoxe qui amènent toujours la tempête. Debout sur le pont du *Brismand I*, j'observais les manœuvres d'approche du vieux ferry pour entrer dans le port de la Houssinière, j'avais presque l'impression de n'être jamais partie. Rien n'avait changé ici — le vif parfum de l'air qui emplissait mes narines, le pont sur lequel je me tenais et l'appel des mouettes dans le bleu ardent du ciel. Comme un message confié au sable, dix années — la moitié de ma vie presque s'était effacée d'un seul coup. Enfin, à peu de chose près ! Mes bagages étaient peu nombreux, ce qui renforçait l'illusion. Moi, je ne m'en étais jamais encombrée. Ma mère non plus. Ni l'une ni l'autre ne nous étions jamais embarrassées de possessions. À la fin, c'est moi qui payais le loyer de notre appartement à Paris en travaillant dans un café miteux, ouvert jusqu'au petit matin, pour ajouter à ce que je pouvais gagner à vendre ces tableaux que Maman détestait tant. Pendant ce temps-là, elle luttait contre l'emphysème, tout en faisant semblant d'ignorer qu'elle en mourait.

J'aurais pourtant aimé rentrer au pays riche et célèbre, rien que pour prouver à mon père que nous nous étions parfaitement bien débrouillées sans son aide. Le petit pécule de ma mère était cependant épuisé depuis longtemps et le mien — quelques milliers de francs au Crédit Maritime et un carton de tableaux invendus — ne représentait guère plus que ce que nous avions emporté le jour de notre départ. Pas que cela eût la moindre importance d'ailleurs. Je n'avais pas l'intention de m'éterniser. L'idée d'un endroit où le temps suspendait son vol était sans doute un mirage attirant mais maintenant j'avais une vie ailleurs, moi. J'avais changé. Je n'étais plus une île.

Debout, un peu à l'écart des autres sur le pont du *Brismand I*, je ne fis pas l'objet de plus d'un regard. La saison battait son plein et il y avait bon nombre de touristes à bord. Certains, comme moi, portaient un pantalon de toile et une vareuse de pêcheur, ce vêtement flottant à mi-chemin entre la chemise et la veste, c'étaient des gens venus de la ville qui faisaient des efforts pour que l'on ne s'en aperçoive pas. Des touristes, sac au dos, des valises, des chiens et des enfants s'entassaient sur le pont parmi des cageots de fruits, des caisses chargées de provisions, des claies pleines de volailles, des sacs postaux et des boîtes. Tout cela faisait un bruit terrible et l'on entendait, en fond sonore, le cri perçant des mouettes et le puissant chuintement de l'eau contre la coque du navire. Mon cœur à moi battait au rythme du ressac.

Comme le *Brismand I* approchait du port, mon regard se posa, de l'autre côté de l'eau, sur l'esplanade. J'aimais bien ce coin-là lorsque j'étais petite, j'y jouais souvent sur la plage. Je me cachais sous les vieilles cabines pansues pendant que j'attendais mon père qui vaquait à je ne sais quelles affaires qu'il devait régler au port. À la terrasse du petit café où, d'habitude, attendait ma sœur, je reconnus les vieux parasols publicitaires Choky aux couleurs fanées, le kiosque du marchand de hot dogs, la boutique aux souvenirs. Peut-être y avait-il plus d'activités que je ne me le rappelais ? À intervalles irréguliers, des pêcheurs, alignés avec leurs cageots le long du quai, vendaient leur prise de crabes et de homards. De la musique parvenait de l'esplanade au-dessous de laquelle, sur la plage, jouaient des enfants. Même à marée haute, celle-ci me paraissait plus grande et de sable plus fin que dans mon souvenir. Tout semblait marcher à souhait pour la Houssinière. Je laissai mon regard errer le long de la rue des Immortelles, parallèle au rivage. Trois personnes y étaient assises côte à côte, juste à l'endroit qui était autrefois mon coin préféré : la digue au-dessus de l'esplanade d'où l'on avait vue sur la baie entière. Je me rappelais m'y être assise toute petite et m'être demandé ce qu'il pouvait bien y avoir, là-bas, sur le continent dont j'apercevais la lointaine ligne grise comme une grande mâchoire. Je plissai les yeux pour mieux voir. Même du milieu de la baie, je pouvais clairement distinguer que deux des trois silhouettes étaient des religieuses.

Maintenant, comme le ferry se rapprochait de la côte, je les reconnaissais. Des carmélites, aides bénévoles à la maison de santé des Immortelles, sœur Extase et sœur Thérèse, déjà vieilles avant ma naissance. Cela me rassura de façon étrange qu'elles fussent encore là. Leur habit retroussé jusqu'aux genoux et les pieds nus pendant du parapet, elles mangeaient des glaces. L'homme, assis à leurs côtés et dont le visage était caché par un chapeau à larges bords, aurait pu être n'importe qui.

Le *Brismand I* accosta. On éleva la passerelle et j'attendis le moment pour les touristes de débarquer. La foule sur la jetée était aussi grande qu'à bord du ferry, des vendeurs de boissons et de pâtisseries se tenaient là, un chauffeur de taxi offrait ses services, des enfants avec des chariots se disputaient l'attention des touristes. Même pour le mois d'août, il y avait vraiment du monde.

« Mam'selle, j'vous aide avec vos bagages ? » Un garçon de quatorze ans peut-être, au visage rond comme une lune, et qui portait un tee-shirt d'un rouge passé, me tirait la manche. « J'vous les porte jusqu'à l'hôtel ? »

« Merci bien, mais je vais pouvoir me débrouiller toute seule », dis-je en lui indiquant ma minuscule valise.

Le garçon me jeta un coup d'œil perplexe comme s'il cherchait à situer mon visage, puis, avec un haussement d'épaules, il partit à la recherche de conquêtes plus faciles.

Sur l'esplanade, il y avait foule : des touristes, ceux qui partaient et ceux qui arrivaient, et des Houssins, entre les deux groupes. D'un signe de tête, je déclinai l'offre d'un porte-clefs avec un nœud marin qu'un homme d'un certain âge essayait de me vendre. C'était Jojo-le-Goéland qui autrefois nous emmenait l'été faire des promenades à bord de son bateau. Même s'il n'avait jamais été un ami — après tout, c'était un Houssin — qu'il ne m'eût pas même reconnue me porta un coup au cœur.

« Alors, vous passez des vacances ici ? Vous faites du tourisme ? » C'était Face de Lune de nouveau, qu'un copain aux yeux sombres avait maintenant rejoint. Ce dernier arborait fièrement un blouson de cuir et fumait une cigarette, par défi, plutôt que par plaisir. Tous deux portaient des valises.

« Non, je suis née aux Salants. »

« Aux Salants ? »

« Oui, mon père est Jean Prasteau. Il a un petit chantier de construction navale, ou, du moins, il en avait un. »

« GrosJean Prasteau ! » Les deux garçons me dévisagèrent avec une curiosité non déguisée. Ils auraient peut-être ajouté quelque chose mais, juste à ce moment-là, trois autres adolescents nous rejoignirent. Le plus grand s'adressa à Face de Lune d'un ton péremptoire.

« Hé ! vous, les Salannais, qu'est-ce que vous foutez encore ici ? » leur demanda-t-il brutalement. « L'esplanade appartient aux Houssins, vous l'savez bien. Porter des bagages aux Immortelles vous est interdit ! »

« Et qui dit ça ? » demanda Face de Lune. « L'esplanade n'est pas à vous ! Les touristes non plus ! »

« Lolo a raison », dit le garçon aux yeux sombres. « On était là avant vous ! » Les deux Salannais se rapprochèrent légèrement l'un de l'autre. Les Houssins étaient peut-être plus nombreux mais je pouvais deviner que ces deux-là préféreraient plutôt se battre que d'abandonner leurs valises. Je me revis soudain à leur âge, attendant mon père, faisant semblant de ne pas remarquer les rires des jolies filles de la Houssinière à la terrasse du café jusqu'à ce qu'ils ne deviennent trop bruyants et que je m'enfuie vers la sécurité de ma cachette sous les cabines de plage.

« C'est vrai, ils étaient là avant », dis-je aux trois autres. « Allez, fichez l'camp, maintenant. »

Les Houssins me jetèrent un coup d'œil plein de ressentiment puis s'éloignèrent vers la jetée en grommelant. Lolo m'adressa un regard de sincère gratitude. Son copain haussa seulement les épaules.

« J'vais vous accompagner », dis-je. « Aux Immortelles, n'est-ce pas ? » Le grand bâtiment blanc se dressait au bout de l'esplanade à quelques centaines de mètres de là. Autrefois, cela avait été une maison de santé.

« C'est un hôtel maintenant », dit Lolo. « Ça appartient à M. Brismand. »

« Oui, je le connais. »

Claude Brismand était un Houssin trapu, à la moustache extravagante, qui se parfumait à l'eau de Cologne mais portait des espadrilles comme un péquenaud et dont le timbre de la voix avait la richesse et la somptuosité d'un bon vin. Brismand, le Rusé Renard, comme on l'appelait dans le village. Brismand, le Veinard. Pendant des années, je l'avais cru veuf malgré les rumeurs qui disaient qu'il avait une femme et un enfant quelque part sur le continent. Je l'avais toujours trouvé sympathique — pour un Houssin. Il était enjoué, beau parleur et ses poches étaient toujours pleines de bonbons. Mon père, lui, le détestait. Par défi sans doute, ma sœur, Adrienne, avait épousé son neveu.

« Vous ne risquez rien maintenant ! » Nous avions atteint le bout de l'esplanade. À travers la double porte vitrée, j'apercevais le hall d'entrée des Immortelles — un bureau, un vase de fleurs, un gros monsieur, assis près de la fenêtre ouverte, et qui fumait un cigare. J'eus un moment l'intention d'entrer puis je changeai d'avis. « Je pense qu'à partir d'ici, vous allez vous débrouiller. Allez, entrez ! » C'est ce qu'ils firent, le garçon aux yeux sombres sans un mot et Lolo avec une grimace d'excuse pour son copain. « Ne faites pas attention à Damien », dit-il à mi-voix. « Lui, il est toujours prêt à se bagarrer ! »

J'eus un sourire. J'avais été comme ça, moi aussi. De quatre ans mon aînée, ma sœur, avec ses jolis vêtements et sa coiffure toujours impeccable, n'avait jamais eu de difficultés à se faire accepter. À la terrasse du café, c'était toujours son rire qui résonnait le plus clair.

Je me frayai un passage parmi la foule de la rue et me dirigeai vers l'endroit où étaient assises les deux carmélites. Je n'étais pas si sûre qu'elles me reconnaîtraient, moi, une Salannaise qui n'avait que quinze ans la dernière fois qu'elles l'avaient vue. Mais je les avais toujours aimées. En m'approchant, je ne fus pas surprise de remarquer qu'elles n'avaient guère changé : toujours l'œil vif malgré cette peau brune et tannée comme ces choses desséchées que l'on trouve sur la plage.

Sœur Thérèse portait la coiffe noire, une sorte de foulard et non la cornette à ailes blanches qui ressemble à la quichenotte de l'île. Sans cela, je ne suis pas certaine que j'aurais été capable de les distinguer l'une de l'autre. À côté d'elles, l'homme qui avait au cou une perle de corail et dont le chapeau se rabattait sur la figure était pour moi un inconnu. Il avait peut-être entre vingt et trente ans, son visage était agréable, sans plus. Il aurait pu être touriste s'il ne m'avait saluée d'une inclinaison silencieuse de la tête avec l'aisance et la familiarité des gens de l'île.

Pendant un moment, sœur Extase et sœur Thérèse me soumirent à une intense inspection puis le même grand sourire illumina soudain leur visage. « Mais, c'est la petiote de GrosJean ! »

Loin du couvent, elles avaient pris les mêmes petites manières au cours de leur longue vie commune. Elles avaient la même voix rauque aussi et parlaient rapidement comme des pies bavardes. Elles avaient l'une de l'autre cette connaissance instinctive qu'ont les jumeaux, chacune terminant les phrases de l'autre et ponctuant de gestes encourageants ce que l'autre affirmait.

« Mais c'est Mado, ma sœur, la petite Madeleine Prasteau. Elle a bien grandi ! Le temps passe... »

« Si vite ici, dans l'île. Il ne me semble pas y avoir plus de... »

« Deux ou trois années que nous sommes arrivées et maintenant nous sommes... »

« Vieilles et un peu folles, ma sœur, oui, vieilles et un peu folles ! Mais, tout de même, ça nous fait bien plaisir de te revoir, ma petite Mado. Tu étais toujours tellement différente... »

« ... Tellement différente de ta sœur. » Elles prononcèrent à l'unisson les derniers mots. Leurs yeux sombres étincelaient de plaisir.

« Ça fait du bien d'être de retour ! » Il m'avait fallu dire cela pour comprendre à quel point cela faisait vraiment du bien.

« Rien n'a beaucoup changé ici, n'est-ce pas, ma sœur ? »

« Non, rien ne change vraiment ici. Les choses vieillissent... »

« Vieillissent comme nous-mêmes, c'est tout. » Toutes deux hochèrent la tête comme pour dire « c'est ça la vie » et elles se remirent à manger leurs glaces.

« Je vois qu'ils ont transformé les Immortelles », ajoutai-je.

« Eh oui ! » commenta sœur Extase. « Enfin, la plus grande partie du bâtiment car nous sommes encore quelques-uns au dernier étage. »

« Les pensionnaires à perpétuité. C'est comme ça que nous appelle Brismand. »

« Pas nombreux d'ailleurs : Georgette Loyon, Raoul Lacroix et Bette Blancpain. Il leur a acheté leurs maisons quand ils sont devenus trop vieux pour se débrouiller seuls. »

« Il les leur a achetées pour une bouchée de pain et les a retapées pour les vacanciers. »

Les deux religieuses échangèrent un regard. « Brismand ne les garde chez lui que parce qu'il touche de l'argent provenant des œuvres de charité du couvent. Il aime bien rester en bons termes avec l'Église. Il sait de quel côté son pain est beurré, lui ! »

Toutes deux se remirent à sucer leurs glaces et un silence éloquent tomba.

« Et lui, c'est Rouget, ma p'tite Mado. » Sœur Thérèse indiqua d'un geste l'inconnu qui avait écouté leur bavardage le sourire aux lèvres.

« Rouget, l'Anglais... »

« Qui a été envoyé exprès pour nous détourner du droit chemin avec ses flatteries et nous induire en tentation avec ses glaces, et à notre âge, en plus ! Quelle honte ! »

L'Anglais secoua la tête. « Ne croyez pas un mot de ce qu'elles vous disent ! » conseilla-t-il. « Je ne fais leurs quatre volontés que par peur qu'elles ne révèlent tous mes secrets. » Il avait un accent assez prononcé mais sa voix était agréable.

Les deux religieuses gloussèrent de plaisir. « Les secrets, hé ! On ne peut pas nous cacher grand-chose à nous, ici, ma sœur, on est peut-être... »

« Décrépites mais on a l'ouïe fine quand même ! »

« Les gens ne font pas attention à nous... »

« Parce que nous sommes des bonnes sœurs ! »

L'homme qu'elles appelaient Rouget me dévisagea et sourit. Son visage étrange, intelligent, s'illuminait lorsqu'il souriait. Je sentais le regard qu'il posait sur moi noter chaque petit détail, mais pas de façon critique, plutôt avec une curiosité pleine d'espoir.

« Rouget ? » Au Devin, la plupart des gens ont des surnoms. Seuls les étrangers et les gens du continent ont de vrais noms.

Il ôta son chapeau et, avec un panache ironique, se présenta : « Richard Flynn, philosophe, maçon, sculpteur, soudeur, pêcheur, bricoleur, météorologue... » D'un grand geste vague, il indiqua la plage des Immortelles.

« Et plus important encore, étudiant et ramasseur d'épaves ! »

Sœur Extase accueillit cette présentation avec un gloussement d'approbation, ce qui me fit comprendre qu'il s'agissait là d'une plaisanterie bien connue.

« Fauteur de troubles, en ce qui nous concerne ! » expliqua-t-elle.

Flynn éclata de rire. Ses cheveux étaient à peu près de la couleur de la perle de corail qu'il portait au cou.

« *D'un rouquin, rien d'bien n'vient* », disait ma mère. Cependant, bien que ce soit une couleur rare dans l'île, la couleur rousse est généralement considérée comme un signe de chance. Enfin, elle expliquait son surnom. Pourtant, ici, au Devin, un surnom confère une sorte de statut que l'on n'accorde que rarement à un étranger. Il faut y passer bien du temps avant de s'en faire décerner un.

« Vous habitez ici ? » La chose me paraissait peu probable, je ne saurais dire pourquoi. Il y avait en lui quelque chose d'impatient, quelque chose de mystérieux qui, à tout moment, risquait de faire surface.

Il eut un haussement d'épaules. « C'est un endroit qui en vaut bien un autre. »

Cela m'étonna un peu. C'était comme si tous les endroits pour lui étaient identiques et j'essayais d'imaginer ce que c'était que de ne pas attacher d'importance à l'endroit où l'on établit son domicile, de ne pas ressentir dans son cœur cette terrible nostalgie du pays natal. Sa liberté à lui avait quelque chose d'effrayant. Pourtant, les gens de l'île lui avaient attribué un surnom. Moi, toute ma vie, j'avais été « la fille à GrosJean », comme ma sœur, d'ailleurs.

« Et vous ? » demanda-t-il avec un grand sourire. « Que faites-vous dans la vie ? »

« Moi, je suis peintre. Je veux dire artiste peintre, je vends mes toiles. »

« Vous peignez quoi ? »

Je pensai un instant au petit appartement que nous avions à Paris et à la chambre dont j'avais fait mon atelier. Cette pièce minuscule, bien trop petite pour servir de chambre d'amis — et même là, ce n'était que de mauvaise grâce que Maman me l'avait concédée —, j'y gardais chevalet, cartons et toiles, tous appuyés contre le mur. Quant à mes tableaux, j'aurais pu, comme Maman se plaisait à le répéter, choisir n'importe quel sujet, car j'avais du talent. Pourquoi alors m'obstiner à peindre toujours la même chose ? Par manque d'imagination ou par désir de la tourmenter ?

« L'île, la plupart du temps ! »

Flynn me jeta un coup d'œil mais ne poursuivit pas la conversation. Ses yeux étaient du bleu ardoise des nuages que l'on apercevait à l'extrême horizon. Je trouvais singulièrement difficile de les fixer, comme s'ils avaient eu le pouvoir de lire ma pensée.

Sœur Extase avait terminé sa glace. « Et comment va ta mère, ma p'tite Mado ? T'a-t-elle accompagnée aujourd'hui ? » demanda-t-elle.

J'eus un moment d'hésitation. Flynn me dévisageait toujours. « Elle est morte », dis-je enfin. « À Paris. Ma sœur n'était pas à son chevet. » Il y avait quelque chose de laid, de malsain, dans ma voix, quand je pensais à Adrienne.

Les religieuses se signèrent. « C'est bien triste, ma p'tite Mado. Bien, bien triste. » Sœur Thérèse prit ma main entre ses vieux doigts tout desséchés. Sœur Extase me tapota le genou. « Allez-vous faire dire une messe aux Salants ? » demanda sœur Thérèse. « Pour faire plaisir à votre père ? »

« Non. » J'entendais encore cette dureté dans ma voix. « C'est fini et elle disait toujours qu'elle ne reviendrait jamais ici ! Même pas sous forme de cendres ! »

« Dommage ! Cela aurait mieux valu pour tout le monde ! »

Sœur Extase me jeta un coup d'œil rapide de dessous sa coiffe blanche. « Cela n'a pas dû être facile de vivre ici dans l'île... »

« Je sais. »

Le *Brismand I* de nouveau quittait le quai. Un instant je me sentis complètement perdue, comme si ma seule planche de salut avait disparu. Un brusque frisson me secoua à cette pensée. « Mon père n'a pas rendu les choses faciles », ajoutai-je en regardant le ferry s'éloigner. « Enfin, il est libre maintenant. C'est ce qu'il voulait, être indépendant ! »

2

« Prasteau. Mais c'est un nom de l'île, ça ! »

Le chauffeur du taxi, un Houssin que je ne reconnaissais pas, avait dit cela d'un ton accusateur comme si je n'avais pas droit à ce nom-là.

« Eh oui, je suis née ici. »

« Ah ! » Le chauffeur me jeta un coup d'œil par-dessus son épaule comme s'il essayait de me situer. « Alors, comme ça, vous avez toujours de la famille dans l'île ? »

Je fis oui de la tête. « Mon père. Aux Salants. »

« Oh ! » L'homme haussa les épaules comme si le seul fait d'avoir prononcé le nom du village avait mis fin à sa curiosité. Je me revis, occupée à observer GrosJean au travail sur son chantier naval. Un orgueil, dont je me sentis un peu coupable, brusquement m'inonda au souvenir des talents d'artisan de mon père et je m'efforçai de garder les yeux rivés à la nuque du chauffeur jusqu'à ce qu'il eût cessé de m'agiter.

« Alors, allons-y ! Aux Salants. »

Le taxi sentait le renfermé et la suspension était fichue. En longeant la route pour sortir de la Houssinière, j'eus des palpitations dans l'estomac. Je me souvenais trop bien de tout à présent, trop lucidement. Un bosquet de tamaris, un rocher, un toit de tôle ondulée brièvement aperçu qui dépassait du sommet d'une dune écorchèrent la plaie vive de mon souvenir.

« Vous avez idée d'où vous voulez aller, hein ? »

La route était mauvaise ; à un tournant, les

roues arrière de la voiture s'enfoncèrent dans le sable d'un creux. L'homme poussa un juron et accéléra frénétiquement pour les dégager.

« Oui, rue de l'Océan. Tout au bout ! »

« Vous êtes bien sûre ? Il n'y a rien que des dunes par là-bas ! »

« Oui, tout à fait sûre ! »

Je ne saurais dire quel instinct me fit descendre à quelque distance du village ; je voulais arriver à pied comme une Salannaise. Le chauffeur prit mon argent et partit sans un regard en arrière en faisant jaillir le sable et hoqueter son pot d'échappement. Lorsque, enfin, le silence se fut rétabli autour de moi, j'eus conscience d'une sensation qui m'inquiéta et, de nouveau, j'éprouvai un sentiment de culpabilité en réalisant que ce que je ressentais là n'était que de la joie.

J'avais fait à ma mère la promesse de ne plus jamais revenir ici.

Voilà pourquoi je me sentais coupable. Pendant un instant, je fus comme écrasée par le poids énorme de cette trahison, comme l'est un grain de poussière sous l'immensité du ciel. Ma présence même dans l'île trahissait ma mère, trahissait des années de bonheur que nous avions vécues ensemble, trahissait l'existence que nous nous étions créée, loin du Devin.

Nous n'avions reçu de lettres de personne après notre départ. Une fois passé les limites de la Jetée, nous n'étions plus qu'autant d'objets flottants ignorés, effacés des mémoires. Ma mère me l'avait dit assez souvent, par les nuits glacées, dans notre petit appartement à Paris au milieu des bruits inhabituels de la circulation à l'extérieur et des lumières de la brasserie que nous voyions passer alternativement du bleu au rouge par les interstices des stores cassés. Nous ne devions aucune allégeance au Devin. Adrienne avait fait ce qu'il fallait, elle, un bon mariage, des enfants, elle s'était établie à Tanger avec son mari qui avait un commerce d'antiquités. Elle avait deux fils que nous n'avions vus qu'en photo, elle ne nous donnait que rarement de ses nouvelles mais ma mère voyait en la rareté de ses lettres un signe de dévouement à sa famille et me la citait en exemple. Ma sœur, elle, avait réussi, je devais être fière d'elle et surtout pas l'envier.

Mais moi, j'étais entêtée. Je m'étais bien enfuie pourtant mais j'étais incapable d'apprécier tout à fait les brillantes opportunités qu'offrait le monde au-delà de l'île. J'aurais pu cependant avoir tout ce que je voulais : une bonne carrière, un mari avec une belle situation, une vie paisible. Au lieu de cela, j'avais passé deux années aux Beaux-Arts et deux autres encore à errer ici et là, puis j'avais travaillé dans un bar, j'avais fait des ménages, des petits boulots, j'avais vendu mes tableaux au coin des rues pour ne pas avoir à payer les exigences des propriétaires de galeries. Pendant tout ce temps-là j'avais porté le Devin dans mon cœur comme le souvenir d'une mauvaise action que j'aurais commise, me laissant aller à des promesses pour étouffer mes remords, tout en sachant pertinemment bien que je ne les tiendrais pas.

« *Tout revient.* »

C'est la profession de foi du ramasseur d'épaves. J'avais prononcé ces mots assez fort en réponse à une accusation silencieuse.

Après tout, ce n'était pas comme si j'avais l'intention de rester ici. J'avais payé un mois d'avance le loyer de mon appartement et toutes mes affaires y étaient encore, juste comme je les avais laissées, en suspension dans le temps jusqu'à mon retour. Mais pour l'instant, je ne pouvais plus longtemps faire semblant d'ignorer l'envoûtant appel du village. Les Salants, inchangés, m'accueillaient à bras ouverts, mon père...

Je me mis à courir maladroitement vers les maisons le long de la route défoncée. Vers ma maison.

3

Le village était désert. La plupart des maisons avaient les volets fermés pour se protéger de la chaleur. Elles avaient l'air de n'être plus utilisées, de quelque chose d'abandonné comme le sont les cabines de plage à la morte saison. Il me semblait d'ailleurs que certaines n'avaient pas été repeintes depuis mon départ. Des murs, naguère blanchis tous les printemps, avaient maintenant été décapés par le sable. Un géranium esseulé sortait la tête d'une jardinière toute desséchée. Plusieurs maisons n'étaient que des bicoques au toit de tôle ondulée. Je m'en souvenais à présent, quoiqu'elles n'eussent jamais figuré dans aucun de mes tableaux. Quelques plates avaient été remontées dans l'étier, un étroit petit chenal d'eau saumâtre qui, de la Goulue, remontait jusqu'au village. Elles gisaient à présent, échouées sur la vase brune de la basse mer. Deux bateaux de pêche étaient au mouillage dans l'eau plus profonde. Je les reconnus au premier coup d'œil : l'*Éléonore* des Guénolé que mon père et son frère avaient construite des années avant ma naissance et, de l'autre côté, la *Cécilia*, qui appartenait à leurs rivaux, les Bastonnet. Sur l'un, le vent faisait cogner inlassablement une poulie mal bridée contre le haut de la mâture — ding, ding, ding.

Il n'y avait presque aucun signe de présence humaine. J'aperçus un instant un visage derrière une fenêtre aux volets mi-clos, j'entendis une porte se refermer bruyamment sur une conversation. Un vieil homme, assis chez Angelo, à l'ombre d'un parasol, devant le bar, dégustait une devinnoise, la liqueur de l'île, parfumée aux herbes. Je le reconnus tout de suite — Matthias Guénolé, des yeux vifs et bleus dans un visage buriné par la mer comme un bois flottant, mais il ne montra aucune curiosité lorsque je le saluai, tout simplement une lueur dans son regard indiqua qu'il m'avait remarquée, ce bref signe de tête qui est la courtoisie des Salants, puis plus rien, l'indifférence complète. J'avais du sable dans les chaussures. Il s'en était accumulé aussi contre le mur de certaines maisons comme si les dunes avaient lancé une attaque contre le village. Les tempêtes des derniers mois avaient dû faire des dégâts importants. Un mur s'était écroulé près de chez Jean Grossel, des tuiles étaient tombées de plusieurs toits et, derrière la rue de l'Océan, à l'endroit où Omer Prossage et sa femme Charlotte avaient leur ferme et leur petit débit de fruits et légumes, le sol semblait encore saturé d'eau et le ciel se reflétait dans des flaques d'eau stagnante. Le long du chemin, l'eau jaillissait d'une série de tuyaux dans le fossé qui l'évacuait plus loin dans l'étier. Tout près de la maison, une espèce de pompe accélérait sans doute l'opération. J'entendais le grincement d'une génératrice. Derrière le bâtiment, les ailes d'une éolienne tournaient infatigablement.

Je m'arrêtai au bout de la rue principale, à côté du puits, devant l'oratoire de Marine-de-la-Mer. La petite pompe, pourtant rongée par la rouille, marchait toujours ; je m'en servis pour m'asperger la figure. D'un geste rituel, presque oublié, j'éclaboussai d'eau la vasque de pierre à côté de l'oratoire et remarquai que l'on avait récemment repeint la petite niche de la statue, que l'on avait aussi déposé à ses pieds des cierges, des rubans, des perles et des fleurs. La sainte, elle, se dressait, massive et impénétrable, parmi toutes ces offrandes.

« On dit que si on lui baise les pieds et que l'on crache trois fois après, on retrouvera ce que l'on a perdu ! »

Ma volte-face fut si rapide que je faillis en perdre l'équilibre. À mes côtés se dressait une grande femme aux joues roses, à l'air jovial, les mains sur les hanches, la tête légèrement inclinée de côté. De grands anneaux de métal doré pendaient à ses oreilles et ses cheveux étaient du même incroyable jaune d'or.

« Capucine ! » Elle avait vieilli un peu — elle frisait déjà la quarantaine à mon départ —, mais je la reconnus immédiatement. On l'avait surnommée la Puce, elle habitait une vieille caravane peinte en rose au bord de la dune avec son incorrigible couvée. Elle ne s'était jamais mariée — les hommes sont tout simplement bien trop emmerdants si l'on doit vivre tout le temps avec eux, ma petite ! — mais, moi, je me souvenais encore de cette musique, tard dans la nuit, parmi les dunes, et de ces mâles furtifs qui passaient en faisant bien trop d'efforts pour ne pas remarquer la petite caravane avec ses rideaux à volants et la lampe suspendue à la porte les invitant à la pousser. Ma mère n'avait pas beaucoup de sympathie pour elle mais Capucine m'avait toujours témoigné de la gentillesse, me bourrant de cerises enrobées de chocolat et me racontant toutes sortes d'histoires à scandale. Elle avait le rire le plus hardi de l'île entière ; à la vérité, à ma connaissance elle était la seule adulte de l'île à vraiment rire à gorge déployée.

« Lolo t'a aperçue à la Houssinière. Il a dit que tu étais en chemin pour les Salants ! » Elle me fit un grand sourire. « Je vais devoir me mettre à embrasser la sainte plus souvent si ça donne de tels résultats ! »

« Ça me fait bien plaisir de te revoir, Capucine ! » lui dis-je en souriant aussi. « Je commençais à croire que le village était abandonné ! »

« Tu sais », dit-elle, en haussant les épaules. « La saison a été mauvaise. Pas que ce soit tellement exceptionnel de nos jours ! » Son visage s'assombrit un instant. « J'ai bien eu d'la peine en apprenant la mort de ta pauvre maman, ma petite Mado ! »

« Comment as-tu appris ça ? »

« Ben, c'est une île ici. Les nouvelles et les cancans, on n'a pas grand-chose d'autre à écouter ! »

J'hésitai, consciente des battements de mon cœur. « Et... et mon père ? »

Son sourire s'interrompit une seconde puis reparut. « Toujours le même ! » dit-elle d'un ton léger. Puis, retrouvant sa jovialité habituelle, elle passa le bras autour de mes épaules. « Entre boire une devinnoise chez moi, Mado. Tu peux y passer la nuit ! J'ai un lit où personne ne couche depuis le départ de l'Anglais. »

Je dus paraître étonnée car Capucine éclata de son rire sonore et éhonté. « Ne perds pas ton temps à imaginer des choses ! Je suis une femme respectable de nos jours — ou presque ! » Et ses yeux sombres débordaient de plaisir espiègle. « Tu aimeras bien Rouget. C'est en mai qu'il est arrivé ici et, tout de suite, il a fait parler de lui ! Nous, on n'avait rien vu de pareil depuis le jour où Aristide Bastonnet avait attrapé un poisson à deux têtes, une à chaque bout. Un sacré gars, cet Anglais-là ! » Elle fit entendre un petit gloussement et secoua la tête.

« En mai dernier ? » Alors, cela voulait dire qu'il n'était dans l'île que depuis trois mois. Et en trois mois seulement, on lui avait trouvé un surnom !

« Eh, oui ! » Capucine alluma une gitane et en avala la fumée avec délices. « Un jour voilà qu'il arrive ici, fauché comme les blés, mais déjà en train de faire des affaires, il réussit à s'faire embaucher chez Omer et Charlotte mais leur fille commence à lui faire les yeux doux. Moi, j'le laisse coucher dans la caravane jusqu'à ce qu'il se trouve un endroit à lui. I'paraît qu'il a eu un accrochage, avec le vieux Brismand entre autres, là-bas à la Houssinière. » Elle me regarda avec curiosité. « Adrienne a épousé son neveu, n'est-ce pas ? Comment ça va chez eux ? »

« Ils habitent Tanger. Je n'ai pas souvent de leurs nouvelles. »

« À Tanger, hein ? Elle disait toujours... »

« Tu parlais de ton ami », l'interrompis-je. Ma voix devenait cassante et désagréable dès que je pensais à ma sœur.

« Que fait-il pour vivre ? »

« Lui, c'est un type à idées. Il construit des trucs. » Capucine esquissa un geste dans la direction de la rue de l'Océan. « L'éolienne d'Omer, par exemple. C'est lui qui l'a arrangée. »

Nous avions contourné la dune ; maintenant, j'apercevais la caravane rose. Elle était telle que je me la rappelais, mais un peu plus battue par le vent et enfoncée un peu plus profondément dans le sable. Plus loin, je le savais bien, se trouvait la maison de mon père, cachée à mes regards par une épaisse haie de tamaris. Capucine remarqua la direction de mon regard.

« Ah non, alors ! » dit-elle d'une voix ferme, en me prenant par le bras pour m'entraîner dans le creux de sable qu'occupait la caravane. « On en a des choses à se dire. Donne à ton père le temps de s'habituer à l'idée que tu es là. Laisse les gens le prévenir ! »

Au Devin, les commérages représentent une certaine valeur marchande. Tout peut se monnayer ainsi dans l'île : les rivalités entre pêcheurs, les enfants illégitimes, les histoires à dormir debout, les rumeurs et les révélations. Je comprenais parfaitement la valeur que je représentais aux yeux de Capucine ; pour le moment, j'étais une sorte de capital en puissance.

« Pourquoi ? » Mes yeux étaient toujours rivés à la haie de tamaris. « Pourquoi n'irais-je pas le voir tout de suite ? »

Capucine prit un air évasif. « Tu es partie depuis si longtemps, hein ? Il a pris l'habitude de vivre seul. » Elle poussa la porte de sa caravane qui n'était pas fermée à clef... « Entre donc, ma petite, je te raconterai. »

Malgré son étroitesse, ses murs peints en rose, les vêtements qui y traînaient partout, l'odeur de fumée et de parfum bon marché qui y régnait, dans cette caravane on se sentait étrangement chez soi. Elle invitait aux confidences en dépit de son négligé éhonté de boudoir de courtisane.

Et les gens semblent se confier à Capucine comme ils ne le font jamais au père Alban, le seul prêtre de l'île. Le boudoir, même s'il est un peu défraîchi, a plus de charme apparemment que le confessionnal. Si les années ont passé sans réussir à rendre Capucine plus respectable, le village a quand même pour elle un prudent respect. Comme les religieuses, la Puce connaît trop de secrets.

Nous bavardâmes tout en sirotant du café accompagné de petits gâteaux. Capucine semblait capable d'engloutir des quantités illimitées de ces petites pâtisseries que l'on appelle devinnoiseries, fréquemment accompagnées de gitanes, de café, et de cerises enrobées de chocolat qu'elle sortait d'un énorme coffret en forme de cœur.

« Je vais chez lui, là-bas, deux fois par semaine », me dit-elle, en remplissant de nouveau les tasses minuscules dans lesquelles elle servait le café. « Je lui apporte parfois un gâteau, parfois je lui fais un brin de lessive. »

Elle guettait ma réaction et parut heureuse de mes remerciements. « Les gens jasent, tu sais », ajouta-t-elle. « Mais ça ne va pas plus loin que ça. Pour moi, ces jours-là sont révolus depuis longtemps ! »

« Il va bien, n'est-ce pas ? »

« Oh ! tu le connais, lui ! Il ne parle pas beaucoup. »

« Non, il n'a jamais beaucoup parlé. »

« C'est bien vrai et ceux qui le connaissent comprennent cela mais, avec ceux qu'il ne connaît pas, il n'est pas... » Elle se reprit immédiatement. « Je n'veux pas dire que, dans ton cas... C'est qu'il déteste tout changement, voilà tout. Il a ses petites habitudes. Par exemple, le vendredi soir, il va chez Angelo prendre sa devinnoise avec Omer. Il ne manque jamais ça. Non, il n'est pas bavard mais il a toute sa tête à lui ! »

Dans l'île, la démence est la chose dont tout le monde a peur. Certaines familles la portent dans leurs gènes comme la polydactylie et l'hémophilie dont on trouve tant de cas dans ces communautés si repliées sur elles-mêmes. Trop de mariages entre cousins, comme le disent les Houssins. Ma mère assurait que c'était la seule raison pour laquelle GrosJean avait choisi une fille qui venait du continent.

Capucine secoua la tête. « Et puis, à cette période de l'année, ce n'est pas facile pour lui ! Il a besoin d'être seul, laisse-le ! »

Oui, bien sûr. C'était la Sainte-Marine. Nous avions bien des fois, mon père et moi, lorsque j'étais gosse, aidé à repeindre la niche de la statue — en rose corail avec le motif d'étoiles traditionnel — en préparation pour la cérémonie annuelle. Les Salannais sont superstitieux et ils en ont bien besoin. À la Houssinière, on juge un tant soit peu ridicules de telles croyances et de telles traditions mais, bien sûr, à la Houssinière, il y a encore une église et le village est protégé par la Jetée, il n'est pas à la merci des marées, lui, alors qu'ici, aux Salants, la mer est plus proche du village, alors elle doit être apaisée.

« C'est sûr, dit Capucine, interrompant le cours de ma pensée, que la mer a pris à GrosJean plus qu'elle n'a pris à la plupart des autres. Et le jour de la Sainte-Marine est si près de celui où cela s'est passé ! Alors, il faut essayer de comprendre, Mado. »

Je fis un signe d'acquiescement. J'étais au courant de cette histoire-là qui remontait bien loin, à une époque où mes parents n'étaient pas encore mariés. Deux frères — on aurait dit des jumeaux — qui, à la mode de l'île, partageaient le même prénom. Mais PetitJean, lui, s'était noyé à l'âge de vingt-trois ans et, sans raison, pour une fille. Ils avaient, semble-t-il, réussi à convaincre le père Alban qu'il s'agissait d'un accident de pêche. GrosJean, trente ans plus tard, se sentait encore responsable de cette mort.

« Alors, rien n'a changé. » Cela n'était pas une question de ma part.

« Ma p'tite, cela ne changera jamais ! »

J'avais vu la pierre tombale, faite d'un seul bloc de granit de l'île, à la Bouche, là où se trouve le cimetière des Salants, derrière la Goulue.

JEAN-MARIN PRASTEAU
1949-1972
À MON FRÈRE BIEN-AIMÉ

Mon père avait lui-même gravé l'inscription dans la pierre massive avec des lettres d'un doigt de profondeur. Cela lui avait demandé six mois de travail.

« De toute façon, Mado, dit Capucine, en entamant, d'un coup de dents, un autre gâteau, pour le moment, tu logeras chez moi jusqu'après la Sainte-Marine. Tu n'es pas si pressée de repartir, n'est-ce pas ? Tu n'es pas à deux ou trois jours près ? »

Je fis un vague signe de tête pour ne pas commencer à lui en dire davantage.

« Il y a plus de place ici qu'on ne l'imagine, tu sais ! » continua la Puce, d'un ton optimiste, en montrant du doigt un rideau qui séparait le coin chambre du coin séjour. « Tu serais tout à fait bien là-dedans et Lolo est un garçon bien élevé, ce n'est pas lui qui irait fourrer le nez chez toi toutes les deux minutes. » Capucine choisit une autre griotte au chocolat parmi les réserves apparemment inépuisables dont elle disposait. « Il devrait déjà être revenu. Je ne sais pas à quoi il passe toute sa journée. Il traîne sans doute avec le jeune Guénolé ! » Je compris que Lolo était le petit-fils de Capucine ; sa fille, Clothilde, lui en avait confié la garde pendant qu'elle cherchait du travail sur le continent.

« Tout revient, qu'ils disent ! Eh bien, ma fille ne semble pas pressée de revenir, elle. Elle aime trop faire la java ! » Le regard de Capucine s'assombrit légèrement. « Non, dans son cas, cela ne servirait à rien d'embrasser la sainte. Elle promet toujours de revenir pour les vacances mais elle trouve toujours une bonne excuse. Dans une dizaine d'années, peut-être, et encore... ! »

Elle s'interrompit en voyant mon expression. « Pardon, Mado. Je ne pensais pas à toi en... »

« Ce n'est rien ! » Je terminai ma tasse de café et me levai. « Et merci de ton offre ! »

« Tu ne vas pas là-bas immédiatement ? Pas aujourd'hui ? »

« Et pourquoi pas ? »

« Tu ne vas pas aimer ce que tu trouveras ! » m'avertit-elle. « La maison n'est pas en état de te recevoir. »

« Je me débrouillerai ! »

« Eh bien, laisse-moi t'y accompagner ou laisse-moi aller chercher Rouget au moins ! »

« Pour quoi faire ? » J'éprouvai un certain agacement à l'entendre dire ça. « Qu'est-ce que cela a à voir avec lui ? »

Capucine prit un air évasif. « C'est un ami, c'est tout ! Ton père s'est habitué à sa présence. »

« Non, vraiment, merci quand même ! J'aimerais mieux y aller seule. »

Capucine me regarda un instant en fronçant les sourcils, les mains sur les hanches, son châle rose lui tombant à moitié des épaules. « Ne t'attends pas à grand-chose », poursuivit-elle en guise d'avertissement. « Les choses ne restent pas ce qu'elles sont. Toi, tu t'es fait une vie à toi, là-bas, sur le continent ! »

« Ne t'en fais pas. Je m'arrangerai ! »

« Je suis tout à fait sérieuse. » Elle me lança un regard sévère. « Ne va pas te faire d'illusions à propos du pays, ma p'tite. Ne t'imagine pas qu'il te soit possible d'échapper à tous tes ennuis, ici, dans l'île ! »

« On jurerait ma mère qui parle ! »

Capucine fit une grimace. « Maintenant c'est moi qui me sens vieille ! »

Je savais très bien ce qu'elle pensait : que j'avais envie de me sentir en sécurité, que, d'une certaine manière, j'avais peur de la vie, là-bas, sur le continent. Mais c'est faux. Dans une île, rien n'est jamais sûr. Tout change. Rien n'a jamais d'assises solides. Mais rien de cela n'avait aucune importance à ce moment précis. En effet, j'étais rentrée au pays, chez moi, là où tout finit par revenir, messages glissés dans des bouteilles, bateaux de gosses. Oui, tout finissait par revenir échouer sur ce rivage désolé, impitoyable où tout était broyé, enseveli sous la lente marée du sable, oublié, abandonné.

Tout, jusqu'aujourd'hui.

4

Ma mère était une fille du continent, ce qui fait de moi une moitié d'îlienne seulement. Elle venait de Nantes. Romantique comme elle l'était, elle eut pour le Devin le même coup de foudre qu'elle eut pour le beau ténébreux qu'était mon père.

Elle n'avait strictement rien de ce qu'il fallait pour vivre aux Salants. Elle aimait parler, chanter. Elle pleurait, tempêtait, riait, donnant libre cours à tout ce qu'elle ressentait. Même dès les premiers jours, mon père lui n'avait pas grand-chose à dire. Il n'était pas causant. Il s'exprimait, la plupart du temps, par monosyllabes et saluait d'un simple signe de tête. Toute l'affection dont il était capable, il la prodiguait aux bateaux de pêche qu'il construisait sur le chantier derrière notre maison et vendait. L'été, il travaillait à l'extérieur et ne rentrait ses outils dans le hangar que pour l'hiver. Moi, j'aimais m'asseoir tout près et le regarder travailler le bois, tremper les clinkers pour leur donner de la souplesse, façonner les gracieuses lignes de l'étrave et de la carène, coudre les voiles de toile rouge ou blanche, les couleurs traditionnelles de l'île. À l'avant, il mettait toujours pour les décorer une perle de corail. À part le nom qui s'étalait sur la coque à l'arrière, en lettres blanches sur fond noir, il ne les peignait jamais, chaque bateau était poli et verni. Mon père avait une préférence marquée pour les noms romantiques : Belle Iseult, Sage Héloïse, Blanche de Coëtquen, qu'il tirait de vieux bouquins, bien qu'à ma connaissance il n'eût jamais rien lu. Son travail remplaçait la conversation. Il passait en compagnie de ses « dames » plus de temps qu'avec n'importe qui d'autre. De ses mains, aussi expertes que celles d'un amant, il caressait leurs hanches lisses et chaudes. Jamais il ne donna à ses créations un seul de nos noms à nous, pas même celui de ma mère, elle aurait pourtant aimé cela, j'en suis sûre. Peut-être même serait-elle restée.

Au détour de la dune, je vis que le chantier était désert. Les portes des hangars étaient fermées et, à en juger par les grandes herbes desséchées qui avaient poussé tout le long, on ne les avait pas ouvertes depuis des mois. Deux vieux rafiots gisaient à l'entrée, près du portail, à moitié enlisés. Le tracteur et sa remorque, abrités sous une tôle ondulée, paraissaient toujours en bon état mais le treuil, qui servait autrefois à hisser les bateaux sur la remorque, n'avait pas été utilisé depuis longtemps, il était tout rouillé.

Dans la maison, c'était la même chose. Autrefois, elle avait déjà l'air un peu négligée, encombrée des débuts prometteurs de projets inachevés que mon père avait abandonnés, mais, à présent, elle avait l'air délabrée. Le blanc des murs avait fané, un bout de contreplaqué remplaçait un carreau cassé, la peinture des portes et des fenêtres craquelait et s'écaillait. Un câble traversait le sable en direction de la remise d'où parvenait le vrombissement d'une génératrice. C'était là le seul signe de vie.

Personne n'avait sorti le courrier de la boîte. J'y pris le monceau de lettres et de brochures qui y étaient coincées et les portai dans la cuisine déserte. La porte n'était pas fermée à clef. Une pile de vaisselle sale attendait près de l'évier. Sur la cuisinière, une cafetière de café froid sentait le vomi. Des meubles qui avaient appartenu à ma mère : un dressoir, un bahut, et une tapisserie carrée étaient toujours à la même place mais couverts de poussière et le sol de ciment était envahi par le sable.

Pourtant, quelqu'un y avait travaillé, on le devinait. Des bouts de tuyaux, de fil de fer et de bois s'entassaient dans une boîte à outils dans un coin de la pièce. Je remarquai aussi que le chauffe-eau que GrosJean disait toujours devoir réparer avait enfin été remplacé par un énorme cylindre de cuivre relié à une bouteille de butane. Des fils électriques qui, autrefois, pendaient avaient été adroitement dissimulés derrière un panneau de bois. Il était aussi évident que quelqu'un avait apporté des modifications à la cheminée qui, d'habitude, fumait toujours. Tout cela contrastait de façon étrange avec l'état d'abandon du reste de la maison, comme si GrosJean avait été si absorbé par son autre travail qu'il n'avait trouvé le temps ni d'épousseter ni de faire la lessive. C'était bien de lui, ça ! Ma seule surprise venait du fait que, pour la première fois, il avait apparemment été jusqu'au bout de ses travaux.

Je déposai les lettres sur la table de la cuisine, mécontente de découvrir que mes mains tremblaient. Trop d'émotions diverses en moi voulaient se libérer et luttaient les unes contre les autres. Je m'efforçai de reprendre mon calme et je dépouillai le courrier — il devait y avoir là des lettres datant d'au moins six mois, peut-être même d'une année. Je finis par trouver non décachetée la dernière que je lui avais envoyée. Remarquant, au verso, mon adresse à Paris, je la contemplai longuement. Oui, je me souvenais... Je l'avais pendant des semaines trimbalée dans ma poche avant de la glisser enfin dans une boîte. J'en avais éprouvé immédiatement une étrange sensation d'étonnement et de libération. Luc, mon copain du café, m'avait demandé pourquoi j'hésitais aussi longtemps. « Mais qu'est-ce que tu attends ? Tu as envie de le revoir, non ? Tu veux l'aider ? »

Cela n'était pas si facile que ça. Comme l'huître fait sa perle et recouvre couche après couche de nacre chatoyante l'humble grain de sable j'avais nourri moi aussi mon espoir jusqu'à ce qu'il fût devenu cette chose parfaite. GrosJean ne m'avait, en dix ans, jamais écrit. Moi, je lui avais envoyé dessins, photos, bulletins scolaires, lettres sans jamais recevoir de lui la moindre réponse. J'avais pourtant continué à les envoyer, année après année, comme autant de messages confiés à des bouteilles jetées à la mer. Maman, bien sûr, n'en avait jamais rien su. Je devinais trop bien ce qu'elle en aurait dit.

D'une main qui tremblait un peu, je reposai la lettre puis la glissai dans ma poche. C'était peut-être mieux ainsi, d'ailleurs. Cela me donnait le temps de repenser à la situation, d'envisager les différentes possibilités.

Comme je l'avais tout d'abord imaginé, la maison était déserte. En poussant la porte de la chambre qui avait été la mienne puis celle de la chambre d'Adrienne, je dus lutter contre l'impression d'avoir pénétré comme une intruse. Peu de choses avaient été déplacées. Nos affaires étaient toujours là : mes modèles réduits de bateaux, les posters de ma sœur : des photos de stars de cinéma, des pots de crème de beauté. La chambre d'Adrienne était la plus spacieuse et la plus claire.

La mienne faisait face au nord. Une tache d'humidité apparaissait au mur tous les hivers. Plus loin, c'était la chambre de mes parents.

Je poussai la porte qui s'ouvrit sur une demi-obscurité. Les volets étaient clos. Une odeur d'abandon m'assaillit. Le lit n'avait pas été fait et, sous le drap froissé, la toile rayée du matelas apparaissait. D'un côté, un cendrier débordait de mégots et, par terre, s'entassait un monceau de vêtements que l'on avait simplement jetés là. Une niche abritait près de la porte une statue de plâtre de sainte Marine et une boîte en carton pleine d'objets divers gisait à côté. J'y aperçus une photo que je reconnus tout de suite malgré la disparition du cadre. C'était ma mère qui l'avait prise le jour de mes sept ans. On nous y voyait tous trois : GrosJean, Adrienne et moi en train de regarder, le sourire béat, un gros gâteau en forme de poisson.

Des mains maladroites avaient découpé mon visage aux ciseaux et seuls GrosJean et Adrienne y étaient restés. Son bras à elle reposait légèrement sur le sien. Mon père lui souriait à travers l'espace où avait été mon visage.

Tout à coup, je perçus un bruit devant la maison. Je froissai la photo et la fourrai dans ma poche puis, la gorge serrée, je m'arrêtai et tendis l'oreille. Quelqu'un passait sans faire de bruit sous la fenêtre de la chambre, son pas était si léger que je faillis même ne pas l'entendre tellement mon cœur battait ; c'était le pas de quelqu'un qui marchait pieds nus ou qui portait des espadrilles.

Sans perdre de temps, je courus à la cuisine. D'un geste inquiet, je repoussai mes cheveux en arrière, me demandant ce qu'il allait me dire, ce que j'allais lui dire, s'il me reconnaîtrait même. En dix ans, j'avais changé, j'avais perdu l'embonpoint de ma jeunesse, mes cheveux, courts alors, tombaient maintenant sur mes épaules. Je n'ai pas la beauté de ma mère, même si certains affirment que nous nous ressemblions autrefois. Je suis trop grande. Je n'ai pas sa grâce naturelle. Mes cheveux à moi sont d'un brun quelconque. J'ai quand même ses yeux, aux sourcils lourds, et leur couleur gris acier tirant sur le vert que certains trouvent laide. Soudain, je me surpris à regretter de n'avoir pas fait un peu plus d'efforts pour me rendre présentable. J'aurais pu au moins porter une robe pour l'occasion.

La porte s'ouvrit. Sur le seuil apparut quelqu'un vêtu d'une marinière de pêcheur et portant dans ses bras un gros sac de papier. Je le reconnus sur-le-champ, même avec le bonnet qui cachait ses cheveux. Ses mouvements rapides et précis ne ressemblaient en rien à la démarche lourde de mon ours de père. Il m'était passé devant le nez et était entré dans la pièce avant que je n'eusse le temps de réagir. Il referma la porte derrière lui.

C'était l'Anglais, Rouget, Flynn.

« Je me suis dit que vous alliez peut-être avoir besoin de quelques bricoles », dit-il en déposant bruyamment le sac de papier sur la table de la cuisine. Puis, remarquant mon expression : « Ça ne va pas ? » s'inquiéta-t-il.

« Je ne m'attendais pas à vous trouver ici », réussis-je à murmurer. « Vous m'avez surprise ! » Mon cœur battait toujours à grands coups. Ne sachant s'il avait deviné à quel point j'étais troublée, je saisis la photo dans ma poche avec un geste de panique.

« Vous êtes bien nerveuse, hein ? » dit-il simplement en ouvrant le sac qui était sur la table, puis il commença à le vider.

« Voici du pain, du lait, du fromage, des œufs, du café, des céréales. Et ne vous préoccupez pas de me rembourser surtout, j'ai tout mis sur son compte à lui. » Il fit glisser le pain dans le sac de lin pendu derrière la porte.

« Merci beaucoup ! » Je ne puis m'empêcher de remarquer à quel point il semblait chez lui dans la maison de mon père quand il ouvrit sans hésitation le bon placard pour y mettre les provisions. « J'espère que cela ne vous a pas trop dérangé ? »

« Pas du tout », dit-il, en souriant. « J'habite à deux pas, dans le vieux blockhaus, alors je passe par ici de temps à autre. »

Le blockhaus dont il parlait se trouvait sur la dune qui domine la Goulue. Comme l'étroit terrain sur lequel il se situe, il appartenait officiellement à mon père. Je m'en souvenais. Il s'agissait d'un bunker allemand, oublié après la guerre, un cube inesthétique de béton armé sali de traînées de rouille et à moitié dévoré par le sable. Pendant des années, autrefois, je l'avais cru hanté.

« Je n'aurais jamais pensé que l'on puisse loger là-dedans ! » déclarai-je.

« Je l'ai aménagé », dit Flynn d'un ton plein d'entrain, en déposant le lait dans le réfrigérateur. « C'est sortir le sable qui a été le plus embêtant. Bien sûr, tout n'est pas terminé, j'ai encore un puits à creuser et des conduites d'eau convenables à installer mais c'est confortable, c'est du solide et cela ne m'a coûté que le temps que j'y ai passé à travailler et le prix de quelques petites bricoles que je ne pouvais ni trouver ni fabriquer moi-même. »

Je pensai à GrosJean et à ses projets à n'en plus finir. Pas étonnant qu'il s'entendît avec celui-là. Capucine m'en avait parlé comme d'une sorte d'ouvrier du bâtiment, d'un homme à tout faire qui réparait les trucs cassés. Maintenant, je comprenais qui avait fait les travaux dans la maison de mon père. J'en éprouvai soudain un pincement au cœur.

« Vous ne le verrez sans doute pas ce soir, vous savez ! » me dit Flynn. « Ces derniers jours, il a été agité. On l'a à peine vu. »

« Merci ! » Je me détournai pour ne pas rencontrer son regard. « Je connais mon père ! »

Et ça, c'était vrai. Après la procession, le soir de la Sainte-Marine, GrosJean disparaissait toujours vers le cimetière de la Bouche où il brûlait des cierges sur la tombe de PetitJean. Ce rituel annuel était sacro-saint — rien ne pouvait l'interrompre.

« Il ne saura même pas que vous êtes de retour », enchaîna Flynn. « Et quand il l'apprendra, il croira que la sainte a exaucé toutes ses prières d'un seul coup. »

« Vous n'avez pas besoin de me dire ça ! » m'exclamai-je. « GrosJean n'a jamais baisé les pieds de la sainte pour personne. »

Un long silence gêné tomba. Je me demandai ce que l'Anglais savait exactement de mon père, ce que celui-ci lui avait vraiment révélé et j'eus conscience que quelque chose commençait dangereusement à me piquer les yeux. C'était bien de lui de s'être laissé aller à accorder sa confiance à cet étranger, comme ça, d'un coup de tête, alors que...

« Écoutez, rien de ceci strictement ne me regarde », dit enfin Flynn. « Mais, à votre place, moi, je me tiendrais bien à l'écart de la procession de ce soir, elle crée trop de tensions ! »

Il se mit à sourire et, pendant un bref instant, je pris conscience de son charme bon enfant. Je le lui enviai.

« Vous avez l'air d'avoir grand besoin de repos. Pourquoi ne pas vous installer, passer une bonne nuit et attendre demain matin pour juger où en sont les choses ? »

Il avait dit cela par gentillesse. Je le savais bien et, un moment, je fus tentée de me confier à lui. Mais il n'est pas dans ma nature de me confier ; je suis, comme mon père, renfermée, disait ma mère. Je n'ai pas la parole facile. Pour la première fois, je me demandai si revenir au pays n'avait pas été une terrible erreur. Je touchai, encore une fois, dans ma poche, la photo, comme un talisman.

« Je me débrouillerai », murmurai-je.

5

Une fois par an, le soir de la pleine lune, au mois d'août, a lieu la fête de Sainte-Marine-de-la-Mer. Ce soir-là, on sort la sainte de sa niche dans le village et on la porte jusqu'aux ruines de sa chapelle à la pointe Griznoz. Ce n'est pas un petit travail — la statue mesure bien un mètre de haut, et, taillée dans le basalte, elle est très lourde... Il faut quatre hommes pour la porter sur son socle jusqu'au bord de l'eau. Là, un à un, les villageois passent devant ; certains s'arrêtent pour lui baiser les pieds en un rituel ancien dans l'espoir que quelque chose ou plus probablement quelqu'un de perdu puisse leur revenir. Les enfants la décorent de fleurs. À marée montante, les gens lancent dans l'eau leurs petites offrandes : des friandises, des fleurs, des paquets de sel fermés par des rubans, même des pièces de monnaie. De chaque côté, des copeaux de pin et de bois de cèdre brûlent dans des braseros. Des feux d'artifice partent de temps en temps et leur fracas est comme un défi à l'indifférence de la mer.

J'attendis la tombée de la nuit avant de quitter la maison. Toujours à son plus violent dans cette partie-là de l'île, le vent avait viré au sud ; il martelait les portes et les fenêtres des coups sourds de sa danse macabre. Je me demandai si une tempête ne se préparait pas. « Par vent du sud la vie est rude », c'est ce que l'on dit dans l'île, Le soir de la Sainte-Marine, ce n'est pas bon signe.

En sortant, bien emmitouflée dans mon manteau, j'apercevais déjà les lueurs des braseros au bout de la pointe. Autrefois, là-bas se dressait une chapelle. Depuis une centaine d'années, seules les ruines en restaient. La mer l'avait grignotée pierre par pierre jusqu'à ce qu'un seul pan du mur nord tienne encore, celui où était la niche de sainte Marine, toujours visible parmi les blocs de granit mangés par les tempêtes. Dans la tourelle au-dessus de la niche, une cloche — la Marinette, la cloche personnelle de sainte Marine — pendait autrefois. Elle a disparu, il y a bien longtemps. Une légende affirme qu'elle fut emportée par la mer ; d'autres ici soutiennent que la Marinette fut dérobée par un Houssin sans scrupule qui la fit fondre pour en récupérer le métal, s'attirant ainsi la malédiction de sainte Marine, et que, ensuite, le glas lugubre de la cloche lui fit perdre l'esprit. On entend parfois encore sonner la Marinette, toujours par les nuits de grand vent et toujours pour annoncer un désastre. Les incrédules expliquent le bourdonnement de cloche par le vent du sud s'engouffrant dans les crevasses et les fissures des rochers de la pointe Griznoz. Les Salannais, eux, ne se laissent pas prendre à cette explication. Ils savent que c'est la Marinette qui les avertit toujours du danger et qui du fond de l'eau veille encore sur leur village.

Au fur et à mesure que je m'approchai de la pointe, je distinguai des silhouettes. Elles se détachaient sur le pan de mur illuminé par les flammes de la vieille chapelle. Ils étaient nombreux, une trentaine au moins, plus de la moitié du village. Le père Alban, le curé de l'île, se tenait au bord de l'eau avec son calice et sa crosse. Son visage semblait gris à la lueur des braseros et ses traits tirés. À mon passage, sans montrer de surprise, il m'adressa un bref signe de la tête. Je remarquai qu'il avait soigneusement replié sa soutane dans ses bottes de pêcheur et qu'une vague odeur de poisson flottait autour de lui.

La cérémonie traditionnelle est un spectacle étrangement émouvant. Les Salannais pourtant n'ont aucunement conscience d'être pittoresques. Ils sont d'une race à part, bien différente de celle de ma mère et de moi. Ils sont petits et trapus, ils ont les traits fins des Celtes, les cheveux noirs et les yeux bleus. Leur beauté indéniable fane bien vite cependant et les années leur sculptent des visages de gargouilles. Tous portent le noir de leurs ancêtres et pour les femmes la quichenotte blanche. Quel que soit le moment, les trois quarts de la population de l'île semblent avoir dépassé les soixante-cinq ans. Mon regard interrogea rapidement ces visages, espérant découvrir parmi eux celui de mon père. De vieilles femmes perpétuellement en deuil, des vieillards aux cheveux longs en bottes de pêcheurs et en cabans de laine noire ou en vareuses de toile, deux ou trois jeunes dont les vêtements de pêcheurs s'égayaient d'une chemise aux couleurs criardes. Non, mon père n'était pas là parmi eux.

L'ambiance de fête que j'avais connue toute petite semblait manquer cette année ; il y avait moins de fleurs autour de l'oratoire et presque aucune trace des offrandes traditionnelles. Les villageois avaient un air lugubre d'assiégés. Il y avait de la tension dans l'air. Tous attendaient quelque chose.

Enfin, du côté des dunes, au-delà de la pointe Griznoz, monta une lueur de flambeaux et l'on entendit les gémissements grinçants d'un biniou qui nous annonçait que la procession s'était mise en route. Ce soir-là, il y avait quelque chose de presque félin dans son timbre, une âpreté qui s'ajoutait au mugissement du vent.

Je distinguai le socle sur lequel se tenait la

sainte. Les quatre hommes, un à chaque coin, qui la portaient peinaient en avançant sur le sol inégal. Comme le cortège approchait, je remarquai des détails : les fleurs rouges et blanches qui s'amoncelaient au pied de la sainte en robe de cérémonie, les lanternes vénitiennes, la dorure toute fraîche sur la pierre de la statue. Les petits Salannais aussi étaient là, le visage tout rose sous les gifles du vent, ils s'égosillaient de fatigue et d'excitation. Je reconnus le petit-fils de Capucine, Lolo, Face de Lune, et son copain Damien. Tous deux portaient des lanternes vénitiennes, une rouge, une verte et couraient sur le sable comme des lapins sauvages.

Le cortège contourna enfin la dernière dune. À ce moment-là, une rafale de vent fit s'enflammer une des lanternes et, dans la soudaine lumière, je reconnus mon père.

Il était l'un des porteurs. Pendant un instant, je pus le voir distinctement sans être aperçue de lui. Le reflet des flammes baignait d'une lumière douce son visage à peine changé et donnait à ses traits une animation inhabituelle. L'âge l'avait épaissi, il était plus lourd maintenant que je ne me le rappelais et ses bras musclés peinaient en essayant de maintenir le socle horizontal. Il avait l'air de faire un effort terrible de concentration. Les autres porteurs étaient bien plus jeunes. Je remarquai Alain Guénolé et son fils Ghislain, tous deux pêcheurs et habitués au gros travail. Lorsque la procession fit halte devant le groupe de villageois qui attendaient, je constatai avec étonnement que le quatrième porteur était Flynn.

« Santa Marina ». Une femme sortit de la foule devant moi et rapidement baisa les pieds de la sainte. Je la reconnus, c'était Charlotte Prossage, une petite femme potelée avec une expression d'oiseau inquiet. Les autres restaient à une distance respectueuse, égrenant des chapelets ou tenant des photos à la main.

« Santa Marina, faites redémarrer notre commerce. Les marées d'hiver inondent toujours les champs. La dernière fois, cela m'a pris trois mois pour les déblayer. Vous êtes notre sainte. Veillez sur nous ! » Elle parvint à donner à sa voix un ton à la fois humble et légèrement rancunier tout en jetant ici et là des coups d'œil rapides.

Dès que Charlotte eut terminé sa prière, d'autres la remplacèrent : son mari, Omer, surnommé la Patate à cause de son visage disgracieux qui faisait rire, Hilaire, le vétérinaire des Salants, au crâne chauve et aux lunettes toutes rondes, des pêcheurs, des veuves, une adolescente au regard sans cesse en mouvement, tous marmonnant rapidement quelque chose du même ton un peu accusateur. Je ne pouvais me frayer un passage à travers cette foule sans risquer de froisser les gens ; le visage de GrosJean de nouveau disparut derrière un flot de têtes toujours en mouvement.

« Marine de la Mer. Protégez ma maison de la fureur des flots. Envoyez les maquereaux remplir mes filets et empêchez ce voleur de Guénolé de venir piller mes parcs à huîtres ! »

« Sainte Marine, faites que la pêche soit bonne et protégez mon fils quand il part en mer ! »

« Sainte Marine, donnez-moi, s'il vous plaît, un bikini rouge et des lunettes de soleil Ray-Ban. Je voudrais m'allonger au bord d'une piscine sur un matelas pneumatique. Je voudrais aller sur la Côte d'Azur et, à la plage, à Cannes. Je voudrais manger des margaritas, des glaces et des frites à l'américaine. Je voudrais n'importe quoi qui ne soit pas du poisson, s'il vous plaît. Je voudrais être n'importe où, mais surtout pas ici ! »

La jeune fille qui avait prié pour qu'on lui donne des lunettes de soleil Ray-Ban me jeta un rapide coup d'œil en s'éloignant de la sainte. Je la reconnaissais maintenant, c'était Mercedes, la fille de Charlotte et d'Omer qui avait sept ou huit ans lorsque j'étais partie. Maintenant, c'était une grande jeune fille aux longues jambes, aux cheveux flottants sur les épaules, aux jolies lèvres boudeuses. Nos regards se rencontrèrent et j'esquissai un sourire mais elle me lança un coup d'œil mécontent et passa devant moi en jouant des coudes pour s'enfoncer dans la foule. Quelqu'un d'autre prit sa place, une vieille femme en foulard, la tête penchée sur une photo toute froissée, l'air suppliant.

La procession s'était remise en route et descendait vers la mer où l'on plongerait les pieds de la sainte dans les flots pour les bénir. J'atteignis l'autre bout de la foule au moment où GrosJean se retournait. Je l'aperçus de profil. Il était baigné de sueur. Je remarquai un pendentif qui étincelait à son cou mais je ne réussis pas à attirer son regard. Un instant encore et il était trop tard ; les porteurs descendaient maintenant avec difficulté la pente rocheuse jusqu'au bord de l'eau et le père Alban maintenait de la main l'équilibre précaire de la sainte pour l'empêcher de basculer. Le biniou poussait des lamentations lugubres ; une deuxième lanterne s'enflamma, puis une autre encore, et le papier brûlé s'envola comme autant de papillons noirs emportés par le vent.

Ils atteignirent enfin la mer, le père Alban s'écarta et les hommes entrèrent dans l'eau portant toujours la statue de sainte Marine. À la pointe, il n'y a pas de sable, rien que des galets sur lesquels il fallait avancer prudemment. Ils luisaient à la clarté des torches qui faisaient des ricochets de lumière sur les vagues. C'était presque la haute mer maintenant. En fond sonore aux gémissements du biniou, je crus entendre le premier sifflement du vent dans les fentes des rochers. Bientôt l'acoustique des cavernes l'amplifierait. Il se mettrait alors à bourdonner comme une cloche noyée sous les vagues.

« La Marinette ! » C'était la vieille femme au foulard, Désirée Bastonnet, qui s'était exclamée et ses yeux s'étaient assombris d'effroi. Ses mains fines et nerveuses jouaient toujours avec la photo où le reflet des lanternes illuminait le sourire d'un jeune garçon.

« Mais non ! » C'était Aristide, son mari, qui parlait, le patriarche du clan des pêcheurs de même nom, un vieillard de soixante-dix ans, peut-être plus, à la moustache de chef et aux longs cheveux gris sous la casquette de toile des îliens. Il avait perdu une jambe, bien des années avant ma naissance, au cours d'un accident de pêche qui avait aussi emporté son fils aîné. À mon passage, il me lança un regard pénétrant. « Ne parle plus de malheur, Désirée », murmura-t-il à sa femme. « Et ramasse-moi ça ! »

Désirée détourna les yeux et ses doigts couvrirent rapidement la photo. Derrière eux, un jeune homme, entre dix-neuf et vingt ans, me jeta, par-dessus ses lunettes à montures d'acier, un coup d'œil curieux et timide. Il parut un instant vouloir dire quelque chose mais Aristide se retourna juste à ce moment-là et le jeune homme se hâta de le rejoindre, avançant pieds nus sur les rochers, sans faire de bruit.

Maintenant les porteurs étaient dans l'eau jusqu'à la poitrine, face au rivage. Les flots baignaient les pieds de la sainte, les vagues balayaient le socle de la statue et le courant emportait les offrandes de fleurs. Alain et Ghislain Guénolé étaient devant, Flynn et mon père, à l'arrière. Les muscles tendus, ils luttaient contre la houle. Même au mois d'août, ils devaient être transis de froid. Les embruns glacés m'avaient engourdi le visage et je frissonnais déjà sous le souffle du vent qui passait à travers la laine de mon manteau. Mais, moi, au moins, je n'étais pas trempée.

Lorsque tout le village eut pris place, le père Alban éleva sa crosse pour la bénédiction finale. À cet instant même, GrosJean leva les yeux vers le prêtre et nos regards se rencontrèrent.

Nous étions tous les deux, mon père et moi, prisonniers du silence. Il me contemplait par l'espace entre les pieds de la statue, la bouche légèrement ouverte. Un pli de concentration lui barrait le front. À son cou, le pendentif flamboyait, rouge, à la clarté des torches.

Quelque chose me serrait la gorge, quelque chose qui m'empêchait de respirer normalement.

Mes mains ne semblaient pas m'appartenir. Je fis alors un pas dans sa direction.

« Papa ! C'est moi, Mado. »

Le silence étouffait tout comme des cendres.

Je crus voir Flynn à ses côtés esquisser un geste. Derrière eux, GrosJean, le regard rivé sur moi, trébucha et, poussé par la houle, perdit l'équilibre. Il allongea la main pour essayer de le reprendre, alors la statue glissa de son socle et tomba dans l'eau profonde de la pointe Griznoz.

Le temps se figea. Pendant une seconde, la sainte sembla miraculeusement flotter à la surface bouillonnante des flots embrasés, maintenue par la soie d'un rouge incandescent de sa robe qui se gonfla comme une cloche sous le souffle du vent, puis elle disparut.

GrosJean, impuissant, restait là à regarder l'endroit où il n'y avait plus rien. Le père Alban eut un geste inutile pour essayer de relever la sainte déchue. De surprise, Aristide éclata de rire. Derrière lui, le jeune homme à lunettes fit un pas dans la direction de l'eau, puis se ravisa. Pendant quelque temps, personne ne bougea plus. Alors, la plainte qui s'éleva des Salannais se mêla à celle du vent. Mon père resta cloué là encore une seconde. Dans la gaieté maintenant déplacée des lanternes, ses traits avaient perdu toute apparence de vie. Alors, il sortit de l'eau, glissa sur les rochers, reprit de nouveau son équilibre, gêné par les vêtements trempés qui l'alourdissaient puis s'enfuit. Personne ne fit un geste pour l'aider. Personne ne dit mot. Les yeux baissés, les gens s'écartèrent pour le laisser passer.

« Papa ! » appelai-je, au moment où il arrivait à ma hauteur, mais, déjà, il était passé sans m'accorder même un regard. Lorsqu'il eut atteint l'extrême bout de la pointe, je crus l'entendre pousser comme un long cri, une déchirante lamentation mais c'était peut-être le vent.

6

À la fin de la cérémonie de la pointe, il est de tradition d'aller trinquer chez Angelo à la santé de sainte Marine. Cette année-là, la moitié des participants à peine s'y retrouvèrent. Le père Alban rentra tout de suite à la Houssinière sans même prendre le temps de bénir le vin. Les enfants et la plupart des mères allèrent directement se coucher. Les réjouissances habituelles étaient, de façon flagrante, oubliées aujourd'hui.

La perte de la statue en était évidemment la cause principale. Sans la sainte, les prières ne seraient pas exaucées et rien ne ferait obstacle aux grandes marées. Omer la Patate avait bien suggéré une recherche immédiate de la statue mais la marée était trop haute et les rochers trop dangereux. L'opération de sauvetage fut remise au lendemain matin.

Moi, je rentrai tout droit à la maison pour y attendre le retour de GrosJean. J'attendis en vain, il n'apparut pas. Alors, vers minuit, je me rendis chez Angelo. J'y trouvai Capucine qui se remettait de ses émotions avec un café et des devinnoiseries.

À ma vue, elle se leva, inquiète.

« Il n'est pas là », déclarai-je, en m'asseyant près d'elle. « Il n'est pas encore rentré à la maison. »

« Il ne rentrera pas. Pas maintenant ! » dit Capucine. « Pas après ce qui s'est passé, pas après t'avoir revue toi, et ce soir surtout. » Elle s'interrompit et secoua la tête. « Je t'avais bien prévenue, Mado. Tu n'aurais pas pu choisir de plus mauvais moment pour revenir. »

Les gens m'observaient ; je devinais chez eux une curiosité et une froideur qui me paralysèrent étrangement. « Et moi qui croyais qu'à la Sainte-Marine, tout le monde était accueilli à bras ouverts ici ! C'est bien pourtant l'esprit de toute la cérémonie ou est-ce que je me trompe ? »

Capucine me regarda. « Ne me raconte pas de bêtises, petite », me dit-elle d'un ton sévère. « Je sais parfaitement bien pourquoi tu as choisi de revenir aujourd'hui. » Elle alluma une cigarette et renvoya la fumée par les narines. « Tu as toujours eu une tête de mule. Tu n'as jamais pu choisir la solution la plus simple, n'est-ce pas ? » Il a toujours fallu que tu attaques de front, que tu essaies de changer les choses du premier coup. » Elle me fit un sourire de lassitude. « Allons, donne une chance à ton père, Mado ! »

« Une chance ? » Aristide Bastonnet entrait, Désirée à son bras. « Après ce qui est arrivé ce soir à la pointe, quelle chance avons-nous, hein, je me demande bien ? »

Je levai les yeux. Le vieillard se tenait derrière nous, appuyé lourdement sur sa canne, et ses yeux brillaient comme du silex. Le jeune homme à lunettes était debout, un peu à l'écart, une mèche rebelle lui couvrait les yeux, il avait l'air gêné. Maintenant, je le reconnaissais : c'était Xavier, le petit-fils d'Aristide. Autrefois, garçon solitaire, il préférait la lecture au jeu. Il n'y avait que quelques années seulement entre nous et, pourtant, nous ne nous étions que rarement adressé la parole.

Aristide me regardait toujours d'un air accusateur. « Pourquoi es-tu revenue, hé ? » insista-t-il. « Il n'y a plus rien ici ! C'est pour faire enfermer le pauvre GrosJean, sans doute, ou pour lui prendre sa maison ou son argent ? »

« Ne lui réponds pas », me conseilla Capucine. « Il a un coup dans le nez ! »

Aristide ne parut pas l'avoir entendue. « Tous les mêmes, vous ! » dit-il. « Vous ne revenez que lorsque vous voulez quelque chose, bandes de vautours ! »

« Grand-père », protesta Xavier en posant la main sur son épaule. Mais Aristide le repoussa. Plus petit pourtant d'une tête, le vieillard semblait le dominer dans son explosion de rage et ses yeux de prophète jetaient des éclairs.

À ses côtés, sa femme me coula un regard inquiet. « Excusez-moi », murmura-t-elle. « Sainte Marine — notre fils... »

« Tais-toi ! » ordonna Aristide d'un ton sec, en pivotant si brusquement sur sa canne qu'il serait sûrement tombé sans la présence de Désirée tout près de lui. « Tu penses vraiment que cela lui fasse quelque chose à elle ? Que cela fasse quelque chose à qui que ce soit, d'ailleurs ? »

Et sans un regard en arrière, il s'en alla, suivi des siens, sa jambe de bois traînant sur le ciment de la salle. Derrière eux, le silence tomba.

Capucine eut un haussement d'épaules. « N'fais pas attention à celui-là. Il a pris une devinnoise de trop et, avec les inondations, la sainte et toi qui reviens... comme par hasard aujourd'hui. »

« Je ne comprends pas ! »

« Il n'y a rien à comprendre », dit Matthias Guénolé. « C'est un Bastonnet. C'est pas une tête qu'il a, c'est un tas de cailloux ! » La remarque était moins réconfortante qu'elle n'aurait pu le paraître, car elle venait d'un Guénolé et les Guénolé, depuis des générations, étaient ennemis des Bastonnet.

« Pauvre Aristide ! D'après lui, il y a toujours quelqu'un qui complote quelque part contre lui ! » Je me retournai et remarquai une toute petite vieille vêtue de noir, comme toutes les veuves. Elle était perchée sur le tabouret à côté de moi. C'était Toinette Prossage, la mère d'Omer, la doyenne du village.

« Il croit toujours qu'on cherche à le faire enfermer et que les gens en ont après ses sous, hé ! » gloussa-t-elle. « Comme si tout le monde ne savait pas qu'il les a dépensés à faire réparer sa maison. Bonne Marine, même si, après toutes ces années, son gars revenait, il ne resterait plus rien pour lui à part un vieux rafiot et un bout de terrain si saturé d'eau que Brismand lui-même ne s'y intéresserait pas. »

Matthias renifla avec mépris. « Ce sale oiseau de proie ! »

Mes doigts palpèrent la lettre qui était encore dans ma poche.

« Brismand ? »

« Bien vrai ! » dit Toinette. « Et qui d'autre aurait les moyens de développer ce coin-ci ? »

D'après elle, Brismand avait des vues sur les Salants. Des plans aussi sinistres que vagues, d'ailleurs. Je reconnus l'aversion habituelle des Salannais pour un Houssin qui avait réussi dans la vie.

« Il pourrait faire ce qu'il y a à faire ici, aux Salants, comme de rien — pfft... » dit la vieille femme avec un geste éloquent de la main. « Il a l'argent et les machines. Assainir les marais, construire des levées de protection à la Goulue ne lui prendrait pas plus de six mois. Et finies les inondations ! Hé. Il faudrait y mettre le prix, bien sûr. Il ne s'est pas rempli les poches en faisant la charité ! »

« Il faudrait peut-être voir ce que sont ses plans ? »

Matthias me regarda d'un air écœuré. « Quoi, vendre à un Houssin ? »

« Laisse-la tranquille », dit Capucine. « Elle disait cela pour aider ! »

« Eh oui ! Et si lui était capable de mettre fin aux inondations ? »

Matthias secoua la tête d'un air qui n'admettait pas la discussion. « Personne ne peut barrer le chemin à la mer. Elle fait ce qu'elle veut, et si la sainte a l'intention de nous laisser nous noyer, elle le fera ! »

J'appris qu'il y avait récemment eu toute une série de mauvaises années. Les marées étaient montées de plus en plus haut tous les hivers, malgré la protection de la sainte. Cette année-ci, même la rue de l'Océan avait été inondée et cela pour la première fois depuis la guerre. L'été lui-même avait été anormalement tourmenté. L'eau de la crique avait envahi la moitié du village qui s'était retrouvé sous un mètre d'eau saumâtre et les dégâts n'étaient pas encore complètement réparés.

« Si ça continue, il va nous arriver la même chose qu'au vieux village », dit Matthias Guénolé. « Tout va disparaître sous l'eau, même la chapelle. »

Il remplit sa pipe qu'il bourra d'un pouce crasseux.

« Enfin, vous comprenez ce que je veux dire. Une chapelle, quand même. Si la sainte ne peut pas la protéger, qui le fera ? »

« Ben, ça, c'était vraiment une très mauvaise année », déclara Toinette Prossage.

« C'était en 1908. Cette année-là, ma sœur Marie-Laure est morte de la grippe, l'hiver où je suis née. » Elle pointa un doigt crochu vers le ciel. « Moi, j'étais le bébé de l'année terrible, et on ne s'attendait pas à me voir y survivre. Je l'ai pourtant fait ! Et si nous tenons à survivre à celle-ci, il faudra faire autre chose que nous chamailler comme des gannets ! » dit-elle en regardant Matthias d'un œil sévère.

« Ça, c'est facile à dire, Toinette, mais si la sainte n'est plus là pour nous donner un coup de main... »

« Ce n'est pas ce que je voulais dire et tu le sais très bien ! »

Matthias haussa les épaules. « Ce n'est pas moi qui ai commencé cette histoire-là », répliqua-t-il. « Et si Aristide Bastonnet voulait bien admettre pour une fois qu'il avait tort... »

Toinette se retourna vers moi, les yeux étincelants. « Tu vois comment c'est ? Des hommes, des vieillards, qui se querellent comme des gosses. Pas surprenant que la sainte perde patience avec nous ! »

Matthias se hérissa. « En tout cas, ce ne sont pas *mes* gars à moi qui l'ont laissée tomber, la sainte ! » Capucine lui lança un regard furieux. Il parut gêné.

« Pardon ! » me dit-il. « Personne n'accuse GrosJean d'avoir fait ça. Si quelqu'un est responsable, c'est bien Aristide. Il n'a pas voulu laisser son petit-fils porter la sainte parce que cela aurait fait deux Guénolé contre un seul Bastonnet. Lui, bien sûr, ne pouvait pas le faire, pas avec une jambe de bois ! » Il poussa un soupir. « Je vous le répète, cette année-ci va être une année terrible. Vous avez bien entendu la Marinette, non ? »

« Ça n'était pas la Marinette ! » dit Capucine. Et sans même y penser, elle fit de la main gauche, les doigts en forme de cornes, le signe qui conjure le malheur et je vis Matthias en faire autant.

« Je vous le dis. Il faut nous y préparer. Voilà déjà trente ans que... »

Matthias refit le même signe de protection. « Oui, en 72. Ça, c'était vraiment une année terrible. »

Je le savais bien, moi. Cette année-là, trois personnes du village, dont le frère de mon père, avaient trouvé la mort.

Et Matthias avala une gorgée de sa devinnoise. « Un jour, voilà Aristide qui annonce qu'il a retrouvé la Marinette. C'était au début du printemps, l'année où il a perdu sa jambe, et en fin de compte, ça n'était qu'une vieille mine de fond qui datait de la Première Guerre. Marrant, vous ne trouvez pas ? »

J'en convins et je l'écoutai, avec toute la politesse dont j'étais capable, raconter cette histoire que j'avais entendue bien des fois lorsque j'étais enfant. Avec une sorte de désespoir, je pensai que rien vraiment n'avait changé. Les histoires non plus, aussi vieilles et fatiguées que les îliens. On les racontait fois après fois, on les modifiait, et les reprenait machinalement comme des grains de chapelet. Le cœur débordant de pitié mêlée d'impatience aussi, je poussai un profond soupir. Mais Matthias continua, sans y faire attention, comme si l'incident s'était produit le jour précédent.

« Le truc était à moitié recouvert de sable. Ça sonnait creux lorsqu'on tapait dessus avec un galet. Alors, tous les gosses sont arrivés avec des bâtons et des éclats de pierre pour le faire résonner. Plusieurs heures plus tard, lorsque la marée descendante l'a remporté, boum, ça a explosé, comme ça, tout seul, là-bas, à une centaine de mètres de la Jetée. Presque tout le poisson a été retrouvé crevé après ça, de là-bas jusqu'aux Salants. Hé ! » Matthias tira une bouffée de sa pipe avec un sombre enthousiasme. « La Désirée, l'a préparé un plein chaudron de soupe de poissons parce que cela lui fendait le cœur l'idée de tout ce poisson perdu. Elle a flanqué la colique à la moitié du village. » Il me regarda de ses petits yeux cernés de rouge. « Moi, je n'ai jamais pu dire s'il s'agissait ou non d'un miracle. »

Toinette acquiesça. « En tout cas, miracle ou pas, cela a marqué la fin de notre période de chance. Cette année-là, Olivier, le fils d'Aristide, a trouvé la mort et puis — ben — tu le sais déjà ! » Et elle se tourna vers moi en disant cela.

« PetitJean. »

Toinette hocha de nouveau la tête. « Hé, ces deux frères-là ! Tu aurais dû les entendre autrefois », continua-t-elle. « De vraies pies jacasses, tous les deux. Ils n'arrêtaient pas ! »

Matthias prit une autre gorgée de devinnoise. « Cette année terrible-là a brisé le cœur de Gros-Jean aussi. Sûrement qu'elle a détruit les maisons à la Goulue. Les coefficients des marées avaient été plus élevés cette année-là mais pas tant que ça. » Il poussa encore un soupir de morne satisfaction et du tuyau de sa pipe fit un signe dans ma direction. « Je te préviens, petite. Ne t'endors pas ici car une année de plus comme celle-ci et... »

Toinette se leva de son siège et regarda le ciel par la fenêtre. Au-delà de la pointe, des éclairs lointains traversaient l'horizon dont l'orangé ténébreux s'assombrissait encore.

« L'avenir est bien menaçant », observa-t-elle sans vraiment manifester d'inquiétude. « Juste comme il l'était en 72. »

7

Je passai la nuit dans mon ancienne chambre, bercée par le bruit des vagues. Il faisait déjà jour à mon réveil mais il n'y avait toujours aucune trace de mon père. Je me préparai du café et pris tout mon temps à le boire. Je me sentais ridiculement déprimée. Qu'avais-je espéré vraiment ? Que l'on m'accueille à bras ouverts comme l'enfant prodigue ? Le goût amer que m'avait laissé la cérémonie m'affectait encore et l'état de la maison ne faisait qu'empirer les choses. Je décidai de partir faire un tour.

Le ciel était couvert. J'entendais les cris perçants des mouettes au-dessus de la Goulue. J'en conclus que la mer devait être en train de se retirer. J'enfilai un manteau et sortis.

Avant même d'apercevoir la Goulue, son odeur, toujours plus puissante à marée basse, vous assaille déjà. Cette odeur de poissons et de varech qui pourrait déplaire à un étranger, pour moi, s'alourdit toujours de violente nostalgie. Remontant de l'intérieur vers la côte, j'apercevais maintenant les marais déserts briller sous la lumière argentée. Le vieux bunker allemand, à moitié enseveli dans la dune, se détachait dans le ciel comme un immeuble abandonné. Le filet de fumée qui en montait pourtant m'indiquait que Flynn préparait le petit déjeuner.

Aux Salants, au cours des années, c'est la Goulue qui avait le plus souffert. Ce ventre de l'île avait été dangereusement déformé par les marées et le sentier que je me rappelais avoir si souvent emprunté autrefois s'était effondré, ne laissant qu'un éboulis de rochers là où il n'était plus. Une rangée de vieilles cabines de plage, dont je me souvenais bien, avait aussi été emportée. Il n'en restait plus qu'une seule. Elle se dressait au-dessus des rochers sur des pilotis qui lui faisaient de longues pattes d'insecte aquatique. L'entrée de la crique s'était élargie aussi. Pourtant, il était visible qu'on avait fait des efforts pour la protéger. Un rempart de pierres, grossièrement cimentées, montrait toujours son contour irrégulier mais, au fil des années, il s'était déplacé et laissait maintenant la crique dangereusement exposée à la force des vagues. Je commençai à comprendre tout à fait le pessimisme de Guénolé. Poussée par le vent, la grande marée devait s'engouffrer dans le chenal, submerger la levée qui la bordait et inonder la route. Mais la chose qui me frappa le plus à la Goulue était quelque chose d'infiniment plus évident. Les créneaux d'herbes folles que l'on y voyait toujours, même en été, avaient disparu, ne laissant qu'une étendue de galets nus qu'une couche de vase ne couvrait même plus. Cela me laissa perplexe. Les vents auraient-ils changé de direction ? Selon la tradition, tout finit par revenir à la Goulue. Aujourd'hui, il n'y avait rien pourtant, pas de goémon, pas de détritus, pas même un seul débris de bois flottant. Les mouettes semblaient en être conscientes elles aussi car elles tournoyaient en se lançant des appels furieux sans jamais descendre se poser assez longtemps pour se nourrir. À l'horizon, là-bas, la jupe de la Jetée se festonnait d'écume blafarde au milieu de toute cette eau sombre. Aucune trace de mon père sur le rivage. Je me persuadai qu'il était sans doute allé au cimetière de la Bouche. Du village, on y arrivait en suivant la crique. J'y étais allée quelquefois, mais pas souvent. Dans l'île, la mort a toujours été une affaire d'hommes.

Je pris peu à peu conscience d'une présence à mes côtés, peut-être à la façon dont évoluaient les mouettes. Celui qui était là ne faisait certainement aucun bruit. En me retournant, j'aperçus Flynn, à quelques mètres. Il contemplait la même étendue d'eau. Un sac de sport en bandoulière, il portait à la main deux casiers à homards, marqués d'un B rouge. Ils appartenaient aux Bastonnet et tous deux étaient pleins.

Braconner est commettre la seule entorse à la loi qui soit jugée répréhensible dans l'île. Voler des casiers à un autre est aussi grave que coucher avec sa femme.

Flynn m'adressa un sourire impénitent. « Vous ne devineriez jamais ce que la mer peut ramener là-bas », fit-il remarquer d'un ton jovial en indiquant avec l'un des casiers la direction de la pointe. « Je me suis dit que je passerais de bonne heure pour faire mon ramassage avant que la moitié du village ne descende ici à la recherche de la sainte. »

« La sainte ? »

Il secoua la tête. « Hélas, il n'y en a aucune trace encore à la pointe. La marée a dû la faire rouler et les courants sont si forts ici qu'elle pourrait déjà être à mi-chemin vers la Goulue. »

Je restai silencieuse. Il fallait plus d'une forte marée pour arracher un casier à homards et le ramener à la côte ! Quand j'étais petite, les Guénolé et les Bastonnet se cachaient dans les dunes, à l'affût les uns des autres, armés de fusils de chasse chargés de sel gemme, chacun espérant surprendre l'autre en flagrant délit de vol.

« Vous avez bien de la chance ! » déclarai-je.

« Je me débrouille ! » dit-il, les yeux brillants de malice.

Un instant plus tard, pourtant, son attention s'était déjà détournée et il déterrait de ses pieds nus les petites perles d'ail sauvage qui poussaient dans le sable. Quand il en avait trouvé un certain nombre, il se baissait pour les ramasser et les mettre dans l'une de ses poches. Un court moment, le vent m'apporta leur parfum mêlé à l'air salin. Je me souvins d'en avoir souvent cherché moi-même pour assaisonner la soupe de poissons de ma mère.

« Il y avait un sentier ici, autrefois », lui fis-je remarquer, le regard tourné vers la baie. « Je l'ai souvent emprunté pour descendre vers les Salants. Et maintenant, il n'est plus là ! »

Flynn hocha la tête. « Toinette Prossage dit qu'elle se souvient qu'il y avait là toute une rangée de maisons, avec une jetée et une petite plage et le reste... Tout a glissé dans l'eau, il y a bien des années. »

« Une plage ? » C'était parfaitement logique, à mon avis. Il fut un temps où, à marée basse, on aurait pu aller à pied des bancs de sable de la Jetée jusqu'à la Goulue ; mais, au fil des années, ils avaient été emportés plus loin, au gré des courants, comme de grosses baleines blondes. Je contemplai l'unique cabine de bain qui restait, incongrue, inutile, perchée tout en haut au-dessus des rochers.

« Rien n'est jamais là pour toujours, dans une île. »

De nouveau, mon regard se porta sur les deux casiers. Flynn avait immobilisé les pinces des homards pour les empêcher de s'entre-déchirer.

« L'*Éléonore* des Guénolé a rompu ses amarres pendant la nuit, continua-t-il. Ils pensent que c'est sûrement un coup des Bastonnet mais c'est sans doute le vent qui a fait ça ! »

Apparemment Alain Guénolé, son fils, Ghislain, et son père, Matthias, s'étaient levés dès l'aube pour essayer de retrouver la trace du bateau disparu. L'*Éléonore* était un solide bateau de pêche à fond plat. Poussé par le ressac, il avait dû s'échouer intact quelque part sur les vasières de basse mer. Il fallait être optimiste pour croire cela, mais quand on n'a plus d'espoir, on n'a plus rien. « Votre père n'est pas rentré la nuit dernière, n'est-ce pas ? » Ma surprise dut lui paraître évidente car il se mit à sourire. « Moi, j'ai le sommeil léger », dit-il. « Je l'ai entendu descendre vers la Bouche, je crois. »

La Bouche, j'avais donc raison !

Le silence qui suivit ne fut interrompu que par l'appel des mouettes. Flynn attendait que je me décide à parler, je le savais bien. Je me posai de nouveau la question : que lui avait dit exactement mon père ? Je pensais à la boîte aux lettres pleine de courrier non décacheté, à la photo d'anniversaire déchirée.

« C'est un homme au caractère complexe », murmurai-je enfin. « On doit apprendre à voir les choses de sa perspective à lui et il faut être patient pour cela ! »

« Vous êtes partie depuis longtemps, vous savez. »

« Je connais mon père. »

Pendant la pause qui suivit, Flynn joua avec la perle de corail qui pendait à son cou. « Vous n'y êtes pas allée ? »

« Non, ce n'est pas un de mes coins préférés, pourquoi ? »

« Venez ! » me dit-il, en laissant tomber ses casiers et en me tendant la main. « Il y a quelque chose que je voudrais vous montrer ! »

Celui qui se rend à la Bouche pour la première fois est toujours pris au dépourvu par l'endroit. Il s'étonne d'abord de son étendue même, de ses allées avec leurs rangées de pierres tombales, toutes portant des noms de Salannais, les centaines, les milliers peut-être de Bastonnet, de Guénolé, de Prossage, de Prasteau même, alignés maintenant côte à côte comme autant de baigneurs fatigués, allongés au soleil, oubliant enfin leurs querelles.

L'énormité de ces pierres tombales est sa deuxième surprise. Ce sont d'effrayants géants, taillés dans le granit de l'île et polis par le vent, qui se dressent vers le ciel, monolithes ancrés dans le sol instable par leur propre pesanteur. Bien différents des Salannais vivants, les morts, eux, sont d'un naturel sociable ; ils se rendent visite d'une tombe à l'autre, au mépris des querelles de famille, quand les mouvements de sable le leur permettent. Pour leur imposer une certaine discipline, nous utilisons les blocs les plus massifs que nous pouvons trouver. Sur la tombe de PetitJean, une énorme dalle de granit rose recouvre complètement la fosse. On n'aurait jamais pu enterrer PetitJean assez profondément sans cela.

Comme nous cheminions vers le vieux cimetière, Flynn refusa de répondre à mes questions. Je le suivis à contrecœur, avançant avec précaution sur les cailloux. J'apercevais à présent les premières des vieilles pierres tombales qui dépassaient du sommet de la dune qui les abritait. La Bouche avait toujours été la retraite favorite de mon père et, même après toutes ces années, je me sentais vaguement coupable de violer des secrets en allant l'y rejoindre.

« Montez au sommet de la dune », conseilla Flynn, en remarquant mon hésitation. « De là, vous verrez tout. »

Je demeurai longtemps à la crête de la dune à contempler le cimetière tout en bas. « C'est comme ça depuis combien de temps ? » demandai-je enfin.

« Depuis les tempêtes de l'équinoxe de printemps. »

Évidemment, on avait bien essayé de protéger les tombes. Le long du sentier le plus proche de la crique, on avait aligné des sacs de sable et l'on avait remonté la terre qui s'était écroulée autour de certaines pierres, mais les dégâts étaient visiblement trop importants pour que d'aussi sommaires réparations fussent vraiment suffisantes. Certaines des pierres tombales ressortaient de leur trou agrandi par l'eau comme de vieilles dents déchaussées, les unes étaient toujours dressées à la verticale, d'autres, dangereusement penchées, baignaient dans l'eau peu profonde là où l'inondation avait percé la petite levée de la crique. Un vase de fleurs fanées dépassait ici et là la surface de l'eau. Ailleurs, sur cinquante mètres, plus peut-être, il n'y avait rien, rien que les pierres et la morne surface liquide qui reflétait la spectrale pâleur du ciel.

Je restai là longtemps à contempler le cimetière, sans dire un mot.

« Il vient ici tous les jours depuis des semaines », m'expliqua Flynn. « Je lui ai bien dit que c'était inutile mais il refuse de me croire ! »

À présent, j'apercevais la tombe de PetitJean, pas très loin du sentier inondé. En l'honneur de la Sainte-Marine, sans doute, mon père l'avait décorée de fleurs rouges et de perles de corail. Fragiles et esseulées, sur leur îlot de granit, ces petites offrandes me faisaient étrangement fondre le cœur.

Mon père avait dû très mal prendre la chose. Superstitieux comme il l'était, la Marinette elle-même ne l'aurait pas aussi profondément bouleversé que ce spectacle-là.

Je fis un pas vers le sentier.

« Non, n'y allez pas », m'avertit Flynn.

Je ne tins pas compte de son conseil. Le dos tourné, mon père était si absorbé par son occupation qu'il ne m'entendit que lorsque je fus assez proche de lui pour le toucher. Flynn, lui, ne bougeait pas. Il se tenait presque invisible parmi l'oyat des dunes où seul le reflet cuivré de sa chevelure fauve indiquait sa présence.

« Papa », murmurai-je. Il se retourna vers moi.

Maintenant, en plein jour, je me rendais mieux compte à quel point il avait vieilli. Il me paraissait plus petit que l'autre soir, comme rétréci dans ses vêtements, son visage épais sali par cette barbe grise des vieillards. Il ne s'était pas rasé depuis plusieurs jours. Ses manches étaient tout éclaboussées de boue comme s'il avait creusé la terre de ses mains et il y en avait aussi jusque dans le haut de ses bottes de pêcheur. Une gitane pendait au coin de ses lèvres.

Je m'avançai d'un pas. Il me regarda en silence. Ses yeux bleus, toujours plissés par le soleil, brillaient étrangement. Il n'eut aucune réaction. Il aurait aussi bien pu observer un flotteur tomber à la surface de l'eau en tournoyant ou calculer la distance entre un bateau et la jetée pour éviter un accident.

« Papa », répétai-je, sentant mon sourire se figer de façon singulière sur mon visage. Je rejetai mes cheveux en arrière pour qu'il me voie mieux. « C'est moi, papa ! »

Il ne donna aucune indication qu'il m'eût même entendue. Je le vis porter la main à sa gorge et palper le pendentif qu'il avait à son cou. Mais ce n'était pas un pendentif, c'était un médaillon, ce genre de bijou qui renferme un souvenir chéri.

« Je t'ai écrit. Je croyais que, peut-être, tu avais besoin de... »

Je ne reconnaissais pas cette voix. C'était sûrement une autre que la mienne qui prononçait ces mots. GrosJean me fixait de ses yeux éteints. Comme un vol de papillons noirs, un silence oppressant pesait sur nous.

« Tu pourrais faire un effort pour dire quelque chose, au moins ! » murmurai-je.

Mais rien, rien que le silence, ce battement d'ailes au-dessus de nous.

« Alors ? »

« Eh bien ? » Rien que le bruissement d'ailes. Il était dans ma gorge maintenant et faisait trembler ma voix. J'avais du mal à respirer. « Je suis revenue. N'as-tu rien du tout à me dire ? »

Un instant, je crus deviner une lueur dans son regard. Peut-être était-ce seulement mon imagination ? De toute façon, une seconde après, la lueur avait disparu. Puis, avant même que je ne m'en rende compte, mon père s'était retourné et, sans avoir prononcé un seul mot, il avait repris le chemin des dunes.

8

J'aurais dû m'y attendre. D'une certaine manière, d'ailleurs, je m'y étais attendue. Il y a des années j'avais déjà vécu son refus de me reconnaître. Pourtant, cette fois, je ressentis ce refus comme une brûlure. Maman n'étant plus, Adrienne ayant quitté la maison, j'avais peut-être le droit, à présent, de m'attendre à une réaction quelconque de sa part, non ?

Si j'avais été un garçon, les choses auraient pu être bien différentes. Comme la plupart des hommes de l'île, GrosJean aurait voulu des garçons. Des fils auraient travaillé sur le chantier, ils auraient veillé sur les tombes. Mais des filles, avec tout ce que cela représentait comme dépenses, n'étaient d'aucun intérêt pour GrosJean Prasteau. La naissance d'une première fille avait déjà été assez mal reçue mais l'arrivée d'une deuxième, quatre ans plus tard, avait mis définitivement fin au peu d'intimité qui restait entre mes parents. Moi, j'avais grandi en essayant de réparer la déception dont j'étais la cause. J'avais porté les cheveux courts pour lui faire plaisir, j'avais fui la compagnie des autres filles pour mériter son approbation. Et cela avait réussi jusqu'à un certain point : il me permettait de l'accompagner à la pêche au bar, dans le ressac, à marée montante, ou bien il m'emmenait vers les parcs à huîtres pêcher à la fouëne avec une *corboye* sur la hanche, ce panier de bois des pêcheurs de l'île. Ces moments-là m'étaient précieux, ils représentaient un trésor volé les jours où Adrienne et ma mère allaient ensemble à la Houssinière, un trésor que j'amassais peu à peu et dont je me réjouissais en cachette.

Alors qu'il ne disait jamais un mot à ma mère en ces occasions, il me parlait. Il me montrait les nids des goélands et les endroits sablonneux au large de la Jetée où quelques phoques revenaient tous les ans. Parfois, nous trouvions sur la plage des objets que la mer avait rejetés et nous les rapportions à la maison. Plus rarement, il me racontait des histoires et m'apprenait de vieux dictons de l'île. « Tout revient » était son préféré.

« Je suis désolé. » C'était Flynn qui avait dû s'approcher par-derrière sans faire de bruit pendant que je contemplais la tombe de PetitJean.

Je fis un signe de tête résigné. Ma gorge était douloureuse comme si j'avais crié très fort.

« Il ne parle vraiment plus à personne », expliqua Flynn. « Il communique par signes la plupart du temps. Je ne crois pas l'avoir entendu parler plus d'une douzaine de fois depuis mon arrivée ici et, même là, cela se limitait à un oui ou un non. »

Une fleur rouge flottait sur l'eau à quelques pas du sentier. Je la contemplai avec un haut-le-cœur. « Alors, il vous parle à vous ? »

« De temps en temps ! »

J'étais consciente de sa présence tout près de moi. Gêné, il attendait de m'offrir un peu de réconfort et, pendant un instant, je ne voulus rien d'autre que cela précisément. Je pouvais me retourner vers lui, je le savais — il était juste assez grand pour que je puisse reposer ma tête sur son épaule — et il aurait sur lui le parfum d'ozone et d'iode, celui de la laine écrue de son pull marin et je savais aussi que, sous son pull, la chaleur de son corps envahirait le mien.

« Mado, je suis vraiment désolé... »

Je regardai droit devant moi, les yeux vides, haïssant terriblement sa pitié et encore plus ma propre faiblesse. « Le salaud ! Il en est encore à jouer son petit jeu ! » déclarai-je et je pris une longue inspiration qui se termina en un soupir. « Rien ne change ! »

Flynn me regarda d'un œil prudent. « Ça va ? »

« Oui, ça va ! »

Il reprit ses casiers et son sac en passant et me raccompagna à la maison. Je ne disais pas grand-chose, cependant lui maintenait un bavardage constant auquel je ne prêtais aucune attention mais dont je lui étais vaguement reconnaissante. De temps en temps, je palpais la lettre dans ma poche.

« Où allez-vous vivre maintenant ? » demanda Flynn au moment où nous atteignîmes le sentier qui menait aux Salants.

Alors je lui parlai du petit appartement à Paris, de la brasserie d'en face, du café où nous allions les soirs d'été, des avenues bordées de tilleuls...

« Ça a l'air d'un endroit sympa. J'irai peut-être là-bas un de ces jours. »

Je le regardai, étonné. « Et moi qui croyais que vous vous plaisiez ici ! »

« Peut-être bien, mais je n'ai pas l'intention d'y rester. Personne ne fait fortune en s'enterrant dans le sable. »

« Ah ! Parce que vous voulez faire fortune ? C'est ça que vous cherchez ? »

« Bien sûr. C'est le vœu de tout le monde, n'est-ce pas ? » Il y eut un silence. Nous cheminions côte à côte, lui, silencieusement, moi, en faisant craquer sous mes bottes les débris de coquillages éparpillés sur la dune.

« Votre pays à vous ne vous manque donc jamais ? » demandai-je enfin.

« Sûrement pas ! » Il fit la grimace. « Mado, c'était un trou, le bled absolu ! Pas d'emploi, pas d'argent, pas d'animation ! Le peu d'argent que nous avions était toujours pour mon frère. Je m'en suis enfui dès que j'en ai eu l'occasion. »

« Votre frère ? »

« Oui, John, l'enfant miracle ! » Son sourire s'était aigri, durci, comme le mien sans doute devait le faire lorsque je pensais à Adrienne.

« La famille, hein, qui en a besoin ? »

Je me demandai si c'était aussi la façon de penser de GrosJean, si c'était la raison pour laquelle il m'avait exclue de sa vie. « Je ne peux tout simplement pas le laisser tomber », murmurai-je.

« Bien sûr que si. Il est évident que lui ne veut pas de... »

« Mais je n'ai pas à me préoccuper de ce qu'il veut. Vous avez vu l'état du chantier ? Vous avez vu celui de la maison ? D'où vient l'argent ? Et que va-t-il lui arriver quand il n'y en aura plus ? »

Il n'y a pas de banque aux Salants. À la banque, selon le dicton de l'île, on vous prête un parapluie quand le soleil brille et on vous le reprend dès qu'il pleut. Alors, on entasse ses sous dans des boîtes à chaussures, sous l'évier de la cuisine, et la plupart des prêts se font entre individus, à l'amiable. D'un côté, je ne pouvais pas imaginer GrosJean empruntant de l'argent, de l'autre, dans son cas, je ne pouvais imaginer non plus de fortune cachée sous le plancher.

« Il va se débrouiller », dit Flynn. « Il a des copains, ici. Ils ne vont pas le laisser dans le pétrin. »

J'essayais d'imaginer Omer la Patate en train de s'occuper de mon père, ou Matthias, ou Aristide, mais je ne pouvais me souvenir que du visage de GrosJean le jour de notre départ, cette complète absence d'expression, qui aurait pu aussi bien être un masque de désespoir, ou simplement de l'indifférence, ou même encore quelque chose de totalement étranger. Je me souvenais de ce signe de tête presque imperceptible qu'il avait fait avant de se retourner. Il y avait des bateaux qui attendaient sur le chantier, il n'avait pas de temps à perdre pour les adieux. Je me revoyais l'appeler par la vitre baissée du taxi. « Je t'écrirai, c'est promis ! » Je revoyais Maman, le visage décomposé, écrasée sous le poids de toutes les choses que ni l'un ni l'autre n'avaient jamais pu dire. Elle peinait en portant nos valises à la voiture.

Nous nous approchions de la maison dont je distinguais le toit de tuiles rouges au-dessus des dunes. Un mince filet de fumée montait de la cheminée. Flynn marchait à côté de moi, la tête baissée, sans parler, sa mèche rebelle lui cachant le visage.

Soudain, il s'arrêta net. Quelqu'un était entré dans la maison, quelqu'un qui se tenait à la fenêtre de la cuisine. Je n'en distinguais pas les traits mais je ne pouvais pas m'y tromper, cette lourde silhouette d'ours, le nez collé au carreau.

« GrosJean ? » dis-je à mi-voix.

Flynn fit non de la tête. « Brismand ! » dit-il, le regard méfiant.

9

Il n'avait pas changé, lui. Plus âgé, plus grisonnant, plus épais peut-être, mais il portait toujours les espadrilles et la casquette de pêcheur dont je me souvenais si bien. Ses doigts énormes étaient couverts de bagues et sa chemise, malgré la fraîcheur de la journée, était mouillée de sueur sous les bras. À mon entrée, il se tenait toujours près de la fenêtre, une tasse de café fumant à la main. Une forte odeur d'armagnac emplissait la pièce.

« Ah, c'est la petite Mado ! » Sa voix, aux chaudes intonations sonores, portait bien, son sourire épanoui était contagieux et sa moustache grise avait l'air encore plus théâtral que jamais. C'était la moustache d'un comique d'opérette ou d'un chef communiste. En trois pas rapides, il fut près de moi et me serra dans ses bras musclés, couverts de taches de rousseur. « Mado, ça me fait du bien, vraiment du bien de te revoir ! » Comme tout chez lui, son étreinte était puissante. « J'ai fait du café. J'espère que tu n'y vois pas d'inconvénient. Après tout, on est parents, non ? » À moitié étouffée dans ses bras, je fis signe que oui. « Alors, comment va Adrienne ? Et les gosses ? Mon neveu n'écrit pas aussi souvent qu'il le devrait ! »

« Ma sœur non plus ! »

À ma remarque, il éclata d'un rire dont le timbre avait la richesse du café qu'il buvait.

« Ah, les jeunes, hein ! Mais toi, toi, viens que je te regarde un peu. Comme tu as grandi ! Ça me fait me sentir très vieux, tu sais, mais cela en vaut la peine quand je vois ton visage, Mado, ton joli petit visage ! »

J'avais presque oublié le charme qu'il avait, ce charme qui vous prenait au dépourvu et vous laissait sans défense. Je prenais aussi conscience de cette intelligence cachée derrière l'extravagance du personnage, de ses yeux couleur d'ardoise, presque noirs et qui semblaient tout deviner. Oui, lorsque j'étais gosse je l'avais trouvé sympathique. Je le trouvais toujours sympathique, d'ailleurs.

« Il y a encore des coins inondés dans le village, hein ? Quel putain de sort ! » dit-il en poussant un énorme soupir. « Tu dois le trouver bien changé maintenant. Mais la vie d'îlien ne convient pas à tout le monde, n'est-ce pas ? Les jeunes veulent toujours plus de plaisirs que cette pauvre vieille île ne pourra jamais leur procurer. »

Je sentais tout près la présence de Flynn, à deux pas de là, devant la porte, avec ses casiers à homards à la main. Il semblait hésiter à entrer mais, en même temps, je devinais sa curiosité, son refus de me laisser seule avec Brismand.

« Entrez donc », lui dis-je. « Venez prendre un café ! »

Flynn fit non de la tête. « Je vous verrai plus tard. »

« Tu sais, tu peux l'oublier, celui-là ! » Brismand, qui n'avait accordé qu'un coup d'œil à Flynn, se retourna de nouveau vers moi et passa son bras autour de mes épaules d'un geste aimable. « Il est sans importance. Raconte-moi tout ! »

« Monsieur Brismand. »

« Mado, appelle-moi Claude, s'il te plaît ! » Sa gentillesse débordante avait quelque chose d'étrangement irrésistible, comme celle d'un énorme Père Noël.

« Pourquoi donc ne m'as-tu pas dit que tu arrivais, hé ? J'avais presque perdu l'espoir de... »

« Maman était malade. Je ne pouvais pas venir ! »

Un instant, tout me revint à la mémoire : l'odeur de la chambre de malade, le sifflement de l'inhalateur, le timbre de sa voix lorsque je hasardais l'idée de revenir ici, même pour une simple visite.

« Je sais ! » Il me versa une autre tasse de café. « J'en suis désolé. Et puis, maintenant, tous ces ennuis avec GrosJean. » Il s'installa dans le fauteuil d'osier qui grinça sous son poids et donna un petit tapotement à la chaise à côté de lui pour m'inviter à m'y asseoir. « Moi, je suis bien content que tu sois venue, ma petite Mado », dit-il simplement. « Content que tu m'aies fait confiance. »

Les premières années, après notre départ du Devin, nous parurent les plus dures. Nous étions toutes deux pleines de bonne volonté, heureusement. Mais une certaine dureté, doublée d'un esprit pratique tendu et inquiet, avait remplacé le naturel romantique de ma mère. Cela nous fut cependant d'une grande utilité. N'ayant aucune compétence particulière, elle dut gagner de quoi vivre en faisant des ménages. Malgré cela, nous étions pourtant pauvres.

GrosJean n'envoyait aucun argent. Ma mère acceptait la situation avec une satisfaction pleine d'amertume, cela confirmait qu'elle avait eu raison de le quitter. Au grand lycée parisien que je fréquentais, mes vêtements râpés ne faisaient que renforcer mon allure d'étrangère.

Brismand nous avait aidées de sa façon à lui. Nous faisions partie de la famille à présent, même si nous n'en portions pas le nom. Il n'envoyait pas d'argent mais, à Noël, nous recevions des vêtements et des livres et, lorsqu'il eut découvert ma passion pour la peinture, des boîtes de couleurs. Au lycée, je m'étais vite réfugiée dans la section de dessin, qui me rappelait un peu l'atelier de mon père, bruissant de petites activités et tout plein de l'odeur de sciure fraîche. Je commençai à attendre les leçons avec impatience. J'étais douée pour la matière. Je dessinais des plages, des bateaux de pêche et des maisons basses aux murs blanchis à la chaux sous des ciels tourmentés. Maman, bien sûr, détestait mes tableaux. Plus tard, ils devinrent pourtant notre source principale de revenus mais elle n'en détestait pas moins le sujet. Elle soupçonnait que c'était ma façon à moi de ne pas lui tenir parole, bien qu'elle ne m'en fît jamais le reproche.

Pendant mes années au lycée, Brismand continua à m'écrire. Ses lettres n'étaient pas adressées à ma mère — elle avait complètement accepté Paris avec tout son faux brillant et son mauvais goût clinquant, et elle n'avait sûrement aucune envie de se voir rappeler l'existence du Devin — non, c'est à moi qu'elles s'adressaient. Elles n'étaient jamais bien longues mais elles représentaient ma seule source d'informations et j'en dévorais chaque détail avec avidité. Parfois, je me surprenais à souhaiter que Brismand eût été mon père au lieu de GrosJean.

La première indication que quelque chose n'allait pas tout à fait aux Salants m'était parvenue il y a un an. C'était un simple détail au départ — Brismand n'avait pas vu GrosJean depuis quelque temps — puis d'autres suivirent. La conduite étrange de mon père, déjà reconnue même alors que j'étais enfant, s'aggravait. On disait qu'il avait été bien malade mais qu'il avait refusé de consulter le docteur. Brismand s'inquiétait.

Je ne répondis pas à ces lettres-là. Ma mère monopolisait déjà toute mon attention. Son emphysème, aggravé par la pollution urbaine, avait empiré et le docteur avait essayé de la convaincre de déménager, d'aller vivre bien loin, il avait suggéré quelque part au bord de la mer, là où l'air serait plus sain. Maman avait refusé d'écouter son conseil. Elle adorait Paris. Elle adorait les magasins, les cinémas, les cafés. Étrangement, elle n'éprouvait aucune jalousie pour les riches

Parisiennes dont elle nettoyait les appartements, elle tirait indirectement au contraire du plaisir de leurs élégants vêtements, de leur riche mobilier et de leur active vie sociale. Je devinais que c'était là ce qu'elle désirait pour moi.

Les lettres de Brismand continuèrent à arriver. Il s'inquiétait toujours. Il avait écrit sans recevoir de réponse à Adrienne. Je comprenais bien cela. J'avais téléphoné moi-même à ma sœur quand ma mère était entrée à l'hôpital pour m'entendre dire simplement qu'Adrienne était de nouveau enceinte et n'était pas en état de voyager. Maman était morte quatre jours plus tard. Adrienne, en pleurs, m'avait dit au téléphone que son docteur lui avait interdit toute fatigue. Ayant eu deux garçons, elle aurait fait n'importe quoi pour avoir une petite fille et elle devinait que Maman au moins aurait compris cela, m'avait-elle assuré.

Je bus lentement mon café. Brismand, dont le bras robuste entourait encore mon épaule, attendait patiemment. « Je l'sais bien, Mado. Le coup a été dur pour toi ! »

J'essuyai mes yeux. « J'aurais dû m'y attendre ! »

« Tu aurais dû t'adresser à moi ! » Il jeta un coup d'œil autour de lui, conscient du plancher sale, des piles de vaisselle, du courrier non décacheté, de l'état général d'abandon de la maison.

« Je voulais voir les choses de mes propres yeux ! »

« Je comprends ! » et Brismand fit de la tête un signe d'approbation. « C'est ton père, après tout, et la famille, ça compte ! »

Il se leva et soudain sa carrure sembla emplir la pièce. Il enfonça les mains dans ses poches. « Tu sais que j'ai eu un fils. Ma femme l'a emmené avec elle quand il n'avait que trois mois. Moi, j'ai attendu ici trente ans en espérant son retour — en sachant très bien qu'il reviendrait un jour. »

Je fis un signe de tête à mon tour. J'étais au courant de l'histoire. Aux Salants, évidemment, on partait du principe que c'était de sa faute à lui.

Il secoua la tête, abandonnant brusquement tout effet théâtral et soudain il parut vieux. « C'est ridicule, n'est-ce pas, la façon dont nous nous faisons des illusions et les dards que nous nous enfonçons mutuellement dans la chair et qui y restent. » Il me regarda « GrosJean t'aime, Mado ! À sa façon, il t'aime ! »

Et mon esprit se reporta à ma photo d'anniversaire, à la manière dont le bras de mon père était appuyé sur l'épaule d'Adrienne. D'un geste amical, Brismand me prit la main. « Je ne veux pas que tu te sentes obligée de le faire », dit-il.

« Je sais. Ça va ! »

« Les Immortelles, c'est une maison agréable, Mado ! Elle est équipée comme un hôpital, le docteur vient régulièrement du continent, les salles sont spacieuses. GrosJean pourrait y voir ses copains lorsqu'il le voudrait, à n'importe quel moment. Je pourrais m'occuper des arrangements ! »

J'hésitai. La sœur Thérèse et la sœur Extase m'avaient déjà prévenue des soins médicaux à long terme offerts par Brismand. Cela avait l'air de coûter cher et je le lui dis.

Il secoua la tête pour calmer mes inquiétudes. « Je m'occuperai de tout cela ! Tous les frais seraient couverts par la vente du terrain et il resterait peut-être même un peu d'argent. Je me mets à ta place, Mado, mais quelqu'un doit pourtant bien être raisonnable, n'est-ce pas ! »

Je promis d'y réfléchir. C'était une idée que Brismand avait déjà vaguement introduite dans ses lettres mais jamais encore aussi ouvertement. Cela me semblait une offre valable. À l'inverse de Maman, GrosJean n'avait jamais voulu prendre d'assurance médicale et je ne pouvais pas me permettre d'ajouter aux miens ses propres ennuis financiers. Il était évident qu'il avait besoin de soins. Et moi, j'avais une vie à Paris à laquelle je pouvais — à laquelle je devais — retourner. Si naïfs qu'eussent été mes rêves auparavant, les Salants m'avaient maintenant révélé leur vrai et terrible visage. Trop de choses avaient changé.

10

En sortant, je rencontrai Alain Guénolé et son fils Ghislain qui venaient du village, en sens inverse. Tous deux, essoufflés, paraissaient agités malgré leur réserve traditionnelle. Ils se ressemblaient beaucoup. Tous deux avaient les traits anguleux des îliens mais, alors que son père portait l'habituelle marinière de toile, Ghislain, lui, portait un tee-shirt d'un jaune fulgurant qui tranchait sur sa peau brune avec l'agressivité d'une enseigne au néon. En m'apercevant, il se mit à sourire et commença à escalader la dune à grandes enjambées chaloupées.

« Madame GrosJean », appela-t-il, haletant et s'arrêtant pour reprendre son souffle. « On a besoin d'emprunter la remorque du tracteur du chantier. C'est urgent ! »

Un instant, je fus sûre qu'il ne m'avait pas reconnue. Ghislain Guénolé avait deux ans de plus que moi, nous avions joué ensemble quand nous étions gosses. M'avait-il vraiment appelée Mme GrosJean ?

Alain, en guise de salut, me fit un signe de tête. Lui aussi était inquiet mais il était évident que, pour lui, rien n'était assez urgent pour qu'il se mette à courir. « C'est l'*Éléonore* », cria-t-il du bas de la dune. « Quelqu'un l'a aperçue à la Houssinière, en face des Immortelles. On y va pour la ramener mais on a besoin de la remorque de votre père pour ça. Il est chez lui ? »

Je fis non de la tête. « Je ne sais pas où il est ! »

Ghislain eut l'air ennuyé. « Ça ne peut pas attendre ! » dit-il. « Il nous la faut et tout de suite ! Peut-être pourriez-vous... si vous lui disiez pourquoi c'était... »

« Mais bien sûr, empruntez-la donc », dis-je, prenant une décision rapide. « Je vais y aller avec vous. »

Alain qui nous avait rejoints eut l'air d'avoir des doutes devant ma décision. « Je ne crois pas que... »

« C'est mon père qui a construit l'*Éléonore* », déclarai-je, d'un ton décidé. « C'était bien des années avant ma naissance. Il ne me le pardonnerait jamais si je ne vous donnais pas un coup de main. Vous savez bien quelle affection il avait pour ce bateau ? »

C'était plus que de l'affection d'ailleurs, je me souvenais bien de ça. L'*Éléonore* avait été la première de ses « dames », peut-être pas la plus élégante de ses créations mais sûrement celle qui lui était la plus chère. L'idée de sa possible perte me remplissait déjà de consternation.

Alain eut un haussement d'épaules. Pour lui, un bateau était un moyen de gagner son pain et rien de plus. Quand il s'agissait d'argent, il n'y avait pas de place pour les sentiments. Ghislain courut chercher la remorque. J'étais consciente que j'éprouvais une espèce de soulagement à l'idée que cette crise m'offrait une sorte de sursis.

« Vous êtes sûre que vous voulez vraiment... » me demanda Alain pendant que son fils accouplait la remorque au vieux tracteur. « Ce n'est pas une partie de plaisir, vous savez ! »

Je me sentis piquée au vif par cette banale remarque. « Mais je veux vous aider ! »

« Comme vous voulez ! »

L'*Éléonore* s'était échouée sur la roche à quelque cinq cents mètres au large de la Houssinière et la marée montante l'avait coincée davantage. Bien que la mer fût encore loin d'être haute, le vent avait fraîchi et, l'une après l'autre, les vagues déferlantes faisaient cogner la carène endommagée contre le granit.

Sur le rivage, un petit groupe de Salannais, dont Aristide, son petit-fils, Xavier, Matthias, Capucine et Lolo, contemplaient la scène. Mon regard parcourut les visages à la recherche de celui de mon père. Il n'était pas là. J'aperçus cependant Flynn en bottes et pull marin, il portait son sac en bandoulière. Bientôt, Damien, le copain de Lolo, les rejoignit. À présent, le voyant ainsi aux côtés d'Alain et de Ghislain, je remarquai qu'il avait bien les traits caractéristiques des Guénolé.

« Ne t'approche surtout pas, Damien », dit Alain, en le voyant s'avancer. « Je ne veux pas de toi dans nos pattes ! »

Damien lui jeta un coup d'œil maussade et s'installa sur un rocher. Quelques instants plus tard, lorsque je me retournai, il avait allumé une cigarette et la fumait, le dos tourné, par défi. Alain, les yeux rivés sur l'*Éléonore*, ne semblait pas s'en apercevoir.

Je m'assis à côté de l'adolescent. Pendant un moment, il fit semblant de ne pas avoir remarqué ma présence ; puis, poussé par la curiosité, il se tourna vers moi. « Il paraît que vous habitez Paris », dit-il à voix basse. « C'est comment ? »

« C'est comme n'importe quelle autre grande ville », lui répondis-je. « Grand, bruyant et plein de monde ! »

Il eut l'air déprimé un instant, puis ses yeux brillèrent. « Les grandes villes d'Europe, peut-être, mais les grandes villes d'Amérique, c'est bien autre chose ! Mon frangin a un tee-shirt américain. Il le porte en ce moment, regardez ! »

Je me mis à sourire et détournai les yeux du torse lumineux de Ghislain.

« En Amérique, on ne mange rien que des hamburgers », déclara Alain, sans quitter des yeux l'*Éléonore*. « Et les filles sont de grosses tourtes. »

Le garçon prit un air indigné. « Et comment saurais-tu ça, toi ? Tu n'y es jamais allé ! »

« Toi non plus ! »

De la jetée qui abrite le minuscule port, quelques Houssins observaient aussi le bateau endommagé. Jojo-le-Goéland, un vieux marin à l'œil lubrique, nous fit un geste de la main, en guise de salut. « Alors, vous êtes venus voir ? » demanda-t-il, en ricanant.

« Toi, dégage, Jojo ! » jeta Alain, d'un ton sec. « Les hommes ont de l'ouvrage sur la planche ici ! »

Jojo éclata de rire. « Eh bien, vous allez avoir du mal si vous essayez de l'atteindre à partir d'ici ! La mer monte et le vent vient du large. Que vous ayez des ennuis, moi, ça ne m'étonnerait pas du tout ! » dit-il.

« Fais pas attention à lui ! » me conseilla Capucine. « Il n'arrête pas de parler comme ça depuis notre arrivée. »

Jojo prit un air blessé. « Je pourrais vous la ramener à la côte », suggéra-t-il. « J'la dégagerais de la roche avec la *Marie-Joseph* et ça vous s'rait facile d'amener un tracteur sur la plage et de la charger dessus. »

« Ça ferait combien ? » demanda Alain, d'un air soupçonneux.

« Ben, y aurait le bateau, le travail et l'accès — mettons, mille francs ! »

« L'accès ? L'accès à quoi ? » demanda Alain, indigné.

Jojo sourit d'un air narquois. « Aux Immortelles, bien sûr ! C'est une plage privée. M. Brismand nous l'a bien dit. »

« Privée ? Et depuis quand ? » Alain jeta un coup d'œil vers l'*Éléonore* et son visage se renfrogna.

Jojo alluma avec soin le mégot d'une gitane. « Réservée uniquement aux clients de l'hôtel ! » dit-il. « On ne peut pas permettre à la racaille d'y foutre des ordures partout ! »

Il mentait et tout le monde le savait. Je voyais Alain en train de calculer ses chances de déséchouer l'*Éléonore* à bras d'hommes.

Je lançai à Jojo un regard sévère. « Moi, je connais M. Brismand », lui dis-je.

Jojo ricana. « Pourquoi n'allez-vous pas le lui demander ? » suggéra-t-il. « Vous verrez vous-même ce qu'il vous dira ! Et prenez tout votre temps ! L'*Éléonore* sera toujours là quand vous reviendrez ! »

Alain jeta de nouveau un regard vers l'*Éléonore*. « Tu crois qu'on pourra y arriver ? » demanda-t-il à Ghislain.

Ghislain répondit par un haussement d'épaules. « Rouget, tu crois qu'on pourra, toi ? »

Flynn, qui avait disparu avec son sac vers la jetée pendant cet échange, réapparut mais cette fois sans son sac. Il regarda l'*Éléonore* et fit non de la tête. « Moi, je ne crois pas », dit-il. « Pas sans la *Marie-Joseph* ! Vaudrait mieux faire ce qu'il suggère avant que la mer ne remonte davantage. »

L'*Éléonore* était un lourd bateau d'ostréiculteur, typique des bateaux de l'île. Sa quille peu profonde pour faciliter l'accès aux parcs à huîtres était renforcée par un revêtement de plomb. La marée montante la poussant par l'arrière, il serait bientôt impossible de la dégager de la roche.

Et si nous attendions l'étale de basse mer — une attente d'une dizaine d'heures au moins — les dommages seraient plus importants encore. Le sourire moqueur de Jojo s'élargit.

« Moi, je crois qu'on le pourrait », déclarai-je. « Il faudrait la tourner nez au vent, bien sûr. Et une fois qu'on l'aurait poussée dans l'eau peu profonde, on pourrait utiliser la remorque. »

Alain me regarda, puis son regard se tourna vers les autres Salannais. Je voyais qu'il mesurait des yeux notre résistance, calculant combien de bras il faudrait pour mener à bien la tâche. Je jetai un coup d'œil en arrière espérant apercevoir le visage de GrosJean parmi les autres mais de lui il n'y avait aucune trace.

« Moi, j'en suis ! » dit Capucine.

« Moi aussi ! » s'exclama Damien, enthousiaste.

Alain fronça les sourcils. « Vous, les jeunes, dégagez ! » dit-il. « Je ne veux pas qu'il vous arrive d'accident ! »

Il me regarda de nouveau, puis les autres encore. Matthias, bien sûr, était trop vieux pour prendre part à une opération aussi dangereuse mais, avec l'aide de Flynn, de Ghislain, de Capucine et la mienne, nous serions peut-être capables de réussir, pensait-il. Aristide, lui, tenait ses distances d'un air dédaigneux, pourtant je remarquai que Xavier nous contemplait d'un air mélancolique.

Jojo attendait, le sourire fendu jusqu'aux oreilles. « Eh bien, vous vous décidez ? » Le vieux marin trouvait évidemment amusant qu'Alain pût prendre au sérieux ma suggestion. Un des dictons favoris de l'île déclare : « Pas plus de bon sens que le raisonnement d'une sacrée bonne femme ! »

« Essaie donc ! » dis-je. « Qu'est-ce que l'on a à perdre ? »

Mais Alain hésitait toujours.

« Elle a raison ! » s'exclama Ghislain avec impatience. « Comment ? Tu deviens sénile ou quoi, alors ? Mado en a plus dans le ventre que toi ! »

« D'accord ! » décida enfin Alain. « On y va ! »

Je remarquai le regard de Flynn vers moi. « Je crois que vous avez là un admirateur », dit-il en souriant et, d'un bond, il atterrit légèrement sur le sable mouillé.

Je lui lançai un coup d'œil de désapprobation. « Vous avez vendu votre prise, alors ? » demandai-je.

« Allons, faut pas m'en vouloir », dit Flynn. « Vous n'allez pas me dire que vous n'auriez pas fait la même chose à ma place ! »

« Sûrement pas ! C'est du vol ni plus ni moins ! »

« Ouais, vous avez raison ! » Son sourire était si contagieux.

« Bien sûr que j'ai raison ! » répétai-je d'un ton ferme et nous avançâmes en silence vers l'*Éléonore* à travers les rochers couverts d'algues.

*
* *

La lumière commençait à faiblir et la mer était aux trois quarts haute lorsque nous nous avouâmes finalement vaincus, mais le prix avait alors augmenté de mille francs. Nous étions si gelés que nous ne sentions plus nos membres gourds, nous étions épuisés aussi. Flynn avait perdu sa désinvolture. Moi, j'avais bien failli être écrasée contre une roche par la coque de l'*Éléonore* pendant que nous étions en train d'essayer de la renflouer. Une forte vague poussée par la marée montante, et le vent avait brusquement fait virer l'étrave du bateau. Le flanc de l'*Éléonore* m'avait heurtée à l'épaule avec un bruit sourd et projetée de côté pendant qu'une lame d'eau noire m'éclaboussait en plein visage. Je sentais dans mon dos la présence de la roche et j'eus alors un moment de panique à l'idée d'être coincée contre elle ou même pire encore. La terreur que j'avais ressentie, suivie du soulagement d'avoir échappé au danger, me rendit querelleuse. Je m'en pris à Flynn qui se tenait juste derrière moi.

« Vous étiez censé tenir l'avant ! Qu'est-ce que vous foutiez ? »

Il avait laissé tomber les filins dont nous nous étions servis pour maintenir le bateau et, dans le jour qui mourait, son visage n'était plus qu'une tache floue. Je le voyais maintenant de profil. Il lâcha un chapelet de jurons avec une maîtrise de la langue remarquablement inattendue chez un étranger.

Avec un long grincement, la coque de l'*Éléonore* revint encore une fois talonner le dessus de la roche puis, soulevée brusquement, elle reprit précisément la place d'où nous l'avions dégagée. Les rires moqueurs des Houssins nous parvinrent alors du bout de la jetée.

D'un air lugubre, Alain héla Jojo. « D'accord, c'est vous qui gagnez. Amenez la *Marie-Joseph* ! » Je tournai les yeux vers lui. Il me fit non de la tête. « Ce n'est plus la peine. Maintenant, on n'y réussira jamais. Alors, autant en finir tout de suite, hein ? »

Le sourire narquois de Jojo s'élargit. Tout ce temps-là, il avait observé la scène, fumant mégot après mégot, sans dire un mot. Écœurée, je commençai à m'acheminer vers le rivage. Les autres me suivirent, alourdis par leurs vêtements trempés. Flynn était le plus proche de moi. Il marchait la tête basse, les mains fourrées sous ses aisselles pour se réchauffer.

« On était à deux doigts d'y arriver », lui dis-je. « Ça aurait pu marcher si seulement on avait réussi à maintenir le sacré bon Dieu d'avant dans... »

Flynn marmonna quelque chose d'inintelligible.

« Qu'est-ce que vous dites ? »

Il poussa un soupir. « Quand vous aurez fini de vous en prendre à moi, vous consentirez peut-être à faire venir le tracteur. Ils en auront besoin aux Immortelles ! »

« Je pense que, pour le moment, on ne va nulle part ! »

« Ne me rendez pas responsable de tout. Si vous vous souvenez bien, moi, dès le début, j'ai dit... »

« Oh, oui ! Vous m'avez vraiment donné une chance, n'est-ce pas ? »

La déception avait durci ma voix. Alain leva brièvement les yeux en m'entendant parler puis détourna le regard. Je comprenais qu'il avait honte d'avoir écouté ma suggestion. Une salve d'applaudissements ironiques partit du petit groupe de badauds de la Houssinière. Les Salannais avaient l'air lugubre. Aristide, qui de la jetée avait observé l'opération, me lança un regard sévère. Xavier, lui, tout au long de la tentative de renflouage, était resté avec son grand-père, il me fit un sourire gêné en me regardant par-dessus les montures de métal de ses lunettes.

« J'espère que vous croyez toujours que cela valait la peine d'essayer », dit Aristide de sa voix tranchante.

« Cela aurait pu marcher ! » répondis-je.

« Et pendant que vous essayiez de prouver que vous étiez aussi dure à l'effort que n'importe qui, Guénolé, lui, perdait son bateau. »

« Mais, moi, j'ai quand même fait un effort pour l'aider ! » rétorquai-je, aiguillonnée par sa remarque.

Le vieillard haussa les épaules. « Et pourquoi, nous, faudrait-il que nous aidions un Guénolé ? » Et lourdement appuyé sur sa canne, il se mit à redescendre de la jetée, Xavier descendit silencieusement derrière lui.

Il fallut bien deux heures pour ramener l'*Éléonore* à la côte et une demi-heure encore pour la hisser du sable mouillé sur la remorque. C'était maintenant l'étale de haute mer et la nuit tombait. Jojo continuait à fumer ses mégots et mâchonnait les brins de tabac qui restaient. De temps à autre, il envoyait brutalement un jet de salive noire sur le sable entre ses pieds. Cédant aux instances d'Alain, je m'assis sur le sable sec, au-dessus de la laisse de haute mer, pour observer l'opération de renflouage, en attendant que mon bras meurtri retrouve ses sensations.

Le travail enfin terminé, tout le monde se reposa. Flynn s'assit sur le sable sec, le dos appuyé à la roue du tracteur. Capucine et Alain allumèrent une gitane. De cette pointe de l'île, on voyait distinctement le continent se détacher à l'horizon qui s'éclairait d'une lueur orangée. À intervalles réguliers, une balise nous envoyait son simple rappel lumineux. Il faisait froid. Dans un ciel violâtre, doublé de blanc laiteux, des étoiles apparaissaient déjà entre les nuages. Le vent du large passait à travers mes vêtements humides et le froid me traversait comme un poignard. Je frissonnais. Les mains de Flynn étaient en sang. Malgré le peu de lumière, je pouvais distinguer les endroits de ses paumes où les filins mouillés avaient entamé la chair. J'eus un peu de remords de lui avoir fait des reproches. J'avais oublié que, lui, ne portait pas de gants.

Ghislain vint se mettre tout près de moi. J'entendais sa respiration, presque dans mon cou. « Ça va ? L'*Éléonore* vous a balancée un sacré coup là-bas ! »

« Ça va ! »

« Mais vous êtes gelée. Vous avez des frissons. J'peux vous apporter... »

« Laissez tomber. Je vous ai dit qu'ça allait ! »

Je n'aurais sans doute pas dû le repousser si brutalement mais, dans sa voix, il y avait quelque chose, comme un affreux besoin de protéger un être faible. Certains réagissent ainsi à ma présence. Je crus entendre un petit rire moqueur jaillir de l'ombre projetée par la roue du tracteur.

Je me rendis compte que personne ne s'était inquiété de lui.

J'avais été tellement sûre que GrosJean finirait par apparaître. Maintenant, alors que tout était fini, je me demandais pourquoi il s'était tenu à l'écart de l'opération. Il devait bien être au courant de ce qui s'était passé. Je m'essuyai les yeux, découragée.

Ghislain me contemplait toujours à la lumière de sa gitane. Dans la pénombre, son tee-shirt si lumineux auparavant prenait une teinte blafarde. « Vous êtes bien sûre que ça va ? »

Je lui fis un petit sourire sans joie. « Je regrette. Nous aurions pu sauver l'*Éléonore*, si nous avions été plus nombreux. »

Je me frottai les bras pour me réchauffer. « Je pense que Xavier aurait sans doute donné un coup de main si Aristide n'avait pas été là. Je devinais qu'il voulait aider. »

Ghislain poussa un soupir. « Autrefois, on s'entendait bien tous les deux », me dit-il. « D'accord, c'est un Bastonnet mais ça ne semblait pas avoir d'importance alors. Maintenant, le vieil Aristide le surveille tout le temps et... »

« Quel affreux bonhomme ! Qu'est-ce qu'il a donc, ce vieux-là ? »

« Je crois qu'il a peur », répondit Ghislain. « Il n'a plus que Xavier maintenant. Il voudrait qu'il reste dans l'île et qu'il épouse Mercedes Prossage. »

« Mercedes ? Elle est jolie fille ! »

« Elle n'est pas mal ! » Il faisait trop noir pour voir son visage mais, au ton de sa voix, j'étais certaine qu'il rougissait.

Nous regardions le ciel s'assombrir. Ghislain terminait sa cigarette pendant qu'Alain et Matthias essayaient d'estimer les avaries subies par l'*Éléonore*. Cela dépassait nos craintes. La roche avait complètement détruit la quille. Le gouvernail était brisé et le moteur était perdu. Le porte-bonheur, la perle de corail rouge que mon père mettait sur chacune de ses créations, pourtant pendait toujours à ce qui restait du mât. Épuisée et tremblant de froid, je suivis les hommes qui remontaient le bateau sur la route. Je remarquai à l'autre bout de la plage que le vieux pierré qui la protégeait des tempêtes avait été renforcé par de gros blocs de granit qui formaient maintenant une large digue qui s'avançait vers la Jetée.

« C'est du nouveau, ça, n'est-ce pas ? » constatai-je.

Ghislain fit oui de la tête. « C'est Brismand qui a fait faire ça à cause des fortes tempêtes pendant les grandes marées depuis ces dernières années. Elles emportaient le sable. Ces blocs de pierre l'abritent un peu. »

« C'est exactement ce qu'il vous faut aux Salants », déclarai-je, en pensant aux dégâts que j'avais vus à la Goulue.

Jojo eut un sourire narquois. « Allez donc voir Brismand et parlez-lui-en. Je suis certain qu'il saurait que faire, lui. »

« Comme si nous allions demander conseil à ce type-là ! » marmonna Ghislain.

« Vous êtes de vraies têtes de mule, vous, les Salannais ! » dit Jojo. « Vous seriez bien prêts à laisser la mer ensevelir le village tout entier plutôt que de payer les réparations à un prix raisonnable ! »

Alain le dévisagea. La grimace de Jojo s'élargit un moment, il retroussa les lèvres et découvrit ses vieux chicots. « J'ai toujours dit à ton père qu'il ferait bien d'assurer son bateau », fit-il remarquer. « Mais il n'a jamais voulu m'écouter. » Il jeta un coup d'œil à l'*Éléonore*. « De toute façon ce rafiot-là, il est temps de le foutre à la casse. Reprenez du neuf, du moderne ! »

« Il me convient très bien », dit Alain qui ne mordit pas à l'hameçon. « Ces vieux bateaux sont presque indestructibles. Ça a l'air plus grave que ça ne l'est en réalité. Un peu de rafistolage et un nouveau moteur, et c'est tout ce dont il a besoin. »

Jojo éclata de rire et secoua la tête. « Ça c'est bien digne d'un Salannais ! » dit-il. « Rien dans la tête que des cailloux ! Vas-y, fais-la rafistoler ! Cela vous coûtera dix fois plus d'argent qu'elle ne le vaut. Et après ? Tu veux savoir combien je me fais par jour, moi, pendant la saison, avec les promenades en bateau pour touristes ? »

Ghislain lui décocha un regard haineux. « Vous n'auriez pas pris le moteur vous-même, par hasard ? » demanda-t-il. « Pour le bazarder à l'un de vos voyages vers le continent ? Vous êtes toujours en train de fricoter et personne ne songe jamais à vous poser de questions ! »

Jojo montra les dents. « Je vois bien que vous l'ouvrez toujours votre grande gueule, vous les Guénolé ! » s'exclama-t-il. « Ça n'a pas changé depuis ton grand-père. Dis-moi donc, le procès contre les Bastonnet, qu'est-ce qu'il est devenu ?

Ça vous a coûté combien, à ton avis ? À ton père, et à ton frère, hein ? »

Confus, Ghislain baissa les yeux. C'est un fait bien connu aux Salants que le procès Guénolé-Bastonnet qui avait duré une vingtaine d'années avait amené la ruine des deux familles ennemies. Il était né d'une altercation à moitié oubliée au sujet d'un parc à huîtres sur la Jetée, une querelle qui avait perdu toute raison d'être, en fin de compte, car des bancs de sable avaient envahi le territoire contesté bien avant la fin du procès. Les hostilités n'avaient jamais cessé, elles étaient passées d'une génération à l'autre pour remplacer le patrimoine perdu.

« Votre moteur a sans doute été emporté de l'autre côté de la baie », dit Jojo, en indiquant, d'un geste nonchalant, la direction de la Jetée. « Et s'il n'est pas là-bas, vous le retrouverez du côté de la Goulue, si vous creusez assez profond ! » Il cracha une chique de tabac sur le sable. « Et j'ai entendu dire que vous aviez aussi perdu la sainte hier soir. Vous êtes décidément bougrement maladroits, hein ? »

Alain eut du mal à conserver son calme. « Vous pouvez tous rigoler, Jojo », dit-il. « Mais la chance ne dure pas, dit-on, pas même ici. Si vous n'aviez pas cette plage-là... »

Matthias hocha la tête. « Ça c'est ben vroye ! » grogna-t-il. L'accent du vieil îlien était si fort que j'eus du mal à le comprendre. « Ceutte plage-là, cét ta chance à toye mé n'oublie poye qu'él auro pu t-êtr à moye ! »

Jojo lâcha un gros rire. « À vous ? » s'écria-t-il d'un ton railleur. « Mais si vous l'aviez eue, cette plage, vous l'auriez déjà cochonnée il y a bien des années, comme vous cochonnez tout d'ailleurs ! »

Matthias s'avança d'un pas, ses vieilles mains tremblaient de colère. Alain posa la sienne sur le bras de son père en guise d'avertissement. « Assez. Moi, j'en ai ras le cul. Et demain y aura encore du boulot sur la planche ! »

Mais quelque chose de ce qu'avait dit Matthias était resté dans mon esprit. Quelque chose d'indéfinissable, quelque chose à propos de la Goulue, me persuadai-je, et de la Bouche et de l'odeur d'ail sauvage parmi les dunes. « Él auro pu t-êtr à moye ! » J'essayai d'identifier ce dont il s'agissait mais le froid et la fatigue m'empêchaient de penser logiquement. D'ailleurs, Alain avait raison. Rien de tout cela n'aurait changé quoi que ce fût à l'affaire et, moi aussi le lendemain matin, j'avais du travail qui m'attendait.

11

Mon père était au lit lorsque j'arrivai à la maison. J'en éprouvai un certain soulagement. Je n'étais pas en état de commencer une discussion qui aurait pu mal tourner. J'étalai mes vêtements mouillés au coin du feu pour les faire sécher puis je me versai un verre d'eau et entrai dans ma chambre. Au moment où j'allais éteindre ma lampe de chevet, je remarquai que quelqu'un avait posé un petit vase de fleurs sur la table — des œillets des dunes, du chardon bleu et de petites queues-de-lièvre. Ce simple geste de mon père, cet homme si peu démonstratif, était à la fois touchant et absurde. Je restai quelque temps éveillée à essayer de me l'expliquer jusqu'à ce que je finisse par m'endormir. L'instant d'après, il faisait déjà jour.

À mon réveil, je constatai que GrosJean était sorti. Toujours matinal, il lui arrivait de se réveiller dès quatre heures en été et de faire de longues promenades solitaires le long du rivage. Je m'habillai, pris le petit déjeuner et sortis pour suivre son exemple.

Lorsque j'arrivai à la Goulue, vers neuf heures, une foule de Salannais y attendait déjà. Pendant un instant, je me demandai pourquoi, puis je me souvins de l'épisode de la perte de sainte Marine, momentanément éclipsée par celle de l'*Éléonore* le jour suivant. Ce matin-là, ils s'étaient remis à la recherche de la sainte égarée dès que la marée l'avait rendu possible mais, jusqu'ici, ils n'en avaient trouvé aucune trace.

La moitié du village semblait avoir pris part aux recherches. Les quatre Guénolé passaient les Salants au peigne fin et un groupe de spectateurs s'étaient rassemblés sur la langue de galets au-dessous du sentier. Mon père était entré dans l'eau et, armé d'un long râteau, il raclait le sable lentement, méthodiquement, se baissant parfois pour enlever une pierre ou une touffe de goémon.

Sur l'un des côtés de la langue de galets, j'aperçus Aristide et Xavier qui observaient l'opération sans y prendre part. Derrière eux, Mercedes s'acharnait à prendre un bain de soleil tout en lisant un magazine, pendant que Charlotte contemplait la scène de l'air inquiet qui lui était habituel. Bien que Xavier eût l'habitude de ne pas regarder directement les gens en face, c'étaient surtout les yeux de Mercedes qu'il évitait soigneusement.

Aristide déployait un enjouement sinistre, comme s'il répétait une mauvaise nouvelle qu'un tiers aurait reçue. « Quelle déveine le coup de l'*Éléonore*, hein ? Alain dit qu'il faudrait compter sur six mille francs de dépenses pour la faire réparer à la Houssinière. C'est ce qu'ils demandent, paraît-il. »

« Six mille ? » Le bateau lui-même ne valait pas ça et c'était certainement plus que les Guénolé ne pouvaient se permettre.

« Hé ! » dit Aristide, avec un sourire rébarbatif. « Et Rouget lui-même affirme que les réparations ne valent pas le coup d'être entreprises ! »

Derrière lui, une traînée jaune entre les nuages à l'horizon baignait les marais déserts d'une lumière blafarde. À l'entrée de la crique, quelques pêcheurs avaient suspendu leurs filets pour les nettoyer et en retiraient soigneusement chaque brin de goémon qui y était accroché. Ils avaient remonté l'*Éléonore* plus haut vers le talus. Elle gisait là dans la vase comme le cadavre d'une grosse baleine éventrée.

Derrière moi, Mercedes, d'un élégant mouvement des hanches, se retourna sur le côté. « Moi, d'après ce que j'ai entendu dire, déclara-t-elle d'une voix aigre, il aurait mieux valu qu'elle ne fourre pas son nez là-dedans, celle-là ! »

« Mercedes ! » gémit sa mère. « Ce ne sont pas des choses à dire, enfin ! »

La jeune fille haussa les épaules. « C'est vrai, non ? S'ils n'avaient pas perdu tout ce temps-là à... »

« Arrête, et immédiatement, tu entends ? » Charlotte se tourna vers moi, l'air agité. « Je m'excuse vraiment. Ce sont les nerfs, vous savez ! »

Xavier semblait gêné. « C'est simplement un coup de malchance », me dit-il à mi-voix. « L'*Éléonore* était un bon bateau. »

« Ça, c'est vrai. Un bon bateau. C'est mon père qui l'a construit. » Mon regard se porta de l'autre côté des marais, là où GrosJean ratissait toujours. Il devait bien être à un kilomètre au moins d'où nous nous trouvions, creusant toujours avec entêtement. Sa silhouette minuscule se confondait presque avec la brume. « Ils y sont depuis combien de temps ? »

« Deux heures, peut-être. Depuis que la mer a commencé à baisser. » Xavier eut un haussement d'épaules et évita mon regard. « Maintenant, elle pourrait être n'importe où, cette statue ! »

Les Guénolé, semblait-il, se sentaient envers elle une certaine responsabilité. La perte de leur bateau avait retardé les recherches et le contre-courant de la Jetée avait fait le reste. Alain pensait que la statue de sainte Marine s'était enlisée quelque part de l'autre côté de la baie et que seul un miracle pourrait la ramener.

« Le coup de la Bouche, celui de l'*Éléonore* et puis ça maintenant ! » Aristide me regardait toujours avec une sorte d'enjouement menaçant.

« Dis-moi, tu as déjà parlé à ton père des suggestions de Brismand ou est-ce que tu lui réserves cette surprise-là aussi ? »

Je le regardai, stupéfaite. « Brismand ? »

Le vieil homme montra les dents. « Je me demandais bien combien de temps il lui faudrait avant de venir prendre le vent, par ici ! Un lit aux Immortelles, en échange du terrain ? C'est bien ça qu'il t'a proposé ? »

Xavier me lança un coup d'œil, puis il regarda tour à tour Mercedes et Charlotte. Toutes deux écoutaient de toutes leurs oreilles. Mercedes avait renoncé à faire semblant de lire et, la bouche légèrement ouverte, me surveillait par-dessus la couverture de son magazine.

Je soutins calmement le regard du vieillard pour ne pas être acculée à un mensonge. « Quels que soient mes arrangements avec Brismand, cela ne regarde que moi. Je n'ai aucune envie d'en discuter avec vous. »

Aristide haussa les épaules. « J'avais donc raison ! » dit-il, d'un ton d'amère satisfaction. « Tu es du côté des Houssins ! »

« Cela n'a rien à voir avec les Salannais, ni avec les Houssins », déclarai-je.

« Non ! Cela concerne GrosJean et ce qui sera le mieux pour lui. C'est ça la formule, n'est-ce pas : ce qui sera le mieux pour lui ? »

J'ai toujours eu tendance à m'emporter. Oh, pas d'un seul coup car je suis lente à m'échauffer, mais une fois bien partie, je ne m'arrête pas. Je sentais la colère monter en moi à présent. « Qu'est-ce que vous en savez, vous ? » demandai-je d'une voix dure. « Personne n'est jamais revenu s'occuper de vous, n'est-ce pas ? »

Aristide se raidit. « Ça n'a rien à voir avec ce que je dis ! » riposta-t-il.

Il était trop tard pour m'arrêter. « Depuis mon arrivée, vous n'avez pas cessé de me provoquer », lançai-je. « Ce que vous n'arrivez pas à digérer, c'est que j'aime mon père et que vous n'aimez personne ! »

Aristide broncha comme sous un coup de fouet et, à ce moment précis, il m'apparut tel qu'il était vraiment : le méchant troll avait soudain disparu, il ne restait plus devant moi qu'un vieillard — fatigué, plein d'amertume, un homme que l'avenir épouvantait. Je fus soudain submergée par une vague de pitié et de chagrin pour lui, pour moi aussi. J'étais tellement pleine de bonnes intentions quand je suis revenue. Pourquoi avaient-elles si rapidement perdu leur innocence ?

Mais Aristide ne se déclarait pas encore battu. Il me tenait tête, les yeux pleins de défi, alors même qu'il savait que j'avais déjà gagné la partie. « Quelle autre raison aurais-tu de revenir ? » demanda-t-il à mi-voix. « Pourquoi revenir si ce n'est parce que l'on veut quelque chose ? »

« Tu devrais avoir honte, Aristide, vieux gannet ! » C'était Toinette qui s'était approchée en silence, par le sentier, derrière nous. Son visage était presque entièrement caché par sa quichenotte mais ses yeux vifs, ses yeux d'oiseau, étincelaient d'indignation. « Alors, à ton âge, tu écoutes les ragots imbéciles ? Je croyais que tu avais plus de plomb dans la cervelle ! »

Aristide se retourna tout saisi. Si l'on en croyait ce qu'elle disait elle-même, Toinette avait presque cent ans. Lui, qui n'en avait que soixante-dix, était un blanc-bec en comparaison. Je lus sur son visage une sorte de respect, accordé à contrecœur, et une sorte de honte aussi. « Toinette, Brismand était bien chez elle, alors... »

« Et pourquoi n'y serait-il pas ? » dit la vieille

femme en avançant d'un pas. « Ils sont bien parents, non ? Tu t'attends vraiment à ce qu'elle s'intéresse à tes vieilles disputes ? N'est-ce pas justement ce qui divise et déchire les Salants depuis bien cinquante ans ? »

« Mais je dis quand même que... »

« Tu ne diras rien ! » Les yeux de Toinette devinrent fulgurants. « Et si, moi, j'apprends que tu es responsable d'autres méchancetés, hé !... »

Aristide prit un air boudeur. « On est dans une île, ici, Toinette. On ne peut pas s'empêcher d'entendre des ragots. Ce ne sera pas de ma faute à moi si GrosJean apprend ce qui se trame ici. »

Toinette parcourut du regard les marais puis me dévisagea. Elle paraissait inquiète. Je sus alors qu'il était trop tard. Les paroles d'Aristide avaient déjà répandu leur fiel. Je me demandai qui avait bien pu l'informer de la visite de Brismand et comment il avait pu deviner tant de choses.

« Ne t'en fais pas, je me charge de lui ! Il m'écoutera. » Toinette prit ma main entre les siennes, brunes et desséchées comme de vieux débris de bois flottant. « Allons, viens ! » dit-elle d'une voix ferme en m'entraînant vers le sentier. « Tu ne feras rien d'utile à traîner par ici. Viens chez moi ! »

Toinette habitait une petite maison d'une seule pièce, à l'extrémité du village. Même pour les îliens, elle semblait très vieille et démodée avec ses murs de pierre, son toit très bas, couvert de tuiles moussues, soutenu de poutres noircies par la fumée, avec sa porte et ses fenêtres si minuscules qu'on aurait dit celles d'une maison de poupée. Une cabane délabrée à côté de la maison, derrière le bûcher, tenait lieu de toilettes. En nous approchant, je remarquai une chèvre solitaire qui broutait l'herbe du toit.

« Tu t'es vraiment jetée dans la gueule du loup, maintenant, hé ? » marmonna-t-elle en ouvrant la porte d'une poussée.

Je dus me baisser pour éviter de heurter le linteau de la tête. « Je n'ai rien fait du tout ! »

Toinette ôta sa quichenotte et me lança un coup d'œil sévère. « Ne m'en raconte pas, à moi, ma fille », dit-elle. « Je suis tout à fait au courant des machinations de Brismand. Il a essayé de me faire le même coup : un lit aux Immortelles en échange de ma maison. Il est même allé jusqu'à me promettre de prendre à sa charge les frais de mon enterrement. Tu parles, les frais de mon enterrement ! » gloussa-t-elle. « Je lui ai répondu que j'avais décidé de ne jamais mourir ! » Et elle se tourna vers moi, calme maintenant. « Je le connais comme si je l'avais fait, cet oiseau-là ! Il saurait persuader une religieuse de lui donner son habit, s'il trouvait un acheteur ! Et il a des plans pour les Salants, des plans dans lesquels aucun de nous n'a sa place ! »

J'avais déjà entendu cela chez Angelo. « Si vraiment il a des plans, je n'ai aucune idée de ce qu'ils sont », répondis-je. « Mais il a été généreux envers moi et plus gentil sûrement que la plupart des Salannais. »

« Tu parles d'Aristide ? » La vieille femme fronça les sourcils. « Ne le juge pas trop sévèrement, Mado ! »

« Et pourquoi pas ? »

Elle posa sur moi un doigt qui ressemblait à une petite bûchette. « Ton père n'est pas seul à avoir souffert ici », me rappela-t-elle, d'une voix sévère. « Aristide, lui, a perdu deux fils, l'un en mer, l'autre à cause de sa tête de bourrique. Alors, ça l'a aigri tout ça ! »

Son fils aîné, Olivier, avait été victime d'un accident de pêche, en 1972. Le cadet, Philippe, avait été condamné, pendant les dix années suivantes, à vivre dans une maison qui était devenue un lieu saint, consacré à la mémoire d'Olivier. « Bien sûr, le garçon a fait des conneries ! » Toinette hocha la tête. « Il a eu une histoire avec une fille de la Houssinière. Tu peux deviner la réaction d'Aristide ! »

La fille n'avait que seize ans quand elle a découvert qu'elle était enceinte. Philippe a été pris de panique et ils se sont enfuis sur le continent. Aristide et Désirée ont dû donner des explications aux parents de la fille qui étaient vraiment furieux. Depuis cette histoire, il est interdit de prononcer le nom de Philippe dans la maison Bastonnet. Quelques années après, la veuve d'Olivier a été emportée par une méningite, laissant son fils unique, Xavier, sous la tutelle de ses grands-parents.

« Xavier est leur seul espoir à présent », expliqua Toinette, répétant ce que Ghislain avait dit. « Il obtient tout ce qu'il veut. Tout ! Pourvu qu'il reste dans l'île ! »

Je pensai au visage blême, aux yeux vides de Xavier, à son regard fuyant derrière ses lunettes. « Si Xavier se mariait, m'avait confié Ghislain, c'est sûr qu'il resterait ! » Toinette devina ma pensée. « Oh oui, il est à moitié promis à Mercedes depuis leur petite enfance », dit-elle. « Mais ma petite-fille a sa volonté à elle. Elle a ses idées. »

Je revis Mercedes et son air maussade, puis je repensai au ton de la voix de Ghislain lorsqu'il en parlait.

« Elle n'épousera jamais un homme sans le sou », dit Toinette. « Alors, dès le jour où les Guénolé ont perdu leur bateau, leur gars a perdu tout espoir de l'épouser. »

Je réfléchis à ce qu'elle venait de dire. « Si je vous comprends bien, les Bastonnet ont provoqué l'échouement de l'*Éléonore* ? »

« Je ne dis rien du tout. Je ne colporte pas de ragots. Mais quoi qu'il soit arrivé à ce bateau, toi surtout, tu ne devrais pas t'en mêler ! »

Je repensai à mon père. « Il aimait tant ce bateau-là », répliquai-je, d'un air entêté.

Toinette me considéra. « Peut-être ben qu'oui, hé ! Mais c'est à bord de l'*Éléonore* que PetitJean est sorti en mer pour la dernière fois, c'est elle que l'on a aperçue partant à la dérive le jour où il a trouvé la mort. Chaque fois qu'il la contemplait, il devait y voir son frère qui lui faisait signe de le rejoindre. Crois-moi, sans ce bateau-là il se portera bien mieux ! » Toinette sourit et me prit la main de ses doigts légers comme des feuilles mortes.

« Ne te fais pas de souci pour ton père, Mado », dit-elle. « Ça ira. Je lui ferai comprendre... »

12

J'arrivai une demi-heure plus tard à la maison et découvris que GrosJean m'y avait devancée. La porte était entrouverte. Dès que j'en approchai, je devinai que quelque chose n'allait pas.

Une forte odeur d'alcool m'arriva de la cuisine. En y entrant, les débris d'une bouteille de devinnoise craquèrent sous mes pas.

Et ce n'était que le début !

Il avait brisé tout ce qu'il avait pu trouver comme faïence et objets de verre. Chaque tasse, chaque assiette, chaque flacon avait été réduit en miettes. Les plats en faïence de Quimper de ma mère, son service à thé, la petite rangée de verres à liqueur qu'il y avait dans la vitrine, tout. La porte de ma chambre était elle aussi ouverte. Mes cartons de vêtements et de livres avaient été éparpillés partout. Le vase, posé sur la table à côté de mon lit, avait été écrasé d'un coup de pied et les fleurs étaient encore là, incrustées dans les éclats de verre. Le silence terrible qui emplissait la pièce résonnait encore de la violence de la rage qui avait secoué GrosJean.

J'avais déjà connu tout cela. Les colères de mon père avaient été rares mais terribles, toujours suivies d'une période d'hébétude qui durait des jours, parfois des semaines. D'après ma mère, ces périodes-là étaient ce qui la minait le plus, les longs intervalles de silence morbide au cours desquels il semblait n'être conscient de rien que du moment de son passage rituel au cimetière, de son rendez-vous chez Angelo pour sa cuite hebdomadaire et de ses promenades solitaires le long de la côte.

Les jambes coupées par ce saccage, je dus m'asseoir sur le lit. Quelle était la cause de cette nouvelle crise ? La perte de la sainte ? Celle de l'*Éléonore* ? Quelque chose d'autre ?

Je réfléchis à ce que Toinette m'avait appris au sujet de PetitJean et de l'*Éléonore*. C'était nouveau pour moi. Je m'efforçai d'imaginer ce que mon père avait dû ressentir en apprenant la nouvelle. De la tristesse peut-être devant la perte de sa plus ancienne création. Du soulagement à l'idée qu'un trait était enfin tiré sur l'histoire de PetitJean. Je commençais maintenant à comprendre pourquoi il n'avait pas pris part à la tentative de sauvetage. Il voulait sa perte et moi, comme une imbécile, j'avais tenté de la sauver.

Je ramassai un livre — un de ceux que je n'avais pas emportés — et en lissai la couverture. Sa rage s'était concentrée sur les livres surtout. Certains avaient des pages arrachées, d'autres avaient été piétinés. J'avais été la seule à aimer la lecture. Maman et Adrienne avaient préféré les magazines et, plus tard, la télévision. Je n'arrivais pas à me sortir de l'esprit que ce vandalisme me visait en particulier.

Quelques minutes plus tard, j'eus enfin l'idée de vérifier l'état de la chambre d'Adrienne. Là, bien sûr, rien n'avait été touché. GrosJean ne semblait pas même y être entré. Je glissai la main dans ma poche pour m'assurer que la photo d'anniversaire y était toujours. Elle y était. Adrienne souriait à travers l'espace que j'avais occupé, le visage à moitié caché sous ses cheveux tombants. *Elle* recevait toujours un cadeau le jour de *mon* anniversaire, je m'en souvenais bien. Cette année-là, cela avait été la robe qu'elle portait sur la photo — une robe blanche, toute droite, brodée de rouge. Mon cadeau à moi avait été une canne à pêche, ma toute première. J'en avais été heureuse, bien sûr, mais je m'étais parfois demandé pourquoi personne n'avait jamais eu l'idée de m'offrir une robe à moi aussi.

Je restai allongée sur le lit d'Adrienne pendant longtemps, les narines pleines de l'odeur de devinnoise, ma joue reposant sur le dessus-de-lit rose pâle. En me relevant, j'aperçus mon reflet dans le miroir de sa garde-robe : mes joues blafardes, mes yeux bouffis, mes cheveux raides et ternes. Après un long regard à mon image, je sortis de la maison, avançant avec prudence parmi les éclats de verre. Je ne savais pas ce qui rendait malade GrosJean, ni ce qui ne tournait pas rond aux Salants mais la chose était claire : ce n'était pas moi qui serais capable d'y mettre fin. Il avait été pour cela très explicite. Là s'arrêtait ma responsabilité envers lui.

Plus soulagée que je n'aurais voulu me l'avouer, je m'acheminai vers la Houssinière. J'avais fait un effort, me répétais-je. J'avais vraiment fait de mon mieux. Si seulement j'avais eu le moindre soutien, mais le mutisme de mon père, l'hostilité ouverte d'Aristide, même la gentillesse ambiguë de Toinette m'avaient fait mesurer ma solitude. Capucine elle-même, une fois qu'elle aurait découvert mes intentions, se rangerait du côté de mon père. Elle avait toujours eu un faible pour lui. Non, Brismand avait raison, il fallait bien que quelqu'un regarde la réalité en face. Et les Salannais n'étaient pas prêts à cela, ils s'accrochaient désespérément à leurs superstitions et à leurs vieilles coutumes pendant que la mer en emportait année après année un nombre toujours croissant. Ce serait donc à Brismand de le faire. Si je ne pouvais pas réussir à ramener GrosJean à la raison, les docteurs de Brismand le feraient peut-être.

Je pris le chemin le plus long pour atteindre le cimetière et passai devant la Bouche où la marée montante commençait à s'engouffrer avec un lointain grondement de vagues déferlantes. Au-delà, à l'endroit le plus étroit de l'île, on peut observer la mer monter des deux côtés à la fois. Un jour, l'isthme qui relie les deux parties du Devin sera coupé, séparant à jamais les Salants de la Houssinière et ce jour-là, pensai-je, marquera la fin des Salannais.

J'étais tellement plongée dans mes réflexions que je faillis ne pas remarquer Damien Guénolé, assis immobile, le dos appuyé à un rocher au-dessus de moi et fumant une cigarette. Le garçon avait remonté jusqu'au cou la fermeture Éclair de son blouson de cuir. Il portait des bottes de pêcheur. Son sac et sa canne à pêche gisaient à côté de lui.

« Pardon ! » dit-il, en me voyant tressaillir. « Je n'avais aucune intention de vous effrayer. »

« Ce n'est rien ! Je ne m'attendais tout simplement pas à trouver quelqu'un ici. »

« Moi, j'aime bien ce coin-ci », me confia Damien. « C'est tranquille et on m'y fout la paix. » Son regard se tourna vers le large et ses yeux prirent la teinte glauque des vagues. « J'aime voir la mer monter ici », dit-il. « Elle avance comme une armée en marche. » Il tira une longue bouffée de sa cigarette, en la protégeant du vent dans le creux de ses mains. Son regard ne se posa pas sur moi, il était perdu bien plus loin, vers les festons d'écume de la Jetée, et plus loin encore vers cette grisaille qui s'étendait jusqu'au continent. Il y avait dans son expression une dualité terrible, un mélange d'illusions puériles et de dureté d'acier tout à fait surprenant.

« Bientôt, nous serons tous partis, n'est-ce pas ? » murmura-t-il. « Plus de Salannais ! Tous partis ! Bon débarras ! » Il porta de nouveau sa cigarette à ses lèvres et j'aperçus un instant son visage s'éclairer. « Les Houssins ont bien compris », déclara-t-il, d'un ton ferme. « Bétonner tout ça et recommencer de zéro ! Moi, je n'en peux plus d'attendre ! Le plus vite cela sera fait et le mieux cela sera pour moi ! »

*
* *

J'étais déjà à mi-chemin des Immortelles lorsque je rencontrai Flynn qui arrivait en sens inverse. Je ne m'étais pas attendue à rencontrer quelqu'un d'autre — le sentier qui suivait la côte était étroit et peu fréquenté — mais lui ne semblait pas du tout surpris de m'y voir. Depuis le matin, son comportement avait changé, une indifférence prudente avait remplacé sa joviale insouciance, l'éclat avait disparu de son regard. Je me demandai si c'était à cause de ce qui était arrivé, le soir précédent, à l'*Éléonore*. Mon cœur se serra à cette pensée.

« Alors, toujours aucune trace de la sainte ? » Ma gaieté sonnait creux, je m'en rendais bien compte.

« Vous allez à la Houssinière. » Ce n'était pas une question et pourtant je voyais bien qu'il s'attendait à une réponse de ma part. « Voir Brismand », continua-t-il du même ton neutre.

« Tout le monde semble drôlement s'intéresser à mes allées et venues ! » remarquai-je avec un sourire ironique.

« Ils ont bien raison ! »

« Que voulez-vous dire par là ? » Je fus frappée par la brusquerie de ma voix.

« Rien ! » Il sembla s'apprêter à continuer son chemin, s'écartant pour me laisser passer, les yeux déjà ailleurs. J'eus soudain la révélation qu'il m'était absolument nécessaire de le retenir. Lui, au moins, comprendrait mon point de vue.

« S'il vous plaît ! Vous êtes son ami », bredouillai-je. Je savais qu'il comprendrait de qui je parlais.

Il s'arrêta un instant. « Et alors ? »

« Alors, vous pourriez peut-être lui parler, le persuader d'une manière ou d'une autre. »

« De quoi ? » demanda-t-il. « De partir ? »

« Il a besoin du traitement d'un spécialiste. Il me faut lui faire comprendre cela. Il faut bien que quelqu'un en prenne la responsabilité ! » Je pensai à la maison, aux éclats de verre, aux livres saccagés. « Il pourrait faire un malheur », dis-je enfin.

Flynn me dévisagea. Je tressaillis sous la dureté de son regard. « Cela semblerait parfaitement plausible », dit-il d'une voix basse. « Mais nous savons, tous les deux, que là n'est pas la question. Bien au contraire, n'est-ce pas ? » Il eut un sourire qui n'avait rien d'amical. « C'est de vous qu'il s'agit. Toutes ces histoires de responsabilité — cela revient à une seule chose : à ce qui vous convient, à vous ! »

Je tentai de lui expliquer qu'il n'en était pas ainsi. Dans ma bouche, les paroles qui semblaient si naturelles lorsque Brismand les prononçait paraissaient totalement fausses et vides de sens. C'était exactement ce que pensait Flynn et je le voyais bien. Ce que je faisais, je le faisais pour moi, pour mon propre bonheur, peut-être même pour me venger des années de silence que Gros-Jean m'avait fait subir. Non, ce n'était pas vrai. J'essayai de l'en persuader.

Mais Flynn ne prêtait déjà plus aucune attention à mes explications. Il repartit le long du sentier après un haussement d'épaules et un petit signe de tête, aussi rapide et silencieux qu'un braconnier, me laissant plantée là, perplexe, à le regarder disparaître, et en proie à une colère croissante. Pour qui se prenait-il, enfin ? Qu'est-ce qui lui donnait le droit de me juger ainsi ?

En atteignant les Immortelles, je constatai que, bien loin de s'être calmée, ma colère s'était au contraire exaspérée. Je n'étais plus certaine de pouvoir parler à Brismand — j'avais peur que le premier mot de compréhension que j'entendrais de sa part ne précipitât le flot de larmes qui menaçait depuis le jour de mon arrivée. Je traînai donc sur la jetée au lieu d'aller le voir. Bercée par le doux bruissement de l'eau, je suivais des yeux les évolutions des petits bateaux de plaisance qui contournaient la baie toutes voiles dehors. Il était encore tôt pour les vacanciers, quelques-uns seulement étaient allongés tout en haut de la plage, à l'abri de l'esplanade, où une rangée de cabines de plage fraîchement repeintes s'alignaient sur le sable blanc.

De l'autre côté du boulevard, j'aperçus un jeune homme assis sur une moto japonaise flambant neuve. Il m'observait. Ses longs cheveux lui tombaient dans les yeux, il tenait avec désinvolture une cigarette à la main et portait un jean trop serré, un blouson de cuir et des bottes de motocycliste. Il me fallut un moment pour le reconnaître. C'était Joël Lacroix, un beau garçon, le fils gâté de l'unique agent de police de l'île. Il abandonna sa moto au bord du trottoir, traversa la rue et se dirigea vers moi.

« Vous n'êtes pas du coin, n'est-ce pas ? » demanda-t-il, en tirant une longue bouffée de sa cigarette. De toute évidence, il ne se souvenait plus de moi. Pourquoi s'en serait-il souvenu d'ailleurs ? La dernière fois que nous avions échangé un mot, nous étions au collège et il avait deux ans de plus que moi.

Il me détailla en connaisseur et sourit.

« Je pourrais vous servir de guide, si vous le vouliez ? » suggéra-t-il. « J'vous montrerai les curiosités du coin ! Enfin ce qu'il y a à voir et ce n'est pas grand-chose ! »

« Un autre jour peut-être !

D'une chiquenaude, Joël envoya rouler son mégot sur la chaussée. « Vous logez où, comme ça ? Aux Immortelles ? À moins que vous n'ayez de la famille ici ? » Pour une raison quelconque — peut-être à cause de sa façon d'évaluer ses chances avec moi — j'hésitai à révéler mon identité. Je fis signe que oui. « Je loge aux Salants. »

« Vous devez être masochiste alors, hein ? Car là-bas, vers l'ouest, il n'y a que des chèvres et des marais salants et vous savez que la moitié de la population a six doigts à chaque main ? Ce sont des familles très... unies ! » Il roula des yeux en ricanant. Puis, m'observant plus attentivement, il finit par me reconnaître et s'exclama : « Mais je te connais, toi ! Tu es la fille Prasteau ! Monique-Marie. »

« Mado. »

« On m'avait bien dit que tu étais de retour. Je ne te reconnaissais pas ! »

« Et pourquoi m'aurais-tu reconnue ? On n'a jamais été très copains, n'est-ce pas ? »

Joël rejeta ses cheveux en arrière, un peu gêné. « Alors, comme ça, tu es revenue aux Salants ? Il en faut bien pour tous les goûts ! » Mon indifférence lui avait fait l'effet d'une douche froide. Il alluma une autre cigarette avec un briquet Harley-Davidson presque aussi grand qu'un paquet de gitanes. « Pour moi, rien ne vaut la grande ville ! Un de ces jours, je vais prendre ma moto et foutre le camp d'ici. N'importe où, mais loin ! Et ce n'est pas moi que tu verras glandouiller au Devin jusqu'à la fin de mes jours ! » Il glissa le briquet dans sa poche et traversa le boulevard pour reprendre la Honda qui l'attendait. Je me retrouvai seule de nouveau devant les cabines de plage.

J'avais ôté mes chaussures. Le sable était déjà agréablement tiède sous mes pieds nus. Une fois encore, je m'émerveillai de sa profondeur. À un endroit, on voyait encore l'empreinte des roues du tracteur qui était passé par là le soir précédent. Je me souvins de la façon dont les roues de la remorque s'y étaient enfoncées pendant que nous nous efforcions de pousser l'épave de l'*Éléonore* vers la route, et de la manière dont il s'affaissait sous notre poids à tous, je me rappelai aussi l'odeur d'ail sauvage dans les dunes.

Soudain, je m'immobilisai. Cette odeur, oui, j'y avais pensé à ce moment-là aussi. Elle était associée dans mon esprit à Flynn et à ce que Matthias Guénolé avait dit, les mains tremblantes de rage, à la suite d'un commentaire quelconque de Jojo-le-Goéland — il s'agissait d'une plage, je crois !

Oui, c'était ça. *Él auro pu t-êtr à moye !*

Pourquoi pas ? La chance est frivole, c'est ce qu'il pensait du moins. Mais pourquoi parler de la plage ?

Je ne comprenais toujours pas. Cela avait quelque chose à voir avec le parfum de thym, d'ail sauvage et l'odeur de sel dans les dunes. Enfin, cela n'avait pas vraiment d'importance. Je poursuivis ma promenade jusqu'à l'eau. La mer montait à présent mais, en prenant son temps, elle élargissait petit à petit les veinules du sable et envahissait lentement les creux au pied des rochers. À ma gauche, non loin de la jetée, des blocs de pierre avaient été déversés pour renforcer la digue, ils formaient un large brise-lames sur une bonne centaine de mètres. Deux enfants les escaladaient et leurs voix résonnaient dans l'air limpide comme des appels de mouettes. J'essayai d'imaginer ce qu'une plage aurait pu représenter pour les Salants, le commerce qu'elle aurait apporté, la vie qu'elle aurait donnée au village. C'est la plage qui est leur porte-bonheur, avait déclaré Matthias. Brismand, le fin renard, une fois de plus, avait bien mérité son nom.

Les berniques et le goémon n'avaient pas encore envahi les blocs de granit du nouveau pierré qui, à son extrémité la plus proche, mesurait bien deux mètres de hauteur mais qui, à l'autre, était beaucoup plus bas. Déposé par le courant, le sable s'y était accumulé. J'entendais les cris aigus des deux enfants qui, pris par la passion du jeu, s'envoyaient des poignées de goémon à la figure. Je regardai les cabines de plage derrière moi. La seule qui restât à la Goulue était perchée très haut au-dessus du sol. Je revoyais encore ses longues pattes d'insecte ancrées dans la roche. Aux Immortelles, au contraire, les cabines se blottissaient douillettement au ras du sable, on pouvait à peine ramper à plat ventre par-dessous.

La plage s'est considérablement ensablée, pensai-je distraitement. Et soudain, je compris. L'odeur d'ail sauvage s'intensifia et j'entendis de nouveau la voix de Flynn me raconter que Toinette se souvenait *d'une jetée, d'une plage et tout le reste* à la Goulue. Moi, j'avais contemplé l'unique cabine de plage et je m'étais demandé où tout le sable avait bien pu s'en aller.

Là-bas, les enfants continuaient à se lancer du goémon. À l'autre bout du pierré, il y en avait beaucoup, pas autant peut-être qu'il y en avait eu parfois à la Goulue, mais, aux Immortelles, quelqu'un faisait sans doute le ramassage tous les jours. Je m'approchai et découvris des taches rouge foncé parmi le brun et le vert des algues — et ce rouge-là me rappela vaguement quelque chose. Je repoussai du pied la couche d'algues pour découvrir ce que c'était.

Et je la reconnus tout de suite. La marée n'avait pas épargné la soie. Elle s'était effilochée, la broderie s'était défaite et maintenant la jupe était toute souillée de sable mouillé, mais c'était bien ça : la robe de cérémonie de sainte Marine, perdue le soir de la procession et ramenée à la côte, non pas à la Goulue comme nous aurions pu nous y attendre mais ici, aux Immortelles, au bonheur des Houssins. Ramenée par la marée.

La marée.

Soudain, je me surpris à trembler. Ce n'était pas de froid. Nous avions accusé le vent de suroît de tous nos malheurs mais c'étaient les marées elles-mêmes qui avaient changé. Celles qui, autrefois, amenaient le poisson vers la Goulue, la dépouillaient maintenant de tout ce qu'elle avait. Elles s'engouffraient à présent dans la petite crique et remontaient jusqu'au village alors que, jadis, la pointe Griznoz nous en abritait.

Je restai longtemps là à contempler le lambeau de soie, osant à peine respirer. Cela évoquait tant de choses, faisait surgir tant d'images. Je repensai aux cabines de plage, au sable, à l'épi d'autrefois. Quand avait-il été construit ? Quand la plage et la jetée de la Goulue avaient-elles été emportées ? Et maintenant, ce nouveau pierré, construit sur l'ancien épi, si récemment que les berniques elles-mêmes n'avaient pas encore eu le temps de s'y installer, quand l'avait-on... ?

Une chose en amène une autre : des associations d'idées, des modifications à peine remarquables. Courants et marées peuvent rapidement changer dans une île aussi petite et aussi sableuse que le Devin et les conséquences peuvent être terribles. Le soir de la tentative de renflouement de l'*Éléonore*, Ghislain m'avait parlé de fortes marées qui avaient emporté le sable. Brismand avait protégé son placement. Lui avait été gentil envers moi, il s'était montré inquiet à propos des inondations. Il avait manifesté le désir d'acquérir le terrain de GrosJean. Il avait proposé d'acheter la maison de Toinette aussi. Combien d'autres avait-il offert d'aider ainsi ?

« La marée ne demande de permission à personne », dit-on dans l'île. La mer n'est pourtant pas une puissance mystérieuse de destruction aveugle, on peut parfois prévoir ce qu'elle va faire, on peut même la contrôler, dans une certaine mesure. Les Salannais cependant n'éprouvent aucun intérêt à essayer d'analyser ce qui influence l'évolution de leur monde. L'étude des marées leur paraît une perte de temps. C'était peut-être la raison pour laquelle ils n'avaient rien compris pendant si longtemps à ce qui arrivait. Je considérai de nouveau le lambeau de soie déchirée qui venait des vêtements de cérémonie de sainte Marine : une bien petite chose et, pourtant, elle m'avait amenée à en tirer une très importante conclusion. Maintenant que j'avais établi le lien entre les deux, l'idée m'en trottait continuellement dans la tête. Le brise-lames de Brismand avait-il eu une influence quelconque sur le flot de marée montante qui dévastait maintenant les Salants ? Et si cela était vrai, Brismand en avait-il été conscient ?

13

Mon premier mouvement avait été d'aller sur-le-champ voir Brismand mais, après y avoir réfléchi, je changeai d'avis. J'imaginais déjà son air étonné, la lueur dans ses yeux espiègles, j'entendais déjà son rire sonore dès que je lui ferais part de mes soupçons. D'ailleurs, il avait toujours été bon pour moi, un second père, ou presque, et je me méprisais d'avoir même songé à le soupçonner.

Cependant, j'étais trop convaincue que les travaux à la Houssinière avaient été responsables des dégâts aux Salants pour ne plus m'en préoccuper. Lorsque l'on y regardait de plus près, c'était simple comme bonjour et indéniable quand on en voyait le résultat.

Capucine et Toinette semblèrent totalement indifférentes à ma découverte. La nuit avait amené de nouvelles inondations et, chez Angelo, les Salannais, encore moins gais que d'habitude, dans un morne silence, buvaient pour essayer de noyer leurs nouveaux soucis.

« Si seulement tu avais retrouvé la sainte elle-même... » soupira Toinette avec un sourire qui découvrit ses quelques dents. « C'est elle qui porte bonheur aux Salants, pas je ne sais quelle plage qui était peut-être ici il y a trente ans ! Et tu ne veux pas nous faire croire tout de même que sainte Marine a fait tout le chemin jusqu'aux Immortelles, hein ? Ça serait un véritable miracle, ça ! »

Il n'y avait, bien sûr, aucune trace de la sainte disparue à la pointe, ni même à la Goulue. Selon Toinette, il était plus vraisemblable qu'elle se fût enlisée dans les vasières de la pointe, découvertes à basse mer, où elle attendrait peut-être une vingtaine d'années qu'un gamin la retrouvât en pêchant la palourde — si on la retrouvait jamais !

Parmi les villageois, l'opinion la plus répandue était que la sainte les avait abandonnés. Les plus superstitieux parlaient de l'année à venir comme d'une année terrible ; même les jeunes du village avaient perdu courage. « La fête de Sainte-Marine était la seule chose qui mettait un lien entre nous », expliqua Capucine en versant dans sa tasse à café une bonne rasade de devinnoise. « C'était le seul moment où nous unissions nos efforts. À présent, tout tourne mal. Et il n'y a rien qu'on puisse faire pour changer ça ! »

Elle indiqua vaguement la fenêtre. Je n'eus pas besoin de regarder pour comprendre ce qu'elle voulait dire ! Ni le temps ni la pêche ne s'étaient améliorés — les grandes marées du mois d'août tiraient à leur fin mais septembre en amènerait de plus fortes encore. L'équinoxe d'automne déchaînerait la tempête de l'Atlantique qui balaierait l'île tout entière. La rue de l'Océan était envahie par le sable et la vase. En plus de l'*Éléonore*, plusieurs plates avaient été emportées par la marée. On les avait pourtant bien remontées au-dessus de la laisse de haute mer. Encore plus grave, le maquereau avait bel et bien disparu, et on ne prenait plus rien du tout. Ce qui envenimait la situation, c'était que les pêcheurs de la Houssinière connaissaient, eux, une période de prospérité sans égale pendant ce temps-là. « C'est une sacrée malédiction ! » déclara Aristide, assis à une table voisine. « Ces maudits Houssins, hé ! Ils se sont tout approprié : le port, la ville, même le sacré bon Dieu d'poisson maintenant ! Il ne nous restera bientôt plus qu'la roche où nous accrocher et pour le reste, bernique ! » Il changea son pilon de position pour se mettre plus à l'aise et avala une lampée de devinnoise.

« Et l'commerce à la Houssinière, ça marche ! » ajouta Omer, assis de l'autre côté de la table. « Ma fille Mercedes me dit qu'ils ramènent du poisson à pleins paniers, de quoi remplir des camions tout entiers. Y en a qui ont de la veine, tout de même ! »

« D'la veine ? » questionna Matthias Guénolé qui buvait, tout seul, d'un air morne, accoudé au bar. « Mais la veine n'a rien à voir avec ça ! Du fric plein les poches, voilà c'qu'ils ont ! Du pognon et de solides remparts contre la mer ! Et c'est justement ces deux choses-là qui nous manquent à nous ! »

« Encore la même rengaine ! » cracha Aristide, d'un air méprisant. « On dirait entendre radoter une vieille bonne femme ! » Il me décocha un regard plein de désapprobation. Pour lui, il était bien clair que la place des femmes n'était pas chez Angelo. « En tout cas, qui a besoin de veine ? Et si c'est le fric dont vous avez besoin, vous pouvez toujours en emprunter à vos petits copains de la Houssinière ! »

C'était une vieille pomme de discorde entre eux, chacun accusant l'autre d'être de mèche avec l'adversaire commun.

Matthias se leva, la moustache frémissante. « Tu penses vraiment que j'accepterais la charité de Brismand, hein ? Tu penses que j'me laisserais acheter par ce type-là ? »

« C'est bien toi qui as parlé de remparts contre la mer, pas moi, n'est-ce pas ? »

Les deux vieillards, debout, se toisaient maintenant comme des prophètes ennemis.

Omer, qui avait écouté l'échange, intervint. « Vous deux, taisez-vous ! » Son visage, d'habitude ouvert et souriant, paraissait crispé aujourd'hui. « Vous n'êtes pas les seuls à avoir des ennuis ! »

Aristide eut l'air un peu gêné. En effet, malgré les efforts d'Omer pour la protéger des inondations avec des sacs de sable, la maison des Prossage était l'une de celles qui avaient été le plus touchées.

« Ça, c'est bien vrai ! » s'exclama Toinette. « Vieux fous que vous êtes, vous aimeriez mieux voir les Salants entiers disparaître sous la mer que d'oublier vos querelles, ne serait-ce qu'une minute ! »

Feignant l'indifférence, Aristide se rassit.

« Tu peux dire ça à Guénolé », dit-il, sèchement. « C'est lui qui parle de vendre, pas moi ! »

J'aurais dû savoir qu'il valait mieux ne pas intervenir entre les deux vieillards mais je ne pus m'en empêcher. Ce que j'avais découvert aux Immortelles occupait tellement mon esprit que je voulais convaincre les autres de son importance. C'était un signe d'espoir, à mon avis, la preuve indéniable que nous pouvions créer notre propre bonheur nous-mêmes.

« Je ne vois pas très bien comment faire quelque chose pour protéger les Salants pourrait être considéré comme une preuve de capitulation ! » hasardai-je, d'un ton délibérément conciliant.

Aristide me regarda avec mépris. « La voilà qui repart ! » déclara-t-il avec éclat, en cognant le pied de la table avec sa canne. « Un p'tit coup de bec par-ci, un autre par-là. Je savais bien qu'elle n'attendrait pas longtemps ! »

J'étais résolue à ne pas perdre mon calme. « On pourrait jurer que vous vous foutez pas mal de ce qui s'est passé ici », commentai-je. « Pourvu que les Houssins n'en profitent pas ! »

« Hé ! » le vieil homme se détourna. « Et qu'est-ce que cela vous fait à vous ? Rien du tout ! Brismand s'occupera toujours de vous ! »

Cela me rendit mal à l'aise d'entendre ce nom. J'étais convaincue qu'il n'avait rien su des conséquences pour les Salants du nouveau pierré des Immortelles. Pourtant, j'hésitais à y faire allusion en présence d'Aristide qui en tirerait immédiatement les pires conclusions.

« Vous avez fait de Brismand une espèce de démon », répliquai-je. « Il est peut-être temps de regarder les choses comme elles sont et d'accepter son aide au lieu de lutter contre lui. »

« Il ne peut pas nous aider », dit Aristide sans se retourner. « Personne ne le peut ! »

« Je ne vous comprends pas du tout ! » m'exclamai-je. « Mais qu'est-ce qui est arrivé aux Salants ? Tout est dans un état épouvantable, la route est à moitié inondée, les bateaux partent à la dérive, les maisons s'écroulent. Pourquoi n'y faites-vous rien ? Pourquoi restez-vous là, assis sur votre c..., enfin, à ne rien faire qu'à attendre ce qui va se passer ? »

Aristide répondit par-dessus son épaule : « Et qu'est-ce que tu voudrais que l'on fasse ? Que l'on essaie de persuader la marée de se retirer comme ce roi anglais Can... Canute ? »

« On peut toujours faire quelque chose ! » répondis-je. « Et si l'on construisait des digues comme celle de la Houssinière ? Et si, à défaut, on empilait au moins des sacs de sable pour protéger la route ? »

« Perte de temps ! » cracha le vieillard qui agita sa jambe de bois avec impatience. « On ne peut pas dompter la mer, vaut mieux cracher en l'air ! »

Le vent sur mon visage pendant que je traversais découragée la rue de l'Océan me fut comme une douche bienfaisante. À quoi bon essayer de les aider ? À quoi bon faire quoi que ce soit si les Salannais refusaient de changer ? Ce stoïcisme têtu qui les caractérise n'est pas né de leur confiance en eux mais de leur fatalisme, de leur superstition même. Quels avaient été ses mots ? *Vaut mieux cracher en l'air !* Je ramassai un galet sur la route et le lançai de toutes mes forces contre le vent. Il retomba au milieu d'une touffe d'oyat qui le fit disparaître à ma vue. Je pensai soudain à ma mère, à la façon dont sa gentillesse et ses bonnes intentions avaient été peu à peu érodées et avaient fait d'elle cette femme vide, inquiète et amère. Pourtant, elle aussi avait aimé l'île. Pendant un certain temps, du moins !

Mais moi, j'ai l'entêtement de mon père dans le sang. Elle en avait si souvent fait la remarque, le soir, dans notre petit appartement parisien. Adrienne par contre lui ressemblait davantage, disait-elle, une petite fille aimante, qui se faisait beaucoup d'amis. Moi, j'avais été difficile, renfermée, morose. Si seulement Adrienne n'avait pas été forcée d'aller s'établir à Tanger...

Je ne relevais jamais ces plaintes. Ce n'était même pas la peine. Il y avait bien longtemps que j'avais cessé de lui faire remarquer l'évidence :

Adrienne n'écrivait et ne téléphonait presque jamais, elle ne l'avait pas une seule fois invitée à passer quelques jours chez elle. Adrienne n'avait jamais été forcée d'aller s'établir ailleurs — cela avait été comme si elle et Marin avaient choisi de s'installer aussi loin que possible du Devin. Pourtant, ma mère se persuadait que le silence d'Adrienne n'était que la preuve de son dévouement à sa nouvelle famille. Les rares lettres que nous avions reçues étaient conservées comme de précieux trésors, une photo Polaroid des enfants trônait sur le rebord de la cheminée. La nouvelle vie d'Adrienne à Tanger — transformée au-delà de toute vraisemblance en un conte de fées dans un décor de souks et de temples — était devenue le nirvana auquel nous devions toutes deux aspirer et à l'appel duquel, un jour, nous serions prêtes à répondre.

J'écartai ces désagréables souvenirs. Pour le moment, je restais seule avec ma découverte et je n'avais rien qu'un lambeau de soie pour prouver ma théorie. Il me fallait davantage de preuves — pour ma propre satisfaction autant que pour convaincre les autres —, ces preuves me permettraient de persuader Claude Brismand de la chose et d'obtenir son aide si possible. Je me disais que si j'étais capable de lui démontrer ce dont il avait été la cause involontaire, si j'étais capable de le convaincre de sa responsabilité, il se sentirait obligé de réparer le mal qu'il avait fait.

Je rentrai d'abord à la maison. Le même effrayant spectacle de destruction m'attendait et, pendant un instant, je perdis presque courage.

Brismand m'avait bien assurée qu'il y avait toujours une chambre pour moi aux Immortelles. Je n'avais qu'à demander. J'imaginai un lit tout propre, des draps blancs, de l'eau chaude. J'eus une pensée attendrie pour mon petit appartement parisien avec son parquet bien ciré et sa rassurante odeur de peinture fraîche et d'encaustique. Je rêvai de la brasserie de l'autre côté de la rue, des moules-frites du vendredi soir et de la soirée au cinéma après. Je me demandai ce que je pouvais bien faire encore ici et pour quelle raison je m'y condamnais.

Je relevai l'un de mes livres et j'en aplatis minutieusement les pages toutes froissées. C'était un livre plein de merveilleuses illustrations : une princesse qu'un méchant magicien avait changée en oiseau et un chasseur qui... J'avais beaucoup d'imagination quand j'étais enfant. Les aventures passionnées de mon monde à moi compensaient heureusement le monotone train de vie de l'île assoupie. J'avais toujours cru que mon père avait la même imagination. Maintenant, je n'étais plus certaine de vouloir savoir ce qui se cachait vraiment derrière son silence, s'il s'y cachait même quelque chose.

Je ramassai d'autres livres encore. Je détestais tant les voir éparpillés, le dos déchiré, sur les débris de verre. C'était moins important pour mes vêtements, j'en avais apporté quelques-uns et j'avais de toute façon l'intention d'en acheter d'autres à la Houssinière. Je les repris pourtant et les fourrai dans la machine à laver. Je replaçai mes quelques papiers, les crayons dont je me servais quand j'étais petite, une boîte de peinture à l'eau dont les blocs étaient tout craquelés et un pinceau dans la boîte de carton à côté de mon lit. Ce fut à ce moment-là que je remarquai quelque chose au pied de mon lit, quelque chose qui brillait et que l'on avait à moitié écrasé, dans le bout de tapis qui recouvrait en partie le sol de ciment. L'objet était trop brillant pour être du verre. Dans une toute petite tache de soleil qui passait entre les volets, il luisait d'un chaud reflet. Je le relevai.

C'était le pendentif de mon père, celui qui avait déjà attiré mon attention, un peu abîmé maintenant avec sa chaîne cassée qui pendait du fermoir. Il avait dû le perdre pendant sa rage de destruction, pensai-je. En desserrant brutalement son col, il en avait brisé la chaîne et ne l'avait pas remarqué glisser sous sa chemise. Je le regardai de plus près. C'était du plaqué argent et cela avait la taille d'une pièce de cinq francs. Sur le côté, un petit fermoir permettait de l'ouvrir et de le refermer. Un bijou de femme, vraiment. C'est ce qui me fit penser à Capucine. C'était un souvenir.

Me sentant vaguement prise en faute, comme si j'avais espionné les actions les plus secrètes de mon père, je l'ouvris. Quelque chose en tomba dans le creux de ma main : une petite boucle de cheveux bruns, comme les siens autrefois. Je crus d'abord qu'il s'agissait peut-être d'une boucle de son frère. GrosJean ne semblait pas avoir de goût pour le romantisme. À ma connaissance, il ne s'était jamais souvenu de l'anniversaire de ma mère ni de leur anniversaire de mariage. L'idée même qu'il pût garder une boucle de cheveux de sa femme sur lui était si improbable que cela me fit tristement sourire. En ouvrant plus grand le pendentif, j'aperçus la photo.

On l'avait découpée aux ciseaux. Dans le cadre doré, un jeune visage souriait de toutes ses dents, les cheveux hérissés sur le devant au-dessus de deux gros yeux ronds... Je n'arrivais pas à y croire. Je le contemplais comme si j'allais ainsi pouvoir réussir à le transformer en celui de quelqu'un d'autre qui, elle, méritait davantage d'être là. Mais il n'y avait pas d'erreur, c'était bien moi, c'était ma propre photo, celle de mon anniversaire, celle où je m'apprêtais à découper le gâteau d'une main et où mon autre main se tendait hors du cadre vers l'épaule de mon père. Je sortis de ma poche la photo d'origine qui avait commencé à s'abîmer à force d'être manipulée. Le visage de ma sœur me paraissait maintenant maussade, envieux ; elle avait légèrement détourné la tête comme une enfant peu habituée à ne pas être le centre de l'attention...

Je succombai à un flot d'émotion qui accéléra les battements de mon cœur. C'était moi qu'il avait choisie après tout, c'était ma photo qu'il avait portée autour de son cou avec une mèche de mes cheveux de bébé, pas celle de Maman, pas celle d'Adrienne, la mienne ! Et moi qui imaginais qu'il m'avait oubliée, alors que tout ce temps-là il s'était souvenu, qu'il m'avait gardée en secret comme un porte-bonheur. Quelle importance cela avait-il qu'il n'eût pas répondu à mes lettres ? Quelle importance cela avait-il qu'il n'eût pas voulu parler ?

Je me redressai et, le pendentif serré au creux de ma main, j'oubliai mes hésitations. Je savais maintenant exactement ce qu'il me fallait faire.

J'attendis la tombée de la nuit. La marée était maintenant presque haute, c'était le bon moment. J'enfilai mes bottes et ma vareuse et je partis dans les dunes où soufflait le vent. Au large de la Goulue j'apercevais la lueur pâle du continent et la balise qui, à intervalles de quelques secondes, lançait son rouge appel à la prudence. Ailleurs, l'eau prenait cette teinte glauque vaguement lumineuse, typique de la Côte de Jade, qu'un rayon de lune passant entre les nuages faisait brusquement étinceler.

Sur le toit de son blockhaus, j'aperçus Flynn qui contemplait la baie. Je voyais sa silhouette se découper sur le gris du ciel. Je l'observai un instant, essayant de deviner ce qu'il pouvait bien faire, mais il était trop éloigné. Je me hâtai alors vers la Goulue où la mer allait bientôt commencer à redescendre.

Dans le sac que j'avais sur l'épaule, j'avais apporté un certain nombre de flotteurs de plastique orange dont les pêcheurs de l'île se servent pour leurs filets.

Petite, j'avais appris à nager en me servant d'une bouée faite de flotteurs comme ceux-là. Nous en avions souvent utilisé pour marquer la position des casiers à homards et des casiers à crabes que nous posions au large de la Goulue. Nous les ramassions à marée basse parmi les rochers quand ils s'étaient détachés et les enfilions comme d'énormes perles. C'était un simple jeu alors, mais un jeu que nous prenions très au sérieux, car les pêcheurs nous remettaient un franc pour chaque flotteur que nous retrouvions et cela représentait souvent le seul argent de poche que nous recevions. Ces flotteurs et notre jeu d'enfants allaient m'être utiles ce soir.

Debout sur les rochers, je les lançai tous les trente à l'eau en m'assurant qu'ils atterrissaient dans le courant de l'autre côté des vagues qui déferlaient. Autrefois, il n'y a pas si longtemps, on aurait retrouvé au moins la moitié de ces flotteurs dans la baie à la marée suivante et maintenant... mais c'était l'expérience que je voulais faire justement.

Je restai là, pendant quelques minutes encore. Malgré la brise du large, il faisait chaud. Le dernier souffle de l'été. Comme les nuages se dispersaient, j'aperçus au-dessus de moi la Voie lactée, sillon géant dans l'immensité du ciel et, très sereine enfin, j'attendis le moment de la marée descendante sous ce ciel indompté, tout alourdi d'étoiles.

14

En remarquant de la lumière à la fenêtre de la cuisine, je sus que GrosJean était de retour. Je l'apercevais, il était assis, une cigarette aux lèvres. Sa silhouette penchée se détachait comme un gros menhir trapu sur le fond éclairé de la pièce. Je me surpris à trembler. Allait-il accepter de parler ? Allait-il piquer une colère ?

À mon entrée, il ne fit pas un geste pour se retourner. Je ne m'y étais pas attendue. Il restait immobile au milieu du saccage dont il était responsable. Il tenait une tasse de café dans une main, et dans l'autre, une gitane qu'abritaient ses doigts jaunis de nicotine.

« Tu as laissé tomber ça ! » dis-je, en posant le pendentif sur la table, à côté de lui.

Je crus deviner un léger mouvement de sa part, mais il ne tourna pas les yeux vers moi. Imperturbable et pesant comme la statue de sainte Marine, il semblait immuable.

« Demain, je ferai un peu de ménage dans la maison », déclarai-je. « Elle en a besoin, je crois, et elle aura bientôt de nouveau l'air accueillante, tu verras ! »

Il ne prononçait toujours pas un mot. Je n'en ressentis aucune colère. Devant l'épuisement que trahissaient son regard et son silence plein de remords, une immense pitié m'envahit soudain.

« Ça n'est rien ! » murmurai-je. « Tu verras, tout ira bien. » Et, m'approchant de lui, je passai mes bras autour de son cou et retrouvai sur lui cette odeur familière de peinture, de vernis et de transpiration mêlée de sel. Nous demeurâmes assis comme cela pendant une bonne minute jusqu'à ce que sa cigarette se fût consumée et que la cendre en fût tombée sur le sol de pierre dans une extravagante gerbe d'étincelles.

Le lendemain matin, je me levai tôt et partis à la recherche des flotteurs. Aucune trace d'eux à la Goulue, ni plus loin, en remontant la crique vers les Salants, mais je ne m'étais pas vraiment attendue à en voir. De nos jours, la Goulue devait rester sur sa faim.

Avant six heures du matin, j'avais atteint la Houssinière. Le ciel s'éclairait d'une lumière pâle. Quelques personnes seulement — des pêcheurs pour la plupart — s'activaient déjà là. J'aperçus Jojo-le-Goéland occupé à pêcher des vers dans les vasières et deux ou trois silhouettes, au loin, au bord de l'eau, armées de ces grands haveneaux dont les Houssins se servent d'habitude pour la crevette de sable. À part cela, l'endroit était désert.

Je découvris le premier de mes flotteurs orange sous la jetée. Je le ramassai, puis me dirigeai vers le pierré en m'arrêtant de temps à autre pour retourner un caillou ou un tas de goémon. J'en avais ramassé plus d'une douzaine avant d'y arriver. J'en aperçus trois autres encore qui s'étaient logés entre les blocs de pierre, hors d'atteinte pour moi.

En tout, seize flotteurs. Une bonne prise.

« Vous jouez à quoi ? »

Je me retournai si brusquement que j'en laissai tomber mon sac avec tout ce qu'il contenait sur le sable mouillé. Flynn regarda avec curiosité les flotteurs. Un coup de vent déploya sa chevelure qui flamboya comme un drapeau rouge.

« Alors, qu'est-ce que c'est ? »

Je me souvenais encore de sa froideur de la veille. Aujourd'hui, il semblait tout à fait détendu, content de lui, et l'expression d'irritation avait disparu de ses yeux.

Je ne répondis pas immédiatement. Je m'appliquai à ramasser les flotteurs et à les remettre, très lentement, un à un, dans le sac. Seize sur trente. Un peu plus de la moitié. C'était suffisant pour confirmer ce que je savais déjà.

« Je ne vous voyais pas tout à fait en ramasseur d'épaves », dit-il en m'observant. « Vous avez fait une trouvaille ? »

Je me demandai comment il m'avait imaginée, ce qu'il avait vu en moi. Une jeune Parisienne en vacances ? Une petite bonne femme qui fourre son nez partout ? Une menace possible ?

Assise au pied du brise-lames, je lui racontai ce que j'avais découvert avec force schémas que je traçai dans le sable. Je frissonnai — le vent, ce matin, était franchement frais — mais j'étais parfaitement sûre de ce que je disais. J'en avais la preuve enfin. C'était si facile quand on avait commencé à bien ouvrir les yeux. Brismand serait forcé de m'écouter maintenant que j'avais cette preuve. Oui, il y serait bien forcé.

Flynn entendit tout cela sans manifester la moindre surprise. Cela m'irrita beaucoup. Pourquoi avais-je choisi de lui faire part de ma découverte ? Pourquoi à lui, un inconnu, un étranger ? Bien sûr qu'il s'en fichait ! Pour lui, tous les endroits du monde se ressemblaient.

« Cela a-t-il de l'importance pour vous ? Vous intéressez-vous même à ce qui se passe aux Salants ? »

Flynn m'observa d'un œil curieux. « Vous avez bien changé de chanson, n'est-ce pas ? La dernière fois que je vous ai entendue, vous vouliez vous laver les mains de ce qui arrivait à tous les habitants du village, et même à votre père. »

Je me sentis rougir. « Cela n'est pas vrai ! » protestai-je. « J'essaie de me rendre utile, d'aider, quoi ! »

« Je sais bien, mais vous perdez votre temps ! »

« Brismand m'aidera ! » répliquai-je avec entêtement. « Il y sera bien forcé ! »

« Vous croyez ça ? » demanda-t-il avec un sourire sans joie.

« S'il ne veut pas, nous penserons bien à quelque

chose nous-mêmes. Il y aura beaucoup de gens du village qui accepteront d'aider, maintenant que j'ai une preuve. » Flynn soupira. « Vous ne pourrez rien prouver à ces gens-là », expliqua-t-il d'un ton patient. « Ils ne comprennent pas la raison. Ils préfèrent simplement attendre, prier et se plaindre jusqu'à ce que l'eau leur passe par-dessus la tête. Vous croyez vraiment qu'ils seraient capables d'oublier leurs différends pour le bien de la communauté ? Vous croyez vraiment qu'ils vous écouteraient si vous suggériez cela ? »

Je lui lançai un regard furieux. Bien sûr, il disait vrai. Je m'étais déjà dit la même chose. « Je peux toujours essayer ! » répliquai-je. « Il faut bien que quelqu'un le fasse ! »

Il eut un grand sourire. « Vous savez comment ils vous appellent dans le village ? La Poule ! Vous êtes toujours en train de caqueter à propos de quelque chose. »

La Poule. Je restai quelques secondes sans rien dire, trop irritée pour parler. Irritée contre moi-même pour avoir pensé les aider, irritée contre lui et son défaitisme bon enfant, irritée contre eux et leur indifférence stupide de ruminants.

« Enfin, il faut voir le bon côté des choses ! » ajouta-t-il d'un ton espiègle. « Les gens de l'île vous ont au moins donné un surnom maintenant ! »

15

Je n'aurais jamais dû lui en parler, me répétai-je. Je n'avais pas confiance en lui, je ne l'aimais pas, pourquoi alors m'étais-je attendue à ce qu'il comprît ? Je me dirigeai à grands pas vers l'immense maison blanche qui avait donné son nom à la plage que je longeais et des ondes successives de chaleur et de froid déferlèrent sur moi. Je m'étais conduite comme une imbécile en cherchant à obtenir son approbation, simplement parce que c'était un étranger, un homme du continent, un type qui avait la réputation de trouver des solutions aux problèmes pratiques. J'avais voulu l'impressionner en lui faisant part de mes conclusions, lui donner la preuve que je n'étais pas la noiseuse pour laquelle il m'avait prise. Et cela l'avait fait rire, tout simplement ! Le sable crissa sous mes bottes lorsque je grimpai les marches qui menaient à l'esplanade et j'avais encore du sable sous les ongles. Je n'aurais jamais dû perdre mon temps à parler de cela à Flynn, me répétai-je, furieuse. J'aurais dû avoir plus de foi en Brismand.

Il était là justement, dans le hall des Immortelles, occupé à feuilleter des dossiers. Il sembla enchanté de me voir. Mon soulagement, à ce moment-là, fut tel que je me sentis au bord des larmes. Il me serra dans ses bras, l'odeur pénétrante de son eau de Cologne m'étourdissait.

Il barytonna d'une voix joyeuse :

« Tiens, Mado ! Et j'étais justement en train de penser à toi. Je t'ai acheté un petit cadeau ! » J'avais laissé tomber mon sac de flotteurs sur le sol dallé et j'essayais de reprendre ma respiration sous son étreinte puissante. « Attends une seconde. Je vais te le chercher. Je crois que ce sera de la bonne taille ! »

Je restai seule dans le hall d'entrée quelques instants pendant que Brismand disparaissait dans l'une des pièces du fond. Il revint avec quelque chose qui était enveloppé dans du papier de soie. « Vas-y, ma chérie, ouvre-le ! Ta couleur, c'est le rouge, je le devine ! »

Maman était toujours partie du point de vue qu'au contraire d'elle et d'Adrienne je ne m'intéressais tout simplement pas aux jolies choses. Mes remarques dédaigneuses et mon indifférence apparente à mon esthétique l'en avaient persuadée. La vérité était que je méprisais ma sœur avec ses photos de pin-up, ses pots de crème et ses amies aux rires hystériques parce que je savais parfaitement bien que cela ne m'aurait servi à rien, à moi. Mieux valait donc faire semblant de n'y attacher aucune importance et de ne pas les désirer.

Le papier de soie bruit et se froissa sous mes doigts. Alors, pendant une seconde, je demeurai muette d'étonnement.

« Tu ne l'aimes pas ! » conclut Brismand déçu et sa moustache tomba comme celle d'un chien triste.

La surprise m'empêchait de parler. « Oh, si ! » réussis-je enfin à articuler.

« C'est magnifique ! »

Il avait parfaitement deviné ma taille et la robe dont le crêpe de Chine rouge rutilait au soleil de cette matinée fraîche était vraiment jolie. Je me voyais à Paris la porter avec des sandales à hauts talons et les cheveux dénoués...

Brismand avait l'air si content de lui que c'en était presque comique. « Je me disais que cela te changerait un peu les idées, que ça te remonterait le moral ! » Le sac plein de flotteurs, à mes pieds, attira son regard. « Et qu'est-ce que c'est que tout ça, ma petite Mado, le produit de ton ramassage ? »

Je secouai la tête. « Le produit de mes recherches ! »

Si je n'avais pas eu la moindre difficulté à mettre Flynn au courant de mes conclusions, cela ne s'avérait pas aussi simple avec Brismand. Il m'écouta pourtant, sans manifester la moindre ironie, pendant qu'à force de gestes je lui faisais un bref résumé de mes découvertes. »

« Ici, ce sont les Salants. Vous voyez, là, c'est la direction des courants dominants qui viennent de la Jetée. Là, c'est le vent de suroît qui souffle la plupart du temps et ici, vous avez le bord du Gulf Stream. Nous savons que la Jetée abrite l'île du côté est mais il y a là un grand banc de sable », dis-je en soulignant du doigt l'endroit que j'indiquais. « Il détourne ce courant-ci, qui passe au-delà de la pointe Griznoz, et aboutit ici, à la Goulue. »

Le signe de tête que me fit Brismand silencieux m'encouragea à poursuivre.

« Enfin, à une époque au moins, c'était comme ça, mais maintenant cela a changé. Au lieu d'aboutir là, il continue au-delà de la Goulue et arrive ici. »

« Aux Immortelles, oui ! »

« Voilà pourquoi l'*Éléonore* a été emportée plus loin que la crique et est allée s'échouer de l'autre côté de l'île. Voilà pourquoi les bancs de maquereaux se sont déplacés aussi. »

Il acquiesça encore une fois.

« Mais cela ne s'arrête pas là ! » poursuivis-je. « Pourquoi les choses sont-elles différentes maintenant ? Qu'est-ce qui les a fait changer ? » Il sembla réfléchir à cela un moment et son regard erra jusqu'au bord de l'eau qui miroitait au soleil. « Regardez ! » J'indiquai du doigt le nouveau rempart. D'où nous étions assis, nous pouvions apercevoir très distinctement le bout arrondi de l'épi qui pointait vers l'est et le brise-lames de pierre à chaque bout.

« Vous voyez comment cela s'est produit ? Vous avez prolongé l'épi là-bas, juste assez pour créer un coin abrité ici. Le brise-lames empêche le sable d'être emporté par le courant. L'épi protège la plage et dévie légèrement le courant dans cette direction-ci, ramenant le sable de la Jetée, c'est-à-dire de *notre* côté de l'île — vers ici, vers le *vôtre*, vers les Immortelles. » Plusieurs fois, Brismand inclina encore la tête de l'air de celui qui suit très bien l'explication. Je me dis qu'il ne *pouvait* pas en avoir pleinement pourtant apprécié les implications.

« Alors, vous voyez bien ce qui est arrivé, n'est-ce pas ? » demandai-je. « Nous devons faire quelque chose. Nous devons y mettre fin avant que les dégâts ne deviennent irréparables ! »

« Y mettre fin ? Mais à quoi ? » Il leva un sourcil interrogateur.

« Eh bien, à ce qui se passe aux Salants, aux inondations ! »

Brismand posa les mains sur mes épaules comme pour m'assurer de sa compréhension. « Ma petite Mado. Je sais bien que tu es pleine de bonnes intentions mais les Immortelles ont besoin d'être protégées aussi ! C'est pour cela que l'on a construit le brise-lames au départ. Je ne peux quand même pas le déplacer simplement parce que des courants ont changé. Rien ne prouve qu'ils n'auraient pas changé sans cela, de toute façon ! » Et il poussa un de ses énormes soupirs. « Tu n'as qu'à imaginer des frères siamois », dit-il. « Il est parfois nécessaire de les séparer pour que l'un des deux au moins survive ! » Il scruta mon visage pour s'assurer que je comprenais ce qu'il impliquait. « Parfois, l'on est acculé à un choix difficile ! »

Je le dévisageai, soudain sans réaction, comme sous l'effet d'un anesthésique. Que disait-il ? Que pour permettre à la Houssinière de prospérer, on avait dû sacrifier les Salants ? Que ce qui était arrivé était, pour tout dire, inévitable ?

Je pensai à toutes les années pendant lesquelles il avait gardé le contact avec nous, à ses lettres pleines de bavardages, à ses envois de livres, à ses cadeaux parfois. C'était sa façon à lui de protéger ses arrières, de ne pas tout à fait couper les ponts, de garantir son placement.

« Vous le saviez, n'est-ce pas ? » murmurai-je lentement. « Vous saviez tout le temps que cela devait se passer comme ça et vous n'en avez jamais dit un mot. »

La façon dont il se tenait, les épaules courbées, les mains enfoncées dans ses poches, me disait la profonde douleur qu'il éprouvait devant cette cruelle accusation.

« Comment peux-tu dire ça, ma petite Mado ? C'est de la malchance, c'est sûr, mais ces choses-là arrivent. Et si tu me permets d'ajouter un mot, cela ne fait qu'aggraver le souci que je me fais à propos de ton père et que renforcer ma conviction que, tout compte fait, il sera plus heureux ailleurs. »

Je le regardai bien en face. « Vous m'avez dit que mon père était malade. De quoi souffre-t-il exactement ? » demandai-je, d'une voix claire. Je le vis hésiter un instant. « Du cœur ? Du foie ? Des poumons ? » insistai-je.

« Mado, je ne connais pas les détails et, franchement, ce... »

« C'est un cancer ? Ou la cirrhose ? »

« Comme je viens de te le dire, Mado, j'ignore les détails. » Il était moins jovial, à présent, et semblait tendu, les mâchoires serrées. « Mais, quand tu le voudras, je pourrai faire venir mon docteur. Il te donnera une opinion impartiale et professionnelle. »

Mon docteur, avait-il dit. Mes yeux se posèrent sur le cadeau de Brismand dans son délicat écrin de papier. Le soleil faisait chatoyer l'étoffe cramoisie. Il avait raison, pensai-je, le rouge était ma couleur. Je pouvais lui confier toute l'affaire, je le savais, et rentrer à Paris — à la galerie, c'était justement le début de la nouvelle saison — pour y travailler à mon tout dernier portfolio. Cette fois-ci, ce serait des scènes de ville, des portraits peut-être. Il était temps sans doute, au bout de dix ans, de changer de thème d'inspiration.

Mais je savais que cela n'arriverait pas. Les choses n'étaient plus les mêmes. L'île avait changé et quelque chose en moi aussi avait changé. Cette nostalgie des Salants dont j'avais souffert tout au long de mon exil était devenue quelque chose de plus viscéral, de plus difficile à supporter. Et mon retour au pays avec les illusions, l'émotion, les déceptions, la joie, je me rendais bien compte que rien de tout cela ne s'était réellement produit. Jusqu'à ce moment précis, je n'étais pas rentrée du tout, j'étais restée une étrangère.

« Je savais bien que je pouvais compter sur toi ! » Il avait pris mon silence pour de l'acquiescement. « Tu pourrais habiter ici, aux Immortelles, jusqu'à ce que l'on arrange les choses. Je déteste penser à toi dans cette baraque-là avec GrosJean. Je t'offre ma chambre la plus luxueuse et, pour toi, elle sera gratuite ! »

Même alors, bien que je fusse certaine qu'il me cachait la vérité, j'avais conscience d'éprouver un absurde sentiment de reconnaissance à son égard. Je m'efforçai de le faire disparaître. « Non, merci ! » m'entendis-je prononcer. « Je resterai chez moi. »

16

La semaine suivante vit arriver une nouvelle période de mauvais temps. Les marais salants, derrière le village, furent de nouveau inondés et deux années d'efforts d'assainissement perdues. En raison des grandes marées, les recherches pour retrouver la sainte durent être remises à plus tard. Vraiment, seuls quelques optimistes incorrigibles avaient gardé l'espoir de la récupérer. Un deuxième bateau de pêche fut perdu, la *Korrigante* de Matthias Guénolé, le bateau de pêche le plus ancien de l'île, s'échoua par gros temps au large de la Goulue et, malgré leurs efforts, Matthias et Alain ne réussirent pas à le sauver.

Aristide lui-même dut admettre que c'était une terrible perte.

« Il avait bien cent ans, ce bateau-là ! » se lamentait Capucine. « Jeune fille, je me souviens de l'avoir vu souvent sortir toutes voiles déployées ! De belles voiles rouges ! En ce temps-là, Aristide avait son *Péoch ha Labour*. Je me souviens de les avoir vus sortir ensemble, chacun essayant de mettre voile le premier pour couper le vent à l'autre. Tout ça, c'était avant la mort de son fils Olivier, bien sûr, et avant qu'il ne soit amputé de sa jambe. Après cela, il a laissé le *Péoch* pourrir dans l'étier avant de le voir emporté par la mer, un hiver, sans même lever le petit doigt pour tenter de le sauver. » Elle haussa ses épaules sculpturales. « Tu ne l'aurais pas reconnu en ce temps-là, Mado. C'était un homme bien différent, un homme dans la fleur de l'âge. Il ne s'est jamais remis de la mort d'Olivier dont il ne prononce jamais le nom à présent. »

Cela avait été un accident imbécile comme c'est toujours le cas. Olivier et Aristide examinaient à marée basse un chalutier qui s'était échoué sur la Jetée. Tout à coup, le bateau bougea et Olivier se trouva coincé en dessous de la ligne de flottaison. Aristide essaya de l'atteindre avec le *Péoch* mais lui-même tomba entre l'épave et son bateau qui lui écrasa la jambe. Il appela à l'aide mais personne ne l'entendit. Trois heures plus tard, il fut recueilli par un pêcheur qui passait mais la marée était remontée et Olivier s'était noyé.

« Aristide a tout entendu », dit Capucine qui, ayant terminé son café, buvait maintenant un petit verre de crème de cassis. « Olivier, coincé là-dedans et qui appelait au secours, ses cris et ses sanglots pendant que l'eau montait inexorablement. Le corps ne fut jamais retrouvé. La marée entraîna le chalutier qui s'enfonça trop vite, trop loin dans le Nid'Poule, avant que l'on n'eût pu entreprendre des recherches. Hilaire, le vétérinaire de l'endroit, amputa la jambe d'Aristide (il n'y a pas de docteur aux Salants et Aristide refusait de se laisser soigner par un Houssin). Pendant la nuit il dit qu'il la sent encore cette jambe, qu'elle le démange et le fait souffrir. Il met cela sur le compte de ce qu'Olivier n'a jamais été enterré. La jambe d'Aristide, elle, l'a été pourtant. Aristide tenait à ça. On en voit toujours la tombe, à l'extrémité de la Bouche. Elle est marquée par un poteau de bois sur lequel on lit :

> CI-GÎT LA JAMBE
> DU VIEUX BASTONNET.
> QU'ELLE MARCHE
> GLORIEUSEMENT VERS L'ÉTERNITÉ.

En dessous, quelqu'un a planté quelque chose qui pourrait ressembler à des fleurs. En y regardant de plus près, on découvre qu'il s'agit d'un rang de pommes de terre. Capucine soupçonne un Guénolé d'avoir fait le coup.

« Après ça, l'autre fils s'est enfui », continua-t-elle. « Et Aristide s'est empêtré dans un procès contre les Guénolé. Désirée, n'ayant plus d'enfant à elle, s'est chargée d'élever Xavier. Le pauvre Aristide n'a jamais été le même après ça. Même après que je l'ai assuré que ce n'était pas sa jambe à laquelle je tenais particulièrement », déclarat-elle avec un sourire de lassitude et de sensualité. « Encore un café-cassis ? »

Je refusai d'un signe de tête. Dehors, j'entendais Lolo et Damien pousser des hurlements dans les dunes.

« C'était un bel homme à ce moment-là », commenta Capucine. « Ils étaient tous beaux, je suppose, en ce temps-là, mes gars à moi. Une cigarette ? » D'une main agile, elle alluma sa cigarette et en avala la fumée avec un râle de plaisir. « Non ? tu devrais, tu sais. Cela calme les nerfs. »

J'eus un sourire. « Je ne le crois pas. »

« Fais comme tu voudras. » Elle eut un haussement d'épaules qui fit frémir la chair sous le peignoir de soie. « J'ai besoin de mes petits vices, moi. » D'un mouvement de la tête, elle indiqua, près de la fenêtre, la boîte de cerises enrobées de chocolat. « Passe-m'en une autre, veux-tu, chérie ? »

La boîte en forme de cœur était neuve et toujours à moitié pleine.

« C'est un admirateur qui m'apporte ça ! » dit-elle, en fourrant l'une des croquettes dans sa bouche. « J'ai toujours ce qu'il faut pour ça, même à mon âge ! Allez, prends-en un ! »

« Merci. J'ai l'impression que cela te fait plus plaisir qu'à moi », commentai-je.

« Ma chérie, ce n'est pas la seule chose à laquelle je prends plus de plaisir que toi », répliquat-elle en roulant comiquement des yeux.

J'éclatai de rire. « Je vois bien que les inondations ne t'ont pas affectée, toi, et qu'elles n'ont pas refroidi tes passions ! »

« Bof ! » Elle haussa encore les épaules. « Si j'y étais forcée, je pourrais toujours déménager ! Bien sûr, ce ne serait pas sans mal que je déplacerais cette vieille caravane après tant d'années mais j'y arriverais ! » Elle secoua la tête « Non, ce n'est pas moi qui me ferais du souci ! Quant aux autres... »

« Je sais ! » Je lui avais déjà parlé des changements aux Immortelles.

« Enfin c'est une si petite chose, il me semble », protesta-t-elle. « Je ne vois toujours pas comment quelques mètres de brise-lames pourraient provoquer une telle catastrophe. »

« On n'a pas besoin de grand-chose pour faire dévier un courant de quelques mètres. À vrai dire, on a besoin de très peu et pourtant c'est capable d'entraîner des changements en chaîne tout autour de l'île. Un peu comme des dominos qui tombent ! Et Brismand sait bien ça. Il a peut-être même compté là-dessus ! »

Je lui fis part de l'analogie utilisée par Brismand, l'histoire des frères siamois. Capucine, avec un signe de tête qui indiquait qu'elle comprenait bien, déclara en prenant plusieurs autres cerises au chocolat pour se remettre : « Ma chérie, je suis prête à croire n'importe quoi de ces sacrés Houssins !... Hum ! Tu devrais en essayer une. Il y en a encore beaucoup d'autres. »

Je secouai la tête d'impatience.

« Mais d'abord pour quelle raison voudrait-il acheter un terrain inondé ? » continua Capucine. « Cela ne lui servirait pas plus qu'à nous ! »

Tout au long de cette semaine-là et malgré les avertissements répétés de Flynn, j'avais essayé d'informer les Salannais de ma découverte. Le café d'Angelo semblant le meilleur endroit pour disséminer les nouvelles, j'y allais souvent pour *convertir* les pêcheurs. Mais les tournois de belote, les parties de dominos, les matchs de foot à la télé sur Canal + avaient priorité. Lorsque je les pressais, je ne recevais que regards d'incompréhension, hochements de tête polis et clins d'œil ironiques qui faisaient se figer mes bonnes intentions et me laissaient consciente du ridicule de ma position, ce qui me mettait encore plus en colère. Les conversations se taisaient à mon approche, les dos se courbaient, les visages s'allongeaient. Je les entendais marmonner comme des écoliers à l'arrivée d'une institutrice sévère. « V'là la Poule ! Vite. Faisons semblant d'être occupés ! »

L'hostilité d'Aristide envers moi ne s'était pas refroidie. C'est lui qui m'avait surnommée la Poule. Mes efforts pour expliquer aux Salannais ce qui avait provoqué les changements dans le flot des marées n'avaient fait qu'intensifier son antagonisme. Chaque fois qu'il me voyait, il me saluait avec un sarcasme féroce.

« Hé, v'là la Poule ! Z'avez-t-y une autre idée pour nous sauver tous ? P't-êt' ben qu'elle va nous conduire à la Terre promise ? Qu'elle va faire de nous tous des millionnaires ? »

« Hé, v'là Poule ! Quel est l'plan aujourd'hui ? On va-t-y ordonner à la marée de se retourner ? Ou on va-t-y empêcher la pluie de tomber ? Non, on va p't-êt' ben ressusciter les morts, aujourd'hui, c'est ça ! »

Capucine me confia que l'amertume d'Aristide était en grande partie due au fait que son petit-fils ne semblait avoir aucun succès auprès de Mercedes Prossage, malgré les revers qu'avait essuyés son rival. La timidité qui paralysait Xavier en présence de la jeune fille semblait un handicap encore plus grand que la perte de l'*Éléonore* pour les Guénolé et l'habitude qu'avait Aristide d'espionner constamment Mercedes et de prendre un air renfrogné si elle adressait même seulement la parole à un autre homme que Xavier n'arrangeait sûrement rien à la situation. Mercedes restait maussade et méprisante comme toujours et, bien qu'elle eût pris l'habitude de s'asseoir près de l'étier en attendant le retour des pêcheurs, je l'avais souvent remarqué, elle semblait ne prêter attention ni à l'un ni à l'autre de ses jeunes soupirants. Elle se limait les ongles ou lisait un magazine en s'exhibant dans des tenues suggestives en tous genres.

Et Ghislain et Xavier n'étaient pas ses seuls adorateurs. J'observais aussi d'un œil amusé Damien passer anormalement du temps près de la crique, à fumer, le col relevé pour se protéger du vent, pendant que Lolo errait, solitaire, dans les dunes, l'air désespéré. Mercedes, bien sûr, ne remarquait aucunement la passion de Damien dont elle était l'objet ou, si elle la remarquait, elle ne le laissait pas paraître. En regardant les enfants rentrer en minibus de l'école à la Houssinière, je voyais souvent Damien, assis à l'écart, silencieux, au milieu de ses camarades, et plusieurs fois son visage tuméfié attira mon attention.

« Je crois que les gosses de la Houssinière fichent des trempées aux nôtres quand ils sont dans la cour à l'école », déclarai-je à Alain, ce soir-là, chez Angelo. Alain ne manifesta aucune réaction.

Depuis que son père avait perdu la *Korrigane*, il s'était montré dur et peu communicatif, prêt à prendre ombrage à la moindre remarque.

« Il doit s'y faire », dit-il sèchement. « Il y a toujours de petites brutes parmi les gosses. Il va devoir accepter ça, c'est tout, nous avons bien dû le faire nous-mêmes ! »

Je lui fis remarquer que c'était plutôt se montrer sans pitié envers un gamin qui n'avait que treize ans.

« Presque quatorze ! » corrigea Alain. « Et il faut voir les choses comme elles sont. Les Houssins et les Salannais sont comme des crabes dans un panier. Cela a toujours été comme ça. Mon père, à moi, devait me foutre une raclée pour me faire aller à l'école, tellement j'avais peur des autres, et je m'en suis bien remis ! J'ai survécu, n'est-ce pas ? »

« S'en remettre n'est pas suffisant ! » déclarai-je. « Peut-être faudrait-il se défendre aussi. »

Alain eut un sourire narquois. Derrière lui, Aristide leva les yeux et bougea les coudes comme les ailes d'une poule. Je me sentis rougir mais je continuai quand même.

« Vous savez ce que les Houssins sont en train de faire ? Vous avez vu le brise-lames aux Immortelles ? Si quelque chose de ce genre avait été construit à la Goulue, alors, sans doute, nous... »

« Encore ça, hé ! » s'exclama Aristide. « Même Rouget dit que cela ne marcherait pas ! »

« Oui, justement, ça encore ! » J'étais furieuse maintenant. Plusieurs personnes levèrent les yeux au son de ma voix. « Nous aurions pu être à l'abri si nous avions fait ce que les Houssins ont fait. Et nous pouvons encore nous protéger si nous faisons quelque chose avant qu'il ne soit trop tard. »

« Faire quelque chose ? Faire quoi exactement ? Et qui va payer tout ça ? »

« Nous tous. Nous pouvons nous y mettre tous ensemble. Nous pouvons réunir nos ressources. »

« Des conneries ! C'est impossible ! » Debout maintenant, le vieillard me regardait d'un air féroce par-dessus la tête d'Alain.

« Brismand l'a fait, pourtant ! » déclarai-je.

« Brismand, Brismand. » Il frappa le sol du bout de sa canne. « Brismand est riche. Il a toujours eu d'la veine. » Il s'étrangla presque de rire et toussa. « Tout le monde sait ça dans l'île ! »

« Brismand *s'arrange* pour avoir de la veine », répliquai-je sur le même ton. « Et nous pourrions en faire autant, nous. Vous savez, Aristide, cette plage — *leur* plage —, elle pourrait être à nous si nous pouvions trouver le moyen de renverser la situation qu'ils ont créée… »

Un instant, le regard d'Aristide rencontra le mien et j'eus l'impression qu'un courant enfin passait entre nous, quelque chose qui ressemblait à de la compréhension, mais il se retourna de nouveau.

« Du vent, tout ça ! » jeta-t-il. Sa voix avait repris son âpreté. « Nous sommes Salannais. Qu'est-ce que nous ferions d'une sacrée plage ? »

17

Furieuse et démoralisée, j'employai mon énergie à terminer les réparations de la maison. J'avais passé un coup de fil à ma logeuse à Paris pour l'avertir que mon retour serait reporté de quelques semaines et j'avais transféré de l'argent de mon compte d'épargne. Je passai beaucoup de temps à nettoyer, à repeindre et à retapisser. GrosJean semblait s'être adouci un peu, tout en ne parlant que rarement. Pendant que je travaillais, il m'observait en silence, m'aidant parfois à faire la vaisselle, tenant mon échelle lorsque je montais sur le toit pour remplacer les tuiles qui manquaient. De temps en temps, il acceptait le bruit de la radio, mais rarement celui d'une conversation.

Il me fallut réapprendre à interpréter ses silences, à lire ses gestes. Enfant, j'avais su le faire. Je refis cet apprentissage comme l'on se remet à jouer d'un instrument auquel on n'a pas touché depuis longtemps. Ses gestes presque imperceptibles, qu'un étranger n'aurait pas remarqués, étaient lourds de sens, ses petits bruits de gorge qui indiquaient le plaisir ou la fatigue, son fugace sourire aussi.

Je me rendis compte que ce que j'avais pris pour de l'amertume, de la maussaderie n'était en fait qu'une profonde et silencieuse dépression. C'était comme si mon père s'était délibérément retiré de la vie ordinaire et enfoncé petit à petit, comme un bateau naufragé, à des mètres et des mètres de profondeur de silence et que, là, il était désormais presque impossible de l'atteindre. Rien de ce que je pouvais faire pour lui ne réussissait à vaincre cette indifférence et les soirées qu'il passait à boire chez Angelo ne faisaient qu'empirer les choses.

« Tu verras, il s'en remettra ! » dit Toinette en m'entendant exprimer mon inquiétude. « Quelquefois, avec lui, cela dure un mois, six mois, plus même. Si seulement la même chose arrivait à certains autres ! »

Je l'avais trouvée dans son jardin. Elle ramassait des escargots cachés dans son bûcher pour les mettre dans une grande casserole. De tous les Salannais, elle semblait la seule à préférer le mauvais temps.

« La pluie a ça de bon ! » déclara-t-elle, en se penchant si bas que l'on entendait craquer sa colonne vertébrale. « Ça fait sortir les *cagouilles*. » Elle allongea le bras avec difficulté pour atteindre quelque chose derrière les bûches et, d'une chiquenaude, fit tomber un escargot dans sa casserole. Elle grogna de plaisir. « Ah ! J't'ai eu, mon p'tit salaud ! » Elle me montra sa casserole pour que j'admire sa récolte. « Ça, c'est la meilleure nourriture du monde », déclara-t-elle. « Ça se cache partout en attendant qu'on les ramasse. On les laisse dégorger avec un peu de sel pour les débarrasser de leur bave. On les lave. On les fait cuire dans la poêle avec des échalotes et un peu de vin rouge. C'est ça qui fait vivre vieux ! Tiens ! » ajouta-t-elle en me tendant sa casserole. « Prends-en quelques-uns pour ton père. Ça l'fera sortir de sa coquille ! » Et elle gloussa de plaisir à sa plaisanterie.

Moi, j'aurais bien voulu que la chose pût être résolue aussi aisément. J'en étais sûre, l'état de la Bouche était à l'origine de tout. GrosJean y allait tous les jours, pourtant le niveau de l'eau n'avait guère baissé. Il y restait parfois jusqu'au crépuscule, creusant sans grand espoir des rigoles, parmi les tombes inondées. Le plus souvent, il était là, debout, à l'entrée de la crique, à contempler le niveau de l'eau monter et descendre avec la marée. Oui, la Bouche était la clé de l'énigme, me répétais-je, et s'il y avait un moyen de faire sortir mon père de son mutisme, c'était bien là qu'il me fallait le chercher.

18

Les bourrasques de septembre balayèrent la pluie du mois d'août. Le vent tourna encore une fois à l'ouest. La situation, cependant, ne s'améliorait pas aux Salants. Aristide avait attrapé un mauvais rhume à ramasser des pignons sur les sablières au large de la Goulue. Toinette Prossage tomba malade aussi mais refusa de consulter Hilaire.

« Ce n'est pas un vétérinaire qui me dira à moi ce qu'il faut faire ! » déclara-t-elle dans un sifflement irrité. « Son boulot à lui, c'est de s'occuper des chèvres et des chevaux. Je n'en suis pas encore au point d'aller le chercher ! »

Omer faisait semblant de rire de tout cela mais je devinais qu'il était inquiet. La bronchite est quelque chose à prendre au sérieux lorsque l'on a quatre-vingt-dix ans et le pire moment de la saison n'était pas encore passé. Tout le monde savait ça. La mauvaise humeur croissait.

La Bouche était devenue le moindre de nos soucis. Sur ce point-là, nous étions tous d'accord.

« Ça a toujours été un coin à problèmes », disait Angelo qui venait de Fromentine et n'avait donc aucun parent à la Bouche. « Que voudriez-vous qu'on y fasse, hein ? »

Seuls les gens d'un certain âge semblaient manifester un chagrin véritable à la vue du cimetière submergé et, parmi eux, Désirée Bastonnet, la femme d'Aristide. Elle allait tous les dimanches, en revenant de la messe, avec une régularité touchante, se recueillir devant la plaque qui commémorait la mort de son fils. Tout en compatissant au chagrin de Désirée, l'opinion générale était pourtant que les vivants devaient avoir plus d'importance pour nous que les morts.

Désirée, cependant, fut à l'origine des changements qui suivirent. Depuis mon arrivée, je ne lui avais adressé la parole que pour la saluer et elle-même, quand elle me rencontrait, avait souvent frôlé l'impolitesse dans la hâte qu'elle mettait à s'enfuir. Je pensais d'ailleurs que la timidité dont elle faisait preuve était plutôt le résultat de sa crainte de déplaire à Aristide qu'un désir véritable d'éviter toute conversation avec moi. Cette fois-ci, elle était seule. Vêtue de noir comme d'habitude, elle descendait, à pied, la route qui venait de la Houssinière. Quand elle me croisa, je lui souris. Elle me lança d'abord un regard d'effroi, jeta un coup d'œil furtif de tous côtés puis me rendit mon sourire. À chaque pas, son menu visage semblait rebondir sous le chapeau noir de l'île. Elle portait à la main un grand bouquet de fleurs jaunes.

« Mimosa », expliqua-t-elle, en voyant dans mon regard comme une interrogation. « C'était la fleur préférée d'Olivier. Nous en avions toujours pour son anniversaire — une si jolie petite fleur, au parfum si doux. » Elle eut un sourire gauche. « Aristide dit toujours que c'est un geste absurde et que c'est tellement coûteux hors saison mais je pensais, moi, que... »

« Vous allez à la Bouche ? »

Désirée fit oui de la tête. « Il aurait cinquante-six ans maintenant ! Il serait peut-être grand-père déjà ! » Je surpris, dans son regard, une lueur à la fois ravie et indiciblement triste, à cette vision des petits-enfants qu'elle aurait pu avoir.

« J'achète une plaque », continua-t-elle. « Pour la faire mettre dans l'église de la Houssinière : *À mon fils chéri, perdu en mer*. Le père Alban me dit que je pourrai y déposer des fleurs quand je serai aux Immortelles. » Elle eut ce sourire doux et triste qui lui était particulier.

« Ton père a beaucoup de chance quoi qu'en dise Aristide », déclara-t-elle. « Il a de la chance que tu sois revenue. »

Jamais je n'avais entendu Désirée Bastonnet tenir un discours aussi long. J'en étais si étonnée que je fus incapable de prononcer un mot et, avant que je ne puisse trouver quelque chose à lui dire, elle était déjà partie avec son bouquet de mimosa.

Je retrouvai près de l'étier Xavier occupé à nettoyer des casiers à homards à grande eau. Il paraissait encore plus pâle que d'habitude. Avec ses lunettes, il me faisait penser à un intellectuel qui aurait, un jour, pris une mauvaise direction.

« Ta grand-mère n'a pas l'air bien », lui fis-je remarquer. « Tu devrais lui dire de m'avertir la prochaine fois qu'elle voudra aller à la Houssinière. Elle ne devrait pas y aller à pied, à son âge. »

Xavier eut l'air gêné. « Elle aura pris froid, c'est tout ! » dit-il. « Avec tout le temps qu'elle passe à la Bouche ! Elle croit que, si elle prie assez longtemps, il y aura un miracle. » Et il haussa les épaules. « Moi, je pense que si la sainte avait dû nous accorder un miracle elle l'aurait fait depuis longtemps ! »

De l'autre côté de la crique, j'apercevais Ghislain et son frère près de l'épave de l'*Éléonore* et, comme on aurait pu le deviner, Mercedes était assise tout près. Elle se limait les ongles avec soin et arborait un tee-shirt d'un rose ardent avec un message imprimé : CHERCHE ICI ET TU TROUVERAS !

Tout en parlant, Xavier ne la quittait pas des yeux.

« On m'a offert du boulot à la Houssinière », dit-il. « À la conserverie. Ça gagne bien ! »

« Ah oui ? »

Il hocha la tête. « Je n'peux pas m'éterniser ici ! » ajouta-t-il. « Un type doit aller là où s'trouve le fric. Aux Salants, c'est fini, tout l'monde sait ça ! Alors, autant accepter ce que l'on peut trouver avant que ce ne soit offert à quelqu'un d'autre ! »

Sur la rive opposée, j'entendis Ghislain éclater d'un rire un peu trop sonore à ce que venait de dire Damien. Une rangée de beaux mulets pendaient d'une grosse ligne, négligemment disposée mais placée pour être bien vue, à l'avant de l'*Éléonore*.

« Il les a achetés à Jojo-le-Goéland », me confia Xavier à voix basse. « Il assure les avoir pris à la Goulue. Comme si le nombre de poissons qu'il prenait allait l'intéresser, *elle*, de toute façon ! »

Ayant deviné être l'objet de notre conversation, Mercedes sortit son miroir de poche et se remit du rouge à lèvres en minaudant.

« Si seulement mon grand-père voulait bien entendre raison ! » soupira Xavier. « La maison représente toujours une certaine somme, le bateau aussi. Si seulement il n'était pas si farouchement contre une vente possible à des Houssins. » Il prit l'air gêné de quelqu'un qui s'est peut-être trahi.

« C'est un vieil homme », déclarai-je. « Il déteste le changement ! »

Xavier secoua la tête. « Il essaie d'installer un système de drainage à la Bouche », me dit-il en baissant un peu la voix. « Il s'imagine que personne ne s'en est rendu compte ! »

C'est pour cela qu'il était tombé malade, me renseigna Xavier. Il avait pris un coup de froid en creusant une tranchée autour de la plaque commémorative de la mort de son fils. On disait que le vieillard avait bien creusé une dizaine de mètres de tranchée le long de l'allée du cimetière avant de s'effondrer. GrosJean l'avait découvert et avait fait venir Xavier. « Le vieil imbécile ! » s'exclama-t-il. « Il sait très bien à quel point le cimetière est important pour Désirée. »

Cela m'étonna. J'avais toujours considéré Aristide comme un patriarche qui, de sa vie, n'avait jamais tenu compte de ce que ressentaient les autres.

Xavier poursuivit : « S'il avait été seul, il serait allé aux Immortelles il y a des années, à l'époque où il aurait encore pu vendre sa maison à un prix raisonnable, mais il n'aurait pas voulu faire cela à ma grand-mère. Il se sent des responsabilités envers elle aussi. »

Sur le chemin de retour vers la maison je réfléchis à ce que m'avait dit Xavier. Aristide, un protecteur ? Aristide, un sentimental ? Je me demandai si mon père avait aussi été comme ça, si derrière sa passivité maussade une grande passion autrefois s'était cachée.

19

Depuis quelques jours, Flynn me paraissait plus abordable, il ressemblait davantage à celui dont j'avais fait la connaissance à la Houssinière quand je l'avais rencontré, assis avec les deux religieuses. C'était peut-être à cause de GrosJean. Depuis que j'avais décidé de refuser l'offre de Brismand de prendre mon père aux Immortelles, il m'avait semblé que l'hostilité envers moi avait diminué aux Salants, malgré les railleries d'Aristide. Je me rendais compte que Flynn avait pour mon père une véritable affection et j'avais un peu honte de l'avoir mal jugé. Il n'avait pas lésiné sur le travail à accomplir en échange de la permission d'habiter le blockhaus. Maintenant encore, il passait tous les deux ou trois jours pour apporter un poisson qu'il avait pris légitimement (ou braconné) ou bien quelques légumes, ou pour terminer une réparation quelconque qu'il avait promis de faire à GrosJean. Je commençai à me demander comment mon père avait bien pu se débrouiller avant l'arrivée de Flynn.

« Oh ! Il s'en serait bien sorti tout seul ! » m'assura Flynn. « Il a plus de caractère que vous ne le pensez et têtu avec ça ! » Je l'avais rencontré, ce soir-là, occupé à bricoler l'installation d'eau. « Le sable filtre l'eau sous la roche », m'expliqua-t-il. « Elle remonte à la surface par capillarisation et je n'ai plus qu'à la pomper avec ce tuyau-ci. »

C'était une idée tout à fait ingénieuse, comme il en avait tant. J'avais en effet remarqué des traces de son passage un peu partout dans le village : dans le vieux moulin à vent que l'on avait remis en marche pour évacuer l'eau de drainage des champs, dans la génératrice de GrosJean, dans la douzaine d'objets brisés ou endommagés qu'il avait arrangés, cirés, huilés et auxquels il avait trouvé d'autres usages.

Je fis allusion à ma conversation avec Xavier et lui demandai si rien de semblable ne pourrait être installé pour drainer l'eau de la Bouche.

« Le drainage pourrait réussir », dit Flynn après y avoir réfléchi un moment. « Mais ça ne pourrait pas empêcher l'eau de revenir. Chaque grande marée cause une inondation ! »

Je pensai à ce qu'il m'avait dit. Il avait raison : le problème de la Bouche exigeait autre chose qu'un simple drainage. Il nous fallait quelque chose comme le brise-lames de la Houssinière, un rempart de pierres qui protégerait l'entrée et empêcherait les marées d'éroder la crique. Je fis part de mes réflexions à Flynn.

« Si les Houssins peuvent construire un épi, lui dis-je, nous pouvons sûrement le faire aussi. Nous pourrions le construire avec des pierres que nous prendrions à la Goulue et ainsi assurer de nouveau sa protection. »

Flynn haussa les épaules. « Peut-être bien ! En supposant que vous réussissiez à vous procurer de l'argent d'une façon ou d'une autre, que vous arriviez à persuader assez de gens de vous donner un coup de main et que vous puissiez déterminer de façon précise où le placer — car une erreur de quelques mètres seulement à gauche ou à droite et vous perdriez complètement votre temps ! On ne peut pas tout simplement entasser une centaine de tonnes de pierre au bout de la pointe dans l'espoir que cela marchera. Il vous faut un ingénieur. »

Cela ne me découragea pas. « Mais la chose serait possible ? » demandai-je avec insistance.

« Sans doute que non ! » Il regarda avec attention le mécanisme de la pompe et l'ajusta un peu. « Le problème réapparaîtrait ailleurs et cela ne changerait rien à la partie déjà érodée non plus ! »

« Non, mais cela sauverait peut-être le cimetière. »

Mon raisonnement amusa Flynn. « Sauver un vieux cimetière, à quoi bon ? »

Je lui rappelai GrosJean. « Tout ça lui a porté un coup ! » expliquai-je. « La sainte, le cimetière et l'*Éléonore*... » Et j'ajoutai en moi-même ma propre arrivée et les remous qu'elle avait provoqués, bien sûr.

« Il me rend responsable », dis-je enfin.

« Non, ce n'est pas vrai ! »

« S'il a lâché la sainte, c'est bien à cause de moi. Et maintenant, ce qui est arrivé à la Bouche... »

« Bon Dieu, Mado ! Faut-il que vous vous sentiez toujours responsable ? Ne pouvez-vous jamais laisser les événements suivre leur cours naturel ? » Flynn s'enroua. « Ce n'est pas vous qu'il accuse, Mado, c'est lui-même ! »

20

Déçue par l'échec de ma tentative de persuader Flynn, je filai tout droit à la Bouche. La mer était basse, le niveau de l'eau, dans le cimetière, avait baissé aussi ; un certain nombre de tombes restaient pourtant submergées et le long du sentier de profondes flaques barraient encore le chemin. Les dégâts s'aggravaient au bord de la crique où la vase, apportée par la mer, passait par-dessus la brèche du talus renforcé en grosses bavures dégoulinantes.

Sur une longueur de dix à quinze mètres, pas plus, c'était l'endroit le plus vulnérable, cela sautait aux yeux. Le flot de la marée montante s'engouffrait dans la crique et débordait par-dessus le talus, comme il le faisait aux Salants, avant d'envahir les marais de l'autre côté. Si seulement il était possible de surélever les berges de la crique d'un tout petit peu pour donner au flot montant le temps de retomber...

Quelqu'un avait déjà essayé d'y faire quelque chose en entassant des sacs de sable le long du bord de la crique. Mon père ou Aristide, sans doute. Mais il était évident que les sacs de sable, à eux seuls, ne suffiraient pas, qu'il en faudrait des centaines pour assurer la moindre protection.

De nouveau, l'idée d'une barrière de pierres vint à mon esprit ; pas à la Goulue mais ici. Quelque chose de temporaire, peut-être, mais qui serait la façon la plus sûre d'attirer l'attention, de convaincre les Salannais des possibilités de...

Il y avait bien le tracteur de mon père et sa remorque dans le chantier abandonné. Il y avait un grand palan aussi, si seulement je réussissais à le faire marcher, une sorte de treuil qui permettait de soulever les bateaux pour que l'on puisse les inspecter ou les réparer. Il était très lent à manœuvrer mais je savais qu'il était capable de supporter le poids de n'importe lequel des bateaux de pêche, même celui d'un bateau aussi lourd que la *Marie-Joseph* de Jojo. En l'utilisant, je pourrais même réussir à traîner des blocs de pierre, un par un, jusqu'à la crique et à y créer une sorte de rempart que l'on pourrait ensuite renforcer avec de la terre maintenue en place par des galets et des bâches. Je me persuadai que cela était très faisable et que, de toute façon, cela valait la peine d'essayer.

Amener le tracteur et l'énorme treuil jusqu'à la Bouche prit deux bonnes heures. Il était alors environ trois heures de l'après-midi. Un soleil blafard hésitait encore derrière son voile de nuages et le vent avait brutalement viré au sud de nouveau. Je portais mes bottes de pêcheur, une vareuse, un bonnet et des gants de laine et, malgré tout cela, je commençais à sentir le froid descendre, un froid chargé d'humidité qui n'annonçait pas la pluie mais déjà les embruns de la marée montante apportés par le vent. Un coup d'œil au soleil m'apprit que je disposais de quelques heures encore, à peine assez de temps pour faire ce que j'avais à faire.

Je me hâtai autant qu'il m'était possible. Déjà, j'avais repéré quelques-uns des blocs de granit isolés mais ils n'étaient pas aussi faciles à dégager que je ne l'avais pensé au début. Je dus d'abord les sortir de la dune. L'eau remontait tout autour et il me fallut le tracteur pour les arracher de leurs trous. Le palan, avec son petit moignon de bras, mettait une lenteur exaspérante à les déposer à la bonne place. Je dus les déplacer plusieurs fois avant qu'ils ne soient dans la position exacte où je les voulais. Chaque fois je devais fixer les chaînes autour du bloc, retourner au palan, en baisser le bras pour que le granit atteignît le bord de la crique juste au bon endroit et d'une façon qui me permît ensuite d'ôter les chaînes. Dès le début, je fus trempée, malgré mes vêtements de pêche, mais je n'y fis guère attention. Le niveau de l'eau montait ; il avait déjà atteint une hauteur dangereuse le long du talus endommagé. Une risée la faisait friser et mettait des pattes de chat à sa surface mais les blocs de pierre étaient maintenant en position et la grande bâche les couvrait. Je n'avais plus besoin que d'un amas de pierres plus petites et de terre pour assurer l'étanchéité de l'ensemble et l'ancrer solidement.

C'est alors que le palan tomba en panne. Était-ce le bras du treuil que j'avais forcé, ou quelque chose dans le moteur qui s'était cassé, ou peut-être même l'eau, peu profonde pourtant, à travers laquelle je l'avais fait passer ? Le fait est qu'il s'arrêta soudain et refusa de se remettre en marche. Je perdis du temps à essayer de découvrir la raison de la panne. Devant mon échec, je me mis à déplacer les pierres à la main, choisissant les plus grosses que je pouvais porter et déposant entre elles des pelletées de terre pour les cimenter. Poussée par le vent du sud, la marée montait maintenant allégrement. Au loin, j'entendais les vagues déferler dans les marais. Je continuai à creuser, me servant de la remorque du tracteur pour apporter de la terre jusqu'au talus. J'utilisai toutes les bâches que j'avais avec moi, les alourdissant avec d'autres pierres pour empêcher l'eau d'emporter la terre. J'avais à peine terminé le quart de la longueur nécessaire, cependant déjà mes remparts de fortune tenaient bon. Si seulement le palan n'était pas tombé en panne !

La nuit commençait à descendre mais les nuages s'étaient un peu dispersés. Le ciel, dans la direction des Salants, était rouge et noir. C'était un mauvais augure. Je m'interrompis un instant pour reposer mes reins douloureux. Je vis alors, au sommet de la dune, une silhouette se détacher sur le fond du ciel.

GrosJean ! Je ne voyais pas son visage mais, d'après sa position, je savais qu'il m'observait. Pendant quelques secondes, son regard resta posé sur moi, mais lorsque, en avançant avec difficulté et m'éclaboussant d'eau boueuse, je fis un pas vers lui, il se retourna simplement et disparut derrière la crête de la dune. Je continuai à avancer mais trop lentement, épuisée, sachant très bien qu'arrivée à l'endroit où je l'avais aperçu, il n'y serait déjà plus.

En bas, je voyais clairement le courant remonter la crique. Ce n'était pas encore la pleine mer mais, d'où j'étais, je distinguais déjà les points faibles de mon rempart, les endroits où de minces filets d'eau se faufileraient, se mêleraient à la terre meuble et aux cailloux, se fraieraient un passage. Le tracteur était déjà dans l'eau jusqu'au-dessus des roues ; un peu plus encore et le moteur serait noyé. Je lâchai un juron, redescendis en courant vers la crique, démarrai le moteur qui cala deux fois et réussis enfin à mener en lieu sûr le vieux tracteur quinteux et crachotant au milieu d'un nuage de fumée nauséabonde.

Maudite marée ! Maudit hasard ! De colère, je lançai vers l'eau un galet qui atterrit tout près du bord avec un plouf méprisant. J'arrachai ce qui restait d'une azalée et la lançai aussi. J'étais consciente de cette rage soudaine et destructrice qui montait en moi et menaçait d'exploser. En quelques secondes, je ramassai tous les projectiles que je pus trouver : galets, morceaux de bois mort, débris de toutes sortes et les lançai, avec violence. La bêche dont je m'étais servie était toujours sur la remorque ; je la saisis et commençai à creuser le sol marécageux en projetant d'énormes gerbes de terre et d'eau. Les larmes ruisselaient sur mon visage, ma gorge me faisait mal. Pendant quelque temps, je continuai à creuser avec une sorte de frénésie.

« Mado, arrêtez ! Mado ! »

Je dus l'entendre mais il fallut sa main sur mon épaule pour me forcer à me retourner. Malgré mes gants, j'avais les mains pleines d'ampoules. Je brûlais de fièvre. Mon visage était couvert de boue. Lui se tenait derrière moi, dans l'eau jusqu'aux chevilles. Rien ne restait de l'expression ironique qu'il avait d'ordinaire. Il semblait furieux et inquiet.

« Pour l'amour de Dieu, Mado, n'abandonnez-vous jamais ? »

« Flynn ? » Je le regardai d'un air d'incompréhension. « Que faites-vous ici ? »

« Je cherchais GrosJean. » Il fronça les sourcils. « J'ai trouvé quelque chose que la mer a rejeté au large de la Goulue, quelque chose qui l'intéressera peut-être, je pense. »

« D'autres homards ? » demandai-je d'une voix aigre, en pensant à cette première journée à la Goulue.

Flynn prit une profonde aspiration. « Vous êtes aussi folle que lui ! » dit-il. « Vous allez vous tuer à l'ouvrage ici ! »

« Il faut bien que quelqu'un fasse quelque chose ! » répliquai-je en ramassant la bêche que j'avais laissée tomber quand il m'avait interrompue. « Il faut leur montrer ! »

« Leur montrer quoi ? Et à qui ? » Il essayait avec difficulté de garder son calme, une lueur inquiétante illuminait ses yeux.

« Leur montrer comment se défendre ! » expliquai-je avec un regard furieux. « Leur montrer comment faire un travail d'équipe ! »

« Un travail d'équipe », répéta-t-il avec mépris. « Je croyais que vous aviez déjà essayé ? Et cela vous a conduite où ? »

« Vous savez très bien pourquoi cela ne m'a menée à rien ! » reprochai-je. « Si seulement *vous* aviez bien voulu vous en mêler — ils vous auraient écouté ! »

Il fit un gros effort pour baisser le ton de sa voix. « Vous ne semblez pas comprendre. Je ne *veux* pas m'en mêler. Toute ma vie, d'une façon ou d'une autre, j'ai regretté, moi, de m'être mêlé de quelque chose. Vous commencez à faire une chose et cela vous mène à une autre chose, puis encore à une autre. »

« Si Brismand a pu protéger les Immortelles, murmurai-je, les dents serrées, nous pourrions en faire autant ici. Nous pourrions reconstruire le vieux pierré et renforcer le bord de la côte à la Goulue. »

« Bien sûr ! » s'exclama Flynn avec sarcasme. « Grâce à vous et à deux cents tonnes de pierres, un bulldozer, un ingénieur géographe et à, disons, un demi-million de francs ! » Un instant, je fus interdite. « Autant que ça ? » demandai-je enfin.

« Au moins ! »

« Vous semblez en savoir long sur la question ? »

« Eh bien, oui. Je suis conscient de ces choses-là. J'ai observé ce qu'ils avaient fait aux Immortelles. Cela n'a pas été facile, c'est moi qui vous le dis ! Et Brismand, lui, bâtissait sur des fondations vieilles de trente ans au moins. Vous, vous parlez de faire ça à partir de zéro ! »

« Vous pourriez penser à quelque chose si vous le vouliez vraiment », suggérai-je en frissonnant. « Vous savez, vous, comment ça marche ! Vous pourriez découvrir un moyen. »

« Non ! » répondit-il. « Et même si je le pouvais, à quoi bon ? La Houssinière a besoin de sa plage. C'est là qu'il y a du commerce. Pourquoi détruire l'équilibre des choses ? »

« Brismand l'a déjà fait », répliquai-je, d'un ton féroce. « Il savait bien qu'il nous le volait notre sable, le sable de la Jetée, celui qui nous protégeait ! »

Le regard de Flynn se fixa sur la ligne d'horizon comme s'il y avait là quelque chose à voir. « Vous n'abandonnez jamais, n'est-ce pas ? »

« Non ! » répondis-je sèchement.

Il ne tourna pas les yeux vers moi. Derrière lui, les nuages bas se coloraient du même ocre rouge que celui de ses cheveux. Les embruns salés du flot montant emplissaient mes yeux de larmes.

« Et vous ne laisserez pas tomber avant d'avoir obtenu un résultat ? »

« Non ! »

Il y eut un instant de silence. « Cela en vaut-il vraiment la peine ? » demanda-t-il enfin.

« Pour moi, oui ! »

« Ce que je veux dire c'est que, dans une autre génération, ils seront tous partis. Mais, bon Dieu, regardez-les ! Ceux qui avaient le moindre bon sens ont déjà quitté l'île, il y a des années. Ne vaudrait-il pas mieux laisser les choses suivre leur cours ? »

Je le regardai sans répondre.

« Certaines communautés disparaissent. Dans le monde, cela a toujours été comme ça ! » Il parlait calmement, d'un ton persuasif. « Vous le savez bien. Cela fait partie de l'ordre des choses ici. Cela peut même être un bien pour les gens. Cela les force à reprendre leur vie en main, à la reconstruire. Mais regardez-les, forcés à ces mariages entre cousins, à ces mariages qui causent leur destruction. Il leur faut du sang nouveau. Ici, ils se raccrochent à des fétus de paille ! »

Avec entêtement, je répondis : « Ça n'est pas vrai ! Ils ont des droits aussi. Beaucoup d'entre eux sont bien trop âgés pour se refaire une vie ailleurs. Pensez à Matthias Guénolé, à Aristide Bastonnet ou à Toinette Prossage ! Ceux-là ne connaissent que l'île. *Eux* ne s'installeraient jamais sur le continent même si leurs enfants le faisaient. »

Il eut un haussement d'épaules. « Il n'y a pas que les Salants dans l'île ! »

« Que voulez-vous dire ? Devenir citoyens de seconde classe à la Houssinière ? Devenir locataires de Claude Brismand ? Et d'où viendrait l'argent pour payer la location ? Vous savez bien qu'aucune de ces maisons n'est assurée, n'est-ce pas ? Elles sont bien trop près de la mer ! »

« Il y a toujours les Immortelles », me rappela-t-il doucement.

« Non ! » Je crois qu'il pensait à mon père à ce moment-là. « Ce n'est pas une solution acceptable. Ici, nous sommes chez nous. Ce n'est pas parfait, la vie n'y est pas facile, mais c'est comme ça, nous nous y sentons bien et nous ne voulons pas partir. »

J'attendis une réponse. L'odeur sauvage de la marée montante emplissait mes narines ; le grondement des vagues se mêlait au bouillonnement du sang dans mes veines et dans ma tête. J'observais Flynn. Très calme soudain, j'attendais qu'il parlât.

Il se tourna enfin vers moi et hocha la tête. « Tête de mule, comme votre père ! »

« Je suis salannaise », dis-je avec un sourire. « Ma tête est pleine de cailloux ! »

Un autre silence tomba, plus long cette fois.

Et il reprit : « Même si je pensais à un moyen de nous y prendre, cela ne marcherait pas forcément, vous savez. Reconstruire un moulin à vent, c'est une chose mais ça, c'est bien différent. Il ne pourrait être question de garantie. Il nous faudrait découvrir un moyen de les faire travailler en équipe car nous aurions besoin de tous les habitants des Salants et ils devraient travailler tous ensemble et d'arrache-pied. Il nous faudrait un miracle pour ça ! »

Il nous faudrait... Oh, ce *nous* qui empourpra soudain mes joues et m'emplit de fièvre.

« Alors, ce serait possible ? » Ma question semblait absurde, je haletais d'impatience. « Il y a un moyen de mettre fin aux inondations ? »

« J'ai besoin d'y réfléchir mais il y a un moyen de les forcer à réunir leurs efforts ! »

Il me regardait de nouveau de cette façon bizarre, comme si je l'amusais. Cette fois pourtant, il y avait autre chose dans ses yeux, une intention, un regard plus appuyé, comme s'il me voyait vraiment pour la première fois. Je n'étais pas certaine d'aimer ce regard-là.

« Vous savez, dit-il enfin, ce n'est pas sûr que l'on vous remercie pour cela. Même si ça réussit, ils vous en voudront peut-être. Pensez à la réputation que vous avez déjà ! »

Ce qu'il disait n'était pas nouveau pour moi. « Je m'en moque ! » répondis-je.

« En plus de ça, nous allons faire quelque chose qui est contre la loi », continua-t-il. « Nous sommes censés demander un permis de construire, envoyer des papiers officiels, soumettre des plans. Évidemment, rien de cela n'est possible ! »

« Je vous l'ai déjà dit : je m'en moque ! »

« Il faudrait un miracle ! » répéta-t-il, mais je voyais bien qu'il était prêt à rire. Dans ses yeux, au regard si froid quelque temps auparavant, jouaient des paillettes de lumière.

« Alors ? »

Il éclata de rire. C'est à ce moment-là que je réalisai combien peu de Salannais, bien qu'ils sachent sourire, ricaner ou glousser même, sont capables de rire d'un bon rire franc. Son rire à lui me parut étrange, exotique, quelque chose venu d'un pays lointain, inconnu et sauvage.

« D'accord ! » dit Flynn.

DEUXIÈME PARTIE

MARÉE MONTANTE

21

Cette nuit-là, la maison d'Omer fut inondée. La pluie avait grossi l'eau de la crique qui, une fois encore, brisa ses levées avec la haute marée. Étant la plus proche, la maison d'Omer fut la première touchée.

« Maintenant, ils ne se donnent même plus la peine de déplacer les meubles », expliqua Toinette. « Charlotte ouvre toutes les portes et laisse simplement l'eau s'évacuer à l'arrière. Je leur offrirais bien un toit mais je n'ai pas la place qu'il faut. Et en plus, leur fille me tape sur les nerfs. Je n'ai plus la patience de supporter les filles de cet âge-là ! »

Mercedes passait certainement par la période la plus difficile de l'adolescence. Elle ne se contentait plus de Ghislain et de Xavier ; elle avait commencé à passer son temps au Chat Noir, à la Houssinière, où elle avait une cour d'adorateurs. Xavier en accusait Aristide et son attitude envers elle. Charlotte, qui aurait bien eu besoin d'un coup de main à la maison, ne savait plus que faire. Toinette, elle, présageait que les choses, à la fin, allaient mal tourner.

« Mercedes joue avec le feu », déclarait-elle. « Xavier Bastonnet est un bon garçon mais, au fond, il est tout aussi tête de mule que son grand-père et elle finira par le détacher d'elle. Connaissant Mercedes comme je la connais, ce sera justement à ce moment-là qu'elle comprendra que c'était lui qu'elle avait toujours voulu ! »

Si Mercedes s'était attendue à ce que son absence provoquât une réaction, elle fut certainement déçue. Ghislain et Xavier continuèrent à s'observer chacun de son côté de l'étier avec la fidélité d'un couple d'amoureux. De petits actes de vandalisme — une voile de la *Cécilia* qui avait été percée d'un coup de couteau et un seau de vers de vase qui s'était mystérieusement vidé dans l'une des bottes de Ghislain — furent causes d'accusations de part et d'autre mais ni l'un ni l'autre ne purent jamais rien prouver. Le jeune Damien, lui, avait totalement disparu des Salants. Il passait le plus clair de son temps à traîner sur l'esplanade et à chercher la bagarre.

Je me sentais moi-même attirée par l'endroit, car même à la morte saison, il y avait de la vie là, quelque chose qui ressemblait à de l'espoir. Le village des Salants, lui, avait l'air plus mort que jamais, fossilisé. Je souffrais de le voir ainsi. Alors, armée d'un bloc de papier à dessin et de crayons, j'allais aux Immortelles. Hélas, mes doigts étaient malhabiles et je ne réussissais à rien de bon. J'attendais. Quoi ou qui ? Je n'en savais rien.

Flynn ne m'avait pas dit grand-chose de ce à quoi je pouvais m'attendre. Il valait mieux que je n'en sache rien, me répétait-il. Mes réactions n'en seraient que plus spontanées. Après notre conversation, il avait disparu pendant plusieurs jours. Je savais qu'il préparait quelque chose. Pourtant, lorsque je finis par le trouver, il refusa de me dire de quoi il s'agissait.

« Vous ne seriez pas d'accord, j'en suis sûr ! » Ce jour-là, il semblait déborder d'énergie. Ses yeux étaient d'un gris luisant de poudre à canon, son regard plein d'étincelles. Derrière lui, la porte du blockhaus était entrouverte et j'aperçus à l'intérieur quelque chose de grand, enveloppé d'un drap. Une bêche, toute noire de la vase des marais, était encore appuyée au mur. Flynn remarqua mon regard inquisiteur et, d'un adroit coup de pied, referma la porte. « Vous êtes méfiante comme un chat, Mado », déclara-t-il avec un soupir. « Je vous l'ai bien dit, je travaille à votre miracle. »

« Et comment saurai-je, moi, que cela a commencé ? »

« Vous le saurez ! »

Je jetai de nouveau un regard vers la porte du blockhaus. « Vous n'avez rien volé, n'est-ce pas ? »

« Bien sûr que non ! Il n'y a rien là-dedans que des bricoles trouvées à mer basse. »

« Du braconnage, encore ! » dis-je d'un ton désapprobateur.

Il eut un large sourire. « Vous n'allez jamais me permettre d'oublier ces homards-là, n'est-ce pas ? Mais un petit peu de braconnage entre amis, ça n'est pas la fin du monde quand même ! »

« On vous y prendra un jour », grondai-je, en m'efforçant de ne pas sourire. « Et ça sera bien fait si l'on vous tire dessus ! »

Flynn éclata de rire, sans paraître impressionné par l'avertissement. Le lendemain matin, je découvris devant ma porte un petit paquet-cadeau artistiquement enveloppé et décoré d'un ruban rouge. Il y avait un homard à l'intérieur !

Ce fut peu de temps après que tout commença. La nuit était froide et le vent soufflait en rafales. Par les nuits de tempête, GrosJean était souvent agité. Il se levait pour aller vérifier si les volets étaient bien attachés ou pour se faire une tasse de café qu'il buvait, assis dans la cuisine, en écoutant le bruit des vagues. Je me demandais ce qu'il cherchait à entendre dans leur grondement.

Cette nuit-là, je fus davantage consciente de son agitation parce que, moi aussi, j'avais le sommeil troublé. Le vent du sud avait forci de nouveau. Je l'entendais s'acharner aux portes, couiner et gratter aux fenêtres comme des rats faisant le siège de la maison. Vers minuit, je m'assoupis enfin. Par moments, je rêvai de ma mère. J'oubliais presque instantanément l'objet précis de ces rêves mais j'étais sûre qu'ils avaient quelque chose à voir avec sa respiration que je pouvais entendre lorsque nous passions la nuit côte à côte dans l'un de ces petits meublés d'autrefois que nous louions à bas prix, avec la façon dont son souffle s'interrompait parfois pendant une trentaine de secondes avant de reprendre son rythme normal dans un sifflement plaintif.

À une heure du matin, je me levai et j'allai me faire du café. Par l'interstice des volets, j'apercevais le feu rouge de la balise à l'autre bout de la Jetée et, au-delà, les éclairs jetaient leurs points lancés erratiques et fantasques sur l'orangé sombre du ciel. Ce n'était pas encore la tempête mais la mer déjà grondait douloureusement. Le vent faisait hurler les haubans d'acier des bateaux au mouillage et, à chaque bourrasque, cinglait de sable les carreaux de la fenêtre. Je crus entendre une cloche sonner une seule fois — dong — et comme une lamentation sa plainte se perdit dans le mugissement du vent. Je me persuadai que c'était seulement un effet de mon imagination, une illusion nocturne, mais je l'entendis résonner encore une fois, et encore une autre, et chaque fois de plus en plus distincte.

Un frisson me secoua.

Cela avait commencé.

De la pointe, le bourdonnement de la cloche, porté par les rafales, s'accentuait. Ce bruit terrible, l'écho caverneux de la cloche de l'église engloutie sous les flots annonçait un désastre. En jetant un coup d'œil vers la pointe, je crus y voir danser le reflet d'une lueur bleuâtre qui venait du large. Elle monta une fois, deux fois vers les nuages et retomba menaçante dans une gerbe d'étincelles blafardes.

Tout à coup, je pris conscience de la présence de GrosJean derrière moi. Il avait quitté son lit et s'était habillé. Il portait même sa vareuse et ses bottes.

« Il n'y a pas de danger », lui dis-je. « Il n'y a vraiment aucune raison de s'inquiéter. Ce n'est que la tempête, rien de plus. »

Mon père, sans un mot, restait immobile à mes côtés, tout raide, comme ces petits bonshommes qu'il me fabriquait autrefois avec les bouts de bois qu'il trouvait dans son atelier. Rien dans son comportement n'indiquait qu'il m'avait même entendue. Pourtant, je sentais qu'il était en proie à une émotion profonde. Je ne pouvais pas me débarrasser de cette impression-là. Ses mains tremblaient.

« Il n'y a pas à s'inquiéter », répétai-je.

« La Marinette ! » articula mon père. Il avait la voix rauque de celui qui, depuis longtemps, ne s'en est pas servi. Pendant un instant, les syllabes résonnèrent dans ma tête sans que j'en comprisse le sens.

« La Marinette ! » répéta GrosJean avec plus d'insistance et sa main se posa sur mon bras. Ses yeux se firent suppliants.

« Ce n'est que la cloche de l'église », dis-je pour le rassurer. « Je l'entends, moi aussi. C'est le vent qui nous l'apporte. La cloche de la Houssinière, rien d'autre ! »

GrosJean secoua la tête avec impatience. « La Marinette », déclara-t-il.

Flynn, car j'étais sûre qu'il y était pour quelque chose, avait choisi le bon moment et le bon moyen. La réaction de mon père au son de la cloche me glaça pourtant d'effroi.

Debout, il semblait vouloir aller de l'avant comme un chien qui tire sur sa laisse. Sa main me meurtrissait le bras maintenant. Il était tout pâle.

« Dis-moi ce qui ne va pas, s'il te plaît », lui demandai-je en retirant doucement mon bras.

Mais, de nouveau, GrosJean avait perdu la parole. Son regard seul communiquait, ses yeux sombres d'émotion, les yeux d'un saint qui aurait trop longtemps erré dans le désert et en aurait perdu l'esprit.

« Je vais aller voir ce qui se passe », déclarai-je. « Je ne serai pas longue ! »

Puis, le laissant debout, le visage collé au carreau, j'enfilai mon ciré et m'enfonçai dans la nuit morne.

22

Le fracas des vagues était énorme, mais le glas de la cloche, annonciateur de catastrophe, le dominait encore. Son lourd appel ébranlait de frissons la terre elle-même. Comme je m'approchais, un autre jet de lumière bleue fusa de derrière la dune. Il dessina une courbe fantasque dans le ciel, illumina tout un instant et s'éteignit aussi rapidement. Des lumières apparaissaient aux fenêtres, des volets s'ouvraient. À peine reconnaissables dans leurs longs manteaux et leurs bonnets de laine, des silhouettes se montraient, curieuses, aux portes et se penchaient par-dessus les barrières. Sous le panneau de signalisation je distinguais déjà celle, massive, d'Omer. Il était flanqué d'une autre plus petite, en robe de chambre, qui s'affolait comme un papillon de nuit. Charlotte, sans aucun doute. Mercedes, en chemise de nuit, était à sa fenêtre. Il y avait aussi Ghislain et Alain Guénolé, avec Matthias sur leurs talons et une bande de gamins parmi lesquels Lolo et Damien. Lolo portait un bonnet rouge. Ses gambades étaient exagérées par la petite lumière qui venait de la porte ouverte et faisait danser son ombre comme celle d'un lutin. Sa voix montait, grêle, au-dessus du son de la cloche.

« Bon Dieu ! Qu'est-ce qui se passe là-bas ? » C'était la voix d'Angelo, tout emmitouflé dans son ciré et son passe-montagne. Il tenait à la main une lampe électrique dont il m'éclaira rapidement le visage comme s'il eût voulu vérifier qu'il n'y avait aucun intrus. Il sembla rassuré en me reconnaissant.

« Oh ! C'est vous, Mado ! Vous êtes allée jusqu'à la pointe ! Qu'est-ce qui s'y passe ? »

« Je ne sais pas ! » Le vent engloutit ma voix qui me parut faible et hésitante.

« Mais j'ai bien vu les lumières ! »

« Eh ben, ça ne m'étonne pas ! » Les Guénolé avaient maintenant atteint la dune, tous deux portaient une lampe-tempête et un fusil. « Ah ! si jamais un salaud est en train de nous faire une sale blague... » Et Alain fit un geste sans aucune ambiguïté vers son fusil. « Ce serait bien digne d'un Bastonnet de nous faire un coup comme ça. D'accord, je vais à la pointe pour voir ce qu'il y a mais je laisse le p'tit monter la garde ici. Ils doivent me prendre pour un imbécile s'ils croient que je vais me laisser avoir comme ça ! »

« Ben, je n'sais pas qui a fait le coup mais en tout cas ce ne sont pas les Bastonnet », déclara Angelo en indiquant une direction. « Là-bas, je vois Aristide et Xavier qui l'aide à marcher et il a l'air d'avoir le feu au derrière ! »

C'était vrai. Le vieillard avançait en boitant aussi rapidement qu'il le pouvait le long de la rue de l'Océan. Il se servait de sa canne d'un côté pour maintenir son équilibre et, de l'autre, il s'appuyait au bras de son petit-fils. Ses longs cheveux, dénoués par le vent, s'échappaient de son bonnet de laine.

« Guénolé ! » rugit-il dès qu'il put se faire entendre. « J'aurais dû m'en douter que vous étiez responsables de ça, bande de salauds ! Qu'est-ce que vous foutez à réveiller les gens comme ça au milieu de la nuit ? »

Matthias se mit à rire. « Ah ! Vous croyez que vous pourriez me faire avaler ça ! » dit-il. « C'est toujours le plus coupable qui crie son innocence le plus fort ! Ce n'est pas la peine de faire semblant de ne rien savoir de ce qui se passe, hé ! Pourquoi seriez-vous sortis avec autant de précipitation autrement ? »

« Ma femme est partie sans rien dire, comme ça ! » répondit Arisitide. « J'ai entendu la porte claquer. A-t-on idée d'aller sur la falaise, par un temps comme celui-là, à son âge ! Elle va y attraper la crève ! » Il leva sa canne. Sa voix se brisait de colère. « Vous tenez vraiment à la mêler à ça, hein ? » cria-t-il en s'enrouant. « Ce n'est pas assez pour vous que votre fils — votre fils... » Et il fit le geste d'abattre sa canne sur Matthias. Il en aurait perdu l'équilibre si Xavier ne l'avait retenu par le bras. Guénolé leva alors son fusil vers lui, ce qui fit ricaner Aristide.

« Allez, mais vas-y ! » hurla-t-il. « Tire, tu peux, je m'en fous ! Tire sur un vieux, un invalide ! Allez, vas-y, c'est bien l'genre de chose à laquelle on pourrait s'attendre d'la part d'un Guénolé ! Mais vas-y donc ! J'peux même venir plus près, comme ça tu n'pourras pas me manquer ! Sainte Marine, cette sacrée cloche ! Mais quand va-t-elle s'arrêter de sonner ? » Et il s'avança d'un pas mais Xavier le retint.

« Mon père dit que c'est la Marinette ! » déclarai-je.

Les Guénolé et les Bastonnet me dévisagèrent un instant. Aristide secoua alors la tête et dit : « Mais non, c'est simplement un con qui fait l'imbécile. Personne n'a jamais entendu sonner la Marinette depuis que... »

Quelque chose me fit jeter un regard en arrière dans la direction de la dune et je vis se découper derrière moi, sur le ciel tourmenté, la silhouette d'un homme. Je reconnus mon père. Aristide aussi l'aperçut et les paroles qui s'étaient arrêtées sur ses lèvres se perdirent en un grognement.

« Papa ! Pourquoi ne rentres-tu pas à la maison ? » demandai-je d'une voix douce.

GrosJean ne bougea pas et, quand je lui passai le bras autour de la taille, je sentis son corps entier agité d'un tremblement.

« Bon, je crois bien que nous sommes tous fatigués », déclara Alain d'une voix plus basse. « Allons donc voir ce qui se passe là-bas, d'accord ? Moi, je dois me lever de bonne heure demain matin ! » Puis, il se retourna vers son fils et, avec une véhémence inattendue, il continua : « Et toi, pour l'amour de Dieu, ramasse-moi ton sacré fusil. Tu te crois où ? En Amérique ? Tu te prends pour un cow-boy ? »

« Mais il n'est chargé qu'avec du gros sel ! » protesta Ghislain.

« Je t'ai dit de le ramasser ! »

Ghislain, l'air maussade, abaissa son arme. Deux autres fusées montèrent encore au large de la pointe, projetant des étincelles qui crépitèrent, toutes bleues, dans la nuit lourde de rancunes. Je sentis GrosJean tressaillir.

« C'est le feu Saint-Elme », déclara Angelo.

Aristide ne parut pas convaincu par l'explication et nous poursuivîmes notre chemin vers la pointe Griznoz. Omer et Charlotte Prossage nous rattrapèrent, suivis d'Hilaire avec sa canne, puis de Toinette et d'autres encore qui arrivèrent les uns après les autres. Le lourd bourdonnement de la cloche ensevelie sous les eaux continuait — dong dong —, les étincelles bleues crépitaient, le ton des voix montait dans l'agitation générale capable de très vite tourner à la colère, à la peur ou même pire encore. Du regard, je parcourus la foule des visages à la recherche de celui de Flynn mais, de lui, aucune trace, nulle part. J'en éprouvai une légère inquiétude. J'espérais qu'il savait quand même ce qu'il faisait.

J'aidai GrosJean à escalader la dune pendant que Xavier, armé d'une lanterne, courait devant nous et qu'Aristide, traînant sa jambe de bois, nous suivait en s'appuyant lourdement sur sa canne. Certains nous dépassèrent rapidement, traversant en biais, à grandes enjambées, le sable qui coulait sous leurs pieds. Je reconnus Mercedes, les cheveux dénoués, le manteau boutonné par-dessus sa longue chemise de nuit blanche. Je compris soudain pourquoi Xavier avait tenu à courir au-devant de tous.

« Désirée », murmura Aristide.

« Ça va, ne vous en faites pas ! » le rassurai-je. « Elle ne court aucun risque. » Mais le vieillard n'écoutait pas. « Je l'ai entendue moi-même, la

Marinette, vous savez ! » dit-il dans un souffle comme s'il se parlait à lui-même. « L'été de cette terrible année, le jour où Olivier s'est noyé. Je m'étais persuadé que ce n'était que le bruit de la coque du chalutier qui faisait acoustique quand les lames le remettaient à flot et la fracassaient et que la marée descendante l'entraînait vers le large. Ce n'est que plus tard que j'ai compris que c'était la Marinette que j'avais entendue sonner le glas ce jour-là. Elle qui annonce toujours un désastre ! Et Alain Guénolé... » Brusquement, le ton de sa voix s'altéra. « Ils étaient copains, vous savez, Alain et lui. Ils avaient le même âge. Ils allaient quelquefois ensemble à la pêche même si nous le leur interdisions ! »

Aristide commençait à peiner maintenant et s'appuyait plus lourdement sur sa canne alors que nous abordions le sommet de la grande dune. Là-bas, s'entassaient les rochers de la pointe Griznoz et le seul mur resté intact des ruines de la chapelle de Sainte-Marine s'élevait dans le ciel comme un mégalithe primitif.

« Il aurait dû y être aussi », continua Aristide d'un ton de condamnation. « Ils s'étaient donné rendez-vous tous les deux à midi pour retirer de la vieille carcasse ce qui pouvait encore être sauvé. S'il était venu, mon fils ne serait peut-être pas mort. *Si* il était venu. Mais, au lieu de ça, il courait les dunes avec sa greluche, bien sûr ? C'était Évelyne Gaillard, la fille de Georges Gaillard de la Houssinière. Et il avait tout simplement oublié l'heure. Oublié l'heure, hein ! » répéta-t-il d'un ton presque goguenard. « Il était surtout en train de roucouler avec cette fille, cette Houssine et ça, pendant que son copain, mon fils, lui, se... »

Il était hors d'haleine quand nous atteignîmes le haut de la dune. Un groupe de Salannais dont les lanternes et les lampes éclairaient le visage était déjà là. Du feu Saint-Elme — si cela avait bien été ça — tout avait disparu maintenant. La cloche elle-même avait cessé son glas.

« C'est un signe ! » cria quelqu'un. « Je crois bien que c'était l'un des Guénolé. »

« C'est une blague ! » murmura Aristide.

Et pendant que nous étions là, d'autres encore arrivèrent. J'estimai que la moitié du village était maintenant déjà là et à la cadence à laquelle ils continuaient à arriver, cela serait bien vite dépassé.

Le vent nous cinglait le visage de sable et d'embruns salés. Un enfant commença à gémir. J'entendis derrière moi un murmure de prières. Toinette hurla quelque chose à propos de sainte Marine, un avertissement, une prière peut-être. Aristide dont la voix dominait le bruit cria : « Ma femme, où est-elle ? Que lui est-il arrivé ? »

« La sainte, la sainte ! » s'écria Toinette. « Regardez ! »

Nous levâmes les yeux. Elle était là, debout, dans sa petite niche, tout en haut du mur de la chapelle, statue primitive à peine visible dans l'obscurité et dont les traits grossiers étaient gravés au feu. Dans la lumière des lampes et des lanternes qui s'agitaient, elle semblait saisie de vertige sur son perchoir et hésiter avant de prendre son vol. Sa robe de cérémonie s'ouvrait autour d'elle comme une cloche et sur sa tête brillait la couronne dorée de sainte Marine. À ses pieds, tout en bas, étaient agenouillées les deux vieilles religieuses : sœur Thérèse et sœur Extase. Derrière elles, je vis quelque chose de gravé ou de dessiné sur le mur nu de la chapelle en ruines, quelque chose qui ressemblait à un graffiti.

« Je me demande comment elle a bien pu remonter là-haut », murmura Aristide qui, refusant d'en croire ses yeux, ne pouvait pourtant détacher son regard de la sainte prête à tomber.

« Je me demande aussi pourquoi ces deux oiseaux de malheur-là sont ici », gronda-t-il en lançant un regard sévère aux deux nonnes mais il s'arrêta tout net. Près d'elles, quelqu'un était là, agenouillé sur l'herbe, les mains jointes. « Désirée ? » Aristide avança en boitant aussi vite qu'il le pouvait vers la silhouette à genoux. En le sentant approcher, elle tourna vers lui de grands yeux pleins d'émerveillement dans un visage blême tout illuminé. « Oh ! Aristide », dit-elle. « Elle est revenue ! C'est un miracle. »

Le vieillard tremblait. Sa bouche s'ouvrit mais aucun son ne sortit de ses lèvres. D'un ton bourru, il tendit la main vers sa femme pour l'aider à se relever et dit : « Allez, vieille folle, tu es toute frigorifiée. À quoi penses-tu donc de venir jusqu'ici sans même un paletot, hé ? Je suppose que je vais devoir te passer le mien ! » Et, ôtant sa veste de pêche, il lui en couvrit les épaules.

Désirée se laissa faire sans même y prêter attention. « J'ai entendu la sainte », lui confia-t-elle avec un sourire. « Elle m'a parlé. Oh ! Aristide, elle m'a parlé, à moi ! »

Petit à petit, la foule se rassemblait au pied du mur.

« Mon Dieu ! » dit Capucine en esquissant de la main le signe fourchu qui chasse la malchance. « Est-ce réellement la sainte tout là-haut ? »

Aristide fit oui d'un signe de tête. « Dieu seul sait comment elle a bien pu y remonter. »

« Sainte Marine ! » gémit quelqu'un au pied de la dune, et Toinette tomba à genoux. Un soupir parcourut la foule. « Ah ! »

Comme un cœur géant qui battait, le flot montant ébranlait régulièrement la côte. « Elle n'est pas bien du tout », déclara Aristide en s'adressant aux deux carmélites toujours aux pieds de la sainte. « Vous allez m'aider ou quoi ? »

Sans sourciller, les deux religieuses le regardèrent. « Nous avons reçu un message », dit sœur Thérèse.

« Oui, comme Jeanne d'Arc. Nous étions à la chapelle... »

« Non, non ! Rien de semblable, ma sœur. Pas du tout comme Jeanne d'Arc. Elle, c'étaient des voix, pas une vision, et d'ailleurs, regardez où tout cela a fini pour elle ! » J'avais du mal à entendre ce qu'elles disaient à cause du vent.

« Marine-de-la-Mer, toute vêtue de blanc avec... »

« Sa couronne et sa lanterne et... »

« Un voile qui lui couvrait le visage... »

« Un voile ? » Je devinai que je commençais à comprendre. Les deux religieuses confirmèrent d'un signe de tête.

« Et elle nous a parlé, ma petite Mado. »

« Nous a parlé ! »

« Vous êtes bien sûres que c'était elle ? » ne pus-je m'empêcher de demander.

Les deux carmélites me dévisagèrent comme si j'étais un peu simple d'esprit.

« Eh bien, évidemment, ma p'tite Mado. Qui d'autre... »

« Aurait-elle pu être ? Elle nous a prédit qu'elle reviendrait ce soir, et... »

« La voilà ! »

« Là-haut ! »

Elles prononcèrent ces mots à l'unisson et leurs yeux d'agates brillaient comme ceux d'un oiseau. À côté d'elles, Désirée Bastonnet écoutait, transportée. GrosJean qui, sans faire un mouvement, avait tout écouté, leva au ciel des yeux remplis d'étoiles.

Aristide secoua la tête avec impatience. « Des visions ! Des voix ! Rien de tout ça ne vaut un lit bien chaud par une nuit froide comme celle-ci. Allez, Désirée, tu viens ? »

Mais Désirée refusa. « Aristide, elle leur a vraiment parlé », dit-elle d'une voix ferme. « Elle leur a demandé de venir. Elles sont venues chez nous, tu dormais, elles ont frappé à la porte, elles m'ont montré le signe sur le mur de la chapelle. »

« Ah ! Je savais bien que c'étaient elles qui étaient derrière tout ça », hurla soudain Aristide en colère. « Ces sales pies ! »

« Je ne crois pas qu'il devrait nous traiter de pies », commenta sœur Extase.

« Ce sont des oiseaux de malheur ! »

« Nous sommes venues », continua Désirée. « Et la sainte nous a parlé. »

Derrière elles, les cous se tendirent. Face au vent qui les cinglait de sable, les yeux se plissèrent. Subrepticement, des doigts esquissèrent le signe pour conjurer le mauvais sort. J'étais consciente du fait que les gens s'arrêtaient de respirer, ils retenaient leur souffle pour mieux entendre.

« Qu'a-t-elle dit ? » demanda enfin Omer.

« Eh bien, elle n'a pas prononcé de paroles vraiment sacrées... » dit sœur Thérèse.

« Ah, non, alors », confirma sœur Extase. « Pas sacrées du tout ! »

« C'est parce que c'est une Salannaise ! » expliqua Désirée. « Pas une petite mielleuse de la Houssinière ! » Elle sourit de nouveau et saisit la main que lui tendait son mari. « Si seulement tu avais été là, Aristide ! Tu aurais dû l'entendre parler. Depuis que notre fils s'est noyé, trop d'années ont passé. Trente ans, c'est trop long. Depuis, tu n'as eu pour tout le monde que des paroles amères et des accès de rage. Tu n'as su ni pleurer ni prier. Ta colère et ta dureté ont chassé d'ici notre deuxième fils. »

« Tais-toi ! » interrompit Aristide d'un ton maussade.

Désirée secoua la tête. « Non, pas cette fois ! » répondit-elle. « Tu te querelles avec tout le monde. Tu t'en prends même à Mado lorsqu'elle suggère que la vie devrait continuer et ne pas prendre fin ici. Ce que tu voudrais vraiment, toi, c'est que la mort d'Olivier nous entraîne tous dans son sillage ; toi et moi et Xavier, tu voudrais que tout le monde meure pour que tout soit terminé ! »

Aristide la regarda. « Désirée, je t'en prie ! »

« C'est un miracle, je te dis », insista-t-elle. « C'est comme s'*il* m'avait parlé lui-même. Si seulement tu avais pu voir ça ! » Elle leva les yeux vers la sainte et la lumière baigna de rose son visage. Juste à ce moment-là, de tout là-haut, quelque chose descendit doucement de la niche sombre : une neige d'or parfumée et, à la pointe Griznoz, Désirée Bastonnet s'agenouilla de nouveau parmi de fragiles fleurs de mimosa.

Alors, tous les yeux se tournèrent vers la niche de la statue. Un instant, on eût dit que quelque chose avait bougé là-haut, une ombre dansante projetée par la clarté des lampes.

« Il y a quelqu'un là-haut », cracha brusquement Aristide qui arracha le fusil des mains de son petit-fils, visa la sainte et fit feu des deux canons dans la direction de la niche. La détonation résonna incongrue dans le silence qui se fit soudain.

« Ça alors, c'est bien un coup d'Aristide de faire feu sur un miracle ! » s'exclama Toinette. « Pauvre imbécile, tu devrais aussi tirer sur la Vierge de Lourdes pendant que tu y es, hein ? »

Aristide eut l'air décontenancé. « Moi, j'étais pourtant sûr d'avoir vu quelqu'un. »

Désirée s'était enfin relevée, les mains pleines de fleurs. « Je sais bien moi que c'est ce que tu as cru. »

Pendant plusieurs minutes, la confusion fut totale. Xavier, Désirée, Aristide et les religieuses en étaient au centre, chacun s'efforçant d'enrayer le flot de questions dont il se trouvait submergé. Les gens insistaient pour voir les fleurs miraculeuses, se faire répéter les paroles de la sainte et déchiffrer de leurs propres yeux les signes sur le mur de la chapelle.

Comme mon regard se perdait, là-bas, au bout de la pointe, je crus apercevoir un instant quelque chose qui dansait tout en bas sur les vagues et dans le silence que le renversement de marée nous accordait je crus même entendre un plouf, le bruit de quelque chose qui tombait dans l'eau. Mais cela, bien sûr, aurait pu être n'importe quoi. Là-haut, dans la niche, la silhouette, si elle y avait jamais été, avait disparu.

23

Une tournée au bar qu'Angelo avait justement ouvert de nouveau pour l'occasion était exactement ce qu'il fallait pour nous calmer. La devinnoise qui coulait généreusement nous fit oublier nos craintes et nos soupçons. Une demi-heure plus tard, l'ambiance était presque celle d'un carnaval. Enchantés d'avoir une excuse pour ne pas être renvoyés au lit, les gosses jouaient au flipper dans un coin du bar. Le lendemain n'était pas un jour d'école et rien que cela leur était suffisant pour faire la fête. Xavier faisait timidement les yeux doux à Mercedes qui, pour la première fois, les lui fit en retour. Toinette avec bonne humeur envoyait, entre les verres, des remarques insultantes à autant de gens qu'elle le pouvait. Les religieuses avaient fini par convaincre Désirée de se recoucher mais Aristide, lui, était là, étrangement adouci, semblait-il. Flynn fut le dernier à entrer, les cheveux ramassés sous un bonnet de laine noire. Il me fit un clin d'œil et s'installa discrètement à une table derrière moi. GrosJean, le sourire aux lèvres et fumant une cigarette, vint s'asseoir près de moi. Je compris que, bien loin d'avoir été bouleversé, comme je l'avais craint, par l'étrange cérémonie, mon père, pour la première fois depuis mon retour, était vraiment heureux.

Pendant plus d'une heure, il resta à mon côté puis il s'échappa si silencieusement que j'en eus à peine conscience. Je ne fis pas un geste pour le suivre, ne voulant pas menacer l'équilibre précaire qui s'était établi entre nous. Pourtant, je l'observai par la fenêtre alors qu'il rentrait à la maison. Seul le bout rouge de sa cigarette qui dépassait de la dune le rendait encore visible.

Les discussions continuaient. Assis à la plus grande table et entouré des Salannais les plus influents, Matthias se montrait, sans le moindre doute, convaincu que l'apparition de sainte Marine ne pouvait être autre chose qu'un miracle.

« Qu'est-ce que cela pourrait être d'autre ? » demanda-t-il en sirotant sa troisième devinnoise. « L'histoire est pleine d'exemples d'interventions divines dans la vie de tous les jours. Alors, pourquoi pas ici ? »

De l'histoire, il y avait déjà autant de variantes qu'il y avait eu de témoins. Certains soutenaient avoir vu de leurs propres yeux la sainte s'envoler vers son perchoir dans la tour en ruines. D'autres affirmaient avoir entendu de leurs oreilles une musique surnaturelle. Toinette, qui avait la place d'honneur avec Aristide et Matthias, et qui adorait être le centre de l'attention, dégustait sa boisson en expliquant comment elle avait été la toute première à remarquer les signes sur le mur de l'église. C'était un miracle sans aucun doute, disait-elle. Qui aurait pu découvrir la sainte disparue ? Qui aurait pu la transporter et lui faire traverser la Griznoz ? Qui aurait bien pu la hisser jusqu'à sa niche ? Sûrement pas un simple mortel, en tout cas. C'était tout à fait impossible.

« Et puis, il y a la cloche ! » déclara Omer. « Nous l'avons tous entendue. Qu'est-ce que cela aurait pu être sinon la Marinette ? Et ces signes sur le mur de la chapelle ?... »

Tout le monde était d'accord. Cela ne pouvait être que l'œuvre d'une puissance surnaturelle. Mais que voulait dire tout cela ? Selon Désirée, le message lui venait de son fils. Aristide, lui, n'en parla pas mais il but son verre d'un air anormalement pensif. Toinette disait que c'était le signe que notre chance allait revenir. Matthias, lui, espérait que la pêche serait meilleure. Capucine sortit en emmenant Lolo mais elle aussi semblait étrangement adoucie. Je me demandai si c'était parce qu'elle pensait à sa fille, là-bas, sur le continent. J'essayai de rencontrer le regard de Flynn mais lui semblait tout heureux de laisser les discussions suivre leur cours. J'en fis autant et j'attendis.

« Alors, Rouget, lui dit Aristide, tu as perdu la main, ou est-ce que c'est que tu as trouvé ton maître ? Je croyais que tu pourrais au moins nous expliquer comment la sainte avait bien pu voler de ses propres ailes jusqu'à la Griznoz. »

Flynn haussa les épaules. « Aucune idée ! Si j'avais le pouvoir de faire des miracles, je commencerais par quitter ce trou-ci et je serais à Paris en ce moment en train de sabler le champagne ! »

La marée était tombée et, avec elle, le vent. Les nuages se dispersaient et derrière, à l'approche de l'aube, le ciel paraissait tout ensanglanté. Quelqu'un suggéra de retourner à la chapelle pour y inspecter les lieux à la lumière du jour. Un petit groupe se porta volontaire et les autres rentrèrent en titubant légèrement le long de la route inégale.

Même après avoir inspecté minutieusement les signes sur le mur de la chapelle, nous ne fûmes pas plus avancés. Ils semblaient avoir été marqués au feu dans la pierre mais ce n'étaient pas des lettres que l'on aurait pu déchiffrer, c'était un ensemble de signes primitifs et de numéros.

« On dirait une sorte de plan », risqua Omer la Patate. « Ici, on dirait des mesures ! »

« Cela a peut-être un sens sacré ? » déclara Toinette. « On devrait questionner les religieuses à ce propos. » Mais déjà les nonnes étaient reparties avec Désirée et personne n'aurait voulu être celui qui risquerait de manquer quelque chose en allant les chercher.

« Rouget saura sans doute », suggéra Alain. « Il a la réputation d'avoir fait des études, lui, n'est-ce pas ? »

Toutes les têtes s'inclinèrent d'un accord unanime. « Oui, faites venir Rouget ! Allez, laissez-le passer ! »

Flynn fit durer l'inspection. Il considéra les marques brûlées au feu sous tous les angles. Il plissa les yeux, loucha d'attention, prit la direction du vent, s'avança jusqu'au bord de la falaise, regarda dans la direction du large et revint palper les marques du bout des doigts. Si je n'avais pas su la vérité, j'aurais bien juré qu'il ne les avait jamais vues de sa vie. Les autres, eux, le regardaient avec une impatience mêlée de crainte et d'espoir. L'aube, derrière lui, pointait timidement.

Il leva enfin les yeux au ciel.

« Alors, tu sais ce que ça veut dire, toi ? » demanda Omer, incapable de contenir plus longtemps son excitation. « C'est un message de la sainte, hein ? »

Flynn, d'un signe de tête, confirma la chose. Malgré le sérieux de son visage, je devinai le sourire qui naissait en lui.

24

Aristide, Matthias, Alain, Omer, Toinette et moi écoutâmes dans un silence religieux les explications de Flynn.

« Une arche ? Tu nous dis qu'elle veut que nous construisions une arche ? »

Flynn eut un haussement d'épaules. « Pas exactement ça ! Il s'agit plutôt d'une sorte de récif artificiel, de barrière flottante. Enfin, quel que soit le nom qu'on lui donne, vous voyez bien comment ça fonctionnera. Le sable là-bas..., fit-il en indiquant un endroit au large sur la Jetée, au lieu d'être entraîné loin de la côte revient ici, à la Goulue. C'est une sorte de bouchon, si vous voulez, pour empêcher les Salants d'être grignotés par la mer. »

Il y eut un long, long silence stupéfait.

« Et vous croyez que c'est la sainte qui aurait laissé le message ? » demanda Alain.

« Et qui d'autre ? » répondit Flynn d'un ton innocent. Matthias renchérissait.

« Elle est bien à nous cette sainte ? » dit-il d'une voix lente. « Nous lui avons bien demandé de nous sauver ? Cela doit être sa réponse à nos prières. »

Il y eut des hochements de tête. C'était parfaitement logique. Évidemment, les gens avaient mal compris la disparition de la sainte, elle avait simplement eu besoin d'un peu de temps pour ses recherches.

Omer tourna son regard vers Flynn. « Mais nous n'avons aucun matériau pour construire une telle barrière ! » protesta-t-il. « Vous vous rendez compte de ce que cela m'a coûté à moi rien que pour faire transporter ici la pierre du moulin, hein ? Une vraie fortune ! »

Flynn secoua la tête. « Non, nous n'aurons pas besoin de pierre », fit-il. « Cela doit être quelque chose qui puisse flotter. Ce n'est pas un brise-lames. Un brise-lames pourrait freiner l'érosion pendant un certain temps sans doute, mais ça c'est beaucoup mieux. Un récif artificiel, au bon endroit, établit ses propres défenses à la longue. »

Aristide secoua la tête. « Tu ne réussirais jamais à le faire marcher, même si tu avais dix ans devant toi ! »

Mais Matthias, lui, était intrigué. Il dit lentement : « Moi, je crois que ça pourrait réussir. Mais de quels matériaux se servirait-on ? Un récif, ça ne se fait pas en papier mâché, Rouget ! Même toi, tu ne pourrais pas faire ça ! »

Flynn s'accorda un moment de réflexion. « Des pneus », déclara-t-il. « Les pneus, ça flotte, n'est-ce pas ? On les a pour rien dans n'importe quel cimetière de voitures. Ceux qui veulent s'en débarrasser vous glissent même la pièce pour que vous les emportiez ! On les fait venir par bateau, on les réunit avec des chaînes et... »

« Par bateau ? » interrompit Aristide. « Comment ? Il vous en faudrait des centaines, peut-être bien des milliers pour construire ce que vous suggérez. Quel bat... ? »

« Le *Brismand I*, peut-être », suggéra Omer la Patate. « On pourrait le louer. »

« Que l'on paie un Houssin et les yeux de la tête en plus », éclata Aristide. « Ben, ça alors ce serait vraiment un miracle ! »

Alain le contempla en silence pendant un long moment. « Désirée avait raison », dit-il enfin. « Nous avons déjà trop perdu comme ça. Trop de tout. »

Aristide se retourna en pivotant sur sa canne mais je devinais qu'il écoutait toujours.

« Il est trop tard pour récupérer ce que nous avons laissé partir », poursuivit Alain d'une voix grave. « Mais il n'est pas trop tard pour empêcher que cela ne continue. Nous pourrions peut-être rattraper le temps perdu. » Et tout en parlant, il regardait Xavier. « Nous devrions ensemble lutter contre la mer au lieu de nous quereller. Nous devrions nous préoccuper de notre famille vivante et laisser les morts tranquilles. Tout finit par revenir. Si on y travaille, bien sûr ! »

Aristide le contemplait sans dire un mot. Omer, Xavier, Toinette et les autres, pleins d'espoir, attendaient. Si le plan était accepté par les Guénolé et les Bastonnet, le reste du village les suivrait. L'air impénétrable derrière sa moustache de chef de clan, Matthias assistait au débat. Flynn souriait. Moi, je retenais mon souffle.

Enfin, Aristide esquissa le bref hochement de tête reconnu par tous dans l'île comme un signe de respect. Matthias y répondit et une poignée de main fut solennellement échangée entre eux.

Alors, nous trinquâmes pour célébrer leur décision sous l'œil imperturbable de Marine-de-la-Mer, patronne de tout ce qui est perdu en mer, les êtres comme les choses.

25

C'était déjà l'aube lorsque j'arrivai à la maison. De GrosJean, il n'y avait aucune trace et les volets de sa chambre étaient toujours clos, ce qui me laissa croire qu'il s'était recouché. J'en fis autant. À midi et demi, des coups à la porte me réveillèrent. Encore tout endormie, je traversai la cuisine en chancelant pour aller ouvrir.

C'était Flynn.

« Allons, debout ! » lança-t-il d'un air moqueur. « C'est maintenant que commence le vrai travail. Vous êtes toujours prête ? »

Je jetai un rapide coup d'œil à mon image. Nu-pieds, j'étais toujours vêtue des vêtements humides et froissés de la nuit précédente et mes cheveux étaient encore raidis de sel et tout ébouriffés. Lui, au contraire, semblait de bonne humeur, comme d'habitude, et ses cheveux étaient attachés avec soin à la hauteur du col de son long manteau.

« Vous ne devriez pas avoir l'air aussi fier de vous ! » lui dis-je.

« Et pourquoi pas ? » demanda-t-il d'un air réjoui. « Je pense, moi, que tout a très bien marché. J'ai persuadé Toinette de faire du porte-à-porte pour la collecte des contributions. Je suis allé à la conserverie pour commander les caisses dont on fera les modules du récif. Alain se charge de se mettre en rapport avec le garage. Je me suis dit que vous, vous pourriez nous fournir des câbles et des chaînes pour ancrer le tout. Omer, lui, va nous procurer du béton. Il lui en reste des quantités après les travaux qu'il a faits pour son moulin à vent. Si le temps se maintient au beau, j'estime que nous pourrions avoir fini avant la fin du mois. » Il s'arrêta devant l'expression de mon visage. « Ça y est ! » dit-il, d'un ton prudent. « Mon petit doigt me dit que je vais me faire engueuler ! Qu'est-ce qui ne va pas ? Vous avez besoin d'un café ? »

« Vous avez un certain toupet ! » lui répondis-je.

Ses yeux s'écarquillèrent d'espièglerie. « Qu'est-ce qu'il y a encore ? »

« Vous auriez quand même bien pu m'avertir. Vous et vos miracles, hein ? Et si cela avait mal tourné ? Si GrosJean avait... »

« Et moi qui croyais que vous seriez contente ! » dit-il.

« C'est complètement ridicule. Avant peu de

temps, la pointe sera un lieu de pèlerinage. Les gens viendront visiter les lieux du miracle. »

« C'est ça qui ferait du bien au commerce ! » répliqua Flynn.

Je ne réagis pas à cette remarque. C'était une plaisanterie bien cruelle. « Regardez comme vous les avez tous eus, la pauvre Désirée, Aristide, et même mon père ! C'étaient de faciles proies, tous de pauvres gens désespérés et superstitieux. Vous avez vraiment réussi à leur faire croire à ça, n'est-ce pas ? Et vous y avez vraiment éprouvé du plaisir ! »

« Et alors ? Ça a marché, non ? » Il avait maintenant l'air un peu blessé. « C'est ça qui vous irrite. Cela n'a rien à voir avec la dignité des Salannais. C'est tout simplement parce que j'ai réussi là où vous avez échoué, moi, un étranger, et qu'ils m'ont cru ! » Je suppose qu'il avait raison, c'était vrai, sans doute, mais je ne l'en aimais pas davantage pour me l'avoir fait remarquer.

« La nuit dernière, je me suis bien rendu compte que vous n'y mettiez aucune objection », continua-t-il.

« Mais je ne savais pas alors ce que vous vous apprêtiez à faire ! Cette cloche, enfin ! »

« La Marinette ! » Son sourire s'étira jusqu'aux oreilles. « C'était réussi, hein ? Une bande magnétique continue et de vieux haut-parleurs ! »

« Et la sainte ? » questionnai-je. Bien que l'air satisfait de lui qu'il arborait m'irritât prodigieusement, ma curiosité l'emporta.

« Oh ! Je l'ai découverte à la Bouche, le jour où je vous y ai rencontrée. Vous vous en souvenez, j'étais en chemin pour le dire à GrosJean.

Et vous, vous étiez si sûre que j'étais allé braconner ! »

Je m'en souvenais parfaitement. L'atmosphère dramatique de toute cette mise en scène avait dû lui plaire, sa poésie aussi, la fête de la sainte, les lanternes, les chants religieux, il avait cet amour du pittoresque qu'ont tous les Salannais.

« J'ai *emprunté* à la sacristie de la Houssinière les habits de cérémonie et la couronne. Le père Alban m'y a presque surpris mais j'ai réussi à m'échapper juste à temps. Quant aux religieuses, cela a été d'une facilité ! »

Évidemment. Toute leur vie elles avaient prié pour que survienne quelque chose de ce genre.

« Et la statue, comment vous y êtes-vous pris pour la hisser là-haut ? »

Il haussa modestement les épaules. « J'ai réparé le palan du chantier et je l'ai conduit à marée basse sur le sable puis j'ai hissé la statue jusqu'à sa niche avec le treuil. Quand la mer est montée, la chose a eu l'air tout à fait impossible bien sûr. Ajoutez un peu d'eau et voilà ! Miracle instantané ! »

C'était l'évidence même, une fois que l'on y avait réfléchi. Le reste ? Une gerbe de fleurs, quelques fusées de détresse, des pitons d'escalade enfoncés dans le mur de la chapelle côté mer, son canot mouillé tout près pour permettre un départ rapide. Oui, quand on connaissait la méthode, tout semblait si simple ! Si simple, d'ailleurs, que c'en était presque une insulte.

« Le seul moment un peu dangereux a été celui où Aristide m'a aperçu sur le mur », avoua-t-il avec un sourire. « Le sel gemme ne peut pas vous faire bien grand mal, mais ça vous cingle quand même. Par bonheur, la plupart ne m'ont pas atteint ! »

Je ne lui rendis pas son sourire. Il était déjà bien trop fier de lui pour ça ! Bien sûr, il n'était pas disposé à spéculer sur le succès de l'opération. La chose était déjà assez problématique. Il devrait vraiment entreprendre des calculs à l'aide de formules compliquées basées sur la vitesse de chute des grains de sable, l'orientation de la plage et l'effet de résonance des brisants. La plupart de ces calculs devraient être faits grâce à des estimations intelligentes mais il n'était aucunement question de penser faire mieux en si peu de temps.

« Je ne promets rien du tout », m'avertit Flynn. « Ce n'est qu'une solution de secours, pas quelque chose de permanent. »

« Mais si cela marchait ? »

« Au pire, cela devrait au moins ralentir les dégâts pendant un certain temps. »

« Et au mieux ? »

« Brismand a bien réussi à détourner vers chez lui le sable de la Jetée, alors pourquoi pas nous ? Il y en aura définitivement assez pour construire un ou deux châteaux ! Peut-être plus même ! »

« Oh ! plus », m'exclamai-je avec enthousiasme. « Bien plus ! »

26

Pour qui vit sur le continent, il doit être difficile de comprendre cela. Le sable, après tout, n'est pas d'habitude associé, dans les esprits, à l'idée de permanence. Il est bien connu que la mer efface sur le sable les promesses sincères des amoureux, qu'elle nivelle impitoyablement les châteaux que les enfants ont bâtis avec tant de soin. Il est persévérant, le sable, et pourtant il vous file entre les doigts. Il grignote la roche. Des murs entiers s'écroulent sous l'étreinte de ses dunes. Toujours présent, toujours changeant. Mais le sable et le sel sont pour les habitants du Devin ce qu'ils ont de plus précieux. Les légumes que nous cultivons sortent déjà salés d'un sol que l'on aurait du mal à reconnaître pour de la terre ; les moutons qui paissent sur nos dunes ont, à cause du sel, une chair délicatement parfumée et le fromage du lait de nos chèvres tient sa saveur de la même origine. Le sable, lui, permet de fabriquer les parpaings et le ciment de nos maisons. Grâce à lui, le boulanger et le potier bâtissent leurs fours. Les contours de notre île ont sans doute changé des milliers de fois. La frivole hésite et chancelle au bord du Nid'Poule auquel elle abandonne pouce par pouce son corps de géante, mais la Jetée offre son sable en réparation et l'île renaît de cette sirène dont la queue palpite insensiblement dans la riche écume laiteuse, se lave, se retourne et languissamment s'étire. Quels que soient les changements qui pourraient se produire ici, il y aura toujours le sable.

Je n'explique cela que pour m'assurer que ceux qui viennent du continent comprennent l'excitation qui m'envahit pendant ces quelques semaines et la période qui suivit. La première semaine fut consacrée aux plans, puis ce fut la mise en œuvre, le travail, et encore le travail. Nous nous levions à cinq heures du matin pour nous coucher très tard le soir. Quand il faisait beau, nous poursuivions notre tâche jusqu'après minuit ; quand le vent était trop fort ou qu'il pleuvait, nous travaillions à l'intérieur — dans le hangar à bateaux, ou le moulin d'Omer, ou dans un ancien hangar à pommes de terre — plutôt que de perdre du temps.

Omer se rendit avec Alain à la Houssinière pour louer le *Brismand I*, expliquant qu'il en avait besoin pour une livraison de matériaux de construction. Claude Brismand n'émit pas d'objections, c'était la morte saison et, sauf pour les urgences, on ne se servait du ferry qu'une fois par semaine pour les provisions de bouche et les collectes de caisses de poissons de la conserverie. Aristide connaissait un entrepôt de pneus sur la route de Pornic, il organisa leur livraison à bord du *Brismand I* avec la compagnie de transport qui venait d'habitude chercher les boîtes de maquereaux en provenance de l'usine. Il fut décidé que le père Alban, la seule personne contre laquelle ni Bastonnet ni Guénolé n'avait d'objections, serait responsable des comptes. D'ailleurs, disait Aristide, même un gars du continent hésiterait quand même à tromper un prêtre.

L'argent nous arriva des sources les moins prévisibles. Toinette apporta treize louis d'or qu'elle avait cachés dans un bas sous son matelas et dont sa famille même ignorait l'existence.

Aristide Bastonnet préleva deux mille francs sur ses économies pour en faire don au projet. Ne voulant pas être en reste de générosité, Matthias Guénolé offrit à son tour deux mille cinq cents. D'autres contribuèrent par des sommes plus modiques : Omer quelques centaines de francs et cinq sacs de ciment, Hilaire cinq cents, Capucine cinq cents aussi. Angelo, lui, ne donna aucun argent mais promit de la bière à volonté pour tous ceux qui travailleraient au projet pendant toute la durée de l'opération. Cela provoqua immédiatement une augmentation du nombre des ouvriers. Omer dut plusieurs fois être réprimandé car il passait plus de temps au bar qu'au travail.

Je passai un coup de téléphone à ma logeuse pour l'informer de ne pas compter sur mon retour. Elle accepta de faire entreposer mes meubles et d'expédier jusqu'à Nantes, par le train, les quelques petites choses dont j'aurais peut-être besoin : vêtements, livres et mon matériel de peinture. Je fis le transfert de l'argent qui restait sur mon compte d'épargne que je fermai. Je n'en aurais pas besoin aux Salants.

Le récif, avait expliqué Flynn, devait être construit section par section. Chacune serait faite de cent cinquante pneus de voiture liés les uns aux autres par des câbles d'aviation commandés sur le continent et empilés les uns sur les autres. Il devait y en avoir douze en tout, assemblés à sec puis mis en position à marée basse près de la Jetée. Des dalles de ciment, comme celles que l'on utilise dans l'île comme corps-mort pour les bateaux, devaient servir d'ancres et être enfouies au fond, attachées à d'autres câbles pour maintenir les sections en place. Nous n'avions que le palan du chantier pour transporter les lourds matériaux. Le travail se montra pénible. Plusieurs fois, on dut l'interrompre car on n'avait pas encore réussi à se procurer ce qu'il fallait pour continuer. Chacun faisait pourtant ce qu'il pouvait.

Toinette apportait des boissons chaudes à ceux qui travaillaient à la pointe. Charlotte faisait les casse-croûte. Capucine, coiffée d'un bonnet de laine, enfila un bleu de travail pour donner un coup de main à ceux qui préparaient le ciment. Elle entraîna ainsi les plus réticents parmi les hommes à qui elle fit honte par son ardeur à la tâche. Mercedes passait des heures sur la dune. Elle était censée porter les messages bien qu'à la vérité elle s'intéressât davantage aux hommes qu'au travail. Moi, je conduisais le palan. Omer empilait les pneus que Ghislain Guénolé soudait dans leurs caissons. À marée basse, toute une armée d'enfants, de femmes et des plus âgés des hommes creusaient des trous profonds pour les dalles de ciment qui serviraient d'ancres. Nous utilisions la remorque pour traîner à basse mer les dalles jusqu'à la Jetée et nous marquions l'endroit avec des bouées. Le bateau des Bastonnet — la *Cécilia* — sortait à marée haute pour mesurer de combien avaient dérivé les sections. Flynn, tout ce temps-là, circulait parmi nous, des liasses de papier à la main, il prenait des mesures, calculait des angles, notait la vitesse des vents et fronçait les sourcils en regardant la direction des courants qui passaient devant nous et décrivaient une courbe vers la Goulue. La sainte, elle, de sa niche à la pointe Griznoz, nous protégeait. Les cierges constellaient la roche au-dessous d'elle de leurs larmes de cire. À ses pieds, la pierre était jonchée d'offrandes de sel, de fleurs et de vin.

Aristide et Matthias se surveillaient et ne se quittaient pas. Entre eux, la trêve tenait bon, chacun essayant d'en faire plus que l'autre dans cette folle course contre la mer. Le vieux Bastonnet, avec sa jambe de bois, bien incapable de faire aucun travail de force, encourageait son petit-fils, malchanceux puisqu'il était seul contre deux Guénolé à fournir des efforts redoublés.

L'état de mon père s'améliorait de façon imperceptible pour les autres au fur et à mesure que le travail avançait. Il passait moins de temps à la Bouche. Au lieu de cela, il observait ceux qui construisaient le récif artificiel, sans les aider pour autant ou rarement. Souvent, j'apercevais sa silhouette immobile se découper massive comme un rocher, au sommet de la dune. Quand il était à la maison, son visage était plus souvent souriant et, plusieurs fois, il m'adressa quelques monosyllabes. La nature de ses silences avait même changé. Son regard était moins vide. Le soir, parfois, il restait écouter la radio ou me regarder jeter sur mon carnet quelques petites esquisses rapides. Une fois ou deux, je crus même avoir remarqué un léger désordre parmi mes dessins comme si quelqu'un les avait feuilletés. Après cela, je laissai délibérément traîner mon carnet d'esquisses là où il pourrait le regarder chaque fois que l'envie lui en prendrait. Jamais il ne le fit en ma présence. Je me persuadai que c'était pourtant un début de progrès. Même chez Gros-Jean, il y avait quelque chose qui était prêt à refaire surface, semblait-il.

Et, bien sûr, il y avait Flynn. Cela arriva petit à petit, insidieusement. L'érosion progressive de mes défenses me laissa interdite et déconcertée. Je me surprenais à l'observer sans savoir pourquoi, à étudier le changement d'expression de son visage comme si je m'apprêtais à faire son portrait, à chercher sa silhouette parmi les autres. Nous n'avions pas souvent bavardé depuis ce fameux matin qui avait suivi le miracle mais les choses avaient changé tout de même entre nous. Du moins, c'est ce que je pensais. Une combinaison de circonstances peut-être. Le travail auquel nous participions nous faisait nous rencontrer fréquemment. Nos sueurs se mêlaient pendant que nous entassions les pneus les uns sur les autres. Nos vêtements étaient trempés par le même flot montant pendant que nous peinions pour ancrer les sections du récif au bon endroit. Nous allions ensemble chez Angelo boire un verre avec les autres. Mais surtout, nous partagions un secret. Cela créait un lien entre nous. Nous étions complices, presque amis, quoi.

Et Flynn savait écouter quand il le fallait. Il était d'ailleurs lui-même un puits d'anecdotes amusantes et d'histoires à dormir debout, de récits venus d'Angleterre, des Indes et du Maroc. La plupart étaient incroyables mais il avait voyagé, il connaissait des pays et des gens, des mets et des coutumes, des rivières et des oiseaux. Grâce à lui, moi aussi je voyageais. Il y avait toujours pourtant en lui un coin secret d'où j'étais exclue et je le sentais bien, mais il n'y avait aucune raison pour que cela me préoccupât. S'il m'avait demandé ce que j'attendais de lui, j'aurais été bien embarrassée pour répondre.

Le logis qu'il s'était aménagé dans le vieux

blockhaus était confortable mais évidemment improvisé. Une grande salle bien propre et blanchie à la chaux, une fenêtre avec vue sur l'océan, des sièges, une table, un lit, le tout fait d'objets hétéroclites ramassés au bord de l'eau. L'impression de mauvais goût que l'on avait en entrant faisait vite place à un étonnement étrangement agréable. L'endroit et l'homme avaient cela en commun. Dans le mastic, autour des fenêtres, Flynn avait enfoncé des coquillages. Les sièges étaient des pneus de voiture recouverts de toile à voile. Un hamac, fait d'un morceau de vieux filet de pêche, pendait du plafond. Le générateur ronronnait à l'extérieur.

« Je n'arrive pas à croire à ce que vous avez réussi à faire de ce blockhaus », commentai-je, le jour où je le vis pour la première fois. « Je m'en souviens bien. C'était un cube de béton rempli de sable. »

« Je ne pouvais quand même pas continuer à vivre chez Capucine », expliqua-t-il. « Les gens commençaient à jaser ! » D'un air distrait, il traça du pied la forme d'un coquillage sur le sol cimenté. « Mais je ferais un bon naufragé, un bon Robinson, n'est-ce pas ? » ajouta-t-il. « J'ai ici tout le confort d'une maison. » Je crus remarquer un soupçon de mélancolie dans sa voix.

« Naufragé ? C'est comme cela que vous vous décririez ? »

Flynn se mit à rire. « Oubliez cela ! »

Je n'oubliai pas mais il était impossible de le faire s'expliquer lorsqu'il s'y refusait. Son silence, pourtant, ne m'empêcha pas d'y penser. Était-il venu au Devin pour échapper à quelque ennui avec la police ? C'était tout à fait possible. Les gens comme Flynn finissent toujours par friser l'illégalité. Je m'étais d'ailleurs souvent demandé pourquoi il était arrivé au Devin, cette île si petite qu'on a bien du mal à la découvrir sur la carte.

« Flynn ? » demandai-je.

« Oui ! »

« Où êtes-vous né ? »

« Dans un village qui ressemble aux Salants », répondit-il, sans réfléchir. « Un petit village de la côte du Kerry, en Irlande. Un village qui a sa plage et pas grand-chose d'autre. »

Il n'était donc pas anglais. Je m'interrogeai. Combien de choses que j'avais présumées à son sujet étaient-elles fausses ?

« N'y retournez-vous jamais ? »

Trouvant difficile de concevoir quelqu'un qui n'éprouverait aucune nostalgie pour son village natal, j'imaginais qu'il devait partager mon instinct de pigeon voyageur.

« Retourner là-bas ? Sûrement pas ! Retourner pour y retrouver quoi ? »

Je lui jetai un regard. « Et venir ici pour y trouver quoi ? »

« Un trésor de pirates », me confia-t-il d'un ton mystérieux. « Des millions de francs — une fortune quoi ! — et en doublons ! Et dès que je l'aurais découverte, au revoir, je ficherai le camp, juste comme ça, et alors, bonjour Las Vegas ! »

Il eut un large sourire et, une fois encore, je crus entendre dans sa voix cette nuance de mélancolie, presque de regret.

En jetant un autre coup d'œil dans la salle, je découvris, pour la première fois, qu'en dépit de son atmosphère chaleureuse, il n'y avait pas là un seul objet personnel, pas même une photo, ou un livre, ou une lettre. Dès demain, il pourrait partir d'ici, pensai-je, sans laisser le moindre indice de qui il était vraiment, ni d'où il allait.

27

Les quelques semaines qui suivirent nous amenèrent de fortes marées et des vents plus violents et nous perdîmes trois jours de travail à cause du mauvais temps. Peu à peu, le mince croissant de la lune prit de l'ampleur. À l'équinoxe, la pleine lune est toujours l'annonce de la tempête. Nous le savions tous. Sans en dire un mot, nous nous efforcions de prendre de vitesse cette lune dont la face s'arrondissait.

Depuis que j'étais allée le voir chez lui aux Immortelles, Brismand était resté inhabituellement silencieux. Je le devinais pourtant curieux et sur ses gardes. La semaine suivant ma visite, j'avais reçu des fleurs et un petit mot m'invitant à le rejoindre à son hôtel dès que je le voudrais si les choses devenaient trop difficiles aux Salants. Il semblait ne rien savoir de ce qui nous occupait et croire que j'avais passé mon temps à rendre la maison plus habitable pour GrosJean. Il me félicitait de mon sens de la famille tout en réussissant à me faire sentir son chagrin profond et son regret devant mon manque de confiance en lui. Il espérait que je portais la robe qu'il m'avait offerte et exprimait son désir de m'en voir bientôt vêtue. La robe rouge, à la vérité, n'avait pas quitté sa boîte dans le bas de ma garde-robe. Je n'avais pas osé l'essayer. D'ailleurs, maintenant que nous avions presque achevé la construction des modules du récif, il y avait bien trop de choses à faire.

Flynn s'était lancé à corps perdu dans son projet. Nous, les autres, nous travaillions peut-être très dur mais, lui, était au centre de tous les efforts. Il déchargeait les matériaux, faisait des tests, étudiait des plans, sermonnait les travailleurs récalcitrants. Il n'avait aucun moment de défaillance. Même lorsque la tempête s'annonça une semaine plus tôt que prévu, il ne perdit pas courage. On aurait pu le prendre pour un vrai Salannais luttant contre la mer pour protéger sa parcelle de terre.

« D'ailleurs, pourquoi faites-vous cela ? » lui demandai-je tard un soir alors qu'une fois de plus il restait, après le départ des autres, dans le hangar à bateaux, pour consolider le dispositif d'accouplement des sections déjà construites. « Vous m'aviez pourtant dit une fois que le projet était voué à l'échec. »

Nous étions seuls. La lumière vacillante de l'unique tube au néon n'était pas vraiment suffisante pour ce qu'il faisait. L'odeur de cambouis et de caoutchouc était suffocante. Perché sur la section qu'il était en train de vérifier, Flynn plissa des yeux et regarda dans ma direction.

« C'est un reproche, ça ? »

« Bien sûr que non ! Je me demandais seulement ce qui vous avait fait changer d'avis. »

Flynn haussa les épaules et d'un geste repoussa la mèche de cheveux qui était tombée sur ses yeux. Dans la lumière crue qui fit flamber sa chevelure rousse, son visage parut encore plus pâle que d'habitude.

« Vous m'aviez donné une idée, c'est tout ! »

« Moi ! »

Il confirma d'un hochement de tête. Je me sentis ridiculement heureuse à l'idée que j'avais été le catalyseur de tout le projet.

« J'ai alors compris que GrosJean et les autres étaient tout à fait capables, avec un peu d'aide, de se débrouiller encore longtemps aux Salants », dit-il en utilisant une paire de grosses tenailles pour renforcer l'assemblage avec un tronçon de câble d'aviation. « Et j'en suis simplement arrivé à la conclusion que je pourrais bien leur donner un coup de main. »

Leur. Je remarquai que jamais il ne disait *nous*. Pourtant les autres l'avaient plus facilement accepté qu'ils ne l'avaient fait pour moi.

« Et vous ? » lui demandai-je soudain. « Allez-vous rester ici ? »

« Quelque temps ! »

« Et après ? »

« Qui sait ? »

Je l'observai pendant un instant, essayant de comprendre son indifférence. Ni les pays ni les gens ne semblaient avoir d'importance pour lui. Il était capable d'évoluer dans la vie comme un caillou qui tombe dans l'eau. Il en ressortait tout propre et sans la moindre marque.

Il descendit de son perchoir, nettoya les tenailles et les replaça dans la boîte à outils.

« Vous avez l'air fatigué. »

« C'est la lumière. » Il renvoya de nouveau sa mèche de cheveux sur le côté et ses doigts laissèrent sur son front une grande tache de cambouis. Je l'essuyai.

« Quand je vous ai rencontré, je vous ai pris pour un bon à rien, j'avais tort. »

« C'est bien noble à vous de l'admettre ! »

« Je ne vous ai jamais remercié non plus pour tout ce que vous avez fait pour mon père. »

Il commençait à se sentir terriblement mal à l'aise.

« Ça n'est rien ! Il m'a permis d'habiter le blockhaus. Je lui devais bien ça ! » Il y avait dans sa voix une note d'irrévocabilité qui indiquait clairement que toutes paroles de gratitude supplémentaires ne lui seraient pas agréables. Et pourtant, en moi, quelque chose refusait de le laisser partir.

« Vous ne parlez pas souvent de votre famille », dis-je en tirant un bout de la bâche pour en couvrir la section terminée.

« C'est parce que je ne pense pas souvent à eux. »

Il y eut un silence. Je me posai des questions. Ses parents étaient-ils déjà morts ? Regrettait-il leur disparition ? Y avait-il quelqu'un d'autre ? Un jour, il avait parlé d'un frère avec ce ton d'antipathie qui m'avait rappelé le mien quand je parlais d'Adrienne. Aucun esprit de famille alors ? Peut-être aimait-il cette situation, pensai-je. Aucune attache. Aucune responsabilité. Une île, quoi !

« Pourquoi vous êtes-vous lancé dans ce travail ? » répétai-je. « Pourquoi avez-vous décidé de nous aider ? »

Il eut un haussement d'épaules impatient.

« Qui sait ? Il y avait quelque chose à faire et il fallait bien que quelqu'un le fasse. Le problème était là et, moi, j'étais sans doute capable de le résoudre. »

« J'étais capable de le résoudre. » C'était une façon à lui de s'exprimer qui, plus tard, reviendrait hanter ma mémoire. Mais, à ce moment-là, je l'interprétai comme une marque de solidarité envers les habitants des Salants et une vague de tendresse me submergea, pour lui, pour son indifférence, pour son inébranlable calme, pour cet esprit méthodique qui lui faisait replacer soigneusement les outils dans leur boîte alors que la fatigue le crucifiait.

Rouget, celui qui jamais ne prenait parti pour personne, était de notre côté quand même.

28

Les modules du récif achevés dans le hangar, nous nous préparâmes à les mettre en place. Les corps-morts de béton et les six sections que nous avions terminées étaient déjà là près de la Jetée. Il ne nous restait plus maintenant qu'à transporter avec la remorque les autres modules jusqu'aux sèches puis, de là, par bateau, jusqu'à l'endroit choisi et enfin à les attacher aux corps-morts à l'aide de chaînes.

Bien sûr, il y avait encore des essais à faire, il fallait raccourcir ou rallonger les câbles, déplacer légèrement les sections. Découvrir le meilleur moyen de nous y prendre allait peut-être demander un certain temps. Mais, ensuite, d'après Flynn, le récif se mettrait tout seul en position d'après la direction du vent et il ne nous resterait plus qu'à attendre pour voir si toute l'opération avait ou non été un succès.

Pendant presque toute une semaine la mer fut trop grosse pour nous permettre d'atteindre la Jetée et le vent trop fort pour travailler. S'acharnant contre la dune, il soulevait des nappes entières de sable. Il arracha des volets et des loquets de portes. Il poussa le flot de haute mer jusque dans les rues des Salants et, à la pointe Griznoz, il fit écumer de rage les vagues en folie. Le *Brismand I*, lui-même, ne s'aventura pas à prendre la mer. Nous commencions à nous interroger : y aurait-il enfin une accalmie pour nous permettre de finir l'assemblage du récif ?

« Ça commence tôt ! » déclara Alain d'un ton pessimiste. « Et dans huit jours, ce sera la pleine lune. Le temps ne s'améliorera pas avant. Plus maintenant ! »

Flynn secoua la tête. « Il ne nous faut plus qu'une journée de travail pour terminer le tout », répondit-il. « Nous avons encore à effectuer le transport à marée basse mais tout est prêt. Et après cela, le récif fonctionnera sans notre aide. »

« Mais, en ce moment, les marées sont mauvaises pour ça ! » protesta Alain. « La mer ne descend pas assez loin à cette époque-ci de l'année. Et le vent qui vient du large n'aide en rien. Il souffle en sens contraire. »

« On se débrouillera bien ! » déclara Omer d'un ton vaillant. « Ce n'est pas maintenant que nous sommes si près du but qu'il faut abandonner ! »

Xavier ajouta : « Le gros du travail est fait. Il n'y a plus que des bricoles à terminer. »

Matthias prit un air fataliste. « Votre *Cécilia* ne tiendra pas le coup ! » dit-il brusquement. « Vous avez bien vu ce qui est arrivé à l'*Éléonore* et à la *Korrigane* ? Ces bateaux-là ne sont pas faits pour ce genre de temps. On devrait attendre une accalmie ! »

Nous attendîmes donc chez Angelo, le visage funèbre, comme des convives autour de la table après un enterrement. Quelques-uns des plus vieux jouèrent aux cartes. Capucine s'installa dans un coin avec Toinette et fit semblant de s'absorber dans la lecture d'un magazine. Quelqu'un mit un franc dans le juke-box. Angelo fournit la bière dont peu d'entre nous avaient maintenant envie. Une fascination malsaine nous forçait à regarder à la télévision tous les bulletins météorologiques. Sur la carte, des éclairs de dessins animés traversaient toute la France en une poursuite folle pendant que, souriante, une speakerine nous recommandait la prudence. Pas très loin, sur l'île de Sein, la tempête avait déjà abattu des maisons. À l'extérieur, la mer rugissait et, à l'horizon, des éclairs déchiraient le ciel. Il faisait nuit, la marée était à son plus bas et le vent apportait une odeur de soufre.

Flynn s'éloigna de la fenêtre devant laquelle il s'était campé. « Ça commence », dit-il. « Demain, il sera peut-être trop tard ! »

Alain le regarda. « Tu ne vas tout de même pas nous dire qu'il faudrait y aller ce soir ? »

Matthias avança la main vers sa devinnoise et laissa échapper un rire désagréable.

« Tu as vu tout ce qu'il y avait à voir par ici, alors. Tu t'en fous. C'est ça, Rouget ? »

Flynn haussa les épaules sans répondre.

« Eh bien, ce n'est pas moi que tu ferais sortir ce soir ! » continua le vieil homme. « Sortir sur la Jetée, dans l'obscurité, avec la tempête qui nous arrive et la mer toute prête à remonter. C'est un coup à y laisser sa peau ! À moins de croire, bien sûr, que la sainte veuille bien te sauver ! »

« La sainte a fait tout ce qu'elle avait à faire, je crois », répondit Flynn. « Maintenant, c'est à nous de prendre la relève. Et je pense, moi, que si nous avons envie de voir le travail fini, ce doit être maintenant ou jamais ! Si nous ne fixons pas solidement bientôt ces derniers modules, l'occasion de le faire ne se représentera plus cette saison ! »

Alain fit non de la tête. « Il faudrait être complètement cinglé pour sortir ce soir ! »

Dans son coin, Aristide fit entendre un petit ricanement de mépris. « Ah ! Vous aimez trop votre petit confort, hein ? Tous les mêmes, vous, les Guénolé. Vous restez le cul sur votre chaise dans le bar et vous tirez des plans sur la comète pendant que dehors c'est la dure réalité qui vous attend ! Moi, j'y vais ! » dit-il, en se levant avec difficulté. « J'tiendrai la lanterne si j'n'peux rien faire d'autre ! »

En une seconde, Matthias fut sur ses pieds. « Toi, tu vas venir avec moi ! » lança-t-il à Alain. « Je ne vais pas laisser un Bastonnet dire qu'un Guénolé a peur d'un petit effort et de se faire mouiller un peu ! Prépare-toi et fais vite ! Si seulement j'avais encore ma *Korrigane*, on terminerait l'boulot en la moitié du temps mais j'n'y peux rien ! Pourquoi... »

« Ben, à côté d'mon *Péoch*, ta *Korrigane* l'avait l'air d'une grosse baleine échouée sur le sable », lança Aristide qui releva le gant. « Je m'souviens d'une époque... »

« Alors, on y va ou quoi ? » interrompit Capucine en se levant. « Parce que moi, je m'souviens d'une époque où vous étiez tous les deux capables d'en faire un peu plus que d'jacasser ! »

Aristide lui jeta un coup d'œil et rougit sous sa moustache.

« Hé, la Puce ! Ce n'est pas du travail pour toi », dit-il, « Mon fils et moi, nous... »

« C'est du travail pour tout le monde », dit Capucine en tirant sur le devant de sa vareuse.

Ce dut être un bien singulier cortège que celui que nous formions en nous acheminant vers la Jetée. Moi, je conduisais le palan muni de ses chenilles. Son phare unique balayait les sèches. Son rayon lumineux projetait en une danse étrange les ombres des volontaires avec leurs bottes et leurs vareuses. Tirant la *Cécilia* derrière moi sur la remorque, j'atteignis le bord de l'eau. Le bateau d'ostréiculteur à fond plat flottait sans mal dans si peu d'eau. Cela facilita le chargement des modules qui attendaient sur le sable. Nous en hissâmes un à bord avec le palan. Le bateau plongea sous son poids, s'enfonça mais tint le coup. Un homme, de chaque côté, eut la responsabilité de maintenir l'équilibre du chargement. D'autres volontaires aidèrent à tirer et à pousser la *Cécilia* là où l'eau devenait plus profonde. À la vitesse d'un escargot, dirigée par les longs avirons et avançant grâce à son petit moteur, la grosse plate s'éloigna vers la Jetée. Quatre fois nous répétâmes la lente et pénible opération. À la quatrième, la mer remontait déjà.

Je vis à peine ce que les autres firent après. Mon travail à moi était simplement de leur livrer les sections du récif puis de ramener palan et remorque jusqu'à la côte.

Au loin, je pouvais tout juste distinguer leur lumière et la silhouette de la *Cécilia* là-bas sur la ceinture blafarde du banc de sable. Pendant les moments de silence, entre les rafales de vent, j'entendais s'élever leurs voix.

La mer remontait vite maintenant. Sans bateau, il m'était impossible de rejoindre le reste des volontaires mais je les observais avec mes jumelles du haut de la dune. Je savais que le temps était leur ennemi. La mer monte rapidement sur l'île du Devin — pas aussi rapidement peut-être que dans la baie du Mont-Saint-Michel où elle remonte, dit-on, à la vitesse d'un cheval au galop ! — mais certainement plus vite ici qu'un homme à la course. Il est très facile de s'y laisser entourer et, entre la pointe et la Jetée, les courants sont rapides et dangereux.

Je me mordis les lèvres. Ce travail leur prenait trop de temps. Ils étaient six, là-bas : les Bastonnet, les Guénolé et Flynn. Trop vraiment pour un bateau de la taille de la *Cécilia*. Ils n'auraient bientôt plus pied. Je voyais les lanternes se déplacer le long des bancs de sable, dangereusement loin du rivage. Deux appels lumineux. Le signal convenu. Tout se déroulait comme prévu. Mais ils y mettaient trop de temps, beaucoup trop !

Aristide me raconta plus tard que la chaîne qui contrôlait la position des modules, prise sous la coque du bateau, avait immobilisé l'équipage et que la mer montait. Cette chose, si simple à faire en eau peu profonde, était devenue pratiquement impossible. Dans l'eau, Alain et Flynn s'efforçaient de dégager la chaîne coincée en se servant du récif inachevé comme levier. Aristide, assis, le dos courbé, à l'avant de la *Cécilia*, les surveillait.

« Rouget », appela-t-il d'un ton revêche au moment où Flynn émergeait après un effort infructueux pour libérer la chaîne. Flynn le questionna du regard. Il avait ôté sa vareuse et son bonnet pour être plus libre de ses mouvements. « On n'arrivera à rien par un temps comme ça ! » continua-t-il d'une voix bourrue.

Alain leva les yeux dans sa direction. Une vague lui arriva en plein visage et le submergea, il remonta, toussant et jurant comme un troupier.

« Vous risquez de rester prisonniers là-dessous », ajouta Aristide avec insistance. « Le vent pourrait repousser la *Cécilia* contre le récif et vous... »

Flynn prit une longue aspiration et disparut de nouveau sous l'eau. Alain se hissa à bord. « Bientôt, on va devoir rentrer ou bien il n'y aura plus que des rochers quand nous aborderons ! » cria Xavier par-dessus le mugissement du vent.

« Où est Ghislain ? » demanda Alain en s'ébrouant comme un chien mouillé.

« Ici ! Tout le monde est à bord sauf Rouget ! »

Les vagues se faisaient de plus en plus fortes. De l'autre côté de la Jetée, la houle s'accentuait. Dans la lumière de leurs lanternes, ils voyaient se former le courant qui passait en travers, devant eux, en direction de la Griznoz et devenait de plus en plus violent à mesure que la mer remontait. Là où, auparavant, l'eau était peu profonde, c'était maintenant la pleine mer et l'orage se rapprochait. Même moi, je le sentais. L'air était chargé d'électricité. Un choc ébranla la *Cécilia* — une section du récif encore mal amarrée. Matthias se retrouva brutalement assis et laissa échapper un juron. Alain qui, penché au-dessus de l'eau, essayait d'apercevoir Flynn, faillit y piquer une tête.

« Ça ne marche pas », dit-il d'un air inquiet. « Si l'on ne réussit pas à poser les deux ou trois câbles qui restent à poser, ce récif va se démanteler. »

« Rouget ! » appela Aristide. « Rouget, ça va ? »

De l'arrière, Ghislain annonça : « Ça y est, la vis est partie ! Rouget a dû réussir à la dégager enfin ! »

« Alors, je me demande où il peut bien être passé », gronda Aristide.

« Écoutez, on va devoir partir bientôt », insista Xavier. « On va déjà avoir bien du mal à rentrer. » Puis, se tournant vers Aristide, il répéta : « Pépé, c'est tout de suite qu'il faut rentrer. »

« Non, on va attendre ! »

« Mais, Pépé... »

« Je te l'ai déjà dit : on va attendre ! » Aristide jeta un coup d'œil vers Alain et enchaîna : « Je ne laisserai personne raconter qu'un Bastonnet, dans un coup dur, abandonne un copain ! »

Alain, pendant un instant, soutint son regard et le détourna pour refaire une glène à un cordage qui était à ses pieds.

« Rouget ! » hurla Ghislain aussi fort qu'il put.

Une seconde après, Flynn émergea de l'autre bord de la *Cécilia*. Xavier fut le premier à le remarquer. « Le voilà ! » cria-t-il. « Donnez-lui un coup de main pour remonter. »

Mais Flynn avait besoin d'aide pour terminer son travail. Il avait bien réussi à dégager la chaîne de dessous le bateau. Il n'y avait plus qu'à maintenir le module en place juste assez longtemps pour que l'on y fixe les attaches à croc. C'était dangereux. Il était si facile d'être écrasé entre les modules si une forte vague les rapprochait brusquement. Le récif était sous l'eau aussi.

Alain retira sa vareuse. « J'y vais ! » déclara-t-il. Ghislain y serait bien allé à sa place mais son père l'en empêcha. « Non, laisse-moi y aller ! » Et il se laissa tomber dans l'eau les pieds les premiers. Les autres tendirent le cou pour mieux voir mais déjà la *Cécilia*, libérée maintenant, dérivait et s'éloignait du récif. La mer remontait de plus en plus rapidement. Pour aborder, il ne restait plus qu'un étroit ruban de vase. Après cela, il faudrait aborder sur les rochers et, le vent dans le dos, les volontaires seraient pris comme des rats entre la roche et la tempête. Une clameur étrange, perçante s'éleva de ceux qui guettaient à bord de la *Cécilia*. Il y eut un signal lumineux et, avec mes jumelles, je vis qu'ils hissaient deux personnes à bord. À la distance à laquelle je me trouvais il m'était impossible de dire à coup sûr si tout allait bien ou pas. Aucun signal ne suivit le cri. J'observai avec impatience la *Cécilia* se traîner vers la côte. Au fond, derrière, les éclairs couraient à l'horizon. Dans quelques jours, la lune serait pleine. Elle disparut soudain derrière un rideau de nuages.

« Ils ne vont pas y arriver à temps », commenta Capucine qui ne quittait pas les sèches des yeux. Il n'en restait presque plus rien. « Ils ne vont pas essayer d'aborder à la Griznoz », assura Omer. « Je connais bien Aristide. Il dit toujours qu'un type pris par la marée doit se diriger vers la Goulue. C'est plus long mais les courants y sont moins forts. C'est moins risqué pour aborder aussi. »

Il avait raison, la *Cécilia* contourna la pointe. Une demi-heure plus tard, elle tanguait un peu mais tenait toujours bon. Elle mit le cap sur la Goulue. Nous courûmes pour y arriver avant elle, ne sachant toujours pas s'ils avaient eu le temps de terminer l'assemblage du récif ou s'ils avaient dû l'abandonner au mauvais temps.

« Regardez ! La voilà ! »

La *Cécilia* était maintenant à l'abri de la côte. Derrière elle, les vagues s'élevaient et leur crête blême reflétait l'effroyable couleur du ciel. À l'intérieur de la baie, la mer était relativement calme. L'éphémère rayon rouge d'une bouée lumineuse balaya la *Cécilia*. Pendant un instant d'accalmie, nous les entendîmes s'égosiller. Un chant montait de la *Cécilia*. C'était un son étrange et inquiétant qui s'élevait dans l'air froid, tout chargé de la menace de la tempête qui les talonnait. La lanterne d'Aristide éclairait les six hommes à bord. Maintenant qu'ils étaient plus proches, je pouvais distinguer leurs visages comme baignés de la clarté d'un feu de camp. Il y avait Alain et Ghislain vêtus de leurs longs cirés, Xavier debout à l'arrière et Aristide Bastonnet et Matthias Guénolé assis à ses côtés. On eût dit un drame romantique, un tableau de John Martin peut-être. Se détachant sur ce ciel d'apocalypse se dessinait le profil de ces deux vieillards aux longs cheveux et à la moustache guerrière, dont le regard triomphant et résolu était tourné vers la côte. Ce n'est que bien plus tard que je pris conscience du fait que c'était la première fois que je voyais Matthias et Aristide ainsi, ensemble, côte à côte, et que je les entendais chanter. Pendant une heure les deux ennemis étaient devenus sinon des amis, du moins des alliés.

J'entrai dans l'eau pour aller à la rencontre de la *Cécilia*. Plusieurs hommes en sautèrent aussi pour aider à remonter le bateau sur le sable. Flynn était parmi eux. Il me pressa brusquement contre sa poitrine alors qu'appuyée de tout mon poids contre le flanc du bateau j'essayais de le pousser. Malgré son extrême fatigue, ses yeux pétillaient de joie, alors, frissonnant dans l'eau glacée, je jetai mes bras autour de son cou.

Flynn se mit à rire. « Qu'est-ce que c'est que ces façons ? »

« Alors, tu as réussi ? » Ma voix tremblait.

« Mais, évidemment ! »

Il était gelé et une odeur de laine mouillée montait de ses vêtements. De soulagement, je me sentis faible et je m'accrochai si fiévreusement à lui que nous en perdîmes presque tous les deux l'équilibre. Ses cheveux me fouettèrent le visage mais sa bouche était chaude et me laissa un goût de sel.

Dans le bateau, Ghislain racontait à qui voulait

bien écouter comment Alain et Rouget s'étaient donné le tour pour plonger sous le module et y fixer les derniers câbles. Un groupe de Salannais, sur la falaise, attendait. Je reconnus parmi eux Angelo, Charlotte, Toinette, Désirée et mon père. Quelques enfants qui portaient des torches se mirent à pousser des hourras enthousiastes. Quelqu'un fit partir vers l'eau un signal de détresse qui ricocha joyeusement sur les rochers. De là-haut, Angelo leur cria : « Une tournée de devinnoise pour tous les volontaires, c'est moi qui paie ! Allons boire à la santé de sainte Marine ! »

L'invitation fut acceptée. « Vive les Salants ! »

« À bas la Houssinière ! »

« Et pour Rouget : hip ! hip ! hourra ! »

C'était Omer qui me dépassait pour aller à l'avant de la *Cécilia*. Avec lui d'un côté et Alain de l'autre, Flynn en un tour de main fut hissé hors de l'eau. Ghislain et Xavier les rejoignirent et, porté sur leurs épaules, le visage de Flynn s'illumina d'un large sourire.

« Vive l'ingénieur ! » hurla Aristide.

Toujours souriant, Flynn s'exclama : « On ne sait même pas encore si le récif fera l'affaire ! » Un coup de tonnerre couvrit ses protestations et quelqu'un lança vers le ciel un cri de défi et d'optimisme. Pour toute réponse, la pluie se mit à tomber.

29

Alors, ce fut pour moi comme pour les autres une période d'incertitude. Épuisés par des semaines d'efforts acharnés, nous sombrâmes dans une torpeur difficile à vivre, trop rompus pour nous remettre au travail, trop inquiets pour penser à des réjouissances. Nous nous laissions dériver au cours monotone de ces semaines troublantes. Comme les mouettes attendent sur l'eau le moment où change la marée, nous attendions aussi.

Alain parlait d'acheter un nouveau bateau. La perte de la *Korrigane* avait rendu toute pêche impossible pour les Guénolé et, malgré leur courage face au malheur, personne au village n'ignorait que la famille était criblée de dettes. Ghislain seul semblait optimiste. Je l'aperçus plusieurs fois à la Houssinière. Il traînait aux alentours du Chat Noir en arborant toute une série de tee-shirts aux couleurs agressives. Mercedes était peut-être impressionnée mais elle n'en donnait aucun signe.

Personne ne faisait allusion au récif. Conformément aux prédictions de Flynn, il avait jusque-là tenu bon et, par un processus naturel, il avait trouvé sa meilleure position. Mais nous avions peut-être attiré la malchance en en parlant ouvertement. Nous étions peu nombreux à même oser rêver. Cependant la Bouche était de moins en moins souvent inondée. Aux Salants, l'eau s'était retirée jusqu'à la limite des marais. Lorsque les marées de haut coefficient arrivèrent, puis diminuèrent, elles ne produisirent de nouveaux dégâts ni à la Bouche ni à la Goulue.

Personne n'exprimait trop publiquement son espoir et, pour un étranger, on eût dit que rien n'avait vraiment changé aux Salants. Pourtant, Capucine reçut une carte postale de sa fille établie sur le continent. Angelo se mit à repeindre son bar. Omer et Charlotte réussirent à sauver la récolte de pommes de terre pour l'hiver. Désirée Bastonnet se rendit à la Houssinière et passa une heure au téléphone à bavarder avec son fils, à Marseille.

Rien de cela n'avait bien grande importance. Pas assez en tout cas pour indiquer que notre chance à tous avait enfin tourné. Pourtant, il y avait quelque chose dans l'air, la promesse de ce qui était réalisable, le début d'un certain dynamisme.

GrosJean avait changé, lui aussi. Pour la première fois depuis mon arrivée, il témoignait un peu d'intérêt pour le chantier si longtemps négligé. Un jour, en rentrant à la maison, je le trouvai en bleu de travail. Il écoutait la radio et mettait de l'ordre dans une boîte pleine d'outils tout rongés par la rouille. Un autre jour, il commença à nettoyer la chambre d'ami. Nous allâmes ensemble sur la tombe de PetitJean, à un moment où l'inondation s'était déjà en grande partie retirée, et nous remplaçâmes le gravier autour de la dalle. GrosJean avait apporté une poignée d'oignons de crocus qu'il sortit de sa poche et, ensemble, nous les plantâmes. Pendant quelques minutes on aurait dit le bon vieux temps où je donnais un coup de main à mon père sur son chantier quand Adrienne et ma mère se rendaient à la Houssinière et nous laissaient seuls. C'était notre temps à nous, du temps volé, par conséquent précieux. Parfois, nous abandonnions le chantier pour aller faire une partie de pêche à la Goulue, parfois nous partions sur un petit canot et descendions l'étier à la voile. J'étais alors ce fils que mon père aurait dû avoir.

Flynn était le seul à n'être pas du tout affecté. Il poursuivait son petit bonhomme de chemin comme si le récif artificiel n'eût rien à voir avec lui. Je me répétais que, cette nuit-là, il avait pourtant risqué sa peau pour ce récif-là. Je ne le comprenais pas du tout. Malgré ses allures de type facile à vivre, il y avait pourtant en lui une certaine ambiguïté, une porte secrète qu'il ne m'avait jamais ouverte. Comme une ombre au fond d'une eau profonde, ce mystère-là me troublait ; il m'attirait aussi.

Les choses pour nous se métamorphosèrent le 21 décembre, à huit heures trente du matin. Je pris soudain conscience du silence qui tomba lorsque le vent tourna. La dernière, la plus forte marée du mois, avait finalement renoncé à s'acharner sur le récif près de la Jetée. Je m'étais rendue seule à la Goulue comme je le faisais tous les jours à la recherche de signes qui pussent confirmer un changement. Dans la pâle lumière de l'aube, à la mer descendante, les galets gluants de goémon étaient encore couverts et, plus loin, les parcs commençaient juste à apparaître. Quelques bouchots — ces pieux des parcs à huîtres — qui avaient résisté aux tempêtes de l'hiver ressortaient de l'eau où traînaient leurs colliers de chanvre. En m'approchant, je remarquai que le bord de l'eau était jonché de débris apportés par la marée : un bout de filin, un casier à homards, une vieille chaussure de sport. Dans une flaque à mes pieds une patelle s'accrochait au rocher solitaire.

Elle était bien vivante, ce qui était inhabituel. Il était rare en effet que la faune marine s'établît dans les eaux tourmentées de la Goulue. De rares oursins, des méduses oubliées par la marée se desséchaient sur le rivage comme autant de vieux sacs de plastique. Je me penchai pour mieux voir les galets à mes pieds. Enfoncés dans la vase, ils formaient une large étendue glissante où l'on ne s'engageait qu'à ses risques et périls. Maintenant, j'y distinguais quelque chose de nouveau, quelque chose de moins fin que la vase des Salants, de plus léger aussi, qui avait éparpillé ses paillettes de mica sur les galets immergés.

Du sable.

À peine de quoi recouvrir la paume de ma main mais c'était bien du sable, du sable blond de la Jetée, la monture étincelante de ce joyau qu'est la baie. Je l'aurais reconnu n'importe où !

Je me dis que cela n'était pas encore convaincant. Ce n'était là qu'une fine couche de sable apportée par la marée et rien de plus. Cela ne prouvait rien.

Mais cela prouvait tout au contraire !

J'en fis glisser autant que je pus dans le creux de ma main — une pincée —, tout juste ce que mes doigts étaient capables de ramasser — et je grimpai en courant le sentier qui remonte de la falaise vers le vieux blockhaus. Flynn serait le seul à comprendre l'importance de ces quelques grains, Flynn qui s'était rangé à mon côté, Flynn que... Je le trouvai, presque habillé, buvant son café. Son sac de ramasseur d'épaves était tout prêt à côté de la porte. Hors d'haleine, j'entrai. Je lui trouvai l'air fatigué, anormalement morne.

« Ça y est. On a réussi ! Tenez ! » J'ouvris la main.

Il la contempla longuement, haussa les épaules et se mit à enfiler ses bottes.

« Une pincée de sable ! » murmura-t-il d'un ton neutre. « On y attacherait peut-être de l'importance si on en prenait plein la gueule ! »

Ce fut comme une douche froide et mon enthousiasme retomba immédiatement.

« Mais ça prouve que ça marche », bredouillai-je. « Votre miracle a commencé. »

Il n'eut pas un sourire. « Les miracles ne sont pas mon rayon. »

« Ce sable-là prouve le contraire ! » insistai-je. « C'est votre coup de main à vous qui a sauvé les Salants. »

Flynn éclata d'un rire méchant. « Bon Dieu, Mado ! » dit-il. « Vous ne pensez donc à rien d'autre ? Est-ce vraiment là tout ce que vous avez jamais désiré ? Être accepté ici par cette sale petite communauté de ratés, de dégénérés, de fauchés, par ces désespérés qui n'ont plus qu'à veiller en s'accrochant à la vie, en adressant leurs prières à l'océan et qui, d'année en année, sont menacés d'extinction ? Je suppose que peut-être vous croyez que je devrais être reconnaissant aussi d'avoir pu m'incruster ici parmi eux, heureux que l'on m'ait accordé une sorte de privilège ? »

Il s'arrêta brusquement, sa colère retomba d'un seul coup et il jeta un coup d'œil par la fenêtre sans me regarder. De son air cruel, il ne restait aucune trace. C'était comme s'il n'avait jamais été là.

Mais j'étais encore abasourdie, comme s'il m'avait frappée. Et cependant, cette tension, cette menace de ce qui était latent en lui et prêt à exploser, ne l'avais-je pas toujours soupçonnée ?

« Moi qui croyais que vous aimiez être ici », hasardai-je. « Parmi les ratés et les dégénérés. »

Il haussa les épaules. Il avait l'air contrit maintenant. « Bien sûr ! » répondit-il. « Trop, peut-être ! »

Un silence tomba. Il jeta un nouveau coup d'œil vers la fenêtre sans me regarder et l'aube se refléta dans l'ardoise de ses yeux. Alors, il se tourna vers moi, écarta mes doigts et étala le sable dans ma paume.

« Il est bien fin », remarqua-t-il. « Il contient beaucoup de mica. »

« Et alors ? »

« Alors, il est léger, il ne va pas rester. Pour une plage, on doit avoir des fondations solides, de la roche, des galets, quelque chose enfin qui puisse l'ancrer. Sans ça, le sable sera emporté par la mer comme le sera celui-là. »

« Je vois. »

Il remarqua l'expression de mon visage. « Cela a donc tellement d'importance pour toi ? »

Je ne répondis rien.

« Une plage ne transformera pas les Salants en Houssinière. »

« Je sais ça ! »

Il poussa un soupir. « D'accord ! Je vais essayer. »

Il posa les mains sur mes épaules. Pendant une seconde, je fus consciente que cette promesse de choses possibles se renforçait, c'était comme s'il y avait de l'électricité dans l'air. Je fermai les yeux en retrouvant sur lui cette odeur de thym, de vieille laine, ce parfum des dunes dans l'air matinal. Une vague odeur de renfermé aussi, comme celle qu'il y avait entre les cabines de plage de la Houssinière, là où je me cachais pour attendre mon père. Je revis alors le visage d'Adrienne qui m'observait et le grand sourire de sa bouche aux lèvres trop rouges et je me hâtai d'ouvrir les yeux. Mais Flynn s'était déjà détourné.

« Je dois sortir. » Il prit son sac et commença à enfiler sa veste.

« Pourquoi ? Une idée ? » Je sentais encore le poids de ses mains sur mes épaules. Elles n'y étaient plus. Pourtant je percevais toujours leur chaleur et, au creux de mon estomac, quelque chose en moi s'ouvrait comme une fleur à ce soleil.

« Peut-être. Je vais y réfléchir ! » Et il se dirigea rapidement vers la porte.

« Qu'est-ce qu'il y a ? Pourquoi cette hâte ? »

« Je dois aller au village rapidement. Je veux passer une commande pour quelque chose à Pornic avant que ne parte le ferry. » Il s'interrompit et me décocha un sourire insouciant, ce sourire qui m'irradiait tout entière.

« À tout à l'heure, hé, Mado ? Je dois me presser. »

Perplexe, je le précédai dehors. Il n'y avait rien de nouveau à ses sautes d'humeur passant d'une extrême à l'autre et aussi changeantes que le temps d'automne. Pourtant, cette fois, quelque chose le tracassait et ce n'était pas simplement mon arrivée. Il y avait peu de chance qu'il me confiât ce que c'était.

Soudain, au moment où Flynn refermait la porte, mon regard fut attiré par un léger mouvement, l'éclat d'une chemise blanche à quelque distance dans les dunes. Une vague silhouette se dessina dans le sentier, immédiatement masquée par Flynn. Quand celui-ci s'écarta de nouveau, elle s'était déjà volatilisée. Pourtant, même si je ne l'avais entrevu que quelques fractions de secondes et de dos seulement, je crus le reconnaître à sa démarche, à sa corpulence et à la façon dont sa casquette de pêcheur était campée sur sa tête.

C'était ridicule, ce sentier ne menait nulle part, il se perdait dans les dunes. Plus tard pourtant, en repartant par le même chemin, je découvris des traces d'espadrilles dans la croûte de sable. J'eus la confirmation de ce que j'avais deviné : Brismand était bien passé là avant moi.

30

Dès que j'eus atteint le village je me rendis compte que quelque chose s'était passé. Il y avait de l'électricité dans l'air, quelque chose de subtil, un parfum d'ailleurs. J'étais arrivée de la Goulue en courant avec ma poignée de sable. Je l'avais serrée si fort dans ma main que j'avais la paume incrustée de mica. En franchissant le sommet de la grande dune, en direction du chantier abandonné de GrosJean, j'eus soudain l'impression qu'une main glacée me serrait le cœur de la même façon.

Cinq personnes se tenaient devant la maison : trois adultes et deux enfants. Ils avaient tous le teint bronzé. L'homme portait un long vêtement vaguement maghrébin sous un lourd pardessus d'hiver. Les deux enfants — des garçons — à la peau brune mais aux cheveux blondis par le soleil semblaient avoir dans les cinq et huit ans. Comme je les observais, l'homme ouvrit le portail et les deux femmes entrèrent après lui.

L'une était petite, vêtue de couleurs ternes, les cheveux cachés sous un burnous jaune. Elle s'affairait auprès des deux enfants auxquels elle s'adressait dans une langue pour moi inintelligible.

La seconde femme était ma sœur.

« Adrienne ? »

Elle avait dix-neuf ans la dernière fois que je l'avais vue, jeune mariée, mince et jolie, elle avait cet air à la fois boudeur et bohème que copiait Mercedes Prossage avec tant d'affectation. Elle n'avait pas vraiment changé mais les années l'avaient endurcie, semblait-il, son regard était plus perçant, son visage plus anguleux. Ses cheveux longs et raides étaient teints au henné. Des bracelets d'or tintaient à ses poignets brunis. Elle se retourna au son de ma voix.

« Mado ! Comme tu as grandi ! Comment savais-tu que nous arrivions ? » Son baiser fut bref. Il me laissa une odeur de patchouli. Marin, lui, m'embrassa sur les deux joues. Il ressemblait à son oncle, en plus jeune, à part son menton duveteux, sa silhouette plus élancée et le fait qu'il n'avait rien du charme extravagant et dangereux de Claude.

« Je ne le savais pas ! »

« Ah ! tu connais Papa. Il ne dit pas grand-chose ! » Elle prit le plus jeune des garçons dans ses bras et me le tendit. L'enfant se tortilla pour se libérer. « Tu n'as pas encore vu mes braves petits bonshommes, n'est-ce pas, Mado ? Celui-ci, c'est Franck et celui-là, Loïc. Dis bonjour à tata Mado, Loïc ! »

Les enfants tournèrent vers moi des visages basanés identiques, dénués d'expression et restèrent muets. La jeune Arabe en burnous — la nounou, devinai-je — leur dit quelque chose en un chapelet de gloussements frénétiques que je ne compris pas. Ni Adrienne ni Marin n'eurent même l'idée de me la présenter et elle eut l'air effrayée lorsque je lui dis bonjour.

« Tu en as fait du travail ! » dit Adrienne en jetant un coup d'œil à la maison. « À notre dernier passage, c'était une vraie honte. Tout tombait en ruines. »

« La dernière fois ? » À ma connaissance, ni elle ni Marin n'étaient jamais revenus.

Mais Adrienne avait déjà ouvert la porte de la cuisine. GrosJean était debout à la fenêtre, les yeux fixés sur l'horizon. Derrière lui, du pain, du café froid, un pot de confitures entamé, ce qui restait du petit déjeuner, attendaient mon arrivée comme un muet reproche.

Les enfants contemplaient leur grand-père avec curiosité. Franck murmura quelque chose en arabe à Loïc et tous les deux pouffèrent de rire. Adrienne s'approcha. « Papa ! » GrosJean se retourna lentement. Il ferma les yeux.

« Adrienne ! » dit-il. « Ça fait plaisir de te revoir. »

Alors, il sourit et, saisissant la cafetière sur la table à côté de lui, il se versa un bol de café froid. Adrienne ne parut aucunement surprise qu'il l'eût saluée, bien entendu. Pourquoi l'aurait-elle été d'ailleurs ? Marin et elle l'embrassèrent comme il se doit. Les deux garçons hésitèrent et ricanèrent. La nounou s'inclina et sourit, les yeux baissés. GrosJean, d'un geste, indiqua qu'il désirait un autre café. J'allai le préparer, contente d'avoir ce prétexte pour m'éloigner. Maladroitement, j'apportai de l'eau et du sucre. Les tasses glissaient de mes doigts comme des poissons.

Derrière moi, Adrienne parlait de ses enfants d'un ton aigu de petite fille. Les garçons jouaient au coin du feu, sur le tapis.

« Oui, ton nom et celui de PetitJean ! On les a baptisés Jean-Franck et Jean-Loïc mais, pour le moment, on raccourcit leurs noms jusqu'à ce qu'ils soient plus grands et qu'ils s'y habituent. Tu vois bien. Nous n'avons jamais oublié nos origines. Nous sommes toujours des Salannais. »

« Hé ! »

Même cette simple interjection tenait du miracle. Combien de fois depuis mon retour GrosJean m'avait-il adressé directement la parole ? La cafetière à la main, je me retournai. Mon père regardait, l'air extasié, les deux garnements qui roulaient et chahutaient sur le tapis. Franck remarqua son expression et lui tira la langue. Adrienne, avec un petit rire indulgent, s'écria :
« Sacré galopin, va ! »

Mon père gloussa de plaisir.

Je servis du café à tout le monde. Les garçons engloutirent des tranches de gâteau en me fixant de leurs grands yeux bruns. À part la différence d'âge, ils se ressemblaient à s'y tromper avec leur longue frange blonde, leurs petites jambes maigres et leur ventre rond sous leurs pulls de laine aux couleurs vives. Adrienne parlait de ses enfants avec amour. Je m'aperçus cependant que, chaque fois qu'il y avait quelque chose à faire — essuyer une bouche poisseuse, moucher un nez qui coulait, enlever des assiettes dont on n'allait plus se servir —, c'était la nounou qui devait s'en charger.

« J'attendais ce retour depuis si longtemps », dit-elle avec un soupir, tout en sirotant son café. « Mais avec le commerce, et les petits, je n'ai jamais eu le temps. Et là-bas, tu sais, on ne peut faire confiance à personne. Les Européens, pour eux, sont des poires de choix. Vol, corruption, vandalisme — il y a tout ça, là-bas. On ne peut pas tourner le dos, même un instant ! »

GrosJean écoutait. Il buvait son café dans le bol qui était presque entièrement caché par sa grosse main. D'un geste, il indiqua qu'il désirait une autre tranche de gâteau. Je lui en coupai une et la lui tendis de l'autre bout de la table. Il la saisit sans un mot de remerciement. Au contraire, quand Adrienne parlait, mon père hochait la tête et, de temps en temps, lâchait le petit « hé » qui voulait dire « oui » dans l'île. Il le fit justement. Dans le cas de mon père, c'était une vraie conversation, ça. Marin parla de son affaire à Tanger — il revendait de vieux carrelages en céramique qui faisaient fureur alors à Paris —, de possibilités d'exportation, des impôts, du coût incroyablement bas de la main-d'œuvre, du cercle d'expatriés français dont ils faisaient partie, de la férocité de leurs rivaux, des clubs huppés qu'ils fréquentaient. Ils déballèrent devant nous l'histoire de leur vie là-bas comme un rouleau de soie chatoyante. Souks, piscines, mendiants, thermes, parties de bridge, colporteurs, main-d'œuvre exploitée. Un serviteur pour chaque corvée. C'est ma mère qui aurait été impressionnée par tout ça !

« Et le fait est qu'ils sont très heureux d'avoir du travail, Papa. Le niveau de vie là-bas est comme ça, si bas que c'en est ridicule. Nous les payons bien plus qu'ils ne gagneraient en travaillant pour les leurs et la plupart nous en sont reconnaissants, c'est vrai ! »

Je jetai un coup d'œil vers la petite nounou occupée à essuyer le visage de Franck avec un gant de toilette humide. Je me demandai si elle avait des enfants à elle, là-bas, au Maroc et s'ils lui manquaient beaucoup. Franck se débattait et protestait en arabe.

« Bien sûr, nous avons eu certains problèmes », poursuivit Adrienne. « Un incendie déclenché à l'entrepôt par un rival mécontent. Des millions de francs partis en fumée. Du chapardage et des fraudes de la part d'employés peu scrupuleux. Des graffiti anti-européens sur les murs de la villa. Les extrémistes obtenaient de plus en plus de pouvoir », disait-elle, et s'employaient à rendre la vie difficile aux étrangers. Et puis, il fallait penser à l'avenir des enfants... Ils avaient jusque-là eu la vie belle. Maintenant, il fallait penser à des décisions à prendre pour leur avenir.

« Je voudrais que mes fils reçoivent la meilleure éducation, Papa », déclara-t-elle. « Je voudrais qu'ils soient conscients de leurs racines. À mon avis, cela vaut le sacrifice. J'aurais tant voulu que Maman les voie ! » dit-elle. « Mais personne ne pouvait lui donner de conseils. On ne pouvait même pas lui faire accepter de l'argent pour l'aider. Elle était si têtue. »

Je contemplai ma sœur sans sourire. Je me rappelais, moi, à quel point Maman avait été fière de son travail de femme de ménage. Je me souvenais comme elle me parlait des chemises de chez Hermès qu'elle avait repassées et des tailleurs de chez Chanel qu'elle était allée chercher chez le teinturier. Elle me racontait que lorsqu'elle découvrait de l'argent derrière les coussins du canapé, elle le déposait toujours dans le cendrier, le garder eût été du vol, disait-elle.

« Nous avons fait notre possible pour l'aider », continua Adrienne en adressant un coup d'œil à GrosJean. « Tu sais bien ça, n'est-ce pas ? Nous nous faisions tellement de soucis aussi à propos de toi, tout seul ici ! »

D'un geste impérieux, il indiqua qu'il voulait encore du café. Je lui en versai une autre tasse.

« Nous allons habiter Nantes pendant quelque temps pour essayer d'arranger nos affaires. Marin a un oncle là-bas, le cousin de Claude. Il est antiquaire comme nous et spécialiste de l'importation. Il va nous loger jusqu'à ce que nous trouvions quelque chose de plus définitif pour nous y établir. »

Marin acquiesça. « Ça vaut l'coup de savoir qu'ainsi les garçons seront dans une bonne école. Le petit, Jean-Franck, parle à peine français. Tous deux ont bien besoin d'apprendre à lire et à écrire. »

« Et le petit dernier ? » Je me souvenais qu'elle était enceinte au moment où Maman était morte. Elle n'avait pourtant pas l'air d'une femme qui venait d'accoucher. Adrienne avait toujours été mince, à présent, elle était maigre. Je remarquai ses poignets osseux, fragiles, ses mains, les petites zones d'ombre sous ses pommettes.

Marin me lança un regard accusateur. « Adrienne a fait une fausse couche à trois mois », expliqua-t-il d'une voix nasillarde. « Nous n'en parlons jamais ! » Il s'adressait à moi comme si j'avais été personnellement responsable de la chose.

« Je suis désolée », murmurai-je.

Adrienne m'adressa un petit sourire avare. « Ce n'est rien ! » dit-elle. « Seule une mère serait capable de comprendre cela. » Sa petite main brune caressa la tête d'un des garçons. « Je ne sais pas ce que je serais devenue sans mes petits anges », murmura-t-elle.

Les garçons pouffèrent et échangèrent quelques mots en arabe. GrosJean les regardait sans pouvoir s'en rassasier.

« Nous pourrions les ramener pendant les vacances scolaires », suggéra Adrienne d'une voix plus joyeuse. « Nous pourrions venir pour une longue visite. Ça serait bien ! »

31

Ils restèrent deux heures peut-être. Adrienne inspecta la maison de fond en comble. Marin, lui, fit le tour du chantier abandonné. GrosJean alluma une gitane, reprit du café et contempla les garçons. Ses yeux du bleu des papillons des dunes étaient illuminés de plaisir.

Ces garçons-là, cela n'aurait pas dû me surprendre, étaient les fils dont il avait toujours rêvé. Une femme parce qu'elle était mère de deux garçons avait soudain ébranlé les fondations mêmes de notre coexistence sans histoire. GrosJean ne quitta pas les garçons d'un instant. De temps en temps, il ébouriffait leurs longs cheveux et les éloignait de la cheminée quand, au cours de leurs jeux, ils s'en rapprochaient trop. Il ramassait les pulls qu'ils avaient laissés par terre et les déposait soigneusement pliés sur une chaise. Tout cela m'agitait, je me sentais terriblement gauche, assise à côté de la nounou, sans rien avoir à faire pour m'occuper. La poignée de sable, maintenant au fond de ma poche, brûlait d'en sortir. J'aurais voulu retourner à la Goulue ou dans les dunes où j'aurais été seule mais l'attitude de mon père, l'expression sur son visage, me fascinait. J'aurais dû en être l'objet, moi !

Je ne pus rester plus longtemps silencieuse.

« Je suis allée ce matin à la Goulue ! » dis-je enfin.

Personne ne réagit. Franck et Loïc jouaient à se bagarrer et roulaient sur le tapis comme des chiots.

La nounou qui n'avait pas compris un mot me fit un sourire timide.

« Je pensais que la marée avait pu ramener quelque chose. »

GrosJean but à même le bol qui, pendant un instant, lui couvrit toute la figure. On entendit le faible bruit de quelqu'un qui avale. Il reposa le bol vide devant lui et le repoussa dans ma direction avec le geste de celui qui veut le voir rempli.

Je ne réagis pas à cette demande. « Tu vois ça ? » Je sortis la main de ma poche et l'ouvris devant lui. Le sable collait encore à ma paume.

GrosJean poussa de nouveau son bol dans ma direction.

« Sais-tu ce que cela veut dire ? » J'eus conscience d'avoir brutalement élevé la voix. « Cela t'intéresse-t-il vraiment ? »

Le bol vide avança encore vers moi. Franck et Loïc, oubliant de jouer, me regardaient bouche bée. GrosJean, immuable comme ces statues géantes de l'île de Pâques, le regard perdu, sans expression, fixait l'espace vide derrière moi.

Soudain, la colère me submergea. Tout allait mal aujourd'hui. D'abord, cela avait été Flynn, puis Adrienne, et maintenant c'était GrosJean. Je déposai brutalement la cafetière sur la table devant lui et éclaboussai tout de café. « Si tu en veux, sers-toi toi-même ! » m'exclamai-je d'une voix rauque. « Et si tu veux que je te serve, demande-le-moi ! Je sais que tu en es tout à fait capable. Alors vas-y, demande ! »

Le silence tomba. GrosJean continua à regarder fixement par la fenêtre. Pour lui, je n'existais pas, rien n'existait plus. Il était redevenu celui qu'il était avant mon arrivée. Des quelques progrès que nous avions faits ensemble, il ne restait plus rien. Franck et Loïc se remirent à jouer au bout d'un moment et la timide nounou arabe recommença, les yeux baissés, à contempler ses genoux. La voix aiguë d'Adrienne, à l'extérieur, monta, elle était toute pleine de rire et d'excitation. Je me mis à desservir la table et les restes du petit déjeuner. Je posai la vaisselle d'un geste brutal dans l'évier de la cuisine, y jetai le reste du café, espérant entendre un mot de protestation qui ne vint jamais. Je lavai et essuyai la vaisselle sans rien dire. Les yeux me brûlaient. Parmi les miettes qui jonchaient la table que je nettoyais, quelques grains de sable brillaient faiblement.

32

Ma sœur et sa famille s'établirent aux Immortelles et y passèrent les deux semaines qui suivirent. Ils s'invitèrent pour le repas de Noël, puis vinrent ensuite presque tous les matins voir GrosJean. Au nouvel an, Franck et Loïc repartirent sur leurs vélos neufs pour lesquels mon père avait spécialement passé une commande sur le continent. Trois cents francs chacun.

Ce fut sur la passerelle du *Brismand I* pendant que GrosJean aidait la nounou à monter les bagages à bord qu'Adrienne me prit finalement à part. Je m'étais attendue à cela et m'étais demandé combien de temps il lui faudrait pour en arriver à ce qu'elle voulait.

« C'est Papa », me confia-t-elle. « Je n'ai rien dit devant les enfants, mais je me fais beaucoup de soucis pour lui. »

« Vraiment ? » Je fis un effort pour étouffer le sarcasme de ma voix.

Adrienne prit un air peiné. « Je sais bien que tu ne le croiras pas mais j'ai vraiment beaucoup d'affection pour Papa », dit-elle. « Je m'inquiète de le savoir ici, tout seul, et de voir qu'il dépend de toi, une célibataire. Je ne crois pas que cela lui fasse du bien ! »

« Il a fait des progrès pourtant », répondis-je.

Adrienne sourit. « Personne ne te reproche de n'avoir pas fait de ton mieux », continua-t-elle. « Mais tu n'es pas infirmière et tu n'as pas les connaissances qu'il faudrait pour résoudre ses problèmes. J'ai toujours maintenu, moi, qu'il avait besoin des soins d'un spécialiste. »

« Quel genre de soins ? » Ma voix s'élevait. « Le genre que l'on offre aux Immortelles. C'est bien ce que suggère Claude Brismand, n'est-ce pas ? »

Ma sœur eut l'air blessée. « Mado, ne sois pas comme ça ! Je sais que tu es encore fâchée à propos de l'enterrement de Maman. Je regrette terriblement de ne pas y être allée. Mais dans ma condition. »

Je fis semblant de n'avoir pas entendu. « Brismand t'a-t-il demandé de revenir ? » lui demandai-je de la voix de celle qui exige une réponse. « T'a-t-il dit que je ne marchais pas dans ses combines ? »

« Je voulais que Papa voie les garçons !

« Les garçons ? »

« Oui. Pour lui montrer que la vie continue. Cela ne lui fait aucun bien de rester ici au lieu de vivre au milieu de sa famille. C'est égoïste de ta part et dangereux de l'encourager à choisir cette vie-là ! »

Abasourdie, blessée à mon tour, je la dévisageai. Serait-il possible que j'eusse été égoïste ? Avais-je été si préoccupée par mes projets et mon imagination que j'en avais oublié le bien-être de mon père ? Se pourrait-il que GrosJean n'eût aucun besoin du récif, de la plage, ni d'aucune des petites choses que j'avais faites pour lui ? Que la seule chose qu'il eût vraiment jamais voulu, c'étaient les petits-fils qu'Adrienne lui avait amenés.

« Il est ici chez lui », prononçai-je enfin. « Et je fais moi aussi partie de sa famille. »

« Ne sois pas naïve », répliqua ma sœur. Pendant un moment, elle redevint tout à fait l'Adrienne d'autrefois, la sœur aînée pleine de mépris, celle qui s'asseyait à la terrasse du café de la Houssinière et se moquait de ma coiffure de garçon manqué et des vieux vêtements que je portais. « Tu crois peut-être que cela fait romantique de vivre ici dans ce coin perdu mais c'est bien la dernière chose dont Papa a besoin. Regarde donc cette maison — tout y est rafistolé ! Il n'y a même pas de salle d'eau. Qu'est-ce qui arrivera s'il tombe malade ? Personne ici ne peut le soigner, à part ce vieux vétérinaire, comment s'appelle-t-il déjà ? Que va-t-il se passer s'il doit être hospitalisé ? »

« Je ne l'oblige pas à rester ici », dis-je et je détestai cette intonation dans ma voix, comme si je me défendais. « Je me suis occupée de lui, c'est tout ! »

Adrienne leva les épaules d'un air de dire : oui, comme tu t'es occupée de Maman ! Pour moi, c'était comme un fer que l'on retournait dans la plaie. La douleur dans ma tête était devenue intolérable.

« Moi, j'ai essayé, au moins », murmurai-je. « Mais toi, qu'as-tu jamais fait pour l'un ou l'autre ? Tu as vécu dans ta tour d'ivoire. Comment peux-tu même imaginer ce que toutes ces années ont été pour nous ? »

Je ne sais pas pourquoi Maman avait toujours affirmé que, des deux, c'était moi qui ressemblais le plus à GrosJean. Adrienne se contenta de m'adresser un sourire impénétrable, un sourire aussi serein que sur une photo et tout aussi silencieux. Ses silences hautains m'avaient toujours fait enrager. La colère monta en moi comme une armée de fourmis rouges.

« Combien de fois es-tu venue ? Combien de fois as-tu promis de le faire ? Toi et tes grossesses nerveuses. Je t'ai appelée au téléphone, Adrienne. Je t'ai dit que Maman allait mourir. »

Mais ma sœur, le visage blême, le regard figé, murmura : « Grossesse nerveuse ? »

Son air blessé m'arrêta net. Je me sentis rougir de ce coup bas. « Écoute, Adrienne, je m'excuse, mais... »

« Tu t'excuses. » Sa voix était perçante. « Comment peux-tu savoir, toi, ce que cela a été pour moi de perdre mon bébé, le petit-fils de mon père ? Et tu crois que tu peux simplement t'excuser et que tout ira bien ? »

Je fis un mouvement pour poser ma main sur son bras, mais elle le retira d'un geste brutal, presque hystérique qui me rappela ma mère d'une certaine manière. Elle me décocha un regard meurtrier. « Tu veux vraiment savoir pourquoi nous ne sommes jamais venus, Mado ? Pourquoi nous nous sommes installés aux Immortelles et pas chez Papa où nous aurions pu le voir tous les jours ? » Sa voix s'élevait rapidement maintenant, légère, fragile comme un cerf-volant ; elle montait toujours.

Je secouai la tête. « Non, Adrienne, s'il te plaît ! »

« C'était à cause de toi, Mado ! Parce que tu étais là ! » Elle était presque en larmes maintenant. Elle s'étranglait de rage. Pourtant, je devinais qu'elle en éprouvait aussi un certain plaisir secret. Comme Maman, Adrienne avait toujours aimé les grandes scènes tragiques. « Toujours en train de harceler les gens, en train de les tyranniser ! » Elle éclata en sanglots sonores. « Tu as tyrannisé Maman ! Tu étais toujours à la pousser à quitter Paris, l'endroit qu'elle adorait, et maintenant tu fais la même chose avec Papa. Cette île est ton obsession, Mado, voilà ce que c'est et tu es incapable de comprendre et d'accepter la situation quand les autres ne veulent pas la même chose que toi ! » Adrienne s'essuya les yeux de sa manche. « Et si nous ne revenons pas, Mado, ce n'est pas parce que nous ne voulons pas voir Papa, c'est parce que je ne peux pas même supporter ta présence près de moi ! »

Le sifflet indiqua que le ferry allait bientôt partir. Dans le silence qui suivit, j'entendis derrière moi un léger bruit de pas. Quelqu'un avançait en traînant les pieds. Je me retournai. Muet, Gros-Jean se tenait sur la passerelle. Je tendis les mains vers lui.

« Papa ! »

Mais déjà il était reparti.

33

Janvier apporta davantage de sable à la Goulue. Dès le milieu du mois, il était clairement visible. Une légère frange de mèches blanches adoucissait maintenant la ligne noire des rochers. Ce n'était sûrement pas ce que l'on aurait pu appeler une plage et, pourtant, c'était bien du sable, un sable étincelant de paillettes de mica et qui, à marée basse, formait une poudre fine.

Flynn tint parole. Avec l'aide de Damien et de Lolo, il transporta des dunes des sacs de sable grossier mêlé de gravillons qu'il déversa sur les galets couverts de lichens du bas de la falaise. Ils replantèrent de grosses touffes d'oyat dans ce sol pauvre pour empêcher que le sable ne fût emporté par la mer. Ils y mêlèrent des couches de goémon à moitié décomposé et les ancrèrent avec des pieux et des lambeaux de filets percés que l'on avait jetés là. Je regardais d'un œil curieux les travaux avancer et mon espoir grandissait timidement. Pourtant, la Goulue, couverte de débris, de terre, de goémon et de filets, avait encore moins l'air d'une plage qu'auparavant.

« Ce ne sont que les fondations », me répétait Flynn pour me rassurer. « Vous n'avez pas envie de voir votre sable emporté par le vent, n'est-ce pas ? »

Il s'était montré étrangement effacé pendant le séjour d'Adrienne. Au lieu d'une visite journalière, il n'était passé qu'une fois ou deux, ses visites me manquaient, et je commençais à me rendre compte à quel point Flynn nous avait baignés de sa lumière.

Je lui racontai ma querelle avec Adrienne. Il écouta, et cette fois-ci, sans la moindre trace de sa légèreté habituelle, l'attention barrait d'un pli son front. « Je sais bien que nous sommes sœurs », lui expliquai-je. « Et qu'elle a été très affectée par... »

« On ne peut pas choisir sa famille », dit Flynn. Il n'avait rencontré Adrienne qu'une seule fois pendant son séjour et, quand il était passé, je me souvenais qu'il avait gardé un silence peu habituel. « Ce n'est pas simplement parce que vous êtes sœurs que vous devriez vous entendre ! »

J'eus un sourire. Si seulement j'avais pu faire comprendre cela à Maman. « GrosJean avait toujours voulu un fils », murmurai-je en cueillant un brin d'oyat. « Il n'était pas préparé à avoir deux filles ! » Maintenant, je présumais qu'Adrienne, elle, avait rétabli l'équilibre des choses. Et ce que j'avais fait, moi, mes cheveux coupés à ras, mes vêtements de garçon, les heures passées dans l'atelier de mon père à l'observer travailler, les parties de pêche, ces précieux moments partagés, tout cela avait été oublié, avait perdu toute valeur. Flynn avait dû apercevoir quelque chose dans mon expression car il interrompit ce qu'il faisait et me regarda d'un air étrange.

« Vous n'avez pas du tout à vous efforcer de réaliser les rêves de GrosJean ni ceux de qui que ce soit. S'il ne se rend pas compte qu'il a en vous quelqu'un qui vaut mille fois plus que je ne sais quel objet de ses fantasmes... » Il s'arrêta court et leva les épaules. « Vous n'avez rien à prouver », grogna-t-il du ton bourru qui lui était familier. « Il a bien de la chance de vous avoir. »

C'était exactement ce qu'avait dit Brismand. Ma sœur, pourtant, m'avait accusée d'égoïsme, d'avoir exploité mon père. Encore une fois je m'interrogeai, me demandant si elle avait eu raison, si, par ma présence, je ne faisais pas plus de mal que de bien. Et si, par hasard, son plus grand désir n'était pas de vivre près d'Adrienne et de voir les garçons tous les jours.

« Vous, vous avez un frère, n'est-ce pas ? »

« Un demi-frère. Le fils parfait ! » Il était occupé à rattacher un bout de filet qui ressortait du sol de la dune. Je fis un effort pour imaginer Flynn en frère de quelqu'un.

« Vous ne l'aimez pas beaucoup ? »

« Il aurait dû naître enfant unique ! »

Je pensai à moi-même et à Adrienne. Elle aussi aurait dû être fille unique. Tout ce que j'essayais de faire, ma sœur l'avait déjà fait avant moi et l'avait mieux fait, bien sûr.

Flynn examinait les nouvelles pousses d'oyat sur la dune. Quelqu'un d'autre lui aurait peut-être trouvé le regard dénué d'expression mais, moi, je remarquai la tension de sa bouche crispée. Je résistai à la curiosité de lui demander ce qui était arrivé à son frère, à sa mère. Quoi qu'il leur fût arrivé, cela l'avait profondément blessé. Peut-être autant qu'Adrienne m'avait blessée, moi. Une émotion bien plus profonde que la tendresse me secoua tout entière. J'avançai la main pour la poser sur ses cheveux.

« Nous avons donc quelque chose en commun, tous les deux ! » déclarai-je d'un ton délibérément léger. « Des tragédies familiales ! »

« Absolument pas », riposta Flynn en levant vers moi un visage subitement illuminé d'un sourire moqueur. « Vous, vous êtes revenue. Moi, je me suis enfui ! »

Aux Salants, ils étaient peu nombreux à s'intéresser à la façon dont grandissait la plage. Comme l'hiver commençait à toucher à sa fin, ils étaient bien trop occupés à remarquer les autres choses : la façon dont le changement de courant ramenait le mulet en encore plus grande quantité qu'auparavant, le fait que les filets étaient plus souvent pleins que vides, ils s'étonnaient de voir que les homards, les araignées et les gros dormeurs appréciaient l'abri de la baie et se battaient presque pour se glisser dans les casiers. Les grandes marées de l'hiver ne causèrent aucune inondation. Dans les champs d'Omer, qui avaient passé presque trois ans sous l'eau, la végétation avait commencé à reprendre vie.

Les Guénolé mirent enfin à exécution leur projet d'achat d'un nouveau bateau. L'*Éléonore II* fut commandée à un chantier de Pornic, sur le continent. Pendant plusieurs semaines, ils ne nous donnèrent pas d'autres nouvelles que celles concernant les progrès des travaux. Tout comme l'*Éléonore I*, celle-ci devait être une embarcation traditionnelle de l'île, un deux-mâts rapide, à quille profonde et à voile au tiers. Alain ne dit pas combien elle allait coûter mais, compte tenu du changement dans les courants, il semblait convaincu qu'elle ne tarderait pas à lui permettre de couvrir les frais. Ghislain, lui, semblait moins enthousiaste — on avait dû l'entraîner de force, paraît-il, pour l'éloigner du salon d'exposition des hors-bord et des Zodiac — mais il se consolait à la perspective du gain. Moi, j'espérais seulement qu'en dépit de son nom, le bateau ne provoquerait pas de souvenirs nostalgiques pour mon père. J'avais nourri l'espoir secret que les Guénolé choisiraient un autre nom. GrosJean, cependant, restait indifférent aux progrès de l'*Éléonore II* et je commençai à me persuader que j'avais été d'une sentimentalité exagérée à ce propos.

On avait donné au récif un nom à lui : le Bouch'ou. On y avait mis deux balises — une à chaque bout — pour en indiquer la position la nuit.

Les Bastonnet qui, en présence des Guénolé, montraient toujours le drapeau blanc, tout en se méfiant quand même, revenaient avec des prises quasi miraculeuses. Aristide annonça d'une voix triomphante que, cette semaine-là, Xavier avait ramené seize homards et les avait vendus à un Houssin — un gars qui était cousin du maire et aussi propriétaire de la Marée, un restaurant de fruits de mer en bordure de plage. Le type les lui avait payés cinquante francs pièce.

« Ils se préparent pour recevoir la grande foule des touristes quand juillet arrivera », me confia-t-il avec une satisfaction évidente. « Bientôt, son restaurant sera plein à craquer. Pendant la saison, il peut servir une demi-douzaine de homards en une seule soirée. Il pense qu'il peut me les acheter maintenant, les mettre dans son vivier et attendre que les prix montent en flèche. » Aristide émit un petit gloussement. « Ben, nous aussi on peut jouer à ce p'tit jeu-là. J'ai demandé au gamin de nous en construire un, là-bas, dans la crique. C'est bien moins cher qu'un aquarium et, en utilisant le filet qu'il faut, les homards ne s'échapperont pas. Nous pourrons les garder vivants, même les petits que nous n'aurons plus à rejeter à la mer, et le moment venu nous les vendrons au prix fort. On leur attachera les pinces pour les empêcher de se battre et la marée, en remontant l'étier, leur ramènera la nourriture dont ils ont besoin. Pas bête, hein ? » Le vieillard se frottait les mains de plaisir. « Ici, aux Salants, on a plus la bosse des affaires que les gars de la Houssinière et on pourrait leur apprendre un truc ou deux dans ce domaine-là. »

« Ça c'est sûr ! » dis-je d'un ton surpris. « C'est vraiment un coup de maître, monsieur Bastonnet ! »

« N'est-ce pas, hein ? » continua Aristide d'un air satisfait. « J'pensais qu'il était temps de prendre l'initiative à not'tour pour changer un peu. Qu'ça nous f'rait gagner un peu d'argent pour l'gamin. On n'peut pas s'attendr'à c'qu'il vive d'amour et d'eau fraîche surtout s'il pense à s'établir ici. »

Je souris en pensant à Mercedes.

« Et ça n'est pas tout », poursuivit Aristide. « Vous n'allez jamais d'viner qui va s'associer à moi quand son bateau sera prêt. » Je le dévisageai avec curiosité.

« Matthias Guénolé ! » Il sourit devant ma surprise et ses yeux bleus de vieillard étincelèrent. « Je pensais bien qu'vous n'alliez pas en revenir », dit-il en prenant une cigarette. « J'donnerais ben ma main à couper qu'il n'y a pas beaucoup d'gens dans l'île qu'auraient jamais pensé voir les Bastonnet et les Guénolé devenir partenaires et travailler ensemble de mon vivant. Mais les affaires sont les affaires. En travaillant ensemble — deux bateaux, cinq hommes d'équipage — on pourra sortir tout ce qu'il y aura comme mulets, huîtres et homards. Une fortune, quoi ! Alors que chacun de notre côté, nous nous coupons l'vent mutuellement, et c'est tout, et les Houssins peuvent se foutr'de notre gueule en plus ! » Aristide aspira une longue bouffée de sa cigarette et s'assit en arrière en déplaçant sa jambe de bois pour être plus à l'aise. « Vous n'en croyez pas vos oreilles, hé ? »

C'était plus que ça, bien plus. Que la vendetta entre les deux familles eût cessé après tant d'années et qu'il changeât en plus si totalement sa façon de gérer ses affaires ! Six mois auparavant j'aurais juré que tout cela était impossible.

Cela au moins, à défaut d'autre chose, me convainquit finalement que les Bastonnet n'avaient eu aucune responsabilité dans la perte de l'*Éléonore*. Toinette l'avait suggéré. Ce qu'en avait dit Flynn avait renforcé mes soupçons. Depuis, un doute était pourtant resté dans mon esprit à ce propos. Maintenant, je pouvais enfin l'oublier. Ce que je fis avec un plaisir mêlé de profond soulagement. Quelle que soit la raison de la perte de l'*Éléonore*, cela n'avait rien à voir avec Aristide. Soudain, je me sentis remplie d'une grande affection pour ce vieil homme bourru et, avec une petite tape amicale sur l'épaule, je m'exclamai. « Vous avez bien mérité un p'tit coup. Une devinnoise ? C'est moi qui paie ! »

Aristide écrasa le mégot de sa cigarette dans le cendrier et répondit : « Je n'dirai pas non ! »

La visite de ma sœur au moment de Noël avait beaucoup attiré l'attention. Pas seulement à cause des garçons que l'on avait bien sûr admirés de la pointe Griznoz jusqu'aux Immortelles mais aussi, de façon plus importante, parce qu'elle donnait de l'espoir à ceux qui attendaient toujours. Alors que mon propre retour n'avait éveillé que des soupçons, celui de ma sœur — au moment où il avait eu lieu, avec ses fils et l'espoir de choses meilleures — n'avait provoqué que l'approbation générale. Même qu'elle eût épousé un Houssin avait reçu l'approbation de tous. Marin Brismand était un homme riche — enfin, son oncle l'était et, comme il n'avait pas d'autre famille, Marin allait hériter de toute sa fortune. L'opinion la plus répandue était qu'Adrienne avait très bien réussi.

« Tu pourrais bien suivre son exemple », me conseilla Capucine un jour que nous prenions des gâteaux dans sa caravane. « Ça te ferait du bien de t'établir. C'est vraiment ça qui assure l'avenir de l'île, les mariages, les gosses, pas la pêche et le commerce ! »

Je haussai les épaules. Malgré l'absence de nouvelles de ma sœur, je m'étais sentie mal à l'aise depuis notre échange sur la passerelle du *Brismand I*, mettant en doute mes propres raisons et questionnant les siennes. Mon père m'était-il une simple excuse pour fuir la vie ? La façon de vivre choisie par Adrienne était-elle la meilleure ?

« T'es une bonne fille pour ton père », dit Capucine en s'étalant confortablement dans son fauteuil. « Tu l'as beaucoup aidé. Il te doit beaucoup. Les Salants aussi. Maintenant, il est temps de faire quelque chose pour toi seule. » Elle se redressa sur son siège et me contempla d'un œil critique. « Tu es jolie fille, Mado. J'ai bien remarqué la façon dont Ghislain Guénolé te regarde et d'autres aussi... » Je fis un geste pour l'interrompre mais elle agita la main pour protester avec une feinte irritation. « Tu ne clos plus le bec à tout l'monde comme tu le faisais avant », poursuivit-elle. « Tu ne te balades plus la tête haute, le menton levé, comme si tu t'attendais à la bagarre. Les gens ont cessé de t'appeler la Poule. »

C'était vrai ça. Même moi, je l'avais remarqué.

« Et par-dessus le marché tu as recommencé à peindre, n'est-ce pas ? »

Je jetai un coup d'œil aux croissants de peinture ocre sous mes ongles et je me sentis absurdement coupable. Après tout, il ne s'agissait pas de grand-chose : quelques esquisses, quelques études, une toile à moitié finie dans ma chambre. Flynn est un surprenant bon sujet contrairement à ce qu'on pourrait penser. Je me souviens de ses traits bien plus facilement que de ceux des autres. D'une certaine manière, c'est bien naturel. J'ai passé pas mal de temps en sa compagnie.

Capucine sourit. « En tout cas, ça te fait du bien », déclara-t-elle. « Commence à penser un peu à toi. Tu n'as plus à te sentir responsable du monde entier. La marée remontera bien sans ta permission. »

34

En février, tout le monde était conscient de ce qui avait changé à la Goulue. Le courant détourné continuait à nous apporter du sable de la Jetée mais seuls les enfants et moi nous intéressions vraiment à ce lent processus. Une mince épaisseur recouvrait maintenant la plus grande partie de la pierraille et des gravillons que Flynn avait apportés des dunes. L'oyat et les queues-de-lièvre qu'il y avait plantés avaient parfaitement réussi à empêcher le sable d'être érodé par le vent ou la mer. Un matin, je descendis à la Goulue et y découvris Lolo et Damien Guénolé en train de s'acharner à construire un château. Ce n'était pas si facile que ça. La couche de sable était bien trop mince et, dessous, il n'y avait rien que de la vase. Mais, avec un peu d'ingéniosité, c'était quand même possible. Ils avaient érigé une sorte de barrage avec des morceaux de bois rejetés par la mer et faisaient passer le sable mouillé qu'il retenait par un petit chenal creusé dans la vase jusqu'à leur construction.

Lolo me regarda avec un large sourire. « Nous allons avoir une vraie plage ! » dit-il. « En apportant du sable, des dunes et tout ça. C'est Rouget qui l'a dit ! »

Je souris à mon tour. « Vous aimeriez cela, hein, une plage ? »

Les deux jeunes hochèrent la tête. « Il n'y a nulle part où jouer à part ici », déclara Lolo. « Même l'étier nous est interdit maintenant avec ce nouveau truc à homards. »

Damien, d'un coup de pied, envoya rouler un caillou. « Ce n'est pas mon père qui a eu cette idée-là. C'sont les Bastonnet. » De derrière ses longs cils noirs, il me lança un regard de défi. « Mon père a p't-êt' oublié c'qu'ils ont fait à not' famille mais moi pas. »

Lolo fit une grimace pour expliquer : « Toi, tu

t'en fous de ces histoires-là. T'es simplement jaloux parc' que Xavier sort avec Mercedes ! »

« C'est pas vrai ! »

La chose n'était certainement pas officielle. Mercedes passait le plus clair de son temps à la Houssinière où, disait-elle, il y avait de la vie. Mais on l'avait aperçue au cinéma avec Xavier et au Chat Noir. Aristide était d'ailleurs d'humeur plus joyeuse et ne se cachait pas pour parler de placements et de projets d'avenir.

Contrairement à leur habitude, les austères Guénolé, eux aussi, se montraient optimistes. À la fin du mois, l'*Éléonore II* si longtemps attendue fut prête à sortir du chantier pour leur être livrée. Alain, Matthias et Ghislain prirent le ferry pour Pornic afin de la ramener à la voile aux Salants. Je les accompagnai, en partie pour le plaisir de la promenade et aussi pour aller chercher une malle pleine de mon matériel de peinture et des vêtements que ma logeuse m'avait expédiés de Paris. Je me persuadai que c'était surtout par curiosité et que je voulais aussi voir le nouveau bateau. La vérité était que je me sentais un peu déprimée aux Salants. Depuis le départ d'Adrienne, GrosJean était redevenu l'homme très renfermé qu'il avait été autrefois. Le temps avait été gris. La perspective d'une plage de sable à la Goulue avait elle-même perdu de sa nouveauté. J'avais besoin d'un changement de décor.

Alain avait choisi le chantier naval de Pornic car c'était le plus proche du Devin. Il en connaissait vaguement le propriétaire, un parent éloigné de Jojo-le-Goéland. Et comme l'homme habitait le continent, il n'avait donc joué aucun rôle dans la vendetta entre les Houssins et les Salannais. Son chantier se trouvait en bordure de mer à côté d'une petite marina. En entrant, je fus submergée par une vague de sensations inoubliables. Elle me remplit de nostalgie. Un chantier en plein travail avec l'odeur de peinture, le parfum de sciure de bois, les relents de plastique brûlé, de chalumeau et les émanations qui provenaient des produits chimiques des bacs de trempage.

C'était une entreprise familiale, bien loin d'être aussi petite que celle de GrosJean mais assez modeste quand même pour qu'Alain ne s'y sente pas intimidé. Matthias et lui s'éloignèrent avec le patron pour discuter du paiement. Ghislain et moi restâmes derrière à l'attendre. Nous visitâmes le bassin de radoub et les constructions en cours. Il nous fut facile de repérer l'*Éléonore II*, le seul bateau en bois parmi toute une rangée de bateaux à coque de plastique devant lesquels Ghislain s'attarda avec envie. L'*Éléonore II* était légèrement plus grande que la première mais Alain l'avait fait construire sur les mêmes plans et, bien que le constructeur n'eût pas le même coup de main que mon père pour la finition, c'était quand même un beau bateau. J'en fis le tour lentement pendant que Ghislain s'éloignait en direction de l'eau. J'étais en train d'examiner la quille lorsqu'il revint en courant vers moi un peu essoufflé et le visage très animé.

« Regardez là-bas ! » s'écria-t-il en indiquant derrière lui l'entrepôt principal où l'on gardait bien en sécurité les pièces de rechange et les machines, les palans, les lampes à souder.

Ghislain me saisit la main et m'entraîna. « Venez donc voir ! »

En contournant le coin du hangar, j'aperçus un grand bateau, un vraiment grand bateau. Encore loin d'être terminé, il était déjà ce qu'il y avait de plus grand sur le chantier. Une lourde odeur d'huile et de métal régnait aux alentours.

« À votre avis, qu'est-ce que cela peut bien être ? Un ferry ? Un chalutier ? »

Le bateau, entouré d'échafaudages, avait dans les vingt mètres de long, deux ponts, le nez écrasé et l'arrière droit. Quand j'étais petite, GrosJean, avec mépris, avait baptisé *cochons d'fer* ce genre de constructions. Le petit ferry qui nous avait amenés à Pornic en était un, laid, carré et avant tout fonctionnel.

« C'est un ferry », me lança Ghislain avec le sourire de quelqu'un content de lui. « Si vous voulez savoir comment je l'ai deviné, regardez donc de l'autre côté ! »

L'autre côté n'était pas encore achevé. De grandes plaques de métal avaient été rivées les unes aux autres pour former la coque extérieure mais beaucoup manquaient encore. L'ensemble avait l'allure d'un puzzle incomplet et terriblement ennuyeux. Les plaques de métal étaient gris foncé mais, sur l'une d'elles, quelqu'un avait écrit à la craie jaune le nom du *cochon d'fer* : *Brismand II*

Je restai là un moment sans rien dire.

« Eh bien, qu'est-ce que vous pensez de ça ? » demanda Ghislain avec impatience.

« Je pense que *si* Brismand peut se permettre ça, c'est qu'il doit faire des affaires encore meilleures que nous ne l'imaginions ! » répondis-je.

« Un autre ferry à la Houssinière ? Mais il y a déjà à peine de place pour le premier ! »

C'était bien vrai. Le petit port des Immortelles était déjà trop plein et le *Brismand I* faisait la navette deux fois par jour.

« C'est peut-être pour remplacer l'autre », suggéra Ghislain.

« Pourquoi ? Il est toujours en bon état ! » Brismand qui n'avait pas fait fortune en jetant l'argent par les fenêtres ne se débarrasserait jamais d'un bateau toujours capable de prendre la mer. Non, s'il faisait construire un autre ferry, c'était dans le but de les utiliser tous les deux.

Ghislain ne semblait s'intéresser qu'à l'aspect financier de la chose. « Je me demande combien ça peut coûter ? » demanda-t-il. « Tout le monde sait bien que le vieux salaud est plein aux as et que déjà la moitié de l'île lui appartient ! » Il exagérait à peine.

Moi, je l'écoutais d'une oreille distraite. Il n'en finissait pas de jacasser à propos des millions de Brismand et de ce qu'il ferait, lui, d'une pareille fortune — la plupart de ses projets d'ailleurs tournaient autour de l'Amérique et des voitures de sport de grand luxe —, moi, pendant ce temps, je contemplais le *Brismand II*. Pourquoi donc avait-il besoin d'un nouveau ferry ? me demandais-je. Et où allait-il bien le mettre en service ?

35

Je revins seule après avoir fait un détour jusqu'à Nantes pour y prendre ma malle. À mon retour dans l'île, la Houssinière, peut-être parce que je n'y avais pas mis le nez depuis un certain temps, me parut étrangement changée. J'étais incapable de dire exactement pourquoi, mais la ville elle-même me sembla bizarre, quelque chose n'y était plus au diapason habituel. Ce n'était plus la même qualité de lumière qui baignait les rues. L'air avait une odeur différente, plus salée, comme celle de la Goulue à marée basse. À mon passage, les gens me regardaient fixement, certains inclinaient rapidement la tête pour indiquer qu'ils m'avaient reconnue, d'autres détournaient le regard comme s'ils étaient trop occupés pour perdre leur temps à bavarder.

L'hiver dans l'île est toujours la morte saison. Bien des jeunes gens s'en vont sur le continent chercher du travail et ne reviennent qu'en juin. Mais cette année-là la Houssinière semblait dormir d'un sommeil étrange et malsain, proche de la mort. La plupart des magasins étaient encore fermés dans la rue des Immortelles étrangement déserte. La marée était basse et la grève toute blanche de mouettes. Alors que d'habitude, par une journée comme celle-ci, on aurait compté des dizaines de pêcheurs de coques et de palourdes, il n'y avait aujourd'hui qu'une seule silhouette solitaire au bord de l'eau. L'homme, un très long haveneau à la main, retournait mélancoliquement une touffe de goémon.

C'était Jojo-le-Goéland. J'enjambai la murette et marchai dans sa direction à travers la grève. Un petit vent frais, soufflant des marais, ébouriffa mes cheveux, les plaqua sur mon visage et me fit frissonner. Il y avait beaucoup de galets sur la grève, ce qui rendait la marche pénible.

J'aurais préféré porter des bottes comme Jojo plutôt que les espadrilles à semelles fines que j'avais aux pieds.

Marchant au bord de l'eau, je contemplais les Immortelles de l'autre côté du sable, un cube blanc qui dépassait du mur de la digue à quelques centaines de mètres de là. Au-dessous s'arrondissait le mince croissant de la plage et, plus bas, d'autres rochers encore. Je ne me souvenais pas d'autant de rochers. D'où je me trouvais, la plage semblait avoir changé : elle paraissait plus petite et plus éloignée. L'angle sous lequel je la regardais l'écrasait d'ailleurs tellement qu'elle avait à peine l'air d'une plage. La digue s'en élevait, austère. Quelque chose que je ne pouvais pas lire de si loin était affiché sur un panneau contre le mur.

« Salut, Jojo ! »

Le haveneau toujours à la main, il se retourna à ma voix. La *corboye* de bois posée à ses pieds ne contenait qu'une poignée d'algues et quelques vers. « Ah ! C'est vous ! » Sa bouche édentée esquissa un sourire rendu difficile par le mégot trempé de salive qu'il tenait entre ses lèvres.

« Comment va la pêche ? »

« Comme ça ! Et vous, qu'est-ce que vous faites ici, si loin d'chez vous, hein ? V'cherchez des vers ? »

« Non, je m'promenais. C'est joli ici, n'est-ce pas ? »

« Hé ! »

Je sentis son regard me suivre alors que je me dirigeais vers les Immortelles à travers les bancs de sable granuleux laissés par la marée. Le vent était doux, le sol caillouteux. Au fur et à mesure que je me rapprochais de la plage, je découvris qu'elle était plus pierreuse que dans mon souvenir. À certains endroits, là où le sable avait été balayé par les vagues, apparaissaient des zones pavées, les fondations de la vieille digue d'autrefois.

La plage des Immortelles avait vraiment perdu du sable.

Quand j'eus atteint la laisse de haute mer, les choses me parurent encore plus évidentes. Les piliers de bois qui soutenaient les cabines de plage ressortaient du sol comme de vieilles dents déchaussées.

Quelle quantité de sable avait-elle ainsi perdue ? Il m'était impossible de le deviner.

« Eh bien, re-bonjour ! »

La voix venait de derrière moi. Malgré sa corpulence, je n'avais pas même entendu ses pas sur le sable. Je me retournai, espérant qu'il n'eût pas remarqué mon mouvement de surprise.

« Monsieur Brismand. »

Avec un « t-t-t » de désapprobation, il leva un doigt en signe d'avertissement et s'exclama : « Oh ! Claude, s'il vous plaît ! » puis il sourit, apparemment enchanté de me revoir. « Alors, on admire le paysage ? »

Toujours ce charme qui lui était si particulier. Sans même l'avoir voulu, je me surpris à lui répondre : « Oui, c'est très joli. Vos pensionnaires doivent beaucoup l'apprécier. »

Brismand, avec un soupir, enchaîna : « Dans la mesure où ils sont capables d'apprécier quoi que ce soit, oui, je suis certain qu'ils l'apprécient. Hélas, nous vieillissons tous, c'est fatal. Georgette

Loyon s'affaiblit de plus en plus. Enfin, on fait de son mieux pour elle. Et après tout, elle a plus de quatre-vingts ans déjà ! » Il passa un bras solide autour de mes épaules. « Et comment va Gros-Jean ? »

Je savais qu'il me fallait être très prudente dans ma réponse.

« Ça va ! Vous n'en croiriez pas vos yeux si vous voyiez les progrès qu'il a faits. »

« Ça n'est pas ce que pense votre sœur ! »

Je m'efforçai de sourire. « Adrienne n'habite pas ici. Je ne sais pas comment elle peut savoir quoi que ce soit. »

Brismand fit un signe d'acquiescement comme pour indiquer qu'il comprenait bien. « Bien sûr, il n'est pas facile de juger les choses, n'est-ce pas ? Et à moins de décider de vivre ici de façon permanente... »

Je ne réagis pas à cette remarque. Je détournai les yeux vers l'esplanade déserte.

« Le commerce semble un peu au ralenti en ce moment, n'est-ce pas ? »

« Tout va au ralenti à ce moment-ci de l'année, mais je dois avouer que, de nos jours, moi, je préfère les périodes de ralenti... Je m'sens trop vieux pour la vague de touristes. Je vais devoir commencer à penser sérieusement à la retraite dans quelques années. » Il sourit avec bienveillance. « Et vous ? On m'a raconté des tas de choses à propos des Salants récemment ! »

Je répondis avec un haussement d'épaules. « On s'débrouille ! »

Une étincelle passa dans son regard. « Vous faites mieux que ça d'après ce que l'on m'en a dit. Il y a un réel esprit d'entreprise, c'est bien un changement ! Un vivier à homards dans le vieil étier. Encore un peu et je jurerais que vous voulez me faire concurrence ! » dit-il avec un petit gloussement. « Votre sœur a l'air en pleine forme », ajouta-t-il. « Ça lui convient évidemment de vivre en dehors de l'île ! »

Je ne répondis pas. Un vol de mouettes querelleuses s'éleva de la laisse de basse mer de l'autre côté du sable.

« Et Marin et les deux garçons ! GrosJean a dû être bien heureux de voir ses petits-fils après tout ce temps-là. »

Je restai silencieuse.

« Quelquefois, je m'demande quel genre de grand-père j'aurais pu être, moi. » Il poussa un profond soupir. « Mais je n'ai jamais vraiment eu le bonheur d'être père. »

Cette allusion à Adrienne et à ses enfants me rendait mal à l'aise et j'étais sûre que Brismand s'en était rendu compte.

« J'ai entendu dire que vous faisiez construire un autre ferry ! » lâchai-je brusquement.

Pendant une seconde, je lus sur son visage une réelle surprise. « Vraiment ! Et qui a dit ça ? »

« Quelqu'un du village », répondis-je sans révéler ma visite au chantier. « Est-ce vrai ? »

Brismand alluma une gitane. « J'y ai pensé », dit-il. « Ça me plairait bien, mais l'idée n'est pas pratique, n'est-ce pas ? Il n'y a déjà pas trop de place ici ! »

Il avait tout à fait repris son calme. Une lueur espiègle animait son regard bleu ardoise.

« Si j'étais vous je n'encouragerais pas ces

rumeurs », me conseilla-t-il. « Elles ne feraient que causer des déceptions ! »

Il me quitta peu de temps après, non sans m'avoir inondée de son sourire et invitée à venir lui rendre plus souvent visite. Je me demandai si je n'avais pas tout simplement imaginé cette seconde de malaise et de réelle surprise dans son regard. S'il faisait vraiment construire un ferry, pourquoi voudrait-il en garder le secret ? D'ailleurs, pourquoi faire construire un ferry puisque, comme lui-même l'avait remarqué, il n'y avait nulle part où lui trouver un mouillage ?

J'étais déjà à mi-chemin du retour lorsqu'il me vint à l'idée que ni lui ni Jojo n'avait fait allusion à l'érosion de la plage. Après tout, c'était peut-être une chose naturelle qui arrivait tous les hivers, pensai-je.

Ou peut-être pas. Nous pourrions être ceux qui l'avaient provoquée.

Cette seule idée troublait ma conscience, me rendait inquiète. En tout cas, rien n'était certain. J'essayai de me rassurer. Les heures que j'avais passées à y penser, les expériences que j'avais faites avec les flotteurs, les journées consacrées à observer les Immortelles, rien de cela ne pouvait prouver quoi que ce soit. Le Bouch'ou lui-même pouvait très bien n'avoir rien à voir avec ça. Il fallait sûrement un peu plus qu'un petit ingénieur amateur pour modifier le contour d'un rivage, un peu plus que le vague désir de voler une plage...

36

Flynn rejeta mes soupçons. « Seule la marée peut avoir provoqué ça, n'est-ce pas ? Quoi d'autre sinon la marée ? » demanda-t-il alors que nous contournions la côte en revenant de la pointe Griznoz. Le vent était plein ouest, juste comme je l'aime, soufflant du grand large sur mille kilomètres sans un seul obstacle. Comme nous descendions le chemin côtier je distinguai du haut de la petite falaise le pâle croissant de plage long d'une trentaine de mètres sur cinq ou six de large.

« Beaucoup de sable a été ramené ici ! » hurlai-je, pour me faire entendre malgré le vent.

Flynn se baissa pour examiner, coincé entre deux roches, un morceau de bois que la marée avait apporté.

« Et alors ? C'est une bonne chose, n'est-ce pas ? »

Mais en quittant le sentier pour atteindre la côte, je m'étonnai de constater à quel point le sable sec cédait sous mes brodequins comme s'il n'y en avait pas seulement une mince couche par-dessus un amas de galets mais, au contraire, un épais tapis. J'y enfonçai la main et découvris qu'il y en avait une profondeur de trois ou quatre centimètres — ce n'était pas énorme peut-être pour une plage bien établie mais, dans le cas de la nôtre, cela tenait du miracle. Quelqu'un l'avait ratissé aussi, du bord de l'eau jusqu'à la dune, comme un jardinier aurait soigneusement préparé un coin pour des semis. Ce quelqu'un-là avait vraiment fait du beau travail ici.

« Quelque chose ne va pas ? » demanda Flynn en remarquant ma surprise.

« C'est arrivé un peu plus rapidement que prévu, c'est tout. »

« N'est-ce pas ce que vous vouliez ? »

Bien sûr, c'était ce que je voulais mais je voulais aussi savoir *comment* cela était arrivé.

« Vous êtes trop soupçonneuse », dit Flynn. « Il faut vous détendre un peu, vivre l'instant présent, respirer l'odeur du goémon. » Il se mit à rire et agita le morceau de bois qu'il venait de ramasser. Il ressemblait tant à un magicien étrange avec ses cheveux fous qui flamboyaient et son grand manteau noir où le vent s'engouffrait que je me sentis déborder de tendresse pour lui et que je me mis à rire aussi.

« Regardez ça ! » hurla-t-il pour que le vent ne couvrît pas sa voix et il me tira par la manche pour me retourner face à la baie et me faire admirer l'horizon pâle que rien ne souillait. « Des milliers de kilomètres d'océan et rien d'autre entre ici et l'Amérique ! Et nous avons gagné la partie, Mado ! N'est-ce pas formidable ? Cela ne vaut-il pas une petite célébration ? »

Son enthousiasme était contagieux. D'un signe de tête, j'acquiesçai, la respiration bloquée par notre fou rire et le vent. Il avait passé le bras autour de mon épaule maintenant et le pan de son manteau battait contre ma cuisse. L'odeur de l'océan, ce parfum d'ozone et d'embruns salés, me submergea. J'en emplis mes poumons et je me sentis l'envie de crier ma joie. Au lieu de cela, d'un geste instinctif, je me retournai vers Flynn et plaquai sur ses lèvres un long baiser à goût de sel où ma bouche épousa la sienne comme un coquillage son rocher. Je riais toujours mais sans vraiment savoir pourquoi maintenant. Pendant un instant, j'avais perdu toute notion d'où je me trouvais, j'étais une autre. Mes lèvres étaient brûlantes. Je ressentais des picotements sur toute la peau. Mes cheveux étaient chargés d'électricité statique. On doit se sentir comme cela, me persuadai-je, une fraction de seconde avant d'être frappé par la foudre.

Une vague alors déferla vers nous et me trempa jusqu'aux genoux. Me dégageant brusquement, je fis un bond en arrière, le souffle coupé de surprise et de froid. Flynn me regarda d'un air étrange, sans se préoccuper apparemment de ses bottes pleines d'eau et, pour la première fois depuis des mois, je me sentis gênée en sa présence. C'était comme si les choses avaient changé entre nous et m'avaient révélé quelque chose dont jusque-là je n'avais pas eu du tout conscience.

Brusquement, il me tourna le dos.

Ce fut alors comme s'il m'avait frappée. La honte et l'humiliation m'incendièrent des pieds à la tête. Comment avais-je pu être si bête ? Comment avais-je pu si complètement me tromper à propos de lui ?

« Pardon », murmurai-je en m'efforçant de rire malgré la rougeur de mon visage. « Je ne sais pas du tout ce qui m'a pris tout à l'heure ! »

Flynn recula, l'air glacé. La lumière dans son regard avait maintenant totalement disparu. D'une voix neutre, il articula : « Ça n'est rien. Ça va. Nous allons oublier tout ça ! D'accord ? »

D'un hochement de tête, je fis signe que oui.

J'aurais voulu comme une graine me faire toute petite et être emportée très loin par le vent.

Flynn sembla se détendre un peu et, de son bras, il me serra brusquement l'épaule comme mon père parfois lorsque j'avais fait quelque chose pour lui faire plaisir. « Bon, d'accord ! » répéta-t-il. Et la conversation se poursuivit sur un sujet moins dangereux.

À l'approche du printemps, je recommençai à inspecter quotidiennement la plage pour y relever des signes de dégâts ou de changement. Je m'inquiétai en particulier au début de mars lorsque, de nouveau, le vent vira au sud et annonça les grandes marées d'équinoxe. Mais les grandes marées affectèrent à peine les Salants. La crique tint bon, la plupart des bateaux avaient été mouillés en lieu sûr, la Goulue elle-même en réchappa, à part ces vilains monceaux d'algues noires qu'Omer enlevait tous les matins pour en fumer ses champs. Le Bouch'ou n'avait pas bougé. Pendant une accalmie, au moment des fortes marées, Flynn sortit en bateau sur la Jetée. À son retour, il déclara que le récif n'avait subi aucun dégât. La chance nous souriait toujours.

Petit à petit, un nouvel optimisme réapparut dans le village. Il ne s'agissait plus simplement de notre vie qui s'améliorait, ni même des rumeurs à propos de la Houssinière. C'était plus que ça. C'était dans la façon dont les enfants ne traînaient plus les pieds en allant à l'école, dans l'air crâne avec lequel Toinette portait son nouveau chapeau, dans le rose vif des lèvres de Charlotte et dans ses cheveux dénoués. Mercedes elle-même passait moins de temps à la Houssinière. Le moignon d'Aristide ne le tourmentait plus autant la nuit quand il pleuvait. Moi, je continuai à remettre le chantier en état, je nettoyai le vieux hangar, mettant de côté tout ce qui pouvait être encore utile, je dégageai les carcasses des rafiots à moitié ensevelies dans le sable. Partout dans le village, on aérait la literie, on retournait le jardin, on retapissait et repeignait les chambres d'amis pour l'arrivée toujours possible des absents tant espérés. On ne parlait jamais d'eux — on ne parle pas souvent des déserteurs aux Salants, encore moins que l'on y parle des morts, et pourtant on ressortait les photos des tiroirs, on relisait les lettres, on réapprenait les numéros de téléphone. Cléo, la fille de Capucine, disait venir pour Pâques. Désirée et Aristide avaient reçu une carte postale de leur plus jeune fils. Ces changements-là, le Bouch'ou n'en était pas seul responsable. C'était comme un printemps précoce apportant ses bourgeons dans les coins et les crevasses où poussière et sel étaient la seule promesse. Cela affectait même mon père. La première fois que j'en pris conscience fut le jour où, à mon retour de la Goulue, je découvris une pile de matériaux devant l'entrée : des briques, des parpaings et des sacs de ciment.

« Votre père a l'intention de faire un peu de modernisation dans la maison », me dit Alain quand je le rencontrai dans le village. « Une douche, je crois bien, ou un agrandissement quelconque. »

Cela ne me surprit pas. Autrefois, GrosJean passait son temps d'un projet à un autre. Mais, lorsque Flynn arriva avec une chargeuse, une bétonnière et une nouvelle livraison de briques et de parpaings, je commençai vraiment à me poser des questions. « Qu'est-ce que c'est qu'tout ça ? » demandai-je.

« Pour un p'tit boulot », répondit Flynn. « Votre père veut faire faire quelques bricoles. »

Il me semblait étrangement hésitant à en parler. « Une salle d'eau », dit-il.

Pour remplacer celle qui était derrière le hangar. Quelques autres petites choses, peut-être. GrosJean lui avait demandé de faire le travail d'après les plans qu'il avait préparés lui-même.

« C'est une bonne chose, n'est-ce pas ? » me demanda Flynn en remarquant l'expression de mon visage. « Ça veut dire qu'il a retrouvé un intérêt à quelque chose ! »

Je réfléchis. Dans quelques semaines, ce serait Pâques déjà et Adrienne avait parlé d'une visite à ce moment-là pour coïncider avec les vacances des garçons. C'était peut-être une façon de l'attirer ici. Mais où allait-il trouver l'argent pour payer les matériaux, la location des machines, la main-d'œuvre ? GrosJean ne m'avait jamais laissé entendre qu'il avait de l'argent de côté.

« Combien ? » demandai-je.

Flynn me répondit. C'était bien ce que tout cela devrait coûter, sans aucun doute, mais plus que ce que mon père ne pouvait se permettre. « Je vais payer moi-même ! »

Il secoua la tête. « Non. Tout est arrangé et, d'ailleurs, vous n'avez plus d'argent ! » J'eus un haussement d'épaules. Cela n'était pas vrai ; j'avais encore quelques économies. Mais Flynn était sûr de ce qu'il avançait. Quelqu'un avait payé les matériaux. Quant à la main-d'œuvre, elle était gratuite, affirmait-il.

*
* *

Les matériaux occupaient presque tout le chantier. Flynn s'en excusa mais, comme il le disait, il n'y avait vraiment nulle part ailleurs où les déposer. Ce ne serait d'ailleurs que pendant une ou deux semaines. J'abandonnai donc mon nettoyage du chantier et partis vers la Houssinière avec mon carnet à esquisses à la main. En y arrivant, cependant, je découvris des échafaudages partout aux Immortelles — une question d'humidité, peut-être, après les grandes marées.

La mer remontait. Je descendis sur la plage déserte et m'assis le dos contre la digue pour l'observer monter. J'étais là depuis quelques minutes, laissant distraitement mes doigts crayonner à leur guise sur le papier, lorsque je remarquai un panneau cloué dans la pierre au-dessus de moi, un panneau peint en blanc avec une inscription en lettres noires :

LES IMMORTELLES
Plage privée.
AVIS AU PUBLIC
Tout individu COUPABLE
d'avoir transporté du SABLE
de cette plage sera passible d'une AMENDE.
P. Lacroix (Gendarmerie nationale).
G. Pinoz (Maire de la Commune).
C. Brismand (Propriétaire).

Je me levai et le contemplai, étonnée. Bien entendu, il y avait eu des cas de transport illégal de sable auparavant, un sac ici, un sac là, en général pour faire un peu de ciment ou pour nettoyer le jardin, mais Brismand lui-même avait fermé les yeux sur le délit. Pourquoi alors avoir fait poser cet avis ? Enfin, c'était un fait certain, pensai-je, en me souvenant de mon dernier passage, la plage avait maintenant beaucoup moins de sable et je ne pouvais pas l'expliquer par un petit vol par-ci, par-là. Les cabines qui restaient après l'hiver chancelaient sur leurs piliers de bois à un mètre ou plus au-dessus du sol. En août, ventrues, elles étaient au ras du sable. Je commençai à faire un croquis rapide de leurs longues pattes d'insecte, de la ligne festonnée de la laisse de haute mer, du pierré découvert derrière l'épi et de l'auréole de nuages qui avançaient avec la marée.

J'étais si absorbée par mon travail qu'un certain temps passa avant que la présence de sœur Extase et de sœur Thérèse, assises sur la murette juste au-dessus de moi, n'attirât mon attention. Cette fois-ci, pas de glaces mais un paquet de bonbons que sœur Extase passait de temps en temps à sa compagne. Toutes deux semblèrent heureuses de me voir.

« Mais c'est Mado, la Mado de GrosJean, ma sœur. »

« Eh oui, la p'tite Mado, avec son carnet à dessin. Alors, on est venue regarder la mer, hein ? Respirer le vent de sud ? » demanda sœur Thérèse.

« C'est ce vent de sud-là qui avait été responsable de la ruine de notre plage la première fois déjà. En tout cas, c'est ce que dit Claude Brismand. »

« Un type intelligent, ce Claude Brismand ! » La manière dont leurs voix se faisaient écho, l'une continuant, sans pause, ce que l'autre venait de dire comme un pépiement d'oiseaux, ne cessait de me réjouir.

« Très, très intelligent ! »

« Un peu trop, à mon avis », ajoutai-je en souriant.

Les religieuses se mirent à rire. « Ou pas assez ! » dit sœur Thérèse. Elles descendirent de leur perchoir sur la digue et commencèrent à venir dans ma direction. Quand elles atteignirent le sable, elles retroussèrent leur habit, pour avancer plus aisément.

« Vous guettez le retour de quelqu'un ? »

« Il n'y a personne à guetter là-bas, Mado GrosJean, personne du tout ! »

« Et qui pourrait bien y être quel que soit le temps ? C'est ce que l'on disait toujours à ton père. »

« Car, lui, il passait des heures à regarder le large, tu sais. »

« Mais elle n'est jamais revenue. »

Les vieilles religieuses s'installèrent sur un rocher plat tout proche et m'épièrent de leurs petits yeux d'oiseaux. Je les observai à mon tour, étonnée. Je savais bien que mon père avait un certain côté romantique — les noms qu'il avait donnés à ses bateaux le prouvaient — mais l'idée qu'il avait pu passer des jours ici à attendre le retour de ma mère, à épier l'horizon, était quelque chose de tout à fait inattendu et étrangement émouvant.

« Enfin, ma sœur, dit sœur Extase en tendant la main pour prendre un autre bonbon dans le sac, la p'tite Mado, elle, est revenue, n'est-ce pas ? »

« Et tout va mieux aux Salants ! Grâce à la sainte, bien entendu ! »

« Ah oui, la sainte ! » Et les deux religieuses émirent un petit gloussement.

« Hélas, les choses ne vont pas aussi bien pour nous, ici ! » dit sœur Extase en regardant les échafaudages qui couvraient les Immortelles. « Non, la chance n'est pas de notre côté ! »

La marée montait vite maintenant. C'est toujours comme ça, au Devin, elle remontait sur la grève à une rapidité étonnante. Plus d'un pêcheur avait dû abandonner sa prise et revenir à la nage pour éviter d'être capturé par cette silencieuse nasse liquide. Je voyais un courant, assez fort par ce que je pouvais en juger, se frayer un passage chenal après chenal vers la plage. Rien d'inhabituel dans une île entourée de bancs de sable. Là, le moindre mouvement de ce sable peut détourner un courant, transformer une jolie petite crique bien abritée en un promontoire lugubre au cours d'un hiver, métamorphoser des hauts-fonds en vasière puis en plage et finalement en dunes en l'espace de quelques années seulement.

« Pourquoi cet avis ? » demandai-je aux religieuses en indiquant du doigt la pancarte sur le mur de la digue.

« Oh, c'est une idée de M. Brismand. Il croit... »

« Que quelqu'un lui vole du sable. »

« Lui vole ? » Je songeai à la nouvelle couche de sable à la Goulue.

« Par bateau ou avec un tracteur peut-être ! »
Heureuse, sœur Thérèse souriait, assise sur son rocher. « Il a promis une récompense ! »

« Mais, c'est idiot ! » m'exclamai-je en riant. « Il doit bien savoir que personne n'aurait pu déplacer autant de sable. Ce sont les grandes marées. Les marées et les courants. C'est tout. »

Sœur Extase était retournée à son paquet de bonbons. Elle s'interrompit en remarquant mon regard. « En tout cas, Brismand ne pense pas que son soupçon soit ridicule », déclara-t-elle d'un ton calme. « Brismand pense que quelqu'un lui vole sa plage. »

Sœur Thérèse acquiesça. « Et pourquoi pas ? » gazouilla-t-elle. « Ça s'est déjà vu ! »

37

Quel merveilleux cadeau mars nous apporta ! Grandes marées accompagnées de beau temps. Les affaires marchaient bien. Omer avait réalisé d'excellents bénéfices en vendant ses légumes d'hiver et projetait une récolte plus ambitieuse pour l'année à venir. Angelo, après des travaux de rénovation dans son bar, l'avait rouvert et faisait de bonnes affaires, même avec les Houssins. L'entreprise Guénolé-Bastonnet lui fournissait ses huîtres. Xavier avait commencé à faire des réparations dans une petite maison de pêcheur abandonnée près de la Bouche. On l'avait aperçu plusieurs fois se promener main dans la main avec Mercedes Prossage. Toinette elle-même se faisait des pourboires en escortant les visiteurs à la Griznoz jusqu'à la niche de la statue de la sainte, qui, depuis les inondations, était devenue plus populaire parmi les plus âgés de la Houssinière.

Pourtant, les changements n'avaient pas apporté que de bonnes choses. L'entreprise Guénolé-Bastonnet avait subi un revers temporaire lorsque Xavier avait été attaqué alors qu'il revenait de la Houssinière avec l'argent reçu pour une livraison de homards. Trois individus à moto l'avaient arrêté juste avant l'entrée du village, lui avaient cassé les lunettes et le nez et s'étaient enfuis en emportant le fruit de deux semaines de travail. La victime n'avait reconnu aucun de ses agresseurs, qui portaient des casques de motocyclistes.

« Trente homards, à cinquante francs pièce », gémit Matthias en s'adressant à Aristide. « Et ton petit-fils les a laissés filer ! »

Aristide se hérissa. « Et le tien, est-ce qu'il se serait mieux débrouillé ? »

« Mon petit-fils à moi se serait au moins défendu ! » répondit Matthias.

« Mais ils étaient trois ! » murmura Xavier plus timide que jamais, avec l'air curieusement gauche d'un lapin qui se terre dans son trou.

« Et alors ? » s'exclama Matthias. « Tu sais courir, non ? »

« Plus vite qu'une moto ? »

« Ça ne peut être que ces Houssins », déclara Omer d'un ton conciliant, devinant qu'il y avait de l'électricité dans l'air.

« Xavier, t'ont-ils dit quelque chose ? N'importe quoi qui te permettrait de les identifier ? »

Xavier secoua négativement la tête.

« Et leurs motos ? Tu les reconnaîtrais, n'est-ce pas ? » Xavier haussa les épaules : « P't-êt' ben qu'oui ! »

« P't-êt' ben qu'oui ? »

Xavier, Ghislain, Aristide et Matthias finirent par se rendre à la Houssinière pour en toucher un mot à Pierre Lacroix, le seul agent de police de l'île. Ni les uns ni les autres ne se faisaient assez confiance pour raconter de la bonne façon ce qui était arrivé. Le policier parut compatissant mais ne se montra pas très optimiste.

« Il y a tant de motos dans l'île », expliqua-t-il en tapotant l'épaule de Xavier de l'air d'un oncle bienveillant. « Il est possible qu'il s'agisse d'étrangers à l'île venus pour la journée à bord du *Brismand I.* »

Aristide secoua la tête. « Ce sont des Houssins », fit-il avec entêtement. « Ils savaient que le garçon avait de l'argent sur lui. »

« N'importe quel habitant des Salants aurait su cela aussi », répliqua Lacroix.

« C'est un fait mais, dans ce cas, il aurait reconnu les motos ! »

« Je suis désolé », déclara l'agent d'un ton qui indiquait que la conversation était terminée.

Aristide jeta un long coup d'œil à Lacroix. « Une des motos était une Honda rouge », dit-il.

« C'est une marque populaire ! » répliqua Lacroix sans le regarder.

« Votre fils Joël n'en a-t-il pas une ? »

Un silence lourd de menace tomba. « Essayez-vous de suggérer, Bastonnet, que mon fils — mon fils à moi — aurait pu... » Sous sa moustache drue, le visage de Lacroix s'empourpra. « C'est une accusation infâme ! » continua-t-il. « Si vous n'étiez pas si vieux, Bastonnet, et si vous n'aviez pas perdu votre fils, je... »

Aristide se dressa de sa chaise, la main crispée sur sa canne. « Tout cela n'a rien à voir avec mon fils à moi. »

« Avec le mien non plus ! »

Ils étaient maintenant face à face : Aristide, tout blême, Lacroix, rouge comme un coq, et tous deux tremblant de rage.

Xavier retint le vieillard par le bras pour l'empêcher de perdre l'équilibre.

« Pépé, laisse tomber ! »

« Lâche-moi ! »

Ghislain le prit doucement par l'autre bras. « Monsieur Bastonnet, s'il vous plaît, il est temps de partir ! »

Aristide le regarda d'un air furieux mais Ghislain ne détourna pas les yeux. Un long silence, chargé de colère, s'ensuivit.

« Eh bien ! voilà belle lurette qu'un Guénolé ne s'est adressé à moi aussi poliment. *Monsieur* ! La jeune génération ne peut pas être devenue aussi mauvaise que je n'l'avais cru ! »

Et ils sortirent la tête haute avec autant de dignité qu'ils le pouvaient. De l'entrée du Chat Noir, Joël Lacroix, une gitane entre les dents et un petit sourire aux lèvres, les regarda s'éloigner. La Honda rouge était garée devant le café. Aristide, Xavier, Matthias et Ghislain passèrent devant lui sans un regard. Pourtant, tous entendirent la remarque qu'il fit à l'intention de la fille accrochée à son bras. « Tiens, les revoilà, ces maudits Salannais. Encore en train d'essayer un de leurs sales tours, sans doute. Ils auraient pourtant déjà dû avoir appris leur leçon ! »

Xavier lança un long regard vers la porte du café mais Matthias le saisit par le bras et lui siffla à l'oreille : « N'y pense même pas, mon gars ! On l'aura celui-là — on les aura tous — un de ces jours ! »

Xavier regarda Matthias d'un air stupéfait. Peut-être était-ce la surprise de s'être entendu appeler *mon gars* par le rival de son grand-père, à moins que ce ne fût l'expression sur le visage du vieillard mais cela le retint juste assez longtemps pour qu'il reprît son calme. Aucun d'entre eux n'avait plus aucun doute maintenant à propos du rôle de Joël dans l'agression et le vol mais ce n'était certainement pas le bon moment pour l'affirmer. Ils s'acheminèrent donc lentement vers les Salants et, lorsqu'ils les atteignirent enfin, le miracle s'était accompli : pour la première fois depuis des générations, les Bastonnet et les Guénolé étaient entièrement d'accord.

Cette fois-ci, c'était convenu, on déclarait la guerre.

Avant la fin de la semaine, le village bourdonnait de rumeurs et de spéculations. Les enfants eux-mêmes avaient eu vent de l'histoire qui, volant de bouche en bouche, après force contradictions et embellissements, avait atteint les proportions d'une épopée. Sur un point seulement, ils étaient unanimes : ils en avaient... jusque-là !

« On aurait pu oublier le passé », déclara Matthias au cours d'une belote amicale chez Angelo. « On était même prêts à faire des affaires avec eux mais ils ont pipé les cartes et voilà ce qui arrive à tous les coups quand on laisse des Houssins distribuer l'jeu ! »

Omer était d'accord, il inclina la tête. « Il est temps de passer à l'attaque et de leur faire voir un peu de quel bois on se chauffe ! »

« C'est facile à dire ! » déclara Toinette, à demi cachée derrière une pile de pièces. Elle était en train de gagner la partie. « Mais ça finit toujours de la même façon. On gueule beaucoup et on n'fait rien. Autant cracher en l'air ! »

« Pffit ! » s'exclama Matthias avec un bruit de détonation. « Mais pas cette fois-ci, ils sont allés trop loin ! »

38

Une campagne systématique contre les Houssins, notre esprit de communauté nouvellement découvert l'exigeait. Le prix des homards et des crabes monta en flèche. Angelo se mit à majorer les prix chaque fois qu'un Houssin entrait au café. Le mini-supermarché de la Houssinière reçut une livraison de légumes moisis de la ferme Prossage (Omer mit cela sur le compte du mauvais temps). Quelqu'un s'introduisit, une nuit, dans la remise où Joël Lacroix garait sa Honda bien-aimée et remplit de sable le réservoir d'essence. Tous, aux Salants, attendaient l'arrivée de l'agent de police courroucé mais ce fut en vain.

« Ces Houssins ont eu tout ce qu'ils ont voulu pendant trop longtemps », déclara Omer. « Ils croient que parce qu'ils ont eu de la chance pendant quelque temps, rien ne va changer pour eux ! »

Que personne ne contestât cette déclaration représentait la preuve exacte des progrès que nous avions accomplis. Matthias, lui-même pas un grand amoureux du changement, approuva énergiquement d'un signe de tête. « Il n'est jamais trop tard pour changer », déclara-t-il à son tour.

« Hé, parfois il faut donner un petit coup de pouce pour faire changer la marée ! »

« Et si on faisait d'la publicité ? » suggéra Capucine. « On pourrait poster un homme-sandwich au débarcadère de la Houssinière à l'arrivée des touristes. Cela nous attirerait des clients ! »

Six mois auparavant, une idée aussi saugrenue, et venant d'une femme par-dessus le marché, n'aurait provoqué que mépris et moqueries. À présent, Aristide et Matthias avaient l'air de la trouver digne d'intérêt. Les autres aussi.

« Et pourquoi pas, hé ? »

« Ça me paraît valable ! »

« Et ça donnerait aux Houssins une bonne raison de s'plaindre ! »

« Vous imaginez la tête de Brismand ? »

Il y eut des hochements de tête d'approbation et on arrosa l'idée à grand renfort de devinnoise. Défier la Houssinière et de façon aussi flagrante représentait un grand pas en avant pour les Salants. Cela serait, à juste titre, interprété comme une déclaration de guerre.

« Quel mal y a-t-il à cela, de toute façon ? » demanda Aristide qui n'avait toujours pas digéré l'agression contre son petit-fils.

« La guerre, c'est la guerre ! Mais jusque-là, eux, ils ont toujours gagné ! »

Cette remarque fit réfléchir tout le monde un instant. Ce n'était pas, bien sûr, la première fois que quelqu'un exprimait cette pensée mais l'idée même que l'on pût envisager de concurrencer la Houssinière avait toujours paru absurde. Mais cette fois-ci, pour la toute première fois, la victoire semblait une possibilité.

Matthias parla pour tous. « Leur faire payer le poisson plus cher est une chose... » dit-il d'une voix lente. « Mais ce que vous êtes en train de suggérer serait... »

Aristide poussa un grognement. « La Houssinière n'est pas comme le parc à huîtres d'un voisin, Guénolé », déclara-t-il d'une voix qui rappelait ses colères d'autrefois. « Les touristes sont un gibier qui appartient à tout le monde, pas juste à la Houssinière et on a... autant de droit de chasse que les autres ! »

« Et, en plus, nous, on le mérite ! » ajouta Toinette. « C'est quelque chose que nous devons au moins tenter. Matthias, vous n'auriez pas peur des Houssins ? »

« Bien sûr que non. Je m'demandais seulement si nous étions prêts. »

La vieille femme haussa les épaules. « Nous pourrions être prêts. La saison commencera dans trois mois. Cela pourrait représenter une demi-douzaine de touristes par jour jusqu'au mois de septembre. Des touristes qui ne demandent qu'à mordre à l'hameçon. Peut-être même davantage. Il faut penser à ça ! »

« Mais il faudrait trouver des chambres pour les héberger », dit Matthias.

« Nous n'avons ni hôtel ni terrain de camping valables. »

« Ça, c'est bien le manque d'imagination des Guénolé », rétorqua Aristide.

« Permettez à un Bastonnet de vous éclairer un peu ! Vous avez une chambre d'amis, non ? »

Toinette fit un signe de tête affirmatif. « On a tous une pièce ou deux qui ne servent à rien et on a pour la plupart un petit lopin de terre qui pourrait bien servir à planter une tente. Vous ajoutez à cela des p'tits déjeuners et des soupers en famille et l'village a autant d'attraits que n'importe quel autre coin de la côte. Plus, même ! Les gens des villes, que ne donneraient-ils pas pour loger dans une maison typique de l'île ! Une grande flambée dans la cheminée. Une batterie de casseroles en cuivre alignées au mur et l'tour est joué ! »

« Des devinnoiseries cuites au diable ! »

« On ressort les vieux costumes de leurs tiroirs où i's'font bouffer par les mites ! »

« D'la musique d'autrefois ! J'dois avoir mon instrument que'que part sous l'toit ! »

« Poterie, dentelle, broderie ! »

« Parties de pêche ! »

Une fois lancées, les idées ne s'arrêtaient plus. J'eus du mal à m'empêcher de rire devant l'effervescence générale. Pourtant, malgré mon amusement, j'étais très émue de voir cet enthousiasme. Les Guénolé eux-mêmes, ces sceptiques incorrigibles, se laissaient emporter. Tous hurlaient leurs suggestions, donnaient sur la table des coups de poing frénétiques qui faisaient vibrer les verres.

Tous s'entendaient pour dire que les vacanciers seraient prêts à acheter tout ce qui leur paraîtrait vaguement traditionnel ou artisanal. Pendant des années, les Salants avaient déploré leur manque de facilités, avaient jalousé la Houssinière, son hôtel, son cinéma et sa galerie de machines à sous, et maintenant, pour la première fois, le village comprenait comment son handicap apparent pouvait devenir un réel avantage. Nous n'avions besoin que d'un peu d'initiative et d'un peu d'argent à investir dans nos projets.

À l'approche de Pâques, mon père se consacra avec un nouvel intérêt à son projet de construction. Et il n'était pas le seul. Tout le village donnait des signes d'activité. Omer commença à convertir la grange qu'il n'utilisait pas en habitation. D'autres plantèrent des fleurs dans des courettes dénudées ou mirent de jolis rideaux aux fenêtres. Le village était comme une femme de peu de beauté qui, amoureuse pour la première fois de sa vie, commence à se rendre compte qu'elle peut mettre en valeur ce que la nature lui a donné.

Depuis son départ après Noël, nous n'avions reçu aucune nouvelle d'Adrienne. J'en étais soulagée. Son retour avait fait revivre pour moi toute une série de souvenirs désagréables et ce qu'elle m'avait jeté au moment de partir continuait à me troubler beaucoup. Si GrosJean éprouvait une certaine déception, il n'en donnait aucun signe. Il semblait totalement absorbé par son travail et j'en étais bien contente. Pourtant, il restait distant et j'en blâmais ma sœur.

Flynn aussi m'avait semblé plus distant récemment. C'était en partie parce qu'il travaillait dur. En effet, en plus de ce qu'il faisait chez Gros-Jean, il aidait aussi les gens du village. Il avait installé un bloc sanitaire chez Toinette, pour les campeurs. Il avait aidé Omer à la conversion de sa grange en appartement pour touristes. Il faisait toujours des plaisanteries comme il en avait l'habitude, jouait aux cartes et aux échecs avec la même maîtrise meurtrière, flattait Capucine, taquinait Mercedes, il emplissait d'horreur et d'admiration les enfants en leur racontant ses voyages à l'étranger et charmait, cajolait et trompait tour à tour les gens tout en s'incrustant de plus en plus solidement au cœur même des Salants. Pourtant, il restait indifférent à tout plan pour l'avenir et à tout changement à long terme. Il n'avançait aucune suggestion, ne faisait preuve d'aucune imagination. Maintenant que les villageois avaient appris à penser, peut-être n'avait-il plus besoin de le faire à leur place ?

Le souvenir de ce qui s'était passé entre nous à la Goulue continuait à m'affecter. Lui, cependant, semblait l'avoir tout à fait oublié. Alors, ayant ressassé des centaines de fois l'épisode dans ce petit compartiment de mon esprit que je réservais à ces choses-là, à mon tour je pris la décision de l'oublier. Je me sentais attirée par lui, c'était vrai. Le jour où je l'avais faite, cette découverte m'avait frappée d'étonnement et je m'étais rendue complètement ridicule, c'était vrai aussi. Mais l'amitié de Flynn, surtout en ce moment, m'était encore plus précieuse. Je n'aurais jamais pu l'admettre à quelqu'un d'autre mais, depuis la fièvre de transformation qui agitait les Salants et les travaux de construction de mon père, je me sentais, moi, étrangement *de trop*.

Je n'aurais pas pu exactement dire pourquoi. Ils étaient tous aimables et gentils. Il n'y avait pas une seule maison du village — pas même celle d'Aristide — où je ne fusse la bienvenue et, pourtant, d'une manière que je ne pouvais expliquer, je restais *l'étrangère*. Ils continuaient tous à me traiter avec une formalité qui m'étouffait un peu. Si j'entrais prendre un café chez eux, il devait m'être servi dans le service de porcelaine. Si j'achetais des légumes chez Omer, il en rajoutait toujours un peu plus qu'il ne m'en faisait payer. Cela me rendait mal à l'aise. Je ne me sentais pas comme tout le monde. Lorsque je m'en ouvris à Capucine, elle rit beaucoup. Je devinais que Flynn serait sans doute le seul qui pût comprendre mon problème.

Le résultat fut que je passai avec lui encore plus de temps qu'auparavant. Il savait écouter. Il était capable, d'un sourire ou d'une remarque désinvolte, de réduire à ses justes proportions ce dont je me faisais une montagne. Et encore plus important pour moi, il comprenait mon autre vie, les années que j'avais passées à Paris. Lorsque nous bavardions, je n'avais jamais besoin de chercher un mot plus simple dans mon vocabulaire, ni de faire un effort pour expliquer un concept difficile comme cela m'arrivait souvent dans ma conversation avec certains habitants des Salants. Jamais je n'aurais pu le leur avouer mais parfois mes amis du village me donnaient l'impression que j'étais une maîtresse d'école face à une classe turbulente. Tour à tour, je subissais leur charme et ils m'exaspéraient. Ils étaient, un moment, puérils à l'extrême les uns envers les autres et, à un autre, remplis de sagesse. Si seulement ils avaient été capables d'élargir l'horizon de leur vie...

« Maintenant que nous avons une vraie plage à nous, lui dis-je, un jour, à la Goulue, nous allons peut-être recevoir de vrais touristes. »

Flynn, allongé sur le dos sur la plage, avait le regard perdu dans les nuages.

« Qui sait ? » insistai-je. « Nous pourrions peut-être devenir une station estivale à la mode. » C'était pourtant dit d'un ton délibérément léger, mais cela n'amena aucun sourire sur son visage. « Au moins, nous pourrions rendre à Brismand la monnaie de sa pièce. Après la période de chance qu'il a eue, lui, au cours des années, il est bien temps que ce soit un peu notre tour maintenant. »

« Alors, vous pensez vraiment que c'est cela qui arrive ? » dit-il. « Vous pensez que c'est votre tour d'avoir de la chance ? »

Je me redressai soudain. « Qu'est-ce qui ne va pas ? Qu'est-ce que vous m'avez caché ? »

Flynn continuait à contempler le ciel. Ses yeux s'assombrissaient.

« Eh bien ? »

« Vous êtes tous tellement contents de vous ! Vous avez remporté une ou deux petites victoires et vous pensez que rien ne vous est impossible désormais. Vous serez bientôt capables de marcher sur les eaux, ici ! »

« Et alors ? » Je n'aimais pas du tout le ton de sa voix. « Qu'y a-t-il de mal à avoir un peu l'esprit d'entreprise ? »

« Ce qu'il y a de mal, Mado, c'est que les choses vont un peu trop bien. Trop bien et trop vite. Combien de temps s'écoulera avant que ce ne soit su, croyez-vous ? Et combien de temps avant que les autres ne veuillent leur part du gâteau ? »

Je haussai les épaules. « On ne peut pas éternellement conserver une plage pour soi seul ! Dans une île, les nouvelles vont vite d'habitude. On ne peut simplement pas garder un secret pour toujours. D'ailleurs, que pourraient-ils bien y faire ? »

Flynn ferma les paupières. « Vous allez bien voir », dit-il d'un ton lugubre inattendu. « Vous le découvrirez bien assez vite ! »

J'étais trop occupée pour perdre mon temps à réfléchir à ce genre de pessimisme-là.

Le début de la saison estivale serait sur nous dans trois mois et le village entier travaillait avec plus de détermination et d'ardeur que lors de la construction du Bouch'ou. Le succès nous avait donné de l'audace. D'ailleurs, nous avions commencé à apprécier le plaisir de ressentir de quoi nous étions capables depuis que nous avions mis en pratique notre projet.

Flynn, qui aurait pu se reposer sur ses lauriers pendant un an encore s'il l'avait voulu, qui aurait pu demander service à n'importe qui aux Salants et qui n'aurait jamais eu à payer sa propre boisson, continuait à se tenir à l'écart des choses. La sainte en profitait à sa place et le sanctuaire arrangé par Toinette débordait d'offrandes. Le jour du poisson d'avril, Damien et Lolo causèrent un petit scandale en décorant la niche avec un gros tacaud crevé mais, dans l'ensemble, sainte Marine avait retrouvé sa place dans la communauté et faisait maintenant l'objet d'une dévotion sincère. Toinette était heureuse de s'y trouver mêlée.

L'année précédente, aucun Salannais n'aurait eu l'idée d'investir de l'argent et à plus forte raison d'en emprunter. Il n'y a pas de banque au Devin et pas de garantie pour un emprunt si cela devenait nécessaire. Maintenant les choses étaient bien différentes. On était prêt à sortir ses économies de leurs boîtes et de leurs armoires. On était capable d'imaginer des possibilités là où auparavant il n'y en avait pas. Le concept bancaire d'emprunt à court terme, entendu pour la toute première fois dans la bouche d'Omer, fut approuvé pourtant avec réserve. Alain admit alors qu'il y avait pensé aussi. Quelqu'un qui avait peut-être des contacts au ministère de l'Agriculture avait entendu parler, sur le continent, d'une organisation à laquelle on pourrait peut-être demander des subventions.

Emportés par notre élan, nous nous préparions à des choses de plus en plus ambitieuses. On me passa commande pour plusieurs panneaux publicitaires artistiques faits de gournables et de morceaux de bois aux formes intéressantes que la mer avait apportés :

Sel de mer (50 francs le sac de 5 kilos).
Artisanat. Cordage Bastonnet.
Chez Angelo. Café-restaurant
(plat du jour : 30 francs).
Chambre d'hôtes. Chambres à louer.
Atmosphère familiale.
Galerie Prasteau. Artiste de l'île.
Sanctuaire de Sainte-Marine-de-la-Mer
(visites accompagnées : 10 francs).

Pendant des semaines, le village fut pris d'une activité frénétique : on sarclait, désherbait, criait, ratissait, peignait, blanchissait à la chaux, on buvait un coup aussi (c'est que ça donnait soif tout ça !) et on s'y querellait bien sûr.

Xavier suggéra d'envoyer quelqu'un à Fromentine pour faire de la publicité, pour distribuer des tracts et faire un peu connaître l'endroit.

Aristide fut immédiatement d'accord. « On ira tous les deux. Moi, je me posterai sur le quai et je surveillerai le ferry. Toi, tu feras le reste de la ville. Mado pourra peut-être te faire une pancarte publicitaire et des tracts à donner aux gens, hein ? On pourrait prendre une chambre avec petit déjeuner à Fromentine pour une nuit ou deux. Ce serait facile comme bonjour, des pigeons qui ne demandent qu'à se laisser plumer. » Il eut un gloussement de satisfaction.

Xavier, lui, était moins enthousiaste. Peut-être à la pensée de devoir quitter Mercedes, même pour quelques jours. Mais l'enthousiasme d'Aristide, lui, une fois lancé, ne s'arrêtait plus. Il fit quelques bagages, sans oublier la pancarte pour Xavier, et laissa entendre à tous qu'il avait des affaires de famille à régler.

« Ces Houssins-là n'ont pas besoin d'être trop tôt au courant de c'qui s'passe ! » expliqua-t-il.

Je calligraphiai une centaine de petites affiches car, dans l'île, il n'y avait pas moyen de les photocopier. Xavier fut chargé d'en faire mettre une sur chaque vitrine et dans chaque café de Fromentine.

VISITEZ LES SALANTS.
Un village oublié par le temps depuis un siècle.
Dégustez
sa délicieuse cuisine traditionnelle.
Prenez le soleil
sur sa blonde plage virginale.
Goûtez
la chaude et chaleureuse atmosphère des Salants.
VENEZ APPRÉCIER UNE VIE DIFFÉRENTE ICI !

Les Bastonnet, les Guénolé et les Prossage avaient réfléchi et travaillé à la façon d'exprimer les choses jusqu'à ce que tout le monde en fût satisfait. Moi, je vérifiais l'orthographe. On raconta partout que les Bastonnet allaient sur le continent donner un coup de main à un parent dans le besoin et que le type habitait Pornic. On s'assura aussi que la nouvelle tombât dans la bonne oreille. Racontez quelque chose à Jojo-le-Goéland et, la seconde d'après, toute la Houssinière sera au courant. On était persuadé aux Salants que les Houssins ne sauraient pas d'où venait le coup avant qu'il ne soit trop tard.

Notre attaque les prendrait tout à fait par surprise et, avant l'été, assurait Aristide d'un ton triomphant, la guerre serait terminée avant même d'avoir commencé.

39

Pâques arriva et le *Brismand I* reprit sa navette deux fois par semaine. Ce fut une bonne chose pour les Salants car tous ces travaux d'aménagement et de peinture nous avaient laissés à court de matériaux et personne ne voulait risquer des ennuis en passant commande à la Houssinière. Aristide et Xavier avaient été très bien reçus à Fromentine où ils avaient distribué leurs prospectus et laissé des informations dans les offices de tourisme locaux. Ils retournèrent sur le continent deux semaines plus tard. Cette fois, ils allèrent jusqu'à Nantes avec deux fois plus de prospectus. Et nous attendîmes des nouvelles avec impatience tout en mettant la dernière main à nos travaux et gardant un œil vigilant sur les espions possibles venus de la Houssinière. Et des espions, il y en avait. À plusieurs reprises, on avait vu Jojo-le-Goéland rôder aux alentours de la Goulue avec des jumelles, on avait entendu des bruits de motos dans les parages et Joël Lacroix s'était mis à faire des balades dans les dunes, le soir — enfin jusqu'au moment où il avait reçu une double décharge de sel gemme dans les mollets. Une enquête avait bien été lancée mais sans grand enthousiasme. Comme Alain l'avait expliqué à Pierre Lacroix, d'un ton de parfaite sincérité, il y avait tant de carabines à sel dans l'île que le coupable serait impossible à découvrir, en supposant même que l'auteur du délit eût été un Salannais.

« Cela aurait pu tout aussi facilement être quelqu'un qui serait venu du continent », ajouta Aristide. « Et pourquoi pas un Houssin même. »

Mécontent, Lacroix prit l'air pincé. « Prenez garde, Bastonnet ! » dit-il, du ton de l'avertissement.

« Comment, moi ? » répliqua Aristide, indigné. « Vous n'allez quand même pas croire que je sois pour quelque chose dans l'attaque contre votre fils ? »

Il n'y eut pas de représailles. Peut-être Lacroix avait-il dit deux mots à son fils ou peut-être les Houssins étaient-ils trop occupés à se préparer pour leur saison à eux. En tout cas, un silence étrange planait sur la Houssinière, surtout à ce moment-là de l'année. Même la horde de motocyclistes cessa temporairement ses visites.

« Et c'est très bien comme ça, d'ailleurs, hé ! » déclara Toinette qui avait elle-même dissimulé sa carabine chargée au gros sel derrière sa porte d'entrée, à côté de son bûcher. « Que n'importe lequel de ces bandits vienne mettre le nez par ici et moi je lui flanque deux chargeurs de gros sel, et du meilleur, en plein dans l'trou d'balle ! »

À ce moment précis, une seule chose manquait au triomphe absolu d'Aristide : l'annonce officielle des fiançailles de son petit-fils et de Mercedes. Il avait d'ailleurs de bonnes raisons pour compter là-dessus ! On les voyait toujours ensemble. Lui, muet d'admiration et elle, l'aguichant méthodiquement par toute une collection de vêtements destinés à la mettre en valeur. Cela suffisait pour alimenter les rumeurs qui couraient dans le village, mais encore plus important était le fait qu'Omer considérait l'idylle d'un œil favorable. Il avouait être un père jaloux mais déclarait aussi, d'un air suffisant, que le garçon avait de l'avenir, que c'était un jeune homme au cœur d'or, qu'il avait du respect pour les anciens et assez d'argent pour s'établir. Aristide, lui, avait déjà fait don à Xavier, pour faciliter son départ dans la vie, d'une certaine somme d'argent

— les imaginations travaillaient à ce propos et l'on disait que le vieillard devait avoir des économies cachées. Le garçon avait déjà fait d'énormes progrès dans la restauration de la maison de pêcheur abandonnée qui n'avait plus auparavant que ses quatre murs et dans laquelle il avait l'intention d'aller s'installer.

« I'serait temps pour lui de s'établir, hé », disait Aristide. « On n'se fait pas plus jeune et on voudrait ben voir ses p'tits-enfants avant d'mourir. Xavier est tout ce qui m'reste de mon pauvre Olivier et c'est sur lui que j'dois compter pour la continuation d'la famille. »

Mercedes était jolie fille et salannaise par-dessus le marché. Omer et les Bastonnet étaient amis depuis des années. Xavier était follement amoureux. Il y aurait des petits-enfants, assurait Aristide, une lueur lascive dans le regard.

« Je compte bien sur une douzaine », disait-il avec complaisance en dessinant de la main les courbes arrondies d'un sablier. « Elle a des hanches et tout c'qu'il faut. » Comme n'importe quel îlien Aristide savait reconnaître une bonne reproductrice. Les Devinnois, aimait-il répéter, devraient choisir leur femme comme on choisit une bonne jument et bien sûr, si elle était jolie en plus, personne n'aurait à se plaindre !

« Une douzaine, au moins ! » répétait-il en se frottant les mains d'un air ravi.

Malgré tout, cependant, il y avait une note désespérée dans notre enthousiasme. Pour faire durer une guerre, les grands discours ne sont pas suffisants et nos ennemis de la Houssinière nous semblaient un peu trop calmes, un peu trop indifférents à ce que nous faisions. Plusieurs fois, on avait bien aperçu Claude Brismand, Jojo-le-Goéland et le maire Pinoz à la Goulue, mais, si Brismand avait pris ombrage de ce qu'il avait découvert, il n'en avait certainement donné aucune preuve. Il semblait toujours serein, sans la moindre inquiétude, et accueillait les gens qu'il rencontrait avec le même sourire paternel et bienveillant. Et pourtant, un certain nombre de rumeurs étaient arrivées jusqu'à nous. Les affaires n'étaient pas merveilleuses à la Houssinière, semblait-il. Omer raconta qu'il avait entendu dire qu'aux Immortelles on avait dû annuler certaines locations à cause de l'humidité des murs.

Vers la fin de la semaine, la curiosité l'emporta et je voulus me rendre compte par moi-même de ce qui se passait. Je choisis comme excuse la nécessité de commander du matériel d'artiste sur le continent mais c'était vraiment pour vérifier les rumeurs de plus en plus alarmantes à propos des dégâts que l'hôtel était censé avoir subis.

On les avait exagérés, bien sûr, mais il était évident que, depuis ma dernière visite, les choses avaient empiré. L'hôtel lui-même ne semblait pas avoir changé sauf pour l'échafaudage qu'il y avait sur le côté mais, sur la plage, la couche de sable s'était encore amincie et il y avait maintenant un abrupt qui descendait sur le pierré.

Je comprenais très bien comment cela était arrivé, la série d'événements qui avait conduit à cette situation — nos travaux aux Salants, le mélange d'inertie et d'arrogance des Houssins qui leur cachait la vérité alors qu'elle crevait les yeux. Les proportions et l'audace de ce que nous avions fait les empêchaient même de l'imaginer. Brismand, lui aussi, malgré toutes ses enquêtes, était incapable de voir ce qui était juste sous son nez.

Une fois parties, les choses s'aggraveraient rapidement et deviendraient irrémédiables. Les lames se fracassant contre la digue arracheraient ce qui restait de sable et l'entraîneraient à leur retour vers le large, mettant à nu roches et galets jusqu'à ce qu'il ne restât plus rien que le mur lisse de l'ancien pierré. En quelques années, ce serait fini et, si les vents se mettaient de la partie, un ou deux étés suffiraient.

Je me mis à chercher Jojo des yeux, ou Brismand, ou n'importe qui d'autre qui eût pu m'apprendre quelque chose mais je n'aperçus personne. La rue des Immortelles était presque déserte à l'exception de deux touristes qui achetaient des glaces à une vendeuse qui semblait s'ennuyer terriblement et mâchait tristement son chewing-gum sous un parasol Choky tout passé par le soleil.

En me rapprochant de la digue, je remarquai un groupe de vacanciers sur la plage dégarnie, une famille sans doute, avec un tout petit bébé et un chien. Ils se blottissaient en frissonnant derrière un parasol qui frémissait au vent. On n'est jamais très sûr du temps en avril, dans les îles. Ce jour-là, un vent de mer coupant enlevait toute douceur à l'atmosphère. Une fillette d'une huitaine d'années dont les grands yeux s'épanouissaient dans une exubérance de boucles s'amusait à escalader les rochers à l'autre bout de la plage. Elle remarqua mon regard et me fit bonjour de la main. « T'es en vacances ici ? » demanda-t-elle.

Avec un signe de tête je répondis. « Non, j'habite ici ! » « Es-tu déjà allée en vacances, alors ? Est-ce que tu vas à la ville pour tes vacances à toi quand nous venons ici ? Est-ce que tu te baignes dans la mer d'habitude et est-ce que tu vas à la piscine quand c'est une occasion spéciale ? »

« Laetitia », gronda son père qui se retourna pour voir ce qui se passait. « Ne sois pas indiscrète ! »

Laetitia me lança un regard interrogatif. Je lui fis un clin d'œil. Elle n'eut pas besoin de plus d'encouragement et, en quelques secondes, elle avait gravi le sentier jusqu'à l'esplanade et s'était assise à côté de moi sur la digue, une jambe repliée sous elle.

« Il y a une plage à côté de chez toi ? Est-elle plus grande que celle-ci ? Peux-tu aller à la plage chaque fois que tu en as envie ? Et le jour de Noël, peux-tu faire un château de sable ?

Je me mis à sourire. « Si je veux, oui ! »

« Zen ! »

Elle m'apprit que sa mère s'appelait Gabi, que son père, lui, c'était Philippe, que le chien — Pétrole — avait toujours le mal de mer, qu'elle-même avait un grand frère à l'université à Rennes et un autre frère, Stéphane, qui n'était encore qu'un bébé. Elle fit une petite moue de désapprobation.

« Il ne fait jamais rien. Parfois, il dort. C'est tellement barbant. Moi, je vais venir à la plage tous les jours », annonça-t-elle, et son regard s'anima d'anticipation. « Je vais creuser jusqu'à ce que je trouve de l'argile et puis je vais fabriquer des choses avec ça comme on a fait à Nice, l'année dernière », expliqua-t-elle. « C'était zen, méga-zen ! »

« Laetitia ! » De la plage, une voix l'appelait : « Laetitia ! Qu'est-ce que je t'ai déjà dit ? »

Laetitia poussa un long soupir d'actrice accomplie. « Bof ! Maman n'aime pas que j'aille escalader si loin. Vaut mieux que j'retourne là-bas ! »

Et elle se laissa glisser jusqu'au bas de la digue sans prêter la moindre attention aux éclats de verre dont il était jonché.

« Au r'voir ! » La seconde suivante, elle était au bord de l'eau et lançait des poignées de goémons en direction des mouettes.

Je lui fis au revoir de la main et me remis à examiner l'esplanade. Depuis mon dernier passage, quelques-uns des magasins avaient rouvert, rue des Immortelles, mais, à l'exception de Laetitia et de sa famille, personne n'allait vraiment les fréquenter. Sœur Thérèse et sœur Extase, vêtues de leur sévère habit noir, étaient assises sur un banc, face à la mer. La moto de Joël Lacroix, cavalièrement garée, se trouvait de l'autre côté mais, de son propriétaire, il n'y avait aucun signe. Je fis bonjour de la main aux deux religieuses et vins m'installer à côté d'elles.

« Eh bien, c'est la p'tite Mado ! » dit l'une des religieuses. Toutes deux portaient leur cornette blanche ce jour-là et il m'était difficile de dire laquelle était laquelle. « Alors, on ne dessine pas aujourd'hui ? »

« Trop d'vent ! » expliquai-je avec un signe de tête.

« Oui, c'est un bien mauvais vent pour les Immortelles, hein ! » dit sœur Thérèse en balançant ses pieds.

« Mais pas aussi mauvais pour les Salants », ajouta sœur Extase. « On a entendu raconter... »

« Toutes sortes de choses. Vous seriez surprise... »

« Des choses que l'on apprend... »

« Les gens croient que nous sommes comme nos pauvres vieux pensionnaires qui logent ici, trop vieilles et trop séniles pour savoir ce qui se passe. Et, bien sûr, nous sommes vieilles, ma sœur, vieilles comme le Pont-Neuf... enfin, ça, c'est s'il y avait... »

« Un pont neuf ici, mais il n'y en a pas ! »

« Non, il faut du sable pour construire des ponts ! »

« Et du sable, il n'y en a pas autant qu'autrefois, ma sœur ! »

« Non, sûrement pas ! »

Pendant un moment, le silence régna. Les deux religieuses m'épiaient avec des regards d'oiseaux sous les ailes de leur cornette blanche.

« On m'a dit que Brismand a dû annuler des locations cette année », hasardai-je prudemment. « C'est vrai, ça ? »

Les religieuses eurent le même hochement d'affirmation.

« Pas toutes mais certaines... »

« Oui, certaines et il était très, très ennuyé. Il y avait eu une inondation après les... »

« Marées de printemps qui avaient fait remonter l'eau dans les caves et... »

« L'architecte dit qu'il y a de l'humidité dans le mur à cause du... »

« Vent de mer. Il y aura bien des travaux à faire quand l'hiver viendra mais jusque-là, il n'y aura... »

« Que les chambres du fond pour les touristes. Pas celles avec vue sur la mer et pas de plage. C'est vraiment bien triste. »

« Oui, bien, bien triste ! »

Un peu gênée, je compatis avec elles.

« Enfin, si la sainte le voulait... »

« Ah ! oui, si la sainte le voulait... »

Je les quittai avec un signe de la main. De loin, elles ressemblaient encore plus à des oiseaux de mer avec les ailes de leur cornette, deux mouettes patientes à la crête d'une lente vague.

En traversant la rue, je remarquai Joël Lacroix qui m'observait du seuil du Chat Noir. Il fumait une gitane dont il abritait l'extrémité dans la paume de sa main, à la façon des pêcheurs. Nos regards se rencontrèrent et il me fit brièvement bonjour d'un signe de tête mais ne dit rien. Juste derrière lui, dans l'entrée du café, je distinguai au milieu d'un nuage de fumée la silhouette d'une jeune fille — longs cheveux noirs, robe rouge, sveltes jambes nerveuses, sandales à hauts talons. Je crus vaguement la reconnaître. Mais comme je l'observais, Joël retourna à l'intérieur et l'entraîna. Je me souviens d'avoir pensé qu'il y avait eu quelque chose de furtif dans la façon dont il s'était détourné et dont il m'avait masqué la jeune fille.

Ce ne fut que plus tard, en revenant à pied vers les Salants, que je compris pourquoi cette silhouette m'avait paru si familière.

C'était — j'en étais pratiquement certaine — Mercedes Prossage.

40

Bien sûr, je ne dis mot de cela à qui que ce fût. Mercedes, à dix-huit ans, était libre de faire ce qu'elle voulait. Mais j'étais mal à l'aise. Joël Lacroix n'avait aucun copain aux Salants et je n'aimais pas imaginer combien de nos projets avaient pu lui être innocemment révélés par Mercedes.

Cependant, j'eus bientôt d'autres raisons d'inquiétude. À mon retour, je découvris mon père, assis avec Flynn, à la table de la cuisine. Ils étudiaient des plans dessinés sur des feuilles de papier à viande. Pendant une seconde, j'aperçus leurs visages sans qu'ils n'en fussent conscients : celui de mon père, tout enflammé d'animation, et celui de Flynn, profondément absorbé, comme celui d'un gamin en train d'observer une fourmilière, mais ils levèrent les yeux et se rendirent compte que je les observais.

« C'est un autre boulot », m'expliqua Flynn. « Votre père voudrait que je l'aide à faire des transformations : le hangar du chantier. »

« Vraiment ? »

GrosJean avait dû deviner ma désapprobation car il eut un geste d'impatience. Il n'appréciait pas du tout que je mette mon grain de sel dans son projet, semblait-il. Je me tournai alors vers Flynn qui haussa les épaules.

« Que puis-je y faire ? » dit-il. « C'est sa maison à lui. Je ne l'ai pas encouragé à ça. »

C'était vrai, bien sûr. GrosJean avait le droit de faire ce qu'il voulait de sa propre maison mais je me demandais, moi, d'où allait bien pouvoir venir tout l'argent que le projet allait coûter. Et le chantier, aussi délabré qu'il l'était, représentait pour moi un lien avec le passé que je haïssais de perdre.

J'étudiai les plans avec plus d'attention. Ils étaient bien faits. Mon père avait l'œil pour le détail et je voyais tout à fait clairement quelle était son intention — une maisonnette, ou un studio peut-être, avec une grande salle, une petite cuisine et une salle de bains. Le hangar était spacieux, on n'avait qu'à y mettre un plancher, une trappe et une échelle pour l'atteindre et voilà, on aurait immédiatement une chambre agréable sous le toit.

« C'est pour Adrienne, n'est-ce pas ? » demandai-je, sachant pertinemment bien que c'était pour elle, cette chambre avec la trappe, la cuisine et l'immense séjour avec sa grande baie. « Pour Adrienne et les garçons ? »

GrosJean me jeta un coup d'œil sans qu'une ombre n'altérât le bleu de porcelaine de son regard et il se remit à ses croquis. Je me retournai, toute raide et, prise de nausées, je sortis. Un instant plus tard, je devinai derrière moi la présence de Flynn.

« Et qui va payer tout cela ? » demandai-je, sans le regarder. « GrosJean n'a pas d'argent. »

« Il a peut-être des économies dont vous ne connaissez pas l'existence ! »

« Vous étiez capable de mensonges plus convaincants autrefois, Flynn ! »

Aucune réplique. Je sentais toujours sa présence derrière moi. Il m'observait. Dans la dune, des mouettes s'envolèrent dans un bruyant battement d'ailes.

« Il a peut-être emprunté de l'argent, Mado. Il est grand. Vous ne pouvez pas vivre sa vie à sa place. »

« Je le sais très bien ! »

« Vous avez fait tout ce que vous pouviez pour lui. Vous l'avez beaucoup aidé... »

« Et tout cela pour quoi ? » Je me retournai vers lui avec colère. « À quoi bon avoir fait tout ça ? La seule chose qui lui tienne à cœur c'est de jouer au grand-père auprès d'Adrienne et des garçons. »

« Et voilà, vous avez enfin ouvert les yeux, Mado ! Le monde est ainsi fait », dit Flynn. « Vous ne vous attendiez quand même pas à sa gratitude, n'est-ce pas ? »

Je ne répondis rien à cela. Du pied, je traçai une ligne dans le sable durci.

« Et qui lui a prêté l'argent, Flynn ? Brismand ? »

Flynn sembla perdre patience. « Comment le saurais-je, moi ? »

« C'est Brismand ? »

Il poussa un soupir et répondit : « Sans doute, mais cela a-t-il vraiment de l'importance ? »

Et je m'éloignai sans lui accorder un regard.

Je n'exprimai aucun intérêt supplémentaire pour les travaux du hangar. Flynn rapporta un plein chargement de matériaux de construction de la Houssinière et, en un week-end, vida le hangar de ce qu'il contenait. GrosJean était toujours avec lui, il observait et consultait les plans. J'étais jalouse malgré moi de tout ce temps qu'il passait avec Flynn. C'était comme si, devinant ma désapprobation, mon père avait commencé à éviter ma présence.

J'appris qu'Adrienne projetait de revenir passer les grandes vacances avec les garçons. La nouvelle causa beaucoup d'intérêt dans le village où plusieurs familles s'attendaient elles-mêmes à l'arrivée de parents absents depuis longtemps.

« Je crois vraiment que cette fois-ci elle tiendra sa promesse ! » dit Capucine.

« Cléo n'est pas une mauvaise fille. Ce n'est pas une lumière mais elle a bon cœur. »

Désirée Bastonnet, aussi, avait de l'espoir. Je l'aperçus en route pour la Houssinière avec son manteau vert tout neuf et son chapeau au galon fleuri. Les vêtements de printemps qu'elle portait la rajeunissaient, elle se tenait bien droite, son visage était plus rose qu'à l'habitude et elle sourit à mon passage. Je fus si surprise que je fis demi-tour et la rattrapai pour m'assurer que je ne m'étais pas trompée.

« Je vais voir mon fils Philippe », me confia-t-elle à voix basse. « Il fait un séjour à la Houssinière avec sa famille. Il aura trente-six ans au mois de juin. »

Désirée secoua la tête. « Vous connaissez l'entêtement de mon mari », dit-elle. « Il fait semblant d'ignorer que j'ai pris contact avec Philippe, il pense que l'unique raison que le garçon aurait de revenir après toutes ces années serait l'intention de lui soutirer de l'argent. » Elle soupira. « Enfin ! » continua-t-elle d'un ton ferme. « Si Aristide ne veut pas saisir cette occasion, c'est son affaire à lui. Moi, j'ai entendu les paroles de la sainte, ce soir-là, à la pointe. Elle nous a bien dit que c'était à nous d'agir, d'accomplir nos propres miracles, et c'est bien ce que j'ai l'intention de faire, moi. »

J'eus un sourire. Truqué ou pas, ce miracle-là avait à coup sûr changé l'attitude de Désirée. Même au cas où le Bouch'ou aurait été un échec, la ruse de Flynn aurait au moins réussi à accomplir cette métamorphose-là. Soudain, je me sentis remplie de tendresse pour lui. En dépit du cynisme qu'il affectait, pensai-je, les autres étaient loin de lui être indifférents.

J'aurais bien voulu avoir une attitude plus positive à la perspective de l'arrivée de ma sœur. Au fur et à mesure qu'avançaient les travaux dans le hangar, les progrès de GrosJean semblaient de plus en plus rapides aussi. C'était évident dans tout ce qu'il faisait — son énergie retrouvée, sa vivacité, le fait qu'il ne passait plus le plus clair de son temps, assis dans la cuisine, à regarder la mer d'un air lugubre. Il commençait à parler aussi, bien que, le plus souvent, il s'agît du retour d'Adrienne, ce qui ne me réjouissait pas autant que cela aurait pu le faire dans d'autres circonstances. C'était comme si quelqu'un avait, par magie, rétabli un contact chez lui et l'avait ramené à la vie. Je m'efforçai d'en être heureuse pour lui mais sans y réussir.

Je me lançai alors, avec un enthousiasme effréné, dans mon travail. Je peignis la plage à la Goulue, les petites maisons blanchies à la chaux aux toits de tuiles rouges, le blockhaus de la pointe Griznoz et les tamaris roses qui ondulaient comme de la soie au vent du large, et, dans la dune, les queues-de-lièvre qui relevaient leurs petites têtes blondes et veloutées sous la brise, les bateaux dans leur souille à marée basse, les bancs d'oiseaux de mer qui formaient comme une écume vivante à la crête des vagues, de vieux pêcheurs à longs cheveux avec leur marinière d'un rose délavé, Toinette Prossage dans ses vêtements noirs de veuve et sa quichenotte immaculée cherchant des escargots parmi les bûches de bois. Je me persuadais qu'à l'arrivée des touristes, les gens achèteraient mes tableaux et que mes dépenses d'à présent — les toiles, la peinture et les autres petites choses — représentaient une sorte d'investissement. J'espérais, car mes économies tiraient dangereusement à leur fin et, quoique GrosJean et moi n'eussions que peu de dépenses, le coût des travaux me préoccupait beaucoup. Je fis quelques démarches localement et pris contact à Fromentine avec une petite galerie d'art dont le propriétaire accepta d'exposer quelques-uns de mes tableaux et de les vendre, en prenant son pourcentage bien entendu. J'aurais préféré un lieu qui fût plus proche de chez nous mais c'était un début et j'attendis avec prudence que la saison commençât.

*
* *

Quelque temps après, je rencontrai de nouveau la famille de touristes. J'étais sortie à la Goulue avec mon carnet à croquis. J'essayais de capturer l'effet de la lumière sur l'eau à marée basse. Ils surgirent tout à fait à l'improviste, je ne les avais pas vus arriver. Laetitia courait en tête avec Pétrole, le chien. Ses parents, Gabi et Philippe, suivaient derrière avec le porte-bébé. Philippe avait aussi un panier à pique-nique et un sac de plage débordant de jouets.

Laetitia m'adressa de grands signes de la main « Salut ! On a découvert une plage ! » Le visage illuminé, elle s'approcha de moi en courant. « Une plage et il n'y a personne dessus ! Comme sur une île déserte. C'est la plus formid'plage d'île déserte qu'on ait jamais vue. Zen ! »

Avec un sourire, je dus admettre qu'elle avait entièrement raison.

Gabi, à son tour, me fit un geste amical de la main. Petite et rondelette, elle était toute bronzée dans son paréo jaune par-dessus son maillot de bain. « Il n'y a pas de danger par ici ? » demanda-t-elle. « Je veux dire pas de danger pour la baignade ? Pas de drapeau rouge, ni de trucs comme ça ? »

J'éclatai de rire. « Oh ! non, c'est absolument sans danger ! » lui répondis-je. « Mais nous n'avons pas l'habitude de recevoir beaucoup de vacanciers à cet endroit de l'île. »

« Nous préférons venir de ce côté-ci », annonça Laetitia. « Nous préférons venir nous baigner ici. Moi, je sais nager », m'informa-t-elle d'un air très digne. « Je sais nager mais il faut encore que mes pieds touchent le fond ! »

« Les Immortelles n'est pas une plage pour les petits », m'expliqua Gabi. « Ça tombe trop à pic et il y a du courant. »

« Ici c'est bien mieux ! » renchérit Laetitia qui commença à dégringoler le sentier qui descendait de la falaise vers la plage. « Il y a des rochers et tout c'qu'il faut ! Allez, Pétrole, tu viens ? »

Le chien tout excité la suivit en aboyant et la Goulue, étonnée, se réveilla aux échos frénétiques d'un enthousiasme d'enfant.

« L'eau est encore un peu fraîche ! » dis-je en regardant Laetitia qui avait atteint la laisse de haute mer et explorait le sable avec un bâton.

« Elle sera tout à fait bien ! » dit Philippe. « J'connais l'endroit ! »

« Vraiment ? » De plus près, je pouvais me rendre compte qu'il aurait pu être du Devin avec ses cheveux noirs et ses yeux bleus si communs dans les îles. « Je m'excuse mais est-ce que je vous connais ? Vous me rappelez quelqu'un. »

Philippe secoua la tête. « Non, vous ne me connaissez pas mais vous connaissez peut-être ma mère ! » Et son regard se porta vers un point derrière moi. Il sourit et je pensai que son sourire m'était étrangement familier. Je me retournai machinalement.

« Mamie ! » hurla Laetitia du rivage où elle était et elle commença à courir le long de la plage en soulevant d'énormes gerbes d'eau. Pétrole, lui, se remit à aboyer.

« Mado », dit Désirée Bastonnet, les yeux brillants de plaisir. « Je vois que vous avez fait la connaissance de mon fils. »

Il était venu pour les vacances de Pâques. Sa famille et lui avaient loué une petite maison derrière le Clos du Phare. Désirée y était allée plusieurs fois leur rendre visite depuis notre rencontre sur la route menant à la Houssinière.

« C'est zen ! » déclara Laetitia, croquant à belles dents un petit pain au chocolat qu'elle avait pris dans le panier à pique-nique. « Tout ce temps-là, j'avais une Mamie dont je n'avais jamais entendu parler. J'ai un Papi aussi mais je ne l'ai pas encore rencontré. Enfin on l'verra plus tard ! »

Désirée me lança un coup d'œil, fit un petit signe de tête et s'exclama avec tendresse. « Le vieil idiot, c'est une sacrée tête de mule ! Il n'a pas encore oublié cette vieille histoire mais on n'a pas perdu tout espoir ! »

*
* *

Les transformations dans le hangar étaient presque terminées. Flynn avait enrôlé deux ou trois ouvriers de la Houssinière pour l'aider et les travaux avaient progressé très rapidement. Personne n'avait encore parlé de la façon dont ils seraient payés.

Lorsque j'en touchai un mot à Aristide, il me répondit très philosophiquement. « Les temps changent », me confia-t-il. « Si votre père embauche des Houssins, ce doit être une bonne affaire pour lui. Il n'y penserait pas sans ça ! »

J'espérais qu'il avait raison. Je n'aimais pas penser que mon père pût devoir de l'argent à Brismand. « C'est l'moment de faire un petit emprunt », déclara Aristide avec enthousiasme. « Pour investir pour l'avenir. Avec les choses telles qu'elles sont maintenant, il nous sera facile de repayer tout ça ! »

J'en déduisis que lui aussi avait emprunté de l'argent. Il était évident qu'un mariage dans l'île n'était pas une petite affaire et je savais aussi qu'il voudrait ce qu'il y avait de mieux pour Xavier et Mercedes, une fois qu'ils auraient fixé la date. Et pourtant, je demeurais inquiète.

41

La première semaine de juillet marqua le début de la saison estivale. Nous attendîmes avec un nouvel intérêt l'arrivée du *Brismand I*. Nous pouvions toujours compter sur Lolo pour faire le guet sur le port. Damien et lui se donnaient le tour pour surveiller l'esplanade avec une nonchalance de théâtre. On les remarquait peut-être mais personne ne faisait de commentaire à leur propos. Sous le soleil devenu implacable, la Houssinière brasillait. Le Clos du Phare, autrefois inondé, craquelait maintenant sous les pieds, rendant la marche pénible et le vélo dangereux. Le *Brismand I* débarquait tous les jours sa maigre poignée de visiteurs et le village des Salants s'impatientait et s'agitait comme une jeune mariée que l'on fait trop attendre à l'église. Nous étions prêts, archiprêts et nous avions maintenant le temps de réfléchir à toute l'énergie, à tout l'argent que nous avions dépensés pour remettre le village en état et à l'importance de l'enjeu. Les nerfs étaient à vif.

« Vous n'avez sans doute pas distribué assez de prospectus ! » lâcha brusquement Matthias en s'adressant à Aristide. « Je savais bien qu'on aurait dû envoyer quelqu'un d'autre ! »

Aristide, avec un grognement, répliqua : « On les a tous distribués, jusqu'au dernier et on a même poussé jusqu'à Nantes. »

« Ça, c'est bien de vous ! Aller goûter aux plaisirs de la grande ville au lieu de faire correctement ce que l'on vous avait demandé ! »

« Espèce de vieil imbécile, va ! Je vais vous faire voir, moi, ce que vous pouvez faire de vos prospectus ! » Aristide se redressa brusquement, brandit sa canne et Matthias fit le geste de saisir une chaise. La situation allait sûrement dégénérer en championnat du siècle entre ces vétérans de la bagarre, mais Flynn s'interposa et suggéra un nouveau voyage à Fromentine.

« Peut-être découvrirez-vous ce qui se passe là-bas », dit-il, d'un ton conciliateur. « Les touristes ont sans doute besoin d'un peu de persuasion ! »

Matthias le regarda d'un air soupçonneux. « Ce ne sera sûrement pas à mes frais que les Bastonnet iront mener joyeuse vie là-bas ! » grogna-t-il. Il était évident que, pour lui, cette charmante petite station balnéaire était un lieu de débauche et de tentations.

« Vous pourriez y aller tous les deux », suggéra Flynn. « Comme ça vous pourriez vous surveiller mutuellement ! » « C'est valable comme idée ! »

La fragile alliance était renouée. Il fut convenu que Matthias, Xavier, Ghislain et Alain prendraient ensemble le ferry pour Fromentine le vendredi matin suivant. Le vendredi était une bonne journée, reconnut Aristide, cela marquait l'arrivée des touristes du week-end. Les panneaux publicitaires avaient bien sûr leur rôle à jouer mais rien ne pouvait remplacer un chasseur qui attendrait le client sur la passerelle du ferry. Vendredi soir, nous assurèrent-ils, nos ennuis seraient terminés.

Nous avions presque encore une semaine à attendre et nous attendîmes avec impatience. Les plus âgés passèrent leur temps chez Angelo à la belote qu'ils arrosaient de quelques bières, les plus jeunes à la Goulue où l'on faisait toujours de meilleures pêches qu'à la pointe.

C'est là que Mercedes, les rondeurs bien galbées dans son maillot léopard, commença à prendre des bains de soleil par les jours de chaleur. J'aperçus à plusieurs reprises Damien l'observer à la jumelle et il n'était sans doute pas le seul.

Quand le vendredi après-midi arriva, la moitié du village se trouva là sur le quai à l'arrivée du *Brismand I*: Désirée, Omer, Capucine, Toinette, Hilaire, Lolo et Damien. Flynn s'y trouvait aussi, l'air un peu détaché, comme toujours. Il me fit un clin d'œil lorsqu'il rencontra mon regard. Mercedes elle-même était venue ostensiblement à la rencontre de Xavier. Elle portait une robe orange très courte et des sandales aux talons vertigineux. Omer la surveillait avec un air à la fois d'inquiétude et d'approbation. Mercedes, elle, faisait semblant de n'en être pas consciente.

Assis à la terrasse des Immortelles, juste au-dessus de nous, Claude Brismand aussi attendait. De la jetée, je le voyais très bien, massif, avec sa chemise blanche et sa casquette de pêcheur. Il tenait un verre à la main. Il avait l'air serein, pourtant, on aurait dit qu'il s'attendait à quelque chose. J'étais trop loin quand même pour pouvoir distinguer son visage. Capucine surprit mon regard et me fit un sourire de complicité.

« Il ne saura même pas ce qui lui est arrivé lorsque le ferry accostera ! »

Moi, je n'en étais pas si sûre. Dans l'île, Brismand était au courant de tout ce qui se passait. Même s'il n'était peut-être pas en position d'y changer quoi que ce fût, j'étais convaincue que rien de ce qui pouvait arriver ici ne le prendrait vraiment au dépourvu. Je fus mal à l'aise à cette pensée, comme lorsque l'on se sent épié. D'ailleurs, plus je réfléchissais à cette silhouette immobile à la terrasse et plus je me persuadais que j'étais, moi, personnellement l'objet de son observation et qu'il en savait beaucoup plus long qu'il n'en paraissait. Cela ne me plaisait pas du tout

Alain consulta sa montre. « Il a du retard ! »

Quinze minutes de retard seulement mais pour nous qui attendions en sueur, à demi aveuglés par l'éclat des reflets du soleil sur l'eau, ces minutes nous parurent des heures. Capucine glissa la main dans sa poche et en sortit une barre de chocolat qu'elle engloutit nerveusement en trois coups de dents rapides. Alain consulta de nouveau sa montre.

« J'aurais dû y aller moi-même ! » grogna-t-il. « C'est bien un de leurs coups à eux de tout gâcher quand on les laisse tout seuls ! »

Omer fronça les sourcils. « Je n'me souviens pas que vous vous soyez porté volontaire, vous, hé ? »

« J'vois qué'qu' chose ! » hurla Lolo du bord de l'eau.

Tous les regards se portèrent vers l'horizon laiteux d'où s'élevait une traînée blanche.

« Le ferry ! »

« Hé, ne poussez pas comme ça ! »

« Le voilà ! Il est juste derrière la balise ! »

Une bonne demi-heure s'écoula avant que nous puissions en distinguer les détails. À tour de rôle, nous empruntions les jumelles de Lolo. Le ponton oscillait sous nos pas. Le petit ferry décrivait un grand arc de cercle pour se diriger vers les Immortelles en laissant traîner derrière lui un long panache blanc. Au fur et à mesure qu'il approchait, nous pouvions voir le pont tout noir de monde.

« Les estivants ! »

« Et il y en a un sacré nombre ! »

« *Nos* estivants ! »

Penché sur la rambarde et à deux doigts de faire le plongeon, Xavier, d'une voix que la distance rendait chevrotante et qui nous arrivait de l'autre côté du port, hurlait, tout en gesticulant comme un fou sur son précaire perchoir : « On a réussi ! Hé ! On a réussi, Mercedes ! On a réussi ! »

De la terrasse des Immortelles, Claude Brismand contemplait tout cela d'un œil indifférent en portant de temps en temps le verre à ses lèvres. On abaissa enfin la passerelle du *Brismand I*, un flot de touristes déferla alors sur la jetée. S'appuyant lourdement sur l'épaule de son petit-fils, Aristide, rayonnant, descendit la passerelle qu'il faisait résonner sous son pilon et fut accueilli par Omer et Alain qui le hissèrent en triomphe sur leurs épaules et mêlèrent leurs voix à celles des autres. Capucine déroula une bannière qui annonçait : « Pour les Salants, suivez-moi ! » Lolo, qui n'était jamais à court d'idées pour se faire un peu d'argent, sortit de derrière un mur une remorque à vélo et se mit à crier : « Bagages. Pour un prix modique, vos bagages seront transportés jusqu'aux Salants ! »

Il y avait peut-être une trentaine de personnes ou plus à bord du ferry : des étudiants, des familles, un vieux couple avec un chien, des enfants aussi. Des rires s'élevaient, des éclats de voix dont certaines en langue étrangère. À grand renfort d'embrassades et de joyeuses claques sur le dos, nos héros dévoilèrent les raisons du mystérieux échec de nos premières tentatives dans le domaine de la publicité : la disparition de nos affiches, la perfidie du responsable de l'office de tourisme de Fromentine — un collaborateur à la solde des Houssins — qui, tout en paraissant se ranger de notre côté, avait, en réalité, révélé chaque détail de nos projets à Brismand et avait fait de son mieux pour dissuader les touristes de venir aux Salants.

De la rue, je voyais Jojo-le-Goéland, bouche bée, qui en oubliait le mégot collé au bout de ses doigts. Des commerçants aussi s'étaient réunis pour découvrir la cause de tout ce tumulte. Le maire Pinoz, devant le seuil du Chat Noir, et Joël Lacroix, à califourchon sur sa moto rouge, contemplaient notre petite foule avec un étonnement grandissant.

« Location de bicyclettes ! » annonça Omer Prossage. « À l'autre bout de la rue, vélos à louer pour les Salants ! »

Xavier, tout rouge d'émoi, se dirigea vers Mercedes, la prit dans ses bras et triomphalement la fit tourner autour de lui. Si son étreinte à elle manquait un peu de chaleur, Xavier, lui, ne sembla pas s'en apercevoir. Comme Aristide, il brandissait des poignées de documents.

« Des arrhes », hurlait Aristide, perché sur les épaules d'Omer. « Pour vous, les Prossage, et vous, les Guénolé, cinq campeurs pour Toinette et... »

« Onze locations ! Et y en a d'autres qui arrivent ! »

« Ça a marché ! » s'exclama Capucine stupéfaite.

« Oui, ils ont réussi leur coup ! » croassa Toinette qui jeta les bras autour de Matthias et lui appliqua sur la joue un baiser retentissant.

« *Nous* avons réussi ! » corrigea Alain en me faisant tourner moi aussi à bout de bras dans un accès d'exubérance subite.

« Nous ! les Salants ! »

« Oui, les Salants ! »

Pourquoi, à ce moment-là, jetai-je un regard en arrière ? Je l'ignore. Par curiosité, peut-être, ou par désir de pavaner un peu ? C'était notre triomphe à nous, notre moment de gloire. Peut-être désirais-je tout simplement voir l'expression de son visage ?

J'étais la seule d'ailleurs. Mes amis s'éloignèrent en chantant, en criant, en s'interpellant et en scandant des slogans. Moi, je me retournai un instant pour jeter un coup d'œil vers la terrasse de l'hôtel où était assis Brismand. Un jeu de lumière éclaira son visage. Il était debout maintenant. De son verre, il m'adressa un toast ironique et silencieux.

« Vive les Salants ! »

Son regard était rivé sur moi.

TROISIÈME PARTIE

DE CRÊTE EN CREUX, AU FIL DES VAGUES

42

Ma sœur et sa smala nous arrivèrent trois jours plus tard. Le hangar (que l'on appelait maintenant la petite maison) était presque terminé. GrosJean, assis sur un banc dans la cour, en surveillait les derniers détails. À l'intérieur, Flynn inspectait l'installation électrique. Les deux Houssins qui avaient aidé aux travaux étaient déjà repartis.

On avait divisé en deux le chantier, à présent séparé de la petite maison par une clôture de genêts. Une moitié avait été transformée en jardinet que GrosJean avait rendu plus accueillant en y ajoutant des bancs, une table et quelques pots de fleurs. L'autre était toujours occupée par des matériaux de construction. Je me demandais combien de temps passerait avant que GrosJean ne décidât de se débarrasser complètement de son ancien atelier.

Je n'aurais pas dû être aussi désolée à cette perspective mais c'était plus fort que moi. L'atelier avait été notre coin à nous, le seul endroit d'où ma mère et Adrienne avaient été exclues. Trop de souvenirs chéris étaient enfouis entre ces murs. Je m'y voyais encore, assise en tailleur, sous les tréteaux, à côté de GrosJean en train de tourner le bois, ou de chantonner en travaillant au son de la radio, GrosJean partageant un sandwich pendant qu'il me racontait une de ses rares histoires, GrosJean encore, le pinceau à la main, me demandant : « Comment allons-nous le baptiser ? Odile ou Odette ? » et GrosJean enfin se moquant de mes efforts pour coudre de la toile à voile, ou prenant du recul pour admirer son travail... Personne d'autre n'avait connu ces précieux moments-là, ni Adrienne ni Maman. Elles n'avaient jamais rien compris à son caractère. Maman lui reprochait sans cesse les choses qu'il n'avait pas encore faites, les travaux qu'il n'avait pas terminés, les étagères qu'il devait depuis si longtemps poser, la gouttière à réparer. À la fin, elle n'avait plus vu en lui qu'un objet de railleries, celui qui commençait tout sans jamais rien finir, le constructeur de bateaux qui n'en produisait qu'un seul par an, le fainéant qui, toute la journée, se cachait derrière un désordre de machines et d'outils et n'en émergeait que le soir, s'attendant à trouver un repas sur la table. Adrienne, elle, avait honte de son père, de ses vêtements tout maculés de peinture, de sa balourdise en société, elle évitait d'être vue en sa compagnie à la Houssinière. J'étais la seule à l'avoir observé au travail, la seule à avoir été fière de lui. Là, dans l'atelier, rôdait le fantôme de la petite fille que j'avais été, de celle que rassurait la conviction qu'au moins, dans cet enclos-là, nous pouvions tous les deux nous laisser aller à être ce que nous n'osions être nulle part ailleurs.

Le matin de l'arrivée de ma sœur je me trouvais dehors dans le chantier où je faisais, à la gouache, le portrait de mon père. C'était une de ces pures matinées d'été, sans nuage, où tout verdoie encore dans la rosée. Mon père, de bonne humeur, était, ce jour-là, prêt à tout trouver bien. Il buvait son café au soleil et fumait, la visière de sa casquette rabattue sur les yeux.

Tout à coup, on entendit un bruit de voiture, sur la route, derrière la maison et, immédiatement, mon cœur se serra. Je savais qui était arrivé. Ma sœur portait un corsage blanc et une jupe de soie qui ondoyait autour d'elle. Je me sentis aussitôt sale et mal habillée. Elle déposa un baiser sur ma joue pendant que les garçons, vêtus de shorts et de tee-shirts identiques, hésitaient et chuchotaient en me regardant de leurs grands yeux noirs. Marin fermait la marche avec la nounou. Mon père ne se leva pas à leur rencontre mais ses yeux s'illuminèrent soudain.

Flynn était à la porte de la petite maison, il portait toujours son bleu de travail. J'espérais qu'il resterait — d'une certaine manière, la certitude qu'il serait en train de bricoler tout près me remontait un peu le moral — mais, dès qu'il aperçut Adrienne et sa famille, il s'immobilisa et instinctivement resta dans l'ombre de la porte. De la main, je fis un geste pour lui indiquer de ne pas bouger mais déjà il était sorti dans la cour et, sans prendre la peine d'ouvrir le portail, avait sauté le mur pour se retrouver sur la route. Il me fit au revoir de la main sans se retourner, escalada la dune et, d'une légère foulée, commença à se diriger vers le sentier de la Goulue.

Marin suivit des yeux cette silhouette qui s'éloignait. « Qu'est-ce qu'il fout ici, celui-là ? » demanda-t-il. Surprise par le ton cassant de sa voix, je le dévisageai.

« Il a fait des travaux ici. Pourquoi ? Vous le connaissez ? »

« Je l'ai vu à la Houssinière. Mon oncle... » Et il s'arrêta, les lèvres pincées.

« Non, je ne le connais pas », dit-il et il se détourna brusquement. Ils restèrent déjeuner. J'avais préparé un ragoût de mouton que GrosJean mangea avec l'enthousiasme silencieux qui lui était habituel, un morceau de pain suivant chaque grosse cuillerée dégoulinante de sauce qu'il avalait. Adrienne, elle, joua délicatement du bout de sa fourchette avec la nourriture qui était dans son assiette mais mangea peu.

« Ça fait tant de bien de se retrouver chez soi ! » dit-elle, en adressant à GrosJean un grand sourire. « Mes petits étaient tellement impatients de revenir ici. Depuis Pâques, ils n'en pouvaient plus d'attendre ! »

Un coup d'œil vers les garçons m'apprit que ni l'un ni l'autre ne semblait particulièrement fou de joie. Loïc jouait avec son pain et le réduisait en miettes dans son assiette pendant que Franck regardait fixement par la fenêtre.

« Et tu leur as fait construire une si jolie petite maison, Papa ! » poursuivit Adrienne. « Ils vont y être très heureux ! »

Cependant, on nous laissa bientôt entendre qu'Adrienne et Marin, eux, allaient loger aux

Immortelles pendant que les garçons s'installeraient avec la nounou dans la petite maison, que Marin avait des affaires à régler avec son oncle et qu'il n'était pas très sûr du temps qui lui serait nécessaire pour les conclure. GrosJean ne sembla pas réagir à la nouvelle, il continuait à manger lentement, posément, d'un air méditatif, les yeux rivés sur les garçons. Franck dit quelque chose en arabe à l'oreille de son frère et tous deux pouffèrent.

« J'ai été surpris de rencontrer ici ce type à cheveux roux, cet Anglais ! » déclara Marin en se servant un verre de vin. « C'est un ami à vous ? » Il s'adressait à GrosJean.

« Pourquoi ? Qu'a-t-il fait ? » demandai-je. Je n'aimais pas du tout cette acidité dans le ton de sa voix.

Il eut un haussement d'épaules et ne répondit rien. Grosjean, lui, ne sembla pas même avoir entendu.

« En tout cas, il a fait du bon travail ici dans la petite maison ! » s'exclama Adrienne, d'un ton enjoué. « On va y passer du bon temps ! »

Et le repas s'acheva en silence.

43

Les garçons arrivés, GrosJean se trouvait maintenant dans son élément. Assis dans la cour, il surveillait leurs jeux en silence, leur apprenant à fabriquer de petits bateaux avec de vieux bouts de bois et de toile à voile, il les accompagnait dans les dunes et jouait à cache-cache avec eux parmi les longues herbes. De temps en temps, Adrienne et Marin passaient les voir mais restaient rarement bien longtemps. Les affaires de Marin se révélaient beaucoup plus compliquées qu'il ne s'y était attendu.

Pendant ce temps, l'été avait posé sa palette sur notre village. Les travaux entrepris aux Salants étaient presque terminés. Les jardins bien entretenus s'étaient faits beaux et roses trémières, lavande et romarin émergeaient de leur sol sableux. Les volets et les portes brillaient de peinture neuve. On avait balayé les rues et nettoyé les bordures de géraniums. Les maisons, nouvellement reblanchies à la chaux, éblouissaient sous l'ocre orangé de leurs tuiles rondes. Déjà les estivants s'arrachaient les chambres libres et les granges que l'on avait transformées à la hâte en appartements de vacances. Des touristes étaient bien arrivés au terrain de camping près de la Houssinière mais, attirés par les dunes et le paysage, ils venaient régulièrement aux Salants. Philippe Bastonnet et sa petite famille aussi étaient revenus pour les grandes vacances, ils passaient presque chaque jour à la Goulue. Bien qu'Aristide continuât à garder ses distances, Désirée les y rencontrait et on la voyait souvent à l'ombre d'un grand parasol pendant que Laetitia s'ébattait avec enthousiasme dans les creux parmi les rochers en éclaboussant tout à la ronde.

Toinette avait fait du terrain derrière sa maison un petit camping privé qu'elle louait, à la moitié du prix qu'ils auraient payé à la Houssinière, à un jeune couple de Parisiens qui y avait déjà installé leur tente. Les sanitaires étaient peut-être primitifs — au fond du jardin, les cabinets de Toinette avec leur lavabo, un tuyau d'arrosage pour la douche et un robinet d'eau potable pour la cuisine — mais il y avait les fruits et légumes et les produits de la petite ferme d'Omer, il y avait aussi le bar d'Angelo et, bien sûr, la plage. La couche de sable y était encore bien mince mais chaque marée en apportait davantage. Maintenant que le pierré était recouvert, le sol était uni et doux. Les rochers du bout, au niveau de la laisse de haute mer, l'abritaient. L'œil s'y reposait. Là, les enfants s'exclamaient bruyamment des découvertes merveilleuses qu'ils faisaient dans les trous et les crevasses. Je remarquai que Laetitia s'était rapidement fait des copains parmi les gosses des Salants. Après un moment d'hésitation soupçonneuse au départ — car n'ayant pas l'habitude de voir de touristes, ils se montraient naturellement méfiants —, leur réserve avait bientôt fondu devant son effervescente personnalité. En une semaine, les gens s'étaient habitués à les voir ensemble, courant nu-pieds dans les Salants, explorant l'eau de l'étier avec de longs bâtons, folâtrant dans les dunes où ils se laissaient rouler, et Pétrole aboyant frénétiquement à leur poursuite. L'honnête Lolo, avec sa bonne face de lune, lui était particulièrement dévoué. Cela m'amusait de le voir adopter ses expressions et imiter son accent de citadine.

Mes neveux ne se joignaient pas à eux. Au lieu de cela, malgré les efforts de mon père pour les retenir dans le coin, ils passaient la plupart de leur temps à la Houssinière où il y avait, près du cinéma, des machines à sous avec lesquelles ils aimaient jouer. Adrienne leur trouvait des excuses, disant qu'ils s'ennuyaient facilement car, à Tanger, expliquait-elle, ils avaient eu l'habitude de trouver tant de choses pour les amuser.

Le seul autre jeune des Salants que la plage semblât laisser indifférent était Damien. C'était le plus âgé des jeunes Salannais et le plus secret aussi. Je l'avais aperçu bien des fois fumant seul sur la falaise. Quand je lui demandai s'il s'était querellé avec Lolo, il haussa simplement les épaules et secoua la tête. « Des jeux de gosses ça », déclara-t-il pour mettre fin à la conversation. Il désirait parfois être seul, voilà tout !

Je n'y crus qu'à moitié. Il avait l'air maussade de son père et, comme lui, était rancunier. Peu sociable de nature, il avait dû trouver humiliante cette trahison de Lolo, son copain le plus fidèle, qui avait si brusquement établi des liens d'amitié avec Laetitia, une gamine d'à peine huit ans et qui venait du continent par-dessus le marché. Je remarquai avec amusement que Damien adoptait de plus en plus les manières des adultes, il imitait l'allure nonchalante, les épaules arrondies et le col relevé de Joël Lacroix et de ses acolytes de la Houssinière. Charlotte déclarait que le jeune Damien semblait avoir plus d'argent qu'il n'était bon pour un garçon de son âge. Des rumeurs couraient dans le village à propos d'une nouvelle recrue que l'on avait vue sur le siège arrière d'un des engins du gang à moto. D'après ce que tous racontaient, il s'agissait d'un gamin.

Mes soupçons furent confirmés lorsque je l'aperçus à la Houssinière, aux alentours du Chat Noir, plus tard, cette semaine-là. J'étais venue attendre l'arrivée du *Brismand I* avec quelques nouveaux tableaux pour la galerie d'art de Fromentine. Je le rencontrai avec Joël et quelques autres jeunes de la Houssinière, ils fumaient au soleil sur l'esplanade. Il y avait des filles aussi, de jeunes pouliches aux longues jambes à peine couvertes par leur minijupe et, encore une fois, je reconnus Mercedes parmi elles.

Lorsque je dépassai le groupe, elle me vit l'observer et se rengorgea, irritée de mon regard appuyé. Elle fumait — ce qu'elle ne faisait jamais chez elle. Je lui trouvai l'air pâlot malgré son rouge à lèvres et la fatigue se lisait dans ses yeux sombres où le mascara laissait de charbonneuses larmes. À mon passage, elle éclata d'un rire trop perçant et, d'un air de défi, tira une longue bouffée de sa cigarette. Damien, gêné, détourna les yeux. Je n'adressai la parole ni à l'un ni à l'autre.

Il y avait peu de monde à la Houssinière mais, contrairement à ce que certains Salannais avaient prédit en s'en félicitant, le village n'était pas complètement inanimé. Il somnolait simplement. Les bars et les cafés étaient ouverts mais à moitié vides et, sur la plage, il n'y avait pas plus d'une douzaine d'estivants. Sœur Extase et sœur Thérèse, assises sur les marches de l'hôtel, me saluèrent de la main.

« Tiens, c'est Mado ! »

« Qu'est-ce que tu as là ? »

Je m'assis près d'elles et ouvris mon carton de peintures pour les leur montrer. Il y eut des hochements d'approbation.

« Tu devrais en vendre quelques-unes à M. Brismand, tu sais, ma petite Mado. »

« Cela nous ferait bien plaisir de regarder quelque chose de joli, n'est-ce pas, ma sœur ? Au lieu de contempler ces mêmes vieux... »

« Martyrs, comme nous le faisons depuis bien trop longtemps. » Sœur Thérèse laissa courir ses doigts sur l'un des tableaux, celui de la pointe Griznoz avec les ruines de l'ancienne chapelle se détachant sur un ciel crépusculaire.

« Tu as un œil d'artiste, Mado ! » dit-elle avec un sourire. « Comme ton père ! Tu as le même talent ! »

« N'oublie pas de lui dire bonjour de notre part, Mado ! »

« Et va toucher un mot à M. Brismand. Il a une réunion en ce moment, mais... »

« Il a toujours eu un faible pour toi. »

Je réfléchis à ce qu'elles m'avaient conseillé. C'était peut-être vrai mais je n'aimais quand même pas l'idée de traiter affaires avec Claude Brismand. Je l'évitais depuis notre dernière rencontre. Je le savais curieux d'apprendre combien de temps j'avais l'intention de rester dans l'île et je ne voulais pas me trouver dans une situation où il pourrait me poser des questions. Je devinais qu'il en savait beaucoup plus sur ce qui se passait aux Salants que nous ne le pensions et, bien qu'il eût été incapable de surprendre quelqu'un en flagrant délit de vol de sable aux Immortelles, il n'en restait pas moins convaincu. On ne pouvait pas indéfiniment lui cacher l'existence de la plage à la Goulue. Je savais que ce n'était qu'une question de temps avant que quelqu'un ne vendît la mèche à propos de notre récif artificiel. Et quand ce moment-là viendrait, pensais-je, je préférais être aussi éloignée que possible de Brismand.

J'allais partir lorsque j'aperçus une toute petite chose par terre, juste devant moi. C'était une perle de corail rouge comme celles dont mon père ornait ses bateaux. Bien des îliens en portent encore. L'un d'eux devait avoir perdu la sienne.

« Tu as de bons yeux ! » s'exclama sœur Extase en me remarquant la ramasser.

« Garde-la, petite Mado », dit sœur Thérèse. « Et mets-la à ton cou, elle te portera bonheur ! »

Je dis au revoir aux deux religieuses. Je m'étais levée pour partir — la cloche indiquant les dix minutes avant le départ du *Brismand I* avait déjà sonné et je ne voulais vraiment pas le rater — lorsque tout à coup une porte claqua et des éclats de voix jaillirent de la réception des Immortelles. Je ne distinguai pas ce que l'on disait mais il était clair, au ton qui s'élevait de plus en plus et à l'exaspération qui perçait dans le timbre des voix, que quelqu'un de très mauvaise humeur s'apprêtait à sortir. Plusieurs voix se mêlaient à celle de Brismand dont les notes graves formaient contrepoint aux autres. Soudain, un homme et une femme émergèrent du hall d'entrée, le visage figé dans le même paroxysme d'indignation. Les religieuses s'écartèrent pour les laisser passer puis, souriantes, se rapprochèrent avec une synchronisation parfaite.

« Les affaires marchent bien ? » demandai-je à Adrienne.

Mais ni Marin ni elle ne daignèrent répondre.

44

L'été s'installa vraiment. Comme souvent à ce moment-là de l'année, le temps se mit au beau fixe. Il faisait très chaud et le soleil brillait mais une brise marine venue de l'ouest maintenait pourtant une température agréable. Dans sept maisons des Salants, on hébergeait des touristes dont quatre familles qui occupaient des chambres d'hôtes et des dépendances transformées en appartements de vacances. Le camping de Toinette était complet. Cela faisait trente-huit personnes en tout et il en arrivait toujours à chaque voyage du *Brismand I*.

Charlotte Prossage commença à préparer de la paella une fois par semaine en se servant des crabes et des langoustines du nouveau vivier. Pour cela, elle utilisait une marmite gigantesque qu'elle portait ensuite chez Angelo et lui se chargeait de la vente au détail dans des barquettes d'aluminium. Les touristes appréciaient beaucoup. Avant longtemps elle dut enrôler Capucine qui lui suggéra un roulement. Chacune préparerait ses spécialités. Bientôt, il y eut de la paella le dimanche, du gratin devinnois — du rouget au four avec des lamelles de pommes de terre cuites dans une sauce au vin blanc et au fromage de chèvre — le mardi et une grosse soupe de poissons le jeudi. Les autres villageois renoncèrent presque complètement à faire la cuisine.

À la Saint-Jean, Aristide annonça enfin les fiançailles de son petit-fils et de Mercedes Prossage. Pour marquer l'occasion, il fit faire à la *Cécilia* un tour d'honneur du côté du Bouch'ou. Charlotte chanta un cantique pendant que Mercedes, assise à l'avant du bateau et vêtue d'une robe blanche, murmurait que l'odeur du goémon lui soulevait le cœur et qu'elle se faisait tremper par les embruns chaque fois que tanguait la *Cécilia*.

L'*Éléonore II* était un bateau encore meilleur qu'on ne l'avait espéré au départ. Alain et Matthias en étaient enchantés. Ghislain lui-même encaissa, avec un esprit sportif remarquable, la nouvelle des fiançailles de Mercedes. Il dressa toute une série de plans compliqués et peu convaincants. La plupart tournaient autour de régates sur la côte du continent. Il y inscrirait l'*Éléonore II* et les prix qu'il remporterait lui permettraient de gagner une fortune.

Toinette réalisa un de ses rêves. Elle vendit à sa porte de petits sachets de lavande sauvage et de romarin. « C'est bête comme chou », disait-elle, les yeux brillants de plaisir. « Ces touristes-là vous achèteraient n'importe quoi ! Des sachets de plantes sauvages attachés avec un p'tit bout d'ruban, de la vase même ! » gloussa-t-elle en secouant la tête, sans croire vraiment à ce qu'elle avait dit. « Vous n'avez qu'à en mettre dans des p'tits pots sur lesquels vous écrirez : Thalassothérapie, soins pour l'épiderme, sur l'étiquette ! Ma mère s'en est mis sur la figure pendant des années. C'est une vieille recette de l'île ! »

Omer la Patate dénicha sur le continent un client qui accepta de lui acheter son surplus de légumes à un prix bien plus avantageux que celui qu'on lui accordait à la Houssinière. Il consacra alors une certaine partie de ses terres nouvellement assainies aux fleurs pour l'automne, et cela après avoir cru pendant des années que la culture de choses aussi frivoles n'était que pure perte de temps.

Mercedes s'esquivait souvent des heures durant sous prétexte de se rendre au salon de beauté de la Houssinière. « À en juger par le temps que tu y passes, ma p'tite fille, lui dit un jour Toinette, ton cul même maintenant doit être parfumé. Au Chanel N° 5, au moins », gloussa-t-elle.

Mercedes renvoya sa chevelure en arrière, d'un geste irrité. « Comment peux-tu être si vulgaire, Mémé ? »

Aristide persistait à ne pas remarquer la présence de son fils à la Houssinière. Il se lança désespérément, avec une fureur renouvelée, dans les plans qu'il dressait pour le jeune couple.

Désirée s'attristait de le voir agir ainsi mais ne s'en étonnait pas. « Cela ne m'affecte pas », répétait-elle, assise sous le parasol avec Gabi et le bébé. « Nous avons trop longtemps vécu à l'ombre de la tombe d'Olivier. Ce dont j'ai besoin maintenant, c'est la compagnie des vivants. »

Et son regard se porta là-haut, sur la falaise, où Aristide venait s'asseoir pour observer le retour des pinasses. Je remarquai alors que les jumelles dont il se servait n'étaient pas souvent braquées sur les bateaux de pêche en mer mais sur la laisse de haute mer, là où Laetitia et Lolo étaient en train de construire un château fort.

« Il va s'asseoir là tous les jours », continua Désirée. « Il m'adresse à peine la parole. » Elle saisit le bébé dont elle rajusta le chapeau de soleil. « Je vais p't-êt' aller faire un p'tit tour au bord de l'eau », dit-elle en s'efforçant d'être enjouée. « J'ai besoin de respirer un peu ! »

Les touristes continuaient à affluer : une famille d'Anglais et leurs trois enfants, un couple de retraités avec leur chien, une Parisienne élégante, d'un certain âge, toujours vêtue de blanc ou de rose, et bon nombre de campeurs avec leurs gosses.

Jamais nous n'avions vu autant d'enfants. Le village tout entier résonnait de leurs cris et de leurs joyeux éclats de rire. Leurs vêtements étaient de couleurs aussi lumineuses et aussi bigarrées que leurs jouets de plage vert limon, turquoise ou rose fuchsia. L'odeur de crème solaire, d'huile de noix de coco et de barbe à papa dans laquelle ils évoluaient était tout simplement le parfum de la vie.

Tous nos visiteurs pourtant n'étaient pas des touristes. Je me rendis compte, avec beaucoup d'amusement, que nos jeunes à nous avaient gagné un certain statut par une sorte d'osmose et qu'ils acceptaient même des pots-de-vin de ceux de la Houssinière qui désiraient avoir accès à notre plage.

« Quand même, ils ont de l'initiative ! » commenta Capucine lorsque je lui fis part de la chose. « Y a pas d'mal à faire des affaires, surtout quand c'est un Houssin qui doit débourser ! » Elle émit un petit gloussement de pur contentement. « Ça fait plaisir d'avoir quelque chose qu'ils voudraient bien avoir, juste pour changer un peu ! Alors pourquoi ne pas les faire payer ? »

Pendant quelque temps, ce marché noir se révéla une mine d'or. Damien Guénolé acceptait en paiement des cigarettes filtre américaines qu'il fumait, je le devine, avec un déplaisir secret. Lolo, lui, refusait tout ce qui n'était pas espèces sonnantes et trébuchantes. Il faisait des économies, me confia-t-il, pour se payer un vélomoteur.

« Avec une Mobylette, on peut gagner de l'argent de mille façons ! » m'expliqua-t-il avec sérieux. « De p'tits boulots, des commissions, toutes sortes de choses. On n'est jamais fauché quand on a un moyen de transport ! »

La différence qu'une douzaine de gosses peut apporter à un village est quelque chose d'ahurissant. Les Salants débordaient soudain de vitalité. Les vieux n'y représentaient plus la majorité.

« Moi, j'aime ça », déclara Toinette. « Je m'sens plus jeune tout d'un coup ! »

Et elle n'était pas la seule. Je découvris, un jour, le maussade Aristide en haut de la falaise en train d'apprendre à deux gamins l'art des nœuds marins. Alain, si sévère avec sa propre famille, emmena Laetitia à la pêche dans son bateau. Désirée glissait en cachette des bonbons dans les petites mains avides et noires de crasse qui se tendaient vers elle. Bien sûr, tous les estivants étaient chaleureusement accueillis par l'ensemble de la population mais les enfants, eux, répondaient à un besoin plus fondamental. Nous achetions leurs sourires. Nous les gâtions terriblement. Le cœur des vieilles femmes austères fondait devant eux. Des vieillards moroses redécouvraient à leur contact les plaisirs de leur jeunesse.

Flynn, lui, était le préféré des enfants. Il avait d'ailleurs toujours attiré les nôtres, sans doute parce qu'il ne faisait jamais le moindre effort. Pour les petits des estivants, il devint le joueur de flûte de la légende de Hamelin. Les gosses s'agglutinaient autour de lui. Ils le regardaient fabriquer des objets sculptés à partir de débris flottants ou l'accompagnaient quand il écumait la plage. Ils lui parlaient. Ils le harcelaient sans merci mais lui ne semblait pas s'en plaindre. Ils lui apportaient les trésors qu'ils avaient trouvés à la Goulue et lui racontaient leurs petites querelles. Tous se disputaient son attention. Flynn acceptait leur cour avec la même indifférence enjouée dont il faisait preuve envers tout le monde.

Pourtant, depuis l'arrivée des touristes, Flynn me semblait s'être retranché davantage derrière un rempart de bonne humeur. Il avait toujours du temps à me consacrer et nous passions de longues heures à bavarder, assis sur le toit du blockhaus, ou à marcher au bord de l'eau. Je lui en étais pleine de gratitude. Maintenant que le village reprenait goût à la vie, je me sentais, moi, comme une mère qui voit sa couvée se détacher d'elle. C'était ridicule, bien entendu. Personne n'aurait pu éprouver plus de plaisir que moi devant les changements qui avaient pris place aux Salants. Cependant, plusieurs fois, je me surpris à presque souhaiter que quelque chose vînt interrompre notre tranquillité.

Flynn éclata de rire lorsque je lui en parlai. « Les gens comme vous ne sont pas nés pour vivre dans une île ! » s'exclama-t-il. « Vous avez besoin d'un état de crise perpétuel pour être pleinement heureuse ! »

C'était une remarque en l'air et cela me fit rire

sur le moment. Je répondis : « C'est complètement faux ! Moi, j'adore la vie tranquille ! »

Un large sourire s'épanouit sur son visage. « La vie n'est jamais tranquille quand tu es dans l'coin ! »

Je réfléchis plus tard à ce qu'il avait dit. Se pourrait-il qu'il eût raison, que ce dont j'avais besoin était un soupçon de danger, la menace d'une catastrophe ? Était-ce cela qui m'avait attirée au Devin ? Cela qui m'attirait vers Flynn ?

Ce soir-là, vers minuit, me sentant trop agitée pour dormir, je me dirigeai vers la Goulue afin de me calmer les nerfs. La lune avait déjà dépassé son second quartier. Les vagues bruissaient doucement en léchant la grève sombre. Une brise tiède venait de tourner. Je jetai un regard derrière moi, dans la direction du blockhaus. Du bord de la Goulue, je pouvais distinguer sa masse sombre, menaçante, dans le ciel plein d'étoiles. Un instant, j'eus la certitude d'avoir vu une silhouette s'en détacher puis disparaître dans les dunes. À la façon dont elle se déplaçait, je reconnus Flynn.

Il était sorti à la pêche, peut-être, pensai-je, mais sans lanterne ? Je savais que parfois, pour ne pas perdre la main, il allait encore braconner dans les viviers à homards des Guénolé. La nuit convenait mieux à ce genre de pêche !

Après ce bref moment, je n'aperçus plus aucune trace de lui, alors, commençant à frissonner, je fis demi-tour vers la maison. Au loin, j'entendais encore des chants et des éclats de voix qui venaient du village. La lumière jaune de chez Angelo inondait la route et au-delà. Plus bas, au-dessous de moi, sur le sentier, se tenaient deux silhouettes d'hommes, à peine visibles dans l'ombre de la dune. L'un était large de carrure, il avait les épaules voûtées et les mains nonchalamment enfoncées dans les poches de sa vareuse. L'autre, beaucoup plus léger, fut pris dans un mince rayon de lumière qui, soudain, fit flamboyer sa chevelure.

Cela ne dura qu'une fraction de seconde. Un murmure de voix basses, une étreinte rapide, un bras levé, ils avaient disparu. Brismand, dont l'ombre immense s'allongeait sur le sable, s'éloigna vers le village. Flynn, à longues enjambées régulières, remonta le sentier dans ma direction. Je n'avais pas le temps de l'éviter. Avant que je ne pusse réagir, il était là. Son visage parut blafard dans le clair de lune. J'étais bien contente que le mien fût dans l'ombre.

« C'est bien tard pour toi ! » remarqua-t-il d'un air joyeux. Évidemment, il n'était pas conscient d'avoir été aperçu en compagnie de Brismand.

« Pour toi aussi ! » répliquai-je. Mes pensées s'embrouillaient dans ma tête. Je n'arrivais pas à croire à ce que j'avais vu — ou cru voir. Il me fallait réfléchir à la signification de tout ça.

« Belote ! » expliqua-t-il. « Pour une fois, je suis parti pendant que la chance était toujours de mon côté. J'ai gagné une douzaine de bonnes bouteilles contre Omer. Charlotte va l'assommer quand il sera remis de sa cuite ! » Et il ébouriffa mes cheveux d'un geste espiègle. « Toi, fais de doux rêves, Mado ! » dit-il et il s'éloigna en sifflotant entre ses dents par le sentier que j'avais moi-même emprunté.

Je découvris que j'étais tout à fait incapable de demander des éclaircissements à Flynn au sujet de son rendez-vous nocturne avec Brismand. Étrange ! Je me persuadai qu'il pouvait très bien s'agir d'une rencontre fortuite, innocente. Les Salants n'étaient tout de même pas interdits aux Houssins ! Omer, Matthias, Aristide et Alain me confirmèrent tous que Flynn avait bel et bien joué à la belote, ce soir-là, chez Angelo. Flynn ne m'avait donc pas menti. D'ailleurs, comme Capucine se plaisait à le remarquer, Flynn n'était pas natif des Salants. Il était neutre dans nos querelles. Brismand avait tout simplement pu lui demander de faire pour lui un travail quelconque. Pourtant, un petit soupçon s'était incrusté dans mon esprit, comme un grain de sable dans la nacre d'une huître et il restait là à m'irriter.

Je repensai à cet incident à la réception des Immortelles, à cet échange bruyant entre Brismand et Marin et Adrienne, à cette perle de corail que j'avais ramassée sur les marches de l'hôtel. Bien des îliens en portent encore, mon père en avait souvent une autour du cou, comme un certain nombre de pêcheurs d'ailleurs. Je me demandai si Flynn, lui, portait encore la sienne.

45

Vers la fin de juillet, je commençai à me faire de plus en plus de soucis au sujet de mon père. En l'absence de ma sœur et de sa famille, Gros-Jean semblait encore plus taciturne que d'habitude et plus indifférent à ce qui se passait autour de lui. De cela, j'avais l'habitude, mais il y avait maintenant quelque chose de nouveau dans son silence. Une sorte de vague à l'âme. La petite maison, depuis longtemps, était terminée. Les débris, laissés par les ouvriers, avaient été dégagés. GrosJean n'avait plus aucune raison de rester dehors pour surveiller les travaux. À ma grande consternation, il se renfermait dans sa coquille habituelle et de façon plus inquiétante qu'autrefois. Il restait assis dans la cuisine à boire du café ou près de la fenêtre à attendre le retour des gamins.

Seuls ces gamins-là pouvaient le faire sortir de son indolence et de ce demi-sommeil. Il ne reprenait vie qu'en leur présence. Cela me remplissait de rage et de tristesse de surprendre leurs grimaces furtives, de voir l'expression de leur visage, d'entendre leurs chuchotements, les plaisanteries qu'ils faisaient à ses dépens. Pépère gros bidon, c'est ainsi qu'ils l'appelaient derrière son dos. Ils l'imitaient, singeant la façon dont il traînait les pieds, dont il marchait, les jambes un peu écartées et ils gonflaient leurs petits ventres en caricature du sien avec de grands éclats de rire. Quand il les regardait, ils jouaient au contraire magnifiquement leur rôle de petits-enfants bien élevés, souriants, les yeux baissés, et leurs mains avides s'ouvraient pour recevoir les bonbons ou l'argent qu'il y laissait tomber. Il leur offrait aussi des choses plus coûteuses : des survêtements neufs, un rouge pour Franck, un bleu pour Loïc. Ils les portèrent une seule fois et je les découvris dans le jardin de derrière, en bouchon, oubliés, parmi la balle d'avoine sauvage et les cardes dont ils étaient truffés, ainsi qu'une quantité de jouets : ballons, seaux, jeux électroniques qu'il avait dû faire venir du continent car aucun des gosses de notre village n'aurait pu se permettre un tel luxe. L'anniversaire de Loïc tombait au mois d'août et il était question d'un bateau. Avec une inquiétude croissante, je me demandais d'où pouvait bien venir l'argent.

En partie pour soulager mon angoisse, je me lançai avec plus d'enthousiasme que jamais dans ma peinture. Je ne m'étais jamais sentie plus proche de mon sujet. Je peignis le village et ses habitants, la jolie Mercedes moulée dans sa jupe courte, Charlotte rentrant sa lessive sous un ciel d'orage tout chargé de nuages d'un ardoise foncé, des jeunes gens travaillant torse nu dans les marais salants au milieu d'un étrange décor de pyramides de sel éblouissantes de blancheur. Alain Guénolé, assis à califourchon à l'avant de l'*Éléonore II*, comme un chef de clan celte, Omer aux traits si sérieux et si comiques à la fois, Flynn, marchant au bord de l'eau avec son sac de ramasseur d'épaves sur la hanche, Flynn, assis à l'arrière de son petit canot à voile au tiers ou Flynn encore, relevant des casiers à homards, les cheveux retenus en arrière par un bout de toile à voile et la main en visière pour se protéger du soleil.

J'ai un certain coup d'œil pour le détail. Ma mère me le disait toujours. Je peignais de mémoire le plus souvent car personne ici n'avait vraiment le temps de poser pour moi. J'appuyais les toiles contre le mur de ma chambre pour les laisser sécher avant de les encadrer. Lorsqu'elle venait de la Houssinière parfois, Adrienne m'observait avec un intérêt croissant qui, je le sentais bien, n'était pas de pure bienveillance.

« Ton éventail de couleurs est beaucoup plus large qu'autrefois », commenta-t-elle. « Certains de ces tableaux ont des couleurs tout à fait vibrantes ! »

C'était la vérité. Mes tableaux d'autrefois paraissaient ternes en comparaison. Leurs camaïeux de gris pâle et de brun s'accordaient aux couleurs de l'hiver sur l'île. Mais l'été avait envahi ma palette comme il avait envahi le village tout entier, éclaboussant de mousse rose les derniers tamaris, avivant les genêts, les ajoncs et les faux mimosas de minuscules lingots d'or, jouant de la blancheur neigeuse du sel et du sable avec l'orangé flambant des bouées sur l'eau, avec le bleu intense du ciel et les voiles rouges des bateaux de l'île. Pourtant, il y avait encore un je-ne-sais-quoi d'austère dans ce monde de couleurs et j'aimais cette austérité. Je n'avais jamais rien peint de meilleur.

Le petit signe de tête admiratif de Flynn confirma ce que je pensais et me fit rougir de plaisir. « C'est très bien », dit-il. « Tu pourras bientôt t'établir à ton compte ! »

Adossé au mur du blockhaus, il était assis de profil, le visage à demi caché par le bord de son chapeau de toile. Sur le mur brûlant, juste au-dessus de sa tête, un petit lézard s'enfuit, rapide comme l'éclair. Je m'appliquai à capter l'expression exacte de ce visage, le dessin des lèvres, l'ombre oblique qui tombait de la pommette. Et, derrière nous, l'été éclatait dans le bleu de la dune et les appels des grillons. Flynn m'aperçut prendre un croquis de lui et se redressa brusquement.

« Tu as bougé », protestai-je.

« Je suis superstitieux, comme tous les Irlandais. Je crois que chaque coup de crayon que tu donnes vole un peu de mon âme ! »

Cela me fit sourire. « Mais c'est très flatteur pour moi de penser que tu me crois aussi bonne que ça ! »

« Assez, sûrement, pour pouvoir ouvrir ta propre galerie à Nantes ou à Paris même. Ici, tu perds ton temps ! »

« Loin du Devin ? Impossible ! »

Flynn haussa les épaules. « Tout change ! N'importe quoi pourrait arriver. Tu ne peux pas rester toute ta vie cachée ici ! »

« Je ne sais pas à quoi tu fais allusion ! » Je portais ce jour-là la robe rouge que Brismand m'avait offerte et dont la soie était si légère que je la sentais à peine contre ma peau. Après tant de mois passés en pantalon et en chemise de grosse toile, l'impression était étrange, comme si je me trouvais de nouveau à Paris, mais la poussière des dunes collait pourtant à mes pieds nus.

« Bien sûr que si ! Tu as du talent. Tu es intelligente. Tu es belle... » Un instant, il s'interrompit, aussi étonné que je l'étais moi-même. « Eh bien, oui, c'est vrai », dit-il enfin, un peu interdit pourtant.

Au-dessous de nous, la Goulue reprenait vie après la sieste. Des dizaines de petites embarcations jaspaient l'eau de leurs reflets. Je les reconnaissais à leurs voiles : la *Cécilia*, le *Papa-Chico*, le *Secret-de-Louis*, l'*Éléonore II*, la *Marie-Joseph* et bien d'autres. Elles se détachaient au loin dans l'immense cadre bleu pervenche de la baie qui languissamment s'étirait là-bas. Soudain, remarquant l'absence de son porte-bonheur : « Tu n'as plus ta perle de corail ! » m'exclamai-je.

Flynn porta la main à sa gorge d'un geste instinctif. « Non ! » répondit-il d'un ton indifférent. « Je travaille moi-même à mon propre bonheur ! » Il détourna son regard vers la baie. « Comme tout est petit, vu d'ici ! Tu ne penses pas ? »

Je ne répondis rien. Quelque chose me serrait la gorge et m'empêchait de respirer. J'enfonçai la main dans ma poche. La perle de corail que j'avais ramassée aux Immortelles était toujours bien là, à peine de la taille d'un noyau de cerise. Flynn couvrit son visage de sa main pour lutter contre l'éblouissement et, par la fente entre ses doigts, il regarda la Goulue.

« Ces petites communautés », dit-il d'une voix douce. « Une trentaine de maisons et une plage seulement et l'on croit que l'on peut y résister. On a beau s'en méfier. On a beau être averti. C'est comme un de ces jeux chinois, ces tubes où, une fois que vous y avez coincé un de vos doigts, plus vous tirez, moins vous pouvez le dégager. Vous n'avez pas même le temps de vous retourner que déjà vous êtes pris dans l'engrenage. Et puis un jour, vous vous rendez compte qu'il n'y a rien d'autre dans la vie que ces petites, ces toutes petites choses ! »

« Je ne comprends pas ! » murmurai-je en me rapprochant encore un peu de lui. Le soleil exaspérait maintenant les senteurs de la dune, le parfum exquis des œillets maritimes, le bouquet rafraîchissant du fenouil sauvage et cette odeur d'abricot mûr qui cascadait des genêts chauffés à blanc. Le ridicule chapeau de toile que portait

Flynn m'empêchait de voir l'expression de son visage. J'aurais voulu le repousser, noyer ses yeux dans les miens, caresser de mes doigts l'arête de son nez semé de taches de rousseur. Je serrai encore une fois la perle de corail dans ma poche, alors mes doigts crispés se relâchèrent. Que Flynn pensât que j'étais jolie m'emplissait de stupéfaction. C'était comme un bouquet de feux d'artifice qu'il m'avait offert.

Flynn hocha la tête et continua d'une voix douce. « Je suis ici depuis trop longtemps. Croyais-tu vraiment que j'allais m'y éterniser, Mado ? »

Sans doute avais-je cru cela. Malgré ses allures d'incorrigible voyageur, je n'avais jamais pensé qu'il partirait. D'ailleurs, la saison battait son plein. Les Salants n'avaient jamais connu une foule pareille.

« C'est ça que tu appelles une foule ? Allons donc, je les ai vues ces petites communautés côtières ! J'y ai habité autrefois. Complètement désertes en hiver, et l'été seulement quelques dizaines de visiteurs. » Il poussa un grand soupir triste. « Petites communautés et petites gens ! Ah ! Tout cela me déprime, tiens ! » De lui, je ne pouvais plus rien voir que sa bouche. Le reste de son visage disparaissait dans l'ombre. J'étais fascinée par le dessin de cette bouche, le grain de la peau, l'arrondi de la lèvre supérieure et les légères ridules des commissures où naissait le sourire. J'étais toujours sous l'empire de ma stupéfaction, comme lorsque, les paupières closes, l'image du soleil impressionne encore votre rétine. Flynn me trouvait jolie. À côté de cette révélation, ce qu'il disait maintenant me semblait sans importance. Ce n'était que de petits riens destinés à me faire oublier l'essentiel. D'un geste tendre mais ferme, je saisis son visage entre mes mains.

Je le vis hésiter un instant. Mais sa peau était aussi brûlante que le sable sous mes pieds et ses yeux brillaient comme des paillettes de mica. Je n'étais plus moi-même. Comme si la robe donnée par Brismand avait contenu un peu du charme de celui qui me l'avait offerte, je me sentis, à cette seconde-là, transformée.

Sur sa bouche, en guise de bâillon, je posai la mienne. La sienne avait un goût de pêche, de laine, de métal et de vin. Mes sens me semblaient soudain aiguisés, comme assaillis par le parfum des dunes et l'odeur des vagues, le cri des mouettes et le bruissement de l'eau léchant le sable, les voix lointaines des enfants sur la plage et le léger crépitement des graines d'oyat derrière nous, par la qualité de la lumière aussi. Inondée de sensations multiples, je me sentais emportée à toute vitesse comme une toupie folle. Mon cœur n'allait pas résister à cette force contre laquelle je ne pouvais rien. À chaque seconde, je croyais que j'allais exploser et que mon nom allait s'inscrire en étoiles sur le bleu éblouissant du ciel.

Le geste aurait dû être maladroit. Il le fut peut-être mais, à moi, il parut si facile, si naturel. La robe de soie rouge glissa sans effort de mes épaules et de mes hanches et tomba sur le sol. La chemise de Flynn l'y rejoignit. Sa peau était si pâle, à peine plus colorée que le sable. Il répondit à mes baisers avec l'avidité de celui qui s'abreuve à une source après des jours dans le désert, sans même reprendre sa respiration avant de perdre toute conscience. Tant que notre soif ne fut pas étanchée, nous ne prononçâmes pas un seul mot. Quand, hébétés, nous reprîmes conscience de la réalité, le sable avait recouvert de son voile pudique nos corps trempés de sueur. Au-dessus de nos têtes, caressant de leurs ombres le mur brûlant du blockhaus, se balançaient toujours les longues herbes sèches et, tout là-bas, la mer chatoyait au soleil comme un mirage.

Toujours enlacés, nous nous perdîmes dans ce mirage bleu. Un silence interminable et lourd de signification s'établit. Cela changeait tout. J'étais consciente de cela. Je voulais protéger ce précieux moment et le faire durer aussi longtemps que possible. Je restai donc allongée, la tête sur la poitrine de Flynn et un bras reposant mollement autour de son épaule. J'aurais voulu lui poser mille questions mais je devinais que le faire eût été reconnaître ce qui s'était passé, accepter le fait que lui et moi n'étions plus simplement copains mais quelque chose d'infiniment plus dangereux. Je sentais qu'il s'attendait à ce que ce fût moi qui rompisse ce silence tendu, peut-être pour savoir lui-même quelle attitude prendre devant ce nouvel état de choses. Au-dessus de nous, dans le ciel, un vol de mouettes dessinait des cercles en protestant de leur indignation.

Nous restions ensevelis dans notre silence.

46

À la mi-août, les grandes marées apportèrent des orages de chaleur mais comme, en grande partie, ils se réduisirent à de magnifiques spectacles d'éclairs en nappe accompagnés de bonnes averses nocturnes, le commerce n'en souffrit pas vraiment. Pour fêter notre succès, Flynn organisa un grand feu d'artifice qu'Aristide paya et que le maire, Pinoz, approuva. Cela ne fut bien sûr pas un de ces gigantesques festivals de lumière tels que l'on peut en voir sur le continent mais ce fut certainement le tout premier pour les Salants où l'on n'avait jamais rien vu de semblable auparavant. Tout le monde vint y assister. Les trois énormes soleils, installés sur le Bouch'ou, que l'on ne pouvait atteindre qu'en bateau, étaient destinés à illuminer la baie et à se refléter sur l'eau. On avait aussi disposé artistiquement des feux de Bengale sur la dune. Quant aux fusées, elles semèrent dans le ciel leurs grandes fleurs d'étoiles. S'il est vrai que le spectacle tout entier ne dura pas plus de quelques minutes, les enfants en furent tout de même ravis. Lolo, lui, n'avait encore jamais vu de feux d'artifice de sa vie et, même si Laetitia et les autres gosses des estivants ne se laissaient pas aussi facilement impressionner, tous furent d'accord pour admettre que c'était le meilleur feu d'artifice que l'île eût jamais organisé. Capucine et Charlotte avaient préparé de bien bonnes choses à manger que l'on distribua pour fêter l'occasion : un choix de devinnoiseries, des petits pains au lait tressés, des *foutimassons* dégoulinants de miel et de grosses crêpes au beurre.

Flynn, qui avait organisé et produit pratiquement à lui tout seul ce petit spectacle, rentra chez lui de bonne heure, ce soir-là. Je ne le retins pas. Depuis ce qui était arrivé devant chez lui, sur la dune, je lui avais à peine adressé la parole.

Cependant, tous les jours, en passant devant le blockhaus, j'essayais de déceler des signes de sa présence — la fumée s'élevant de la cheminée, le linge séchant au vent sur le toit — et la terrible sensation de douleur dans ma poitrine diminuait un peu lorsque je pouvais m'assurer qu'il était toujours là. Quand je le voyais chez Angelo ou à la pêche, dans l'étier, ou même assis sur le toit du blockhaus à regarder l'océan, je trouvais quelquefois difficile de répondre à son bonjour. S'il était blessé, ou même simplement étonné de mon attitude, il n'en trahissait rien. Pour lui au moins, la vie continuait son cours habituel.

Mon père n'assista pas à la petite fête mais Adrienne vint avec les garçons. Ils parurent pourtant s'ennuyer et rester indifférents aux gâteries qui faisaient le délice des autres gosses. Je les aperçus plus tard près d'un des feux de joie allumés sur la plage. Damien était parmi eux, l'air mécontent et irrité. Lolo m'expliqua qu'il y avait eu une brouille entre eux.

« C'est à propos de Mercedes », me confia-t-il avec tristesse. « Il est capable de n'importe quoi pour se rendre intéressant à ses yeux. Rien d'autre ne compte plus pour lui ! »

Il était évident que Damien avait changé. À présent, il était entièrement dominé par son caractère déjà naturellement maussade et ne voulait plus rien avoir en commun avec son ancien copain. Il donnait aussi du mal à Alain qui alla jusqu'à l'avouer lui-même, avec un mélange d'irritation et d'orgueil dont il se défendait pourtant.

« Il en a toujours été ainsi dans la famille, vous savez ! » me déclara-t-il. « Les Guénolé, tous des crânes pleins d'cailloux ! » Mais je devinais, moi, son inquiétude.

« Je n'arrive à rien avec ce gamin-là ! » confessa-t-il. « Il ne veut se confier à personne. Son frère et lui s'entendaient autrefois comme larrons en foire et maintenant Ghislain ne réussit même pas à en tirer un sourire, ou un mot aimable. Enfin, moi, à son âge, j'étais comme lui et je m'en suis bien sorti tout de même en grandissant ! »

Alain pensait qu'un nouveau vélomoteur le tirerait peut-être de sa mauvaise humeur. « Ça pourrait aussi le séparer de ses copains de la Houssinière, le ramener au village et lui changer un peu les idées. »

Moi aussi je l'espérais. Malgré son sale caractère, j'avais toujours eu de la sympathie pour Damien. Il me rappelait celle que j'étais au même âge : une adolescente soupçonneuse, boudeuse et pleine de ressentiment. Mais à quinze ans, un premier amour est comme un feu de paille féroce, aveuglant et éphémère.

Mercedes, elle aussi, se comportait de façon inquiétante. Depuis l'annonce de ses fiançailles, son humeur était devenue encore plus changeante qu'auparavant. Elle s'enfermait pendant des heures dans sa chambre, refusant toute nourriture. Tour à tour, elle cajolait et critiquait tant son malheureux fiancé que le pauvre Xavier ne savait plus que faire pour lui faire plaisir.

Aristide mettait tout cela sur le compte de son état nerveux. C'était plus que cela pourtant. Elle me paraissait à moi non seulement à bout de nerfs mais franchement malade aussi. Elle fumait beaucoup trop. Elle semblait prête à prendre la mouche ou à éclater en sanglots au moindre prétexte. Toinette me raconta que Mercedes et sa mère s'étaient querellées à propos d'une robe de mariée et que, depuis, elles refusaient de s'adresser la parole.

« La robe en question appartient à Désirée Bastonnet », m'expliqua Toinette. « Une robe de dentelle fine, à la taille très ajustée, vraiment magnifique ! » Xavier aurait voulu que Mercedes la portât. Depuis le jour de ses noces à elle, Désirée l'avait mise de côté et l'avait conservée entre des draps parfumés à la lavande. La mère de Xavier, elle aussi, l'avait portée le jour de son mariage avec Olivier mais Mercedes, elle, avait tout bonnement refusé et avait même piqué une crise lorsque Charlotte avait timidement osé insister.

De mauvaises langues racontaient que la seule raison pour laquelle Mercedes refusait était qu'elle était trop bien en chair pour entrer dans la fameuse robe. Cela ne ramena pas la paix dans la famille Prossage, vous pensez bien !

Flynn et moi, pendant ce temps-là, avions tacitement établi une sorte de routine. Jamais nous ne parlions du changement qui s'était effectué entre nous. L'aveu même de l'existence de ce changement aurait pu nous engager encore plus profondément dans une situation que ni l'un ni l'autre nous ne voulions vraiment. En conséquence, notre intimité, comme un amour de vacances, s'était cachée derrière une trompeuse insouciance. Nous avions dressé autour de nous tout un réseau de remparts invisibles que ni l'un ni l'autre n'osions franchir. Nous bavardions, nous faisions l'amour, nous allions nous baigner à la Goulue, nous partions à la pêche et nous cuisions notre prise sur le petit barbecue que Flynn avait construit dans un creux derrière la dune. Nous respections les limites que nous nous étions imposées. Parfois, je me demandais si c'était ma lâcheté à moi qui avait imposé ces limites ou si c'était la sienne. En tout cas, Flynn ne parlait plus de quitter l'île.

Et il n'y avait pas de nouvelles rumeurs à propos de Claude Brismand, que l'on avait aperçu plusieurs fois, pourtant, en compagnie de Pinoz et de Jojo-le-Goéland, un jour à la Goulue et un autre dans le village. Capucine disait les avoir vus rôder autour de sa caravane et Alain les avait remarqués devant le blockhaus mais, autant qu'il était possible de l'affirmer, Brismand était bien trop occupé à rendre étanches les murs de son hôtel pour se mettre à comploter quelque chose de nouveau. Certainement, on ne parlait plus du tout du ferry qui était en chantier et la plupart des gens étaient enclins à croire que toute cette histoire du *Brismand II* n'avait été que la douteuse plaisanterie d'un petit farceur — de Ghislain peut-être.

« Brismand sait très bien qu'il a perdu cette partie-là », déclara Aristide avec un sourire de contentement. « Il était bien temps pour les Houssins d'apprendre ce que c'est que de perdre. Leur chance a tourné et ils le savent très bien ! »

Toinette approuva la remarque d'un hochement de tête. « Personne ne peut nous mettre de bâtons dans les roues maintenant que la sainte est de notre côté ! »

Mais notre optimisme était prématuré. Quelques jours plus tard, je rentrais du village avec, dans mon panier, quelques maquereaux pour le repas de GrosJean lorsque je découvris Brismand, assis sous le parasol, dans la cour. Il m'attendait. Il portait toujours sa casquette de pêcheur mais il avait choisi de rendre sa visite plus formelle en revêtant une veste de lin et une cravate. Bien sûr, il avait toujours les pieds nus dans ses espadrilles délavées et tenait entre ses doigts une gitane qu'il abritait de la main.

Mon père était assis en face de lui. Une bouteille de muscadet et trois verres attendaient.

« Et voilà Mado ! » dit Brismand se levant de son siège avec difficulté. « J'espérais que tu serais bientôt de retour ! »

« Que faites-vous ici ? » La surprise me rendait brusque. Il prit un air peiné.

« Je suis venu te voir, bien sûr ! » Derrière sa tristesse apparente, je sentais quelque chose qui ressemblait à de l'amusement. « J'aime me tenir au courant de tout ce qui se passe. »

« C'est bien ce que l'on m'a dit ! »

Il se versa un verre de vin et m'en versa un aussi. « Vous, aux Salants, vous avez eu une série de coups d'veine, n'est-ce pas ? Vous devez en être bien heureux ? »

D'une voix que je voulais garder neutre, je répondis : « Oui, on se débrouille ! »

Le sourire de Brismand hérissa sa moustache de gangster.

« C'est moi qui serais content d'avoir quelqu'un comme toi dans mon hôtel, quelqu'un de jeune, plein d'énergie. Tu devrais y penser un peu ! »

« Quelqu'un comme moi ? Mais qu'est-ce que je pourrais y faire ? »

« Tu serais surprise ! » Sa voix se fit enjôleuse. « Une artiste comme toi — une décoratrice d'intérieur — me serait utile, en ce moment. On pourrait s'arranger. Je pense que tu y trouverais ton profit. »

« Je me plais bien dans ma peau, merci ! »

« Peut-être, mais les circonstances peuvent changer, hein ? Tu pourrais désirer un jour un peu plus d'indépendance, tu pourrais vouloir te préparer un avenir. » Avec un large sourire, il poussa le verre dans ma direction. « Allez, tu vas bien boire un p'tit verre ? »

« Non, merci ! » Et lui indiquant dans le panier le poisson que j'avais apporté, j'ajoutai : « Je dois le mettre au four. Il se fait tard. »

« Du maquereau, hé ? » dit Brismand en se levant. « Je connais une merveilleuse recette pour le préparer, avec un peu de sel et du romarin. Je vais t'aider, comme ça nous pourrons continuer à parler ! »

Il me suivit dans la cuisine. Il était plus adroit que sa stature n'eût pu me le faire deviner. Il éventra et vida le poisson d'un geste rapide de la main.

« Et comment va le commerce ? » demandai-je, en allumant le four.

« Pas mal ! » répondit-il avec un sourire. « Justement, ton père et moi étions en train de célébrer... »

« Célébrer quoi ? »

Le sourire de Brismand s'élargit. « Un contrat de vente ! »

*
* *

Bien sûr, pour obtenir ce qu'ils voulaient, ils avaient dû jouer l'atout garçons. Je savais que mon père serait prêt à faire n'importe quoi pour les garder près de lui. Marin et Adrienne avaient misé là-dessus. Ils avaient fait allusion à un investissement, ils l'avaient encouragé à emprunter au-delà de ce qu'il était capable de rembourser. Je me demandai quelle surface du terrain il avait vendue.

Brismand attendit avec patience que je me décide à parler. Je devinai qu'il éprouvait un énorme et terrible amusement à ce petit jeu-là. Ses yeux ardoise brillaient comme ceux d'un chat aux aguets. Sans m'en demander la permission, il se mit à préparer la marinade du poisson : de l'huile, du vinaigre balsamique, du sel et un bouquet du romarin qui poussait devant la porte de la maison.

« Madeleine, on devrait être copains tous les deux, nous, tu sais. » J'étais sûre qu'il avait l'air navré en disant cela, j'imaginais ses bajoues alourdies, sa moustache tombante mais j'entendais aussi comme un rire dans sa voix. « Nous ne sommes pas si différents l'un de l'autre ! Nous sommes tous deux des combattants. Nous avons la bosse du commerce. Ne laisse pas tes préjugés t'empêcher de te joindre à moi. Je suis certain que tu réussirais et je suis sincère, tu sais, en t'offrant mon aide. J'ai toujours voulu faire ça. »

Je ne lui accordai pas un coup d'œil. Je salai les maquereaux, les glissai dans leurs papillotes d'aluminium et les mis au four.

« Tu as oublié la marinade ! »

« Mais ce n'est pas comme ça que je les cuis, moi, monsieur Brismand ! »

Il poussa un soupir. « Quel dommage ! Tu aurais aimé ma recette ! »

« Combien ? » demandai-je enfin. « Combien d'argent lui avez-vous *offert* pour qu'il vous le *donne*, ce terrain ? »

Brismand poussa une exclamation d'impatience et de reproche. « Pour qu'il me le donne ? Mais personne ne m'a jamais donné quoi que ce soit ! Pourquoi le ferait-on ? »

Les documents officiels avaient été préparés par un notaire du continent. Mon père avait toujours été un peu impressionné par ce mystérieux rituel de sceaux et de signatures et le vocabulaire des hommes de loi semblait pour lui une autre langue. Brismand ne me donna que de vagues détails, je compris pourtant qu'il avait accepté le terrain comme garantie du prêt. Comme d'habitude ! Ce n'était qu'une petite variation sur sa technique habituelle de prêts à court terme, remboursés par un transfert de propriété à une date ultérieure.

Après tout, comme le disait Adrienne, à quoi servirait bien ce terrain qui était tout à fait sans intérêt pour mon père ? Quelques kilomètres de dunes entre la Bouche et la Goulue, un petit chantier naval tombé en désuétude et qui, de toute façon, n'aurait jamais servi à rien. Enfin, jusqu'à maintenant, bien sûr !

Comme je l'avais soupçonné, la petite maison n'avait pas été construite grâce à ses économies, ce n'étaient pas ses économies non plus qui avaient payé les réparations, les cadeaux pour les garçons, les vélos neufs, les jeux électroniques, les planches à voile...

« C'est vous qui avez payé tout ça ? Vous qui lui avez prêté tout cet argent ? »

« Bien sûr ! Qui d'autre l'aurait fait ? » répondit Brismand en haussant les épaules. Dans le grand saladier de bois, il prépara la vinaigrette à la salicorne pour la scarole que j'avais épluchée. Je commençai à couper les tomates en tranches. « Tu devrais y mettre un peu d'échalote », conseilla-t-il d'une voix toujours aussi bienveillante. « Cela fait ressortir le goût de la tomate mieux que n'importe quoi ! Mado, dis-moi donc où tu les mets, tes échalotes ? »

Je ne répondis pas à sa question.

« Ah ! les voilà, dans le panier à légumes ! Et ce sont de belles échalotes et des grosses aussi ! J'ai dans l'idée que la ferme d'Omer doit marcher à plein rendement. Vraiment cela aura été une sacrée bonne année pour vous aux Salants, n'est-ce pas ? Pour le poisson aussi bien que pour les légumes et les estivants ! »

« Oui, ça n'a pas été trop mauvais ! »

« Va, ne sois pas si modeste ! Hé, cela a presque tenu du *miracle*, votre succès. » De ses doigts agiles, avec un coup de main très professionnel, il émincait les échalotes dont l'odeur montait, aussi puissante que celle de l'océan.

« Et tout cela grâce à cette jolie plage que vous m'avez volée, toi et ton malin petit copain, Rouget. »

Je reposai doucement le couteau sur la table mais ma main tremblait un peu.

« Attention ! Tu ne veux pas te couper quand même ! »

« Je ne comprends pas ce que vous voulez dire ! »

« Je veux dire que tu dois être très prudente avec ce couteau-là, Mado. » Et il étouffa un petit rire ironique. « À moins que ce que tu disais était que tu ignorais tout de cette histoire de plage ? »

« Les plages ont tendance à se déplacer, le sable aussi ! »

« Ça, c'est vrai. Parfois même, il se déplace tout seul aussi, mais pas cette fois-ci, hein ? » Il fit de la main le signe de celui qui refuse toute dénégation. « Oh, ne crains pas que je ne t'en fasse reproche ! Au contraire, je suis plein d'admiration pour ce que vous avez réussi à faire. Grâce à vous, les Salants sont nés de la mer encore une fois. Le succès a été total ! Mon seul souci, Mado, est de veiller à mes intérêts à moi, de m'assurer que j'en récolte ma part. On pourrait appeler cela obtenir des compensations, si tu veux. Vous me le devez bien ! »

« Mais c'est vous qui avez causé les inondations ici », répliquai-je avec colère. « Personne ne vous doit donc un centime ! »

« Ah, mais si ! » Avec un hochement de tête, Brismand poursuivit : « D'où penses-tu qu'est venu l'argent qui a payé le café d'Angelo, le moulin d'Omer, la maison de Xavier ? Qui, à ton avis, a dû avancer les fonds ? Qui a fourni la base solide de tous ces projets ? » Et en indiquant la fenêtre, il sembla ramasser d'un geste large, dans la paume graisseuse de sa main, la plage, le village et le ciel tout entier... et la mer qui resplendissait comme un diamant.

« C'est peut-être vrai tout cela mais c'est bien fini maintenant », répondis-je. « Nous sommes capables de nous débrouiller à présent et le village n'a plus besoin de votre argent. »

« Chut ! » dit-il en exagérant le soin qu'il mettait à verser sa marinade sur les tomates. Le parfum des aromates me faisait venir l'eau à la bouche. J'imaginais le goût qu'elle aurait apporté au poisson que j'avais mis au four, et comment le vinaigre balsamique, parfumé au romarin, serait brusquement évaporé, comment l'huile d'olive aurait joyeusement grésillé...

« Tu serais bien surprise de découvrir combien les choses changent lorsque l'on peut se faire de l'argent », continua-t-il. « Pourquoi se contenter d'un ou deux touristes dans la chambre d'amis quand, avec un petit capital, on pourrait transformer un garage en appartement de vacances, ou construire une rangée de petites villas sur quelque terrain vague ? Tu as goûté au succès, toi, Mado. Penses-tu sincèrement que les gens puissent s'arrêter là ? »

Je restai silencieuse un moment en réfléchissant à ce qu'il venait de dire.

« Vous avez peut-être raison ! » admis-je enfin. « Mais je ne vois toujours pas ce que vous allez bien tirer de ce terrain-là. Vous ne pouvez même pas construire dessus ! »

« Madeleine ! » Les épaules de Brismand s'affaissèrent de façon éloquente. Le reproche perçait dans chaque ligne de sa silhouette. « Pourquoi ne pas accepter que je désire tout simplement aider les gens ? » Il ouvrit les bras avec un geste de crucifié. « Il y a tant de méfiance entre nos deux communautés, tant de rivalité. Toi-même, tu t'y es laissé entraîner. Qu'ai-je donc fait pour mériter ces soupçons ? Je prête de l'argent à ton père en échange d'un bout de terrain dont il n'a pas besoin — soupçon ! Je t'offre une situation aux Immortelles — soupçon encore ! Je fais un effort pour rapprocher nos deux communautés par amour de ma famille — et l'on me soupçonne encore davantage. Hé ! » D'un geste théâtral, il leva les bras au ciel. « Dis-moi ! De quoi donc me soupçonnes-tu maintenant ? »

Je ne répondis rien. Il jouait de son charme qu'il déployait généreusement, ce terrible charme auquel j'étais si sensible. Et pourtant, j'étais certaine d'avoir raison en me méfiant de lui. Il avait sûrement un plan quelconque. Je pensai au *Brismand II* déjà à moitié construit six mois auparavant et maintenant prêt à être lancé. Une fois encore, je me demandai ce que pouvait bien être son plan. Avec un lourd soupir, Brismand desserra le col de sa chemise.

« Je suis un vieux bonhomme, Mado, et je vis tout seul par-dessus le marché. J'avais une femme et un petit garçon. Je les ai sacrifiés tous deux à mon ambition. Je suis prêt à avouer qu'à une certaine époque l'argent avait pour moi plus de valeur que n'importe quelle autre chose mais l'argent qui vieillit perd son éclat, tu sais ! De nos jours, les choses que je désire sont celles que l'on ne peut acheter : famille, amis, une certaine sérénité. »

« Sérénité ? »

« J'ai soixante-quatre ans, Madeleine. J'ai perdu le sommeil. Je bois trop. La machine commence à s'user. Maintenant, je me demande si tout cela en valait la peine, si avoir amassé une fortune m'a vraiment rendu heureux et je me pose ces questions-là de plus en plus souvent ! »

Il jeta un regard vers la gazinière dont la pendule était à zéro. « Tiens, je crois que ton poisson est cuit, Madeleine ! »

Avec les gants de cuisine, il retira le poisson du four, défit les papillotes et versa le reste de sa marinade sur les maquereaux. L'odeur qui s'en dégagea était exactement celle que j'avais imaginée : chaude, pénétrante et savoureuse. « Eh bien, je vais vous laisser manger maintenant ! » dit-il, avec un soupir d'acteur accompli. « D'habitude, je prends mes repas à l'hôtel, tu sais. Je peux m'asseoir à n'importe quelle table et choisir n'importe quel plat sur le menu mais mon appétit... » et il se caressa l'estomac d'un air lugubre. « Mon appétit n'est plus ce qu'il était autrefois. C'est peut-être à la vue de ces tables vides, dans une salle à manger déserte... »

Je ne sais toujours pas ce qui me poussa à l'inviter. Peut-être parce qu'aucun Devinnois n'avait jamais refusé l'hospitalité à qui que ce soit. Peut-être parce que ce qu'il venait de dire avait touché chez moi une corde sensible. « Voulez-vous manger avec nous ? » suggérai-je soudain. « Il y en a assez pour trois ! »

Alors Brismand se mit à rire, d'un rire énorme qui lui secoua le ventre. Je me sentis rougir, sachant très bien qu'il m'avait manipulée jusqu'à me faire révéler ma sympathie pour quelqu'un qui ne la méritait pas et que c'était cela justement qui l'avait tant réjoui.

« Merci beaucoup, Mado ! » réussit-il à répondre enfin, en essuyant des larmes du coin de son mouchoir. « C'est gentil à toi de m'inviter comme ça mais je dois poursuivre mon chemin, hé ? Aujourd'hui, j'ai d'autres chats à fouetter ! »

47

Le lendemain matin, lorsque je passai devant le blockhaus, il n'y avait aucune trace de Flynn. Les volets étaient fermés, le générateur ne marchait pas. Aucun des signes habituels n'indiquait sa présence. Jetant un regard par la fenêtre, je découvris que la vaisselle du petit déjeuner n'était pas dans l'évier, qu'il n'y avait pas de couverture sur le lit, qu'aucun vêtement ne traînait. Un rapide coup d'œil à l'intérieur — aux Salants, rares sont les gens qui ferment leur porte à clef — ne révéla rien que l'odeur de renfermé d'une maison inoccupée. Encore pis, le petit canot n'était plus à son mouillage au bout de l'étier.

« Il sera parti à la pêche », me rassura Capucine quand je passai la voir dans sa caravane.

Alain dit la même chose et affirma qu'il croyait avoir remarqué le canot de Flynn sortir tôt ce matin-là. Angelo, lui, ne sembla pas s'inquiéter non plus. Aristide, cependant, était pessimiste. « Les accidents arrivent ! » nous dit-il, d'un ton lugubre.

« Vous vous rappelez Olivier ? »

« Hé ! » s'exclama Alain. « Olivier avait toujours été malchanceux ! »

Angelo acquiesça. « Il est plus vraisemblable que Rouget est en train de causer des ennuis à quelqu'un plutôt que d'en être victime. Où qu'il soit, il retombera toujours sur ses pieds ! »

Pourtant les heures s'écoulèrent sans qu'il n'y eût aucun signe de Flynn. Je commençai à me sentir gagnée par l'inquiétude. S'il avait eu l'intention de s'absenter longtemps, il m'aurait sûrement prévenue ? Quand, l'après-midi touchant à sa fin, il n'était toujours pas de retour, j'allai me renseigner à la Houssinière où le *Brismand I* s'apprêtait à partir. Une file de touristes attendaient, à l'ombre, sous l'auvent du Chat Noir ; leurs valises et leurs sacs à dos jonchaient la passerelle. Du regard, je cherchai les cheveux roux de Flynn.

Bien sûr, il n'était pas parmi ceux qui partaient, mais, juste au moment où je me retournai pour me diriger vers l'esplanade, je remarquai une silhouette familière parmi ceux qui attendaient le départ. Avec sa longue chevelure qui lui couvrait le visage, son jean trop serré et son dos nu orangé, je la reconnus bien. Un gros sac s'arrondissait à ses pieds, comme un chien en boule.

« Mercedes ? »

En entendant ma voix, elle se retourna. Son visage était très pâle, sans aucun maquillage, et elle semblait avoir pleuré.

« Laissez-moi tranquille ! » dit-elle et elle détourna le regard vers le *Brismand I*.

J'étais perplexe. « Mercedes, il y a quelque chose qui ne va pas ? »

Sans se retourner, elle secoua la tête. « Ah, vous, la Poule ! Ne vous mêlez pas de mes affaires, elles ne vous regardent pas ! » Interdite, je demeurai immobile à ses côtés, silencieuse, attendant qu'elle voulût bien parler. Elle rejeta sa chevelure en arrière d'un brusque geste de la tête. « Vous m'avez toujours détestée, alors ça doit vous faire plaisir de me voir partir ! Foutez-moi la paix maintenant, voulez-vous ? » Malgré ces paroles, le visage qui disparaissait derrière l'écran de ses cheveux était empreint d'une profonde tristesse.

Je posai la main sur sa maigre épaule. « Écoute ! Je ne t'ai jamais détestée. Viens avec moi, nous irons prendre un café et bavarder un peu. Après, si tu veux toujours partir… »

Mercedes éclata brusquement en sanglots. « Mais je ne veux pas partir ! »

Je ramassai le sac à ses pieds et l'entraînai rapidement. « Alors, viens ! »

« Non, pas au Chat Noir ! » protesta hâtivement Mercedes au moment où j'allais me diriger vers le café. « N'importe où ailleurs, mais pas là ! »

Je dénichai un petit snack derrière le Clos du Phare et nous commandai du café et des beignets. Mercedes parlait toujours d'une voix cassante mais elle était au bord des larmes et toute hostilité avait disparu.

« Pourquoi as-tu décidé de quitter l'île ? » lui demandai-je enfin. « Je suis sûre que tes parents sont malades d'inquiétude en ton absence. »

« Je ne veux pas retourner à la maison ! » dit-elle avec entêtement.

« Pourquoi ? Ce n'est quand même pas à cause de cette histoire imbécile de robe de mariée ? »

Elle me regarda étonnée, puis se mit à sourire malgré elle. « C'est comme ça que tout a commencé, oui ! »

« Mais tu ne peux pas tout de même tout plaquer parce qu'une robe ne te va pas ! » m'exclamai-je en m'efforçant de ne pas sourire.

Mercedes fit non de la tête. « Ce n'est pas pour ça ! » dit-elle.

« Pourquoi, alors ? »

« Parce que je suis enceinte ! »

À force de cajoleries et de nombreuses tasses de café, je réussis à la faire parler. Étrange mélange d'arrogance et de naïveté d'enfant, elle paraissait tour à tour bien plus âgée et bien plus jeune qu'elle ne l'était. Je devinai qu'au début c'était ce qui avait attiré Joël Lacroix, l'assurance de ses regards aguichants. Mais en dépit de ses minijupes et de son allure provocante, elle restait au fond une fille de l'île, d'une ignorance à la fois charmante et singulièrement alarmante aussi.

Elle s'en était remise à la protection de la sainte pour toute contraception.

« D'ailleurs, avoua-t-elle, je ne savais pas que cela pouvait arriver la première fois ! »

Et *cela* n'était arrivé qu'une fois d'après ce que j'avais compris et il lui avait fait croire que c'était de sa faute à elle. Avant ce jour-là, cela n'avait jamais dépassé le stade des baisers, des promenades secrètes derrière la moto et d'une impression enivrante de liberté totale.

« Il était si gentil au commencement », soupira-t-elle mélancoliquement. « Tous les autres étaient si sûrs que j'allais épouser Xavier, devenir femme de pêcheur, grossir et porter un foulard sur la tête comme ma mère ! » Elle s'essuya les yeux avec un coin de la serviette. « Tout est fichu maintenant ! Je lui ai pourtant bien dit que l'on pourrait s'enfuir. À Paris, peut-être, que nous pourrions prendre un appartement, que je pourrais trouver du travail ! Et lui, il... » Elle repoussa ses cheveux en arrière d'un geste indolent.

« Il a simplement éclaté de rire ! »

Sur les conseils du père Alban, elle avait immédiatement prévenu ses parents. De façon surprenante, c'était Charlotte, si calme et si méticuleuse, qui avait fait le plus d'histoires en apprenant la nouvelle. Omer la Patate, lui, s'était simplement assis à la table comme un homme en état de choc.

Mais Charlotte avait insisté pour que Xavier fût mis au courant immédiatement. Entre eux, il y avait eu contrat et le contrat ne pouvait plus être honoré maintenant. Mercedes me raconta l'histoire entrecoupée de petits sanglots étouffés, désespérés.

« Je ne veux pas partir sur le continent mais je vais bien y être obligée maintenant. Après ce qui s'est passé, personne ne voudra plus de moi, ici ! »

« Omer pourrait en toucher un mot au père de Joël », suggérai-je.

Mercedes s'essuya les yeux du revers de la main.

« Mais je ne veux pas de Joël. Je n'en ai jamais voulu ! Et je ne vais pas retourner à la maison ! » continua-t-elle, les larmes au bord des paupières. « Ils m'obligeraient à revoir Xavier et je préférerais mourir. »

Là-bas, le coup de sifflet indiquait le départ du *Brismand I*. Il était trop tard pour embarquer.

« Eh bien ! Tu vas devoir rester ici, au moins jusqu'à demain ! » déclarai-je d'un ton d'autorité.

« Essayons de te trouver un endroit où passer la nuit ! »

48

Quand je la découvris, Toinette Prossage était au travail dans son potager ; à la houe, elle déterrait les pieds d'ail du sol sableux. Elle me fit un petit signe de tête amical et se redressa. Ce matin-là, ce n'était pas une quichenotte qui lui abritait le visage, mais un chapeau de paille à larges bords, attaché de côté par un ruban rouge. Une chèvre broutait l'herbe qui poussait sur le toit de sa chaumière.

« Et de quoi as-tu encore besoin ce matin ? »

« Ai-je besoin d'avoir une raison pour venir vous dire bonjour ? » Je sortis le gros paquet de friandises que j'avais achetées à la Houssinière et le lui tendis.

« Je me disais que vous aimeriez peut-être ces petits pains au chocolat ! »

Toinette prit le sac de mes mains et en inspecta le contenu avec un air de gourmandise. « T'es une gentille fille ! » déclara-t-elle. « C'est une tentative de corruption, bien sûr, mais vas-y, parle, je t'écoute, le temps qu'il me faudra pour manger tout cela ! »

Je souris en la voyant entamer le premier des petits pains au chocolat et, pendant qu'elle mangeait, je lui racontai l'histoire de Mercedes. « Je m'disais que vous pourriez peut-être bien la loger ici quelque temps », dis-je. « Jusqu'à ce que les choses s'arrangent ! »

Toinette regardait d'un œil d'envie un gâteau enrobé de sucre à la cannelle et ses yeux brillaient intensément sous le rebord de son chapeau.

« Une fille à histoires, ma petite fille ! » soupira-t-elle. « Je savais, depuis le jour de sa naissance, que ce serait une fille à histoires ! Enfin, rien de cela ne me touche beaucoup à mon âge. Mais ces gâteaux-là sont bien bons quand même ! » ajouta-t-elle en donnant un coup de dents meurtrier à celui à la cannelle.

« Eh bien, vous pouvez les avoir tous ! » lui dis-je.

« Hé ! »

« Omer ne vous aurait pas mise au courant de ce qui était arrivé à Mercedes... ? » lui demandai-je.

« À cause de l'argent ! Hé ! »

« Peut-être bien ! »

Toinette mène une vie frugale mais on parle de richesses cachées et, comme la vieille femme ne fait rien pour confirmer ni pour démentir les rumeurs, on accepte son silence comme un aveu tacite. Omer aime beaucoup sa mère mais il s'inquiète secrètement de la voir encore en si parfaite santé. Toinette s'en rend bien compte et entend ne jamais mourir.

Elle eut un gloussement joyeux. « Il pense peut-être que je le déshériterais s'il y avait un scandale ! Hé ? Pauvre Omer ! Cette gosse-là me ressemble pourtant plus que n'importe qui d'autre, c'est moi que je l'dis ! J'étais, moi, la plaie de mes parents ! »

« Vous n'avez pas beaucoup changé, alors ! »

« Hé ! » Elle inspecta de nouveau le contenu du

sac en papier. « Oh ! Du pain aux noix. J'adore ça ! Heureusement que j'ai encore toutes mes dents, hé ? Mais c'est encore meilleur avec du miel, pourtant, ou même avec un peu de fromage de chèvre ! »

« Je vous en apporterai ! »

Toinette me regarda un instant d'un œil cynique et amusé.

« Tu pourras m'amener la fille en même temps. Je suppose qu'elle va me donner du fil à retordre ! À mon âge, j'ai pourtant bien grand besoin de repos mais les jeunes ne comprennent pas cela. Ils ne pensent qu'à eux et à leurs misérables petits soucis ! »

Je n'étais pas dupe de cette prétendue fragilité. J'étais prête à croire que, dix minutes après son arrivée, Mercedes aurait reçu l'ordre de nettoyer et de ranger la maison, de faire la cuisine et que cela lui ferait sans doute le plus grand bien du monde.

Toinette devina ma pensée. « C'est moi qui vais vite lui trouver quelque chose à faire pour lui changer les idées ! » annonça-t-elle avec autorité. « Et si ce garçon-là ose venir tournicoter par là... Hé ! » Et agitant le pain aux noix qu'elle tenait à la main, elle fit le geste avec cette nouvelle baguette magique de le faire disparaître, en bonne fée qu'elle était, même si elle était la plus vieille fée du monde. « Il aura de mes nouvelles, tu peux en être sûre ! Je lui montrerai bien, moi, de quel bois se chauffe une Salannaise ! »

Je laissai Mercedes chez sa grand-mère. Il était une heure passée. Le soleil était à son plus fort et le village était désert, écrasé par son implacable éblouissement. Les volets étaient clos et un filet d'ombre s'étirait au pied des murs blanchis à la chaux. J'aurais bien voulu me reposer tranquillement sous un parasol, avec une boisson fraîche peut-être, mais les deux garçons seraient à la maison, au moins jusqu'à l'ouverture de l'arcade de jeux. D'ailleurs, après la visite de Brismand, j'avais peur de me retrouver seule avec mon père. Je pris donc la direction des dunes. Il ferait plus frais au-dessus de la Goulue et, à cette heure-ci, il n'y aurait pas de touristes. La mer était haute et d'une limpidité incroyable. La brise me ferait du bien.

Je ne pus m'empêcher de jeter un regard vers le blockhaus en passant. Il était toujours aussi désert. La Goulue, par contre, ne l'était pas. Une silhouette solitaire était immobile au bord de l'eau, une cigarette serrée entre les dents.

Il ne répondit pas à mon bonjour et, lorsque j'arrivai à sa hauteur, il détourna la tête mais pas assez vite. Je vis que ses yeux étaient rougis de larmes. La nouvelle, à propos de Mercedes, s'était répandue à la vitesse d'une traînée de poudre.

« Je voudrais les voir tous morts ! » murmura Damien. « Je voudrais que la mer vienne les engloutir, qu'elle balaie tout sur son passage et qu'il ne reste plus personne dans l'île ! » Il ramassa un galet à ses pieds et l'envoya de toutes ses forces vers la vague qui se brisait.

« Tu te sens peut-être comme ça en ce moment... » commençai-je mais il m'interrompit brutalement.

« Ils n'auraient jamais dû construire ce récif artificiel ! Ils auraient dû tout abandonner à la mer. Ils se sont crus pourtant si malins. Ils faisaient de l'argent. Ils se foutaient des Houssins. Ils étaient tellement occupés à s'faire des sous qu'ils n'étaient même pas capables de voir ce qui s'passait juste sous leur nez ! » Du bout de sa botte, il envoya d'un grand coup de pied voler le sable autour de lui. « Lacroix ne lui aurait pas accordé plus d'un regard à elle si cela n'avait été pour tout ça, n'est-ce pas ? Il serait reparti à la fin de l'été. Il n'y aurait rien eu ici pour le retenir. Mais il a pensé qu'il pourrait tirer du fric de notre nouvelle situation. » Je posai la main sur son épaule, il se dégagea avec colère. « Il m'assurait qu'il était mon copain. Tous les deux me l'ont fait croire. Ils ont fait de moi leur messager, leur espion dans le village. Je me disais que si je pouvais faire quelque chose pour elle, alors peut-être... »

« Damien, ce n'est pas de ta faute. Tu ne pouvais pas savoir ! »

« Mais, si, c'est ma faute ! » Il s'interrompit net et ramassa un autre galet. « Qu'est-ce que vous en savez, vous, d'ailleurs ? Vous n'êtes pas vraiment des Salants ! Quoi qu'il arrive ici, vous vous en sortirez ! Votre sœur est de la famille Brismand, n'est-ce pas ? »

« Je ne vois pas ce que cela a... »

« Laissez-moi tranquille, cela ne vous regarde pas ! »

« Mais si, cela me regarde ! » Et je le pris par le bras. « Damien, je croyais que nous étions copains ! »

« Ouais, c'est ce que je pensais aussi à propos de Joël », déclara Damien, d'un air maussade.

« Rouget a bien essayé de me prévenir, lui. J'aurais dû l'écouter. Hé ? » Et un autre galet vola vers la crête de la vague qui déferlait. « J'ai bien essayé de me dire que c'était de la faute de mon père. J'veux dire cette histoire de homards et tout ça. Comment a-t-il pu s'associer avec les Bastonnet après tout ce qu'ils ont fait à notre famille ! Faire semblant que tout allait bien entre eux et tout cela parce qu'ils avaient fait une ou deux bonnes pêches ! »

« Et puis, il y avait Mercedes ! » murmurai-je d'une voix douce.

Damien fit oui de la tête. « À la seconde où les Prossage ont eu vent de la fortune du vieux Bastonnet — eux qui étaient criblés de dettes ! — ils les ont poussés dans les bras l'un de l'autre. Elle n'avait jamais vraiment fait attention à lui avant. Ils avaient été gosses ensemble, bon Dieu ! »

« Le gang des gars à moto, demandai-je, c'était toi... ? Tu leur avais dit qu'il aurait de l'argent ? Pour te venger des Bastonnet ? »

Damien hocha la tête d'un air coupable. « Ils n'étaient pas censés faire de mal à Xavier. Moi, je croyais qu'il allait tout simplement leur remettre l'argent sans histoire. Mais après ce coup-là, Joël m'a dit que la meilleure chose à faire pour moi serait de me joindre à sa bande car je n'avais plus rien à perdre. »

Je ne m'étonnais plus maintenant de son air si malheureux. « Et tu as gardé ça sur le cœur pendant tout ce temps-là ? Tu n'en as parlé à personne ? »

« Si, à Rouget. On peut lui dire des trucs, à lui, enfin, quelquefois ! »

« Et qu'a-t-il dit ? »

« Il m'a conseillé d'avouer à mon père et aux Bastonnet que c'était moi qui avais fait le coup. Il m'a dit que si je ne le faisais pas, cela ne ferait qu'aggraver la situation. Moi, je lui ai dit qu'il était complètement dingue et que mon père me botterait l'cul si je lui avouais même la moitié de ce que j'avais fait ! »

Je souris. « Je pense qu'il avait raison, tu sais ! »

Damien haussa les épaules, découragé. « Peut-être ! Mais il est trop tard maintenant ! »

Je le quittai et, pour rentrer à la maison, je repris le sentier par lequel j'étais venue.

Je jetai un regard en arrière. Sur la plage, là-bas, la silhouette solitaire continuait à donner de furieux coups de pied dans le sable comme s'il était possible de renvoyer ce sable vers la Jetée où il aurait vraiment dû rester.

49

Lorsque j'arrivai à la maison, j'y trouvai Adrienne et Marin qui, avec les garçons, finissaient de déjeuner. Ils levèrent les yeux en me voyant entrer. GrosJean, gardant les siens baissés sur son assiette, continua à mâchonner lentement, méthodiquement, sa salade.

Je préparai le café avec l'impression d'être de trop parmi eux. Le silence persista pendant que je buvais. Ma présence avait mis fin à la conversation. En serait-il toujours ainsi maintenant ? D'un côté, y aurait-il ma sœur et sa famille, GrosJean et les garçons, et de l'autre, moi-même, l'intruse, l'indésirable, celle que personne n'osait réellement mettre à la porte ? Je devinais l'éclat bleu du regard de ma sœur, ses yeux d'îlienne qu'elle plissait pour m'observer. De temps à autre, l'un des garçons murmurait quelque chose, mais trop bas pour que je puisse comprendre ce qu'il disait.

« Oncle Claude m'a dit qu'il t'avait parlé », lâcha enfin Marin.

« Oui, et j'en suis bien contente », répliquai-je. « Vous aviez, vous, peut-être eu l'intention d'attendre le bon moment pour ça ? »

Adrienne jeta vers GrosJean un rapide coup d'œil. « Papa, quand même, a bien le droit de décider ce qu'il veut faire de son propre terrain ! »

« Nous en avions discuté au préalable », dit Marin.

« GrosJean savait très bien qu'il n'avait pas les moyens d'agrandir sa propriété. Il a décidé qu'il était plus raisonnable de nous demander de le faire pour lui. »

« Nous ? Qui nous ? »

« Claude et moi ! Nous avons décidé de le faire à deux. »

Je tournai la tête vers mon père qui paraissait très occupé à l'huile du fond du saladier avec une croûte de pain. « Tu étais au courant, Papa ? »

Aucune réponse. GrosJean ne donnait aucun signe d'avoir entendu quoi que ce soit de la conversation.

« Tu lui fais de la peine, Mado ! » murmura Adrienne.

« Et moi alors ? » Ma voix monta d'un ton. « Personne n'a cru devoir me consulter ? C'était sans doute ce que voulait dire Brismand quand il m'a dit qu'il voulait m'avoir de son côté ? Pour s'assurer que je fermerais les yeux lorsque vous signeriez le contrat pour une malheureuse bouchée de pain ? »

Marin me lança un regard éloquent. « Peut-être pourrions-nous en parler à un autre... »

« C'était pour les garçons, n'est-ce pas ? » Je sentais maintenant la colère bouillonner dans mes veines. « Ce sont eux que vous avez utilisés comme appât ? GrosJean et PetitJean aujourd'hui revenus d'outre-tombe, hein ? » Je jetai un coup d'œil dans la direction de mon père. Il s'était retiré dans sa coquille, hélas, le regard perdu dans le vide, comme si aucun de nous n'eût été vraiment présent.

Adrienne me lança un coup d'œil, lourd de reproches. « Oh, Mado. Tu l'as vu, toi, avec les garçons. Tu sais qu'ils sont pour lui une sorte de thérapie. Ils ont déjà tant contribué à ses progrès ! »

« Et puis le terrain n'était bon à rien ! » déclara Marin. « Nous avons pensé qu'il serait alors plus rentable de mettre le paquet dans la maison et d'en faire une vraie maison de vacances pour la famille, quelque chose dont chacun de nous pourrait se servir. »

« Pense à ce que cela représenterait pour Franck et Loïc », dit Adrienne. « Une magnifique maison de vacances, et au bord de la mer en plus ! »

« Un bon placement ! » ajouta Marin. « Pour le jour où... enfin tu sais ! »

« Un héritage, quoi ! » expliqua Adrienne. « Un héritage pour les enfants ! »

« Mais ce n'est pas une maison de vacances, c'est une vraie maison ! » protestai-je, le cœur un peu soulevé.

Ma sœur se pencha vers moi, le visage illuminé. « Mais si, elle le sera ! Enfin c'est ce que nous espérons, Mado ! » continua-t-elle. « La vérité est que nous avons demandé à Papa de venir chez nous en septembre pour le persuader d'habiter avec nous de façon permanente. »

50

Je partis comme j'étais venue, la valise à la main, le carton sous le bras, mais, cette fois-ci, je ne me dirigeai pas vers le village. Je pris au contraire l'autre sentier, celui qui menait au blockhaus, au-dessus de la Goulue.

Flynn n'était toujours pas revenu. J'ouvris la porte et m'allongeai sur le vieux lit de camp, me sentant tout à coup bien seule, bien loin de chez moi. À ce moment précis, j'aurais été prête à donner presque n'importe quoi pour me retrouver dans mon appartement à Paris, avec la brasserie en face et le bruit de la circulation noyé dans la chaude grisaille qui s'élevait du boulevard Saint-Michel. Flynn avait peut-être vu juste, me dis-je. Peut-être était-il temps pour moi de penser à repartir.

Je comprenais très bien comment mon père avait été manipulé. Pourtant, c'était lui qui avait pris la décision et je n'essaierais pas de la lui faire changer. S'il voulait vraiment aller habiter chez Adrienne, il en avait bien le droit. La maison des

Salants deviendrait un endroit où passer les vacances. Bien entendu j'y serais la bienvenue, chaque fois qu'il m'en prendrait l'envie, et Adrienne manifesterait chaque fois une feinte surprise lorsque je n'y viendrais pas. Marin et elle, bien sûr, y passeraient toutes leurs vacances. Ils la loueraient peut-être même hors saison. Je me souvins tout à coup d'un incident arrivé lorsque nous étions petites. Adrienne et moi nous disputions un jouet en peluche quelconque, nous lui avions arraché les pattes et, sans même nous en rendre compte, nous l'avions vidé de sa bourre, tout en nous querellant pour savoir à qui il appartenait vraiment. Non, me persuadai-je, je n'avais aucun besoin de cette maison-là.

J'appuyai mon carton à dessin contre le mur, poussai ma valise sous le lit et repartis dans les dunes. Il était presque trois heures maintenant. La chaleur était un peu tombée, la marée descendait. De l'autre côté de la baie, au-delà des jupons protecteurs de la Jetée, une voile solitaire se détachait à l'horizon dans l'éblouissante réverbération du soleil. Je ne pouvais en distinguer la forme, ni même imaginer qui pouvait bien naviguer si loin, à cette heure-là. Je commençai à descendre le sentier vers la Goulue, tout en jetant, de temps en temps, un coup d'œil vers la baie. Des oiseaux de mer planaient en cercle au-dessus de moi et lançaient leurs cris prophétiques dans ma direction. Il était bien difficile de reconnaître le genre de voile de cette lointaine embarcation. Ce n'était sûrement pas quelqu'un du village, en tout cas. Aucun des nôtres n'aurait commis de telles maladresses à la barre, n'aurait changé si mollement d'amures ou perdu le vent, n'aurait dérivé et ne serait parti en bannière ou la voile fasseyant pendant que le canot était entraîné par le courant.

En atteignant le rebord de la falaise, j'aperçus Aristide, assis à sa place habituelle. Lolo était près de lui avec une grande glacière portable, pleine de fruits à vendre. Une paire de jumelles pendait à son cou.

« Mais enfin, qui est-ce ? Il va sûrement venir s'échouer sur la Jetée à cette allure-là ! »

Le vieillard acquiesça de la tête et le froncement de ses sourcils et les plis de sa bouche indiquèrent sa critique et sa désapprobation. Il ne pensait pas au pauvre matelot imprudent — dans une île, on doit apprendre à se débrouiller tout seul et personne n'aurait même l'idée de demander de l'aide — mais à la belle embarcation, emportée à la dérive et condamnée. *Les gens naissent et meurent mais la propriété demeure.*

« Vous ne pensez pas que ce soit quelqu'un de la Houssinière ? »

« Non ! Même un Houssin saurait qu'il ne faut pas s'aventurer si loin dans un petit canot. Un touriste, sans doute, avec plus d'argent que de bon sens. Ou bien un canot parti à la dérive. À cette distance-là, on n'peut pas dire à coup sûr. »

Je regardai la plage en bas, pleine de monde. Gabi et Laetitia étaient là. La petite fille était assise sur l'un des vieux tas de pierres amoncelées près de la falaise.

« Vous voulez une tranche de melon ? » suggéra Lolo qui regardait d'un œil d'envie Laetitia jouer là-bas. « Il m'en reste encore deux à vendre ! »

« J'veux bien » répondis-je en souriant. « J'te les prends toutes les deux. »

« Zen ! »

Le jus frais et sucré du melon inonda ma gorge sèche et me fit du bien. Loin d'Adrienne, mon appétit revenait comme je le découvris en mangeant lentement, assise à l'ombre dans un des méandres du sentier qui descendait de la falaise. Je crus que la voile que je ne reconnaissais toujours pas était un peu plus proche maintenant mais ce n'était sans doute qu'un effet de la lumière.

« Je suis sûr que je connais ce bateau-là », dit Lolo, en regardant à la jumelle. « Je le surveille depuis longtemps. »

« Tu me les prêtes ? » demandai-je en faisant quelques pas dans sa direction. Lolo me passa les jumelles qu'à mon tour je braquai vers le canot là-bas, à l'horizon.

Comme le voulait la tradition, la voile était rouge et quadrangulaire et ne portait aucun signe distinctif, autant que je pusse le voir. La coque longue et effilée n'était guère plus haute sur l'eau que celle d'un skiff. Le canot avait embarqué beaucoup d'eau sans doute. Mon cœur fit alors une embardée soudaine.

« Vous le reconnaissez ? » demanda Lolo avec un peu d'impatience.

Je fis oui de la tête. « Je crois ! On dirait le bateau de Flynn ! »

« Vous en êtes certaine ? On pourrait l'demander à Aristide. Il connaît tous les bateaux d'ici. Il pourra nous l'dire ! »

Avec les jumelles le vieillard observa pendant quelques instants l'horizon en silence et déclara :

« Oui, c'est bien lui. Il est très loin et il dérive, mais je parierais n'importe quoi que c'est bien son canot ! »

« Qu'est-ce qu'il peut bien faire là-bas ? » demanda Lolo. « Il est sur la Jetée. Vous pensez qu'il s'est échoué ? »

« Non ! » répondit brusquement Aristide. « Comment pourrait-il faire ça ? Enfin, tout de même, il a des ennuis ! » Et il se leva soudain.

Tout avait changé maintenant que l'on avait reconnu l'embarcation. Rouget n'était pas un étranger, un touriste quelconque qui s'était saoulé après avoir loué un bateau, c'était l'un de nous, un gars des Salants, ou presque. En quelques minutes, un petit groupe s'était formé sur la falaise, les gens observaient avec une curiosité pleine d'inquiétude le petit esquif toujours très loin. Un gars du village avait des ennuis ! On devait y faire quelque chose, c'était sûr !

Aristide voulut immédiatement sortir sa *Cécilia* mais Alain le prit de vitesse et sortit l'*Éléonore II*. Il n'était pas le seul, d'ailleurs. Chez Angelo, on avait appris qu'il y avait quelqu'un en difficulté à la Goulue. Dix minutes plus tard, une demi-douzaine de volontaires s'agitaient sur la plage avec des crochets, des gaffes et des cordages. Angelo était là aussi avec Omer, Toinette, Capucine et les Guénolé, il vendait des devinnoises à quinze francs le petit verre. Un peu plus loin, sur la plage, quelques touristes observaient ce qui se passait et se demandaient ce qui avait bien pu arriver. Vue de la falaise, l'eau d'un vert émeraude chiné d'argent frémissait à peine.

Le sauvetage dura presque deux heures. Pour

moi, cela parut beaucoup plus long. Mais il faut un certain temps pour atteindre la Jetée, même avec un petit moteur, et le canot de Rouget était encore plus loin, trop près des hauts-fonds autour des bancs de sable pour que les plus gros bateaux fussent capables de l'atteindre facilement. Alain dut faire des manœuvres pour permettre à l'*Éléonore II* de se mettre en position entre les deux bancs de sable en épi pendant que Ghislain tirait le canot de Flynn avec des crochets et le maintenait avec la gaffe à une distance respectable de la coque de son propre bateau. Alors, ensemble, ils remorquèrent le canot en détresse vers le large. Aristide, qui avait insisté pour monter à bord avec les autres, tenait la barre tout en faisant de temps en temps des remarques pessimistes.

Le vent s'était levé à la sortie de la baie et la mer commençait à creuser. Je dus aller aider Alain à l'arrière de l'*Éléonore II* à contrôler les mouvements de la baume pendant que le petit bateau roulait et plongeait du nez. De Flynn, il n'y avait jusque-là aucune trace, ni dans le bateau ni dans l'eau.

J'étais bien heureuse que personne ne fît de remarques à propos de ma présence à bord. J'avais été la première à reconnaître la voile. Cela me donnait à leurs yeux une sorte de droit d'être là. Alain, assis à l'avant de l'*Éléonore II*, avait la meilleure place pour tout voir et il donnait tous les détails des manœuvres que Ghislain devait faire pour se mettre dans l'alignement du canot de Flynn. Il avait attaché quelques vieux pneus aux flancs de l'*Éléonore II* pour protéger la coque d'une collision toujours possible.

Aristide restait lugubre, comme à l'habitude. « J'en étais sûr qu'il y avait de la catastrophe dans l'air », déclara-t-il pour la cinquième fois. « Je sentais ça juste comme je l'avais senti la nuit où la tempête m'a pris mon *Péoch ha Labour*. C'était comme le pressentiment d'un grand malheur ! »

« Une indigestion, quoi ! » marmonna Alain.

Aristide fit semblant de n'avoir rien entendu. « On a eu trop de chance, voilà la raison ! » expliqua-t-il. « Ça devait bien changer un jour ! Mais pourquoi a-t-il fallu que Rouget, de tous ceux à qui cela aurait pu arriver, en fût la victime ? Pourquoi à lui, à lui qui a toujours eu d'la chance ? »

« Ce n'est peut-être rien du tout ! » dit Alain.

Aristide leva les mains vers le ciel. « Moi, voilà soixante ans que je prends la mer et j'ai vu cela une bonne vingtaine de fois. Un type sort tout seul un jour, il oublie d'être prudent, il tourne le dos à la baume, il y a une saute de vent et au revoir, pour lui, c'est fini ! » D'une main horizontale, il fit le geste de se couper la gorge.

« Mais comment peux-tu savoir que c'est ce qui s'est passé ? » demanda Alain avec entêtement.

« Moi, je sais ce que j'sais ! » répéta Aristide. « C'est arrivé à Ernest Pinoz en 1949. Il avait été projeté par-dessus bord et était mort avant d'avoir touché l'eau ! »

Enfin on réussit à amener la petite embarcation assez près de l'*Éléonore* pour que Xavier y sautât. Flynn était allongé au fond, à demi inconscient. Il devait être comme ça depuis longtemps, commenta Xavier, car tout un côté de son visage était rouge, brûlé par le soleil. Xavier eut bien du mal à soulever Flynn dans ses bras et à le rapprocher de l'*Éléonore* qui tanguait terriblement pendant qu'Alain essayait de maintenir immobile le petit canot dont la voile pendait inutile ou claquait au vent. L'écoute fouettait dangereusement l'air dans toutes les directions. Xavier n'avait encore, lui, jamais rien vu comme ça mais, sans reconnaître la chose, il en savait assez pour ne pas y toucher. Elle ressemblait à ce qui resterait d'un sac de plastique à demi rempli d'eau et s'était enroulée autour du bras de Flynn. De longs filaments bruns traînaient encore dans l'eau.

Après plusieurs essais, le canot fut enfin amarré. « J'vous l'avais bien dit, hé ? » déclara Aristide. « Ce n'est pas une perle de corail rouge qui peut vous sauver la vie lorsque votre dernière heure est venue ! »

« Mais il n'est pas mort », murmurai-je, d'une voix que je ne reconnaissais pas.

« Non ! » haleta Alain qui hissait Flynn inconscient du canot à demi rempli d'eau et le faisait passer à bord de l'*Éléonore II*. « Pas encore, en tout cas ! »

Nous l'allongeâmes à l'avant et Xavier hissa le pavillon de détresse. Je m'employai maladroitement à étarquer la drisse jusqu'à ce qu'il me fût possible de regarder Flynn sans trembler de tout mon corps. Sa tête était brûlante. Parfois, il ouvrait les yeux mais ne répondait pas lorsque je lui parlais. Par transparence, je pouvais voir, sous la créature collée à sa peau, les lignes rouges de l'infection qui se propageait rapidement tout le long de son bras. J'essayai d'empêcher ma voix de trembler. Malgré cela, j'avais l'impression de crier et me sentais proche de l'hystérie.

« Alain, il faut enlever cette chose de son bras ! »

« Non, seul Hilaire pourra faire ça », répondit Alain, d'un ton d'autorité. « Il faut rejoindre la côte aussi vite que possible. Protégez-le du soleil. Faites-moi confiance. On ne peut rien faire de plus pour lui, ici. »

Le conseil était bon et nous le suivîmes. Aristide tendit un bout de toile au-dessus du visage de Flynn inconscient pendant qu'Alain et moi ramenions l'*Éléonore* aussi rapidement que possible vers la Goulue. Cela nous prit pourtant presque une heure malgré le vent d'ouest qui nous poussait de l'arrière. Maintenant il y avait encore plus d'aides bénévoles sur le rivage avec des thermos, des filins et des couvertures. Déjà, des rumeurs couraient. Quelqu'un se précipita pour chercher Hilaire.

Personne n'était vraiment sûr de ce que la chose autour du bras de Flynn pouvait bien être exactement. Aristide pensait qu'il s'agissait du venin de mer, une de ces méduses ramenées des mers chaudes par une bizarrerie du Gulf Stream. Matthias, qui était arrivé avec Angelo, réfuta la suggestion avec mépris.

« Non ! » s'exclama-t-il. « Faut être aveugle pour penser ça, hein ? C'est une physalie. Vous n'vous souvenez pas ? Ce devait être en 1951, on en avait eu au large de la Jetée. Elles flottaient à la limite du Nid' Poule. Certaines étaient même arrivées jusqu'à la Goulue. Il avait fallu qu'on les sorte de l'eau avec des râteaux ! »

« Venin de mer ! » répéta Aristide de la voix de l'homme sûr de lui et en appuyant d'un signe de tête ce qu'il affirmait. « Je parierais n'importe quoi ! »

Matthias releva le gant et paria cent francs. Plusieurs autres l'imitèrent.

Quel que fût le nom de la chose, elle n'était pas facile à arracher du bras de Flynn. Les tentacules — si ces minces fils frangés comme de fines plumes ou comme de délicates frondes de fougères étaient bien des tentacules — collaient à la peau partout où ils avaient été en contact avec elle. Ils y adhéraient obstinément et défiaient tout effort de les en détacher sans les déchirer.

« Il aura sans doute cru que c'était un morceau de plastique qui flottait à la surface », hasarda Toinette. « Il se sera penché par-dessus bord pour le sortir de l'eau... »

« Heureusement qu'il n'était pas en train de se baigner, hé. Cela l'aurait couvert tout entier. Ces tentacules-là doivent bien faire au moins un à deux mètres de long ! »

« Venin de mer », répéta Aristide, avec une sinistre satisfaction. « Ces marques-là indiquent l'empoisonnement du sang. J'ai déjà vu ça ! »

« Physalie ! » contredit Matthias. « Depuis quand aurait-on vu un venin de mer remonter aussi loin vers le nord, hé ? »

« On pourrait le brûler à la cigarette. C'est ce que l'on fait pour les sangsues ! » conseilla Omer la Patate.

« Ou peut-être avec un coup de devinnoise ! » suggéra Angelo.

Capucine, elle, pensait que du vinaigre ferait l'affaire.

Aristide était fataliste, lui, et disait que si la chose était bien un venin de mer, Rouget était foutu de toute façon, car il n'y avait aucun antidote à ce poison-là. Il lui donnait douze heures, pas plus. Mais Hilaire arriva avec Charlotte qui portait une bouteille de vinaigre.

« Du vinaigre ! » s'écria Capucine. « Je vous l'avais bien dit que c'était ça qu'il fallait. »

« Laissez-moi passer ! » grommela Hilaire. Il était encore plus bourru qu'à l'ordinaire et cachait son anxiété derrière un masque de mauvaise humeur. « Les gens croient que je n'ai rien de mieux à foutre, hé ! Les chèvres de Toinette m'attendent et des chevaux aussi, à la Houssinière. Les gens pourraient quand même faire un peu plus attention ! Ou bien pensent-ils que ça m'amuse, moi, de venir les soigner ? » Le petit groupe observa Hilaire avec inquiétude pendant qu'il enlevait les polypes avec de petites pinces fines et du vinaigre.

« C'est du venin de mer », siffla Aristide entre ses dents.

« Sacrée tête de mule ! » répliqua Matthias.

On transporta Flynn aux Immortelles. D'après Hilaire, c'était l'endroit le plus pratique. Là, il y avait des lits et un équipement d'hôpital. Le seul traitement qu'Hilaire avait pu administrer sur place était une piqûre d'adrénaline. Il hésitait encore à prononcer un diagnostic. De son cabinet de vétérinaire, il passa un coup de fil à une clinique du continent — un hors-bord était toujours prêt à partir de Fromentine pour les urgences de l'île — puis un autre coup de téléphone au garde-côte pour l'alerter de l'arrivée des méduses. Jusque-là on n'en avait encore aperçu aucune à la Goulue mais, déjà, on avait tendu un filet avec des cordages et des flotteurs pour protéger les baigneurs à la nouvelle plage. Il empêcherait l'invasion de ces méduses indésirables. Plus tard, Alain et Ghislain sortiraient pour jeter un coup d'œil du côté de la Jetée. C'est ce que nous faisons parfois après les tempêtes d'octobre.

Je traînai un peu à l'écart du petit groupe. Je me sentais de trop maintenant qu'il ne me restait plus rien d'utile à faire. Capucine se porta volontaire pour accompagner Rouget aux Immortelles. Quelqu'un parla de faire venir le père Alban.

« C'est si grave que ça ? »

Hilaire, dont les connaissances n'allaient pas jusqu'à être capable de dire de laquelle des deux genres de méduses il s'agissait, ne put répondre avec certitude. Lolo haussa les épaules d'un air fataliste :

« Aristide dit que demain on l'saura bien ! »

51

Je ne suis pas typique des gens des îles dans la mesure où je ne crois pas aux présages. Pourtant ce soir-là, l'air en était plein ; ils attendaient, patients comme des mouettes au fil des vagues. Quelque part, c'était l'étale avant le flot qui n'apporterait que des malheurs. Je le sentais prêt à monter. Je m'efforçais d'imaginer Flynn à l'agonie, de me représenter la mort de Flynn. En vain.

Flynn était l'un des nôtres, un îlien, un gars des Salants. Nous avions fait de lui l'homme qu'il était et, à son tour, il nous avait modelés.

À la tombée de la nuit, je me rendis à la pointe Griznoz, à l'oratoire de Sainte-Marine, souillé de coulures de bougie et de fiente d'oiseaux. Quelqu'un avait déposé la tête de plastique d'une poupée parmi les offrandes qui se trouvaient là. La tête était très rose et les cheveux très blonds. Des cierges brûlaient dans la niche. Je glissai la main dans ma poche et en retirai la perle de corail. Je la tournai et la retournai un instant dans le creux de ma main puis la déposai au pied de la statue. Le visage austère, sainte Marine m'observait d'un regard plus énigmatique que jamais. Était-ce un sourire qui s'esquissait sur ces traits grossièrement taillés ? Ce bras était-il levé pour une bénédiction ?

« Santa Marina. Reprenez notre plage si c'est cela que vous désirez. Prenez n'importe quoi, mais pas lui. Pas lui, s'il vous plaît ! » Là-bas, dans les dunes, quelque animal — un oiseau peut-être — lança un appel strident qui résonna comme un rire moqueur.

Quand Toinette Prossage me trouva, j'étais toujours assise là. Elle me toucha le bras et je levai les yeux. Derrière elle, j'en voyais d'autres remonter la pointe et venir dans ma direction. Certains portaient des lanternes. Parmi eux j'reconnus les Bastonnet, les Guénolé, Omer, Angelo et Capucine. Derrière venaient le père Alban avec sa crosse de bois sculptée par la mer, puis sœur Thérèse et sœur Extase. Les ailes de leurs cornettes voletaient à chacun de leurs pas dans la lumière du coucher du soleil.

« Je m'fiche pas mal de c'que dit Aristide », me confia Toinette. « Sainte Marine est là depuis plus longtemps que nous et personne n'est capable de dire combien d'autres miracles elle peut encore accomplir. Elle nous a bien fait don de la plage, n'est-ce pas ? »

Je hochai la tête sans oser prononcer un mot. Derrière Toinette, les gens arrivaient du village, en file indienne. Certains portaient des fleurs. J'aperçus Lolo qui suivait à une distance respectable et quelques touristes qui regardaient tout ça avec curiosité.

« Je n'ai jamais dit que je voulais sa mort, moi ! » protesta Aristide. « Mais s'il doit mourir, il aura mérité sa place à la Bouche et je lui trouverai un emplacement à côté de mon propre fils ! »

« Mais, s'exclama Toinette, pourquoi donc parler de mort et d'enterrement ? La sainte ne permettra sûrement pas ça. Elle est Marine-de-la-Mer, la sainte de tous les Salannais. Elle ne nous abandonnera pas ! »

« Ouais, mais Rouget n'est pas d'ici », fit observer Matthias. « Et la sainte est une îlienne. Elle se fiche peut-être pas mal des gens du continent ! »

Omer secoua la tête. « C'est peut-être bien la sainte qui nous a fait don de la plage mais c'est sûrement Rouget qui a construit le Bouch'ou ! »

Aristide poussa un grognement. « Vous l'verrez bien ! » dit-il. « La malchance n'est jamais très loin des Salants. En voici la preuve : des méduses dans la baie après toutes ces années. Vous n'allez pas m'dire que cela va mieux faire marcher l'commerce, hé ? »

« Le commerce ! » s'indigna Toinette. « Alors, c'est la seule chose qui compte pour toi ? Et tu penses que c'est ça qui préoccupe la sainte ? »

« P't-être bien qu'non ! » répondit Matthias. « Mais c'est tout d'même un mauvais signe. La dernière fois qu'ça s'est passé, c'était l'année terrible. »

« L'année terrible », répéta Aristide d'un air sombre. « Et la chance tourne comme la marée ! »

« Notre chance à nous n'a pas tourné », protesta Toinette. « Aux Salants, nous créons notre propre chance. L'arrivée des physalies ne prouve rien du tout ! »

Le père Alban secoua la tête pour marquer sa désapprobation. « Je me demande bien, en tout cas, pourquoi vous m'avez tous demandé de venir ici », déclara-t-il. « Si vous voulez prier, venez le faire dans une église qui a encore ses quatre murs. Sinon, hé ! toutes ces superstitions, je n'aurais jamais dû les encourager ! »

« Une toute petite prière », insista Toinette. « Juste une, pour la Santa Marina ! »

« Bon, bon, d'accord ! Et puis après, moi, je rentre chez moi ! Vous pouvez toujours rester ici à attraper la crève, si ça vous amuse. Y a d'la pluie dans l'air ! »

« Vous avez beau dire », murmura Aristide. « L'commerce, c'est quand même important ! Et si elle est vraiment notre sainte à nous, elle devrait bien comprendre ça ! L'commerce, c'est ce qui fait la chance du village ! »

« Monsieur Bastonnet ! »

« D'accord ! D'accord ! »

La tête baissée, nous étions comme des enfants. Le latin de l'île n'est sûrement que du latin de cuisine, même compte tenu des critères récents de l'Église, pourtant toutes les tentatives de moderniser le rituel ont été rejetées. Son archaïsme même a une certaine magie qui ne résisterait pas à la traduction. Voilà bien longtemps que le père Alban a cessé de tenter d'expliquer que les mots eux-mêmes n'ont aucun pouvoir, que le vrai pouvoir est dans le sentiment qui les fait monter aux lèvres. Pour la plupart des Salannais, cette notion-là semble non seulement incompréhensible mais friser le blasphème. La religion est retournée à la nature, ici, parmi le sable de nos îles ; elle est retournée à ses origines d'avant le christianisme. Sortilèges, symboles, incantations et rituels sont profondément enracinés dans ces communautés où si peu de gens lisent des livres, pas même la Bible. La tradition orale y est fortement établie par contre, et chaque fois qu'on les raconte, les histoires s'enrichissent de nouveaux détails. Nous préférons les miracles aux chiffres et aux commandements. Le père Alban le sait bien mais consent à entrer dans le jeu, persuadé que, sans ses efforts, l'église elle-même pourrait bien se vider complètement.

Dès la fin de la prière, il s'en retourna. J'entendis crisser dans le sable ses bottes de pêcheur quand il s'éloigna du petit cercle de lanternes. Toinette chantait de sa voix aiguë de vieille femme. Je ne saisissais que quelques paroles de son chant car le vieux patois de l'île, comme son latin, me demeurait incompréhensible.

Les deux vieilles religieuses, elles, étaient toujours là. Chacune d'un côté de l'autel fait de bois d'épave, elles surveillaient les prières. Les gens du village attendaient en silence, les uns derrière les autres. Plusieurs, dont Aristide, enlevèrent le porte-bonheur de corail qu'ils portaient autour du cou pour le déposer sur l'autel, juste à l'endroit où tombait le regard sombre et indéfinissable de sainte Marine.

Les abandonnant à leurs prières, je descendis vers la Goulue qu'ensanglantait le soleil couchant. Très loin, au bord de l'eau, presque invisible dans le miroitement des vasières, se dressait une silhouette. Je me dirigeai vers elle, prenant plaisir à la fraîcheur du sable mouillé sous mes pieds et au léger clapotis de la marée descendante. C'était Damien.

Il tourna vers moi des yeux incendiés par les derniers rayons du soleil. Loin, là-bas, un brassard noir dans le ciel annonçait la pluie.

« Vous voyez ? » dit-il. « Tout fout l'camp ! Tout est fichu ! »

Un frisson me secoua. Loin derrière nous, montait encore l'étrange psalmodie aiguë de Toinette.

« Je ne crois pas que ce sera aussi terrible que ça ! » hasardai-je.

« Ah ! Vous n'croyez pas ? » répliqua-t-il avec un haussement d'épaules. « Mon père est allé jusqu'à la Jetée avec la plate. Il a dit qu'il avait vu d'autres physalies là-bas. Des tempêtes ont dû les faire remonter vers le nord avec le Gulf Stream. Mon grand-père dit que c'est mauvais signe et que de bien sombres jours nous attendent. »

« Je ne pensais pas que tu étais superstitieux, toi ? »

« Non, mais c'est à ça qu'ils se raccrochent, eux, pourtant, quand il ne leur reste plus rien d'autre. Chanter et prier et tresser des couronnes pour la sainte, c'est bien ce qu'ils font, non, pour faire semblant de n'avoir pas peur ? Comme si tout ça allait être de quelque utilité à Rou... Rouget. » Sa voix se brisa et il recommença à contempler l'eau d'un œil encore plus féroce qu'avant.

« Il va s'en remettre », murmurai-je. « Il s'en sort toujours ! »

« Je m'fous bien d'ça ! » répliqua Damien de façon tout à fait inattendue et sans élever la voix. « C'est à cause de lui, n'est-ce pas, que tout a commencé. J'm'en fous s'il crève ! »

« Tu ne veux vraiment pas dire ça ! »

Damien semblait s'adresser à quelqu'un là-bas, à l'horizon.

« J'pensais que c'était mon copain, qu'il n'était pas comme Joël, comme Brismand et les autres. Et puis, j'me suis rendu compte qu'il mentait mieux que les autres et que c'était bien la seule différence ! »

« Qu'est-ce que tu veux dire ? » demandai-je. « Qu'est-ce qu'il a fait ? »

« Je pensais que Brismand et lui se détestaient », continua Damien. « C'est bien ce qu'il voulait que l'on croie ! Mais tous les deux, ils étaient comme cul et chemise, Mado. Lui et les Brismand. Ils étaient tous de mèche. Il était en train de travailler pour eux hier quand ça s'est produit, cet accident. C'est pour ça qu'il était sorti si loin. J'ai entendu Brismand l'avouer ! »

« Travailler pour Brismand ? Mais à quoi ? »

« À faire des calculs là-bas, près du Bouch'ou ! » répondit Damien. « Il fait ça depuis le début. Brismand le paie pour qu'il nous embobine. J'l'ai entendu en parler à Marin devant la porte du Chat Noir. »

« Mais Damien, protestai-je, pense à tout ce qu'il a fait pour les Salants. »

« Et qu'est-ce qu'il a fait, hein ? » La voix de Damien se brisa et, tout à coup, elle ressembla à une voix d'enfant. « Il a construit ce truc-là dans la baie ! » Il indiqua d'un geste le Bouch'ou au loin où j'apercevais les deux balises scintiller comme des décorations de Noël. « Pourquoi ? Et pour qui ? Sûrement pas pour moi ! Sûrement pas pour mon père, endetté jusqu'au cou et qui espère toujours le grand coup d'chance ! I' pense qu'il va faire fortune en attrapant quelques poissons — c'qu'on peut être con quand même ! Sûrement pas pour les Grossel, ni les Bastonnet, ni les Prossage. Pas pour Mercedes, non plus ! »

« Tu es injuste. La plage n'est pas responsable de ça et Flynn non plus. »

Le soleil était couché maintenant. Le ciel était comme une énorme ecchymose bleu-noir dont les bords blêmes pâlissaient.

« Tiens, et encore une autre chose ! » dit Damien en me regardant bien en face. « Il ne s'appelle pas Flynn et il ne s'appelle pas Rouget non plus. Il s'appelle Jean-Claude, presque comme son père ! »

QUATRIÈME PARTIE

LE MARCHAND DE SABLE EST REVENU

52

Je remontai en courant le sentier de la falaise. Mes pensées menaient une ronde effrénée dans ma tête. Cela n'avait aucun sens. Que Flynn fût le fils de Brismand était impossible. Damien avait dû mal comprendre. Pourtant quelque chose en moi se déchirait. L'intuition du danger enfin éveillée bourdonnait en moi comme une cloche dont le glas était encore plus lugubre que celui de la Marinette.

Des choses auraient bien dû m'avertir si je n'avais pas choisi de les ignorer : le rendez-vous secret, l'étreinte, l'hostilité de Marin, le manque de fermeté de la loyauté de Flynn. Son surnom même : Rouget, le Rouquin, qui fait écho à celui de Brismand, le rusé Renard, le Rouzic. Ils ont en effet, à la mode de l'île, le même surnom.

Mais Damien n'était qu'un gamin vraiment, un adolescent tout étourdi d'amour comme on peut l'être à cet âge, pas le plus fiable des informateurs. Je devais en apprendre davantage avant de condamner Flynn et je savais exactement où aller.

La réception des Immortelles était presque déserte. Seul Joël Lacroix était assis sur le bureau avec ses bottes de cow-boy. Il fumait une gitane. Il parut interloqué en me voyant.

« Tiens, Mado ! » Il m'adressa un sourire avare et écrasa le mégot de sa cigarette dans le cendrier. « Tu cherches une chambre ? »

« On m'a dit que mon copain était ici », dis-je.

« L'Angliche ? Ouais, il est ici. » D'un geste étudié, il ralluma une autre cigarette et en laissa s'échapper la fumée dont le long ruban se déroula lentement comme dans les films. « Le docteur a dit qu'il ne pouvait être transporté. Tu voulais l'voir, hein ? »

Je fis oui de la tête.

« Eh bien, tu n'peux pas ! M. Brismand a dit que personne ne l'pouvait et, ma belle, ça veut dire, toi non plus ! »

Il me décocha un clin d'œil et se rapprocha un peu de moi. « Le docteur est arrivé par vedette spéciale, il y a une heure peut-être. Il a dit qu'il s'agissait d'une piqûre d'une sorte de physalie. Une sale piqûre, quoi ! »

Le diagnostic pessimiste d'Aristide était donc erroné. Je m'en sentis tout à coup soulagée sans vraiment me l'admettre.

« Ce n'était pas un venin de mer, alors ? »

Joël secoua la tête, d'un air de regret, me parut-il. « Non ! Mais c'est un sale truc tout d'même ! »

« Dans quelle mesure est-ce vraiment grave ? »

« Bof ! Penses-tu que les docteurs en sachent quoi que ce soit, hé ? » Il tira encore une longue bouffée de sa gitane. « Bien sûr, qu'il soit resté inconscient au soleil pendant des heures n'arrange pas les choses ! Une garce d'insolation peut être quelque chose de terriblement dangereux si l'on n'y fait pas attention. C'est bien d'un gars du continent de n'pas savoir ces trucs-là ! » Au ton de sa voix, on sentait bien qu'il voulait dire que lui, Joël, était un vrai dur qui ne se laisserait sûrement pas prendre à ce genre de choses.

« Et la physalie ? »

« C'con-là, il l'a sortie de l'eau, t'imagines, hé ? » Il secoua la tête de l'air de quelqu'un qui n'aurait pas cru à une telle bêtise. « Enfin, il faut être vraiment con pour faire ça ! Le docteur dit que le poison sera actif pendant vingt-quatre heures encore. » Il ricana. « Alors, si ton copain est encore ici demain matin, hé... » Il cligna de l'œil encore une fois et se rapprocha encore plus près.

Je m'écartai de lui. « Eh bien, dans ce cas, je dois parler à Marin Brismand. Il est ici ? »

« Ben ! Qu'est-ce qui te prend ? » Joël prit un air chagrin. « Tu n'veux pas d'moi ? »

« Si, mais à une certaine distance, Joël. T'as qu'à imaginer que je suis pour toi comme une pêche privée, ou des eaux territoriales. Tu n'y poses pas tes filets ! »

Joël émit un grognement. « Ell' s'prend pour la sainte, ma parole ! » marmonna-t-il et il ajouta : « Marin est sorti, il y a une heure, avec ta sœur. »

« Où ? »

« Dieu seul le sait ! »

Je découvris enfin Marin et Adrienne au Chat Noir. Il se faisait déjà tard et le café était plein de bruit et de fumée. Ma sœur parlait, assise au bar, et Marin jouait aux cartes à une table entourée de Houssins. Il parut surpris de me voir là.

« Mado ! C'n'est pas souvent qu'on t'voit ici. Y a quelque chose qui n'va pas ? » Il plissa des yeux dans ma direction. « C'est GrosJean, n'est-ce pas ? »

« Non, c'est Flynn ! »

« Oh ? » Il eut l'air surpris. « Il n'est pas mort, hein ? »

« Bien sûr que non ! »

Marin eut un haussement d'épaules. « Ça aurait été trop beau ! »

« Cesse de vouloir jouer au plus fin avec moi ! » lui dis-je sèchement. « Je suis au courant de ce qu'il y a entre lui et ton oncle et de vos petites manigances à tous. »

« Oh ! » Il eut un vilain sourire et je compris qu'il n'était pas si fâché que cela de ma découverte.

« Bon ! Allons quelque part où nous pourrons parler tranquillement. Vaut mieux qu'ça reste dans la famille, hé ? » Il abandonna sa partie de cartes et se leva. « J'étais en train de perdre, de toute façon ! » dit-il. « Je n'ai pas la chance qu'a ton p'tit copain, moi ! »

Nous sortîmes sur l'esplanade où il faisait plus frais et où il y avait moins de monde. Adrienne nous suivit. Je m'assis sur la digue et me tournai vers eux. Ma voix était calme mais mon cœur battait très fort. « Qu'est-ce que je dois savoir à propos de Flynn ? » demandai-je. « Ou plutôt à propos de Jean-Claude ? »

53

« C'est moi qui devais être son héritier, tu sais ! » Marin esquissa un sourire amer. « J'étais le seul parent qui lui restait, au vieux, et j'ai été pour lui bien plus qu'un fils. En tout cas, plus que son fils à lui ne l'a jamais été. Et tout ça allait être à moi : les Immortelles, l'entreprise ; enfin, tout ! »

Brismand, depuis des années, lui faisait miroiter cette perspective, tantôt lui accordant un prêt, tantôt lui offrant un petit cadeau. Il avait toujours gardé l'œil sur lui, comme il avait gardé l'œil sur moi, sans vouloir s'engager vraiment. Il avait envisagé toutes les possibilités d'avenir ; ne faisant jamais allusion à la femme qui l'avait quitté, ni au fils qu'elle avait emmené avec elle, il avait laissé entendre à Marin qu'il se lavait les mains de ce qui leur était arrivé, qu'ils s'étaient d'ailleurs établis en Angleterre, que le gamin ne parlait pas un mot de français et qu'il n'avait pas plus le droit de s'appeler Brismand que n'importe lequel des autres habitants de cette grande île où les rosbifs se baladaient en chapeau melon !

Mais tout ça, c'étaient des mensonges, bien sûr ! Brismand, le rusé Renard, n'avait jamais perdu complètement l'espoir. Il avait gardé contact avec la mère de Jean-Claude, il lui avait envoyé de l'argent pour payer les frais d'études, il avait joué double jeu pendant des années, attendant patiemment le moment propice pour le saisir. Son intention avait toujours été de léguer plus tard toute son entreprise à Jean-Claude. Son fils, hélas, lui, s'était montré peu enclin à coopérer. Il avait bien voulu accepter l'argent, ça, oui ! Mais il s'était montré moins enthousiaste quand il s'était agi de se joindre à l'affaire. Mais Brismand avait été patient. Il avait laissé le jeune homme jeter sa gourme, il avait essayé de ne pas penser au temps qui s'enfuyait. Mais Jean-Claude avait alors trente ans et ses projets d'avenir, s'il en avait vraiment, restaient encore très vagues et Brismand commençait à croire que son fils ne lui reviendrait jamais.

« Et cela aurait été la fin de tout ça ! » déclara Marin d'un ton suffisant. « Car Claude est peut-être un obsédé des liens familiaux mais il n'aurait jamais légué son argent à quelqu'un qui ne l'avait pas gagné. Il avait bien fait comprendre que si Jean-Claude voulait recevoir même un sou de son héritage, il devrait revenir ici d'abord. »

Bien sûr, Brismand n'avait rien dit de ce qui l'inquiétait à Marin ni à Adrienne. Pendant cette période d'incertitude, il avait compris qu'il fallait surtout rester en bons termes avec Marin qui représentait son assurance pour l'avenir, celui sur lequel il comptait au cas où Jean-Claude ne réapparaîtrait pas. D'ailleurs, Marin était en fin de compte un atout valable. N'avait-il pas épousé la fille de GrosJean ?

« Il cherchait à créer des liens entre lui et les Salants et, tout particulièrement, il voulait acheter la maison de GrosJean et le terrain qui l'accompagnait. Mais GrosJean refusait de vendre et il y avait eu entre eux une sorte de querelle. Moi, je n'en savais rien. C'était peut-être tout simplement de l'entêtement de la part de GrosJean. »

De toute façon, avec la possibilité que Marin et Adrienne en héritent un jour, Brismand n'avait plus qu'à prendre patience et attendre. Il avait été plus que généreux avec le jeune couple et leur avait procuré une importante somme d'argent pour qu'ils s'établissent dans le commerce.

Je me rendais bien compte de l'agitation croissante d'Adrienne au fur et à mesure que parlait Marin. « Attends une seconde ! Es-tu en train de dire que ton oncle t'a offert de l'argent pour que tu m'épouses ? » s'exclama-t-elle.

« Ne sois pas bête ! » Marin se sentait mal à l'aise soudain. « Il a simplement utilisé la situation qui se présentait, c'est tout. Je t'aurais épousée de toute manière. Même sans l'argent à la clef. »

Le prix du terrain à la Houssinière était énorme parce que c'était un coin prospère, aux Salants, par contre, il était encore très bon marché, y posséder une propriété serait une très bonne chose pour Brismand car la maison de GrosJean, avec son terrain qui s'étendait jusqu'à la Goulue, représentait un atout considérable pour celui qui saurait l'exploiter. Brismand s'était donc montré généreux envers Marin et Adrienne. Il avait envoyé des cadeaux aux enfants. Eux avaient patiemment attendu dans l'espoir de partager un jour sa fortune et, depuis des années, ils vivaient bien au-dessus de leurs moyens.

Alors, Flynn était arrivé.

« Le fils prodigue ! » dit Marin d'un ton venimeux. « Avec trente ans de retard, un étranger ou presque, mais il a réussi à tourner complètement la tête du vieux. On jurerait qu'à ses yeux il est capable d'accomplir des miracles. »

Marin, lui, se retrouvait dans la position du simple neveu. Maintenant que son fils était revenu, Claude se désintéressait du commerce de Tanger et les prêts et les investissements dont dépendaient Marin et Adrienne avaient soudain cessé.

« Oh, il ne nous a pas avoué tout de suite pourquoi ! Les Immortelles avaient besoin de réparations, disait-il. Un nouvel épi de protection était nécessaire pour empêcher l'érosion de la plage. Il fallait moderniser l'équipement pour les touristes. Après tout, c'était aussi dans notre intérêt car nous hériterions un jour des Immortelles. »

Cependant, personne ne connaissait encore l'existence de Jean-Claude. Dès le début, la prudence naturelle de Brismand avait été mise en éveil, il n'avait pas eu envie de rendre publiques ses affaires avant d'être absolument certain que le fils prodigue fût bien son fils à lui. Une enquête préliminaire semblait confirmer la véracité des faits. La mère de Jean-Claude était retournée dans son pays natal, l'Irlande, après avoir quitté le Devin. Elle était remariée maintenant et avait un autre enfant. Elle avait dit à Brismand que Jean-Claude, lui, avait quitté la maison quelques années auparavant et que, depuis, elle n'avait eu que peu de contacts avec lui mais qu'elle avait continué à lui expédier les chèques que Brismand envoyait. Tout cela vérifiait jusqu'à un certain point ce qu'avait dit Flynn. Encore plus importants étaient les lettres que Brismand avait écrites, les photos de son ancienne femme avec l'enfant et le certificat de naissance. Il y avait enfin les anecdotes que seuls Jean-Claude et sa mère auraient pu connaître. Marin avait recommandé une analyse de sang mais Brismand savait au fond de son cœur qu'il n'avait nul besoin de cette confirmation-là. Flynn, d'ailleurs, avait les yeux de sa mère.

Alors, il lui avait demandé son aide pour résoudre le problème d'érosion de la plage, en laissant entendre que, s'il réussissait aux Immortelles, il aurait l'occasion de devenir son associé dans l'affaire. C'était pour lui une façon de le surveiller et de le mettre à l'épreuve en même temps.

« Ah ! ce n'est pas à lui qu'on en ferait avaler ! » dit Marin d'un ton d'amère satisfaction. « Même si Jean-Claude était bien celui qu'il assurait être, la raison pour laquelle il était revenu était claire : l'argent. Pour quelle autre chose serait-il revenu après si longtemps ? »

C'était une réalité que Brismand, comme tous les Devinnois, connaissait trop bien. Ceux qui étaient partis, qui avaient déserté, étaient accueillis à bras ouverts mais à bourse fermée car tous savaient que ce qui revient ne reste pas toujours. « Alors, il lui a trouvé du boulot, il lui a dit que, s'il devait hériter de l'affaire, il ferait bien de partir du bas de l'échelle. » Marin se mit à rire. « La seule chose, dans toute cette histoire-là, qui me fasse vraiment plaisir, c'est de penser à la gueule que ce con-là a dû faire quand mon oncle lui a dit qu'il devait travailler pour mériter de porter le nom de son père ! »

Il y avait eu une violente prise de bec. Le visage de Marin s'éclaira à ce souvenir. « Le vieux me l'a racontée. Il s'était mis dans une rage folle. Quand Jean-Claude eut compris qu'il était allé trop loin et avait essayé de le calmer, il était déjà trop tard. Mon oncle lui a dit qu'il n'allait pas toucher un sou à moins qu'il ne l'ait mérité et il l'a envoyé aux Salants. »

Mais, des deux côtés, cela avait été le déploiement d'une colère savamment contrôlée. Jean-Claude avait laissé à son père le temps de se calmer, tout en s'efforçant de rentrer dans ses bonnes grâces. Et petit à petit, Brismand avait commencé à prendre conscience des avantages d'avoir quelqu'un qui travaillait pour lui aux Salants.

« Jean-Claude entendait tout. Rien ne lui échappait : qui avait des problèmes d'argent, quel commerce battait de l'aile, qui trompait un tel avec un tel. Qui s'était endetté. Il avait l'art de délier les langues. On lui faisait confiance. »

En quelques mois, Brismand n'ignorait plus aucun des secrets du village. Grâce au pierré de protection des Immortelles, le commerce s'était pratiquement arrêté aux Salants. La pêche aussi. Plusieurs chefs de famille étaient déjà criblés de dettes. Il aurait pu à n'importe quel moment les forcer à la banqueroute.

GrosJean en était. Flynn l'avait adopté dès le début, s'en était fait un ami d'une multitude de façons ; il avait été son interprète quand il avait eu besoin d'emprunter de l'argent quand, à la fin, ses économies s'étaient trouvées épuisées. Brismand s'était montré enthousiaste devant le plan. Si GrosJean pouvait être acheté, en un an ou deux les Salants — enfin, ce qui en resterait — pourraient lui appartenir.

« Et puis, tu es arrivée, toi ! » dit Adrienne.

Et cela avait tout changé. GrosJean, qui s'était montré jusque-là si facile à manœuvrer, cessa de coopérer. Mon intervention avait été trop évidente. Toutes les manœuvres subtiles de Flynn avaient été réduites à néant.

« Jean-Claude a donc changé de cap », expliqua Adrienne avec un sourire méchant. « Au lieu de s'intéresser à Papa, il a commencé à s'intéresser à toi, à essayer de découvrir ton point faible. Il t'a flattée. »

« C'est faux ! » m'empressai-je de dire. « Il m'a aidée. Il nous a tous aidés ! »

« Tout en s'aidant lui-même ! » dit Marin. « Il a prévenu Brismand à propos du récif artificiel le jour même où les premiers grains de sable sont apparus à la Goulue. Penses-y, Mado », continua-t-il en voyant l'expression de mon visage. « Tu ne croyais quand même pas que c'était pour tes beaux yeux qu'il faisait ça ? »

Je le dévisageai, atterrée. « Mais enfin, les Immortelles ! » protestai-je. « Il savait bien ce qui allait arriver à la plage de Claude et il le savait dès le début. »

Marin haussa les épaules. « Les choses peuvent toujours être ramenées à ce qu'elles étaient », dit-il. « Et faire un peu pression sur Brismand à propos des Immortelles était précisément ce dont Rouget avait besoin pour lui forcer la main. » Marin me regarda avec un air d'amusement amer. « Mes félicitations, Mado ! » dit-il. « Ton p'tit copain a finalement mérité son nom. C'est bien un Brismand maintenant. Il a un carnet de chèques pour le prouver et cinquante pour cent des actions dans la compagnie Brismand et fils. Et tout cela, grâce à toi ! »

54

Toutes les lumières étaient éteintes aux Immortelles, à part la petite lampe de la réception, et la porte était fermée à clef. Il me fallut sonner, à plusieurs reprises, pendant au moins cinq minutes pour qu'on vînt ouvrir. Brismand était en bras de chemise, une gitane pendant au coin de sa bouche. Quand il m'aperçut à travers la porte vitrée, ses yeux s'agrandirent légèrement. Il sortit de sa poche un trousseau de clefs et ouvrit.

« Mado ! » Au ton de sa voix, il me parut fatigué. Tout en lui indiquait la lassitude : ses bajoues tristes, sa moustache tombante et ses yeux à moitié fermés. Sous sa vareuse sans forme, ses épaules s'arrondissaient. On l'avait cru taillé dans le granit, plus massif et primitif que jamais, une statue de lui-même. « Je ne suis pas sûr que ce soit le bon moment, hé ! »

« Je comprends bien ! » La colère me submergea comme une lave incandescente mais je réussis à la maîtriser. « Ça a dû vous porter un coup terrible ? »

Je crus voir son regard vaciller une seconde. « Tu veux parler des méduses, n'est-ce pas ? Un sale coup pour le commerce, c'est sûr et ça ne pouvait pas tomber plus mal, vu la situation ! »

« C'est vrai que les méduses posent un gros problème », répondis-je. « Mais je parlais, moi, de l'accident qui est arrivé à votre fils. »

Brismand m'observa quelques instants d'un air triste et poussa un de ses énormes soupirs. « Quelle imprudence de sa part ! » dit-il. « Quelle chose stupide à faire ! Un vrai îlien n'aurait jamais fait cela ! » Il sourit et continua : « Mais je te l'avais bien dit qu'il me reviendrait un jour, n'est-ce pas ? Cela a pris du temps mais, à la fin, il est quand même revenu. À mon âge, un homme a besoin d'un fils à ses côtés, quelqu'un sur lequel il puisse compter, quelqu'un qui puisse prendre l'affaire en main quand son heure sera venue. »

Je crus remarquer une ressemblance entre eux maintenant, quelque chose dans le sourire, dans la façon de se tenir, dans certaines petites manières, dans les yeux aussi.

« Vous devez en être très fier ! » commentai-je, avec un léger haut-le-cœur.

Brismand leva le sourcil. « J'aime penser qu'il a quelque chose de moi, oui ! »

« Mais pourquoi la comédie ? Pourquoi nous le cacher ? Pourquoi nous a-t-il aidés, lui — pourquoi nous avez-vous aidés — s'il a toujours été de votre côté ? »

« Mado ! Oh ! Mado. » Brismand prit une expression peinée et secoua la tête.

« Pourquoi en faire une question de qui est du côté de qui ? Sommes-nous en état de guerre ? Doit-il toujours y avoir une raison derrière chaque chose ? »

« C'était de la charité discrète, quoi ! » ricanai-je.

« C'est un coup bas, cela, Mado ! » Et soudain toute son attitude se fit l'écho de ses paroles. Il se détourna légèrement de moi, son dos se voûta et ses mains s'enfoncèrent profondément dans ses poches. « Crois-moi, je ne pense qu'à ce qui est pour le bien des Salants. Je n'ai jamais rien voulu d'autre. Regarde ce que ma "discrétion" a réussi à faire jusqu'ici : j'ai développé des propriétés, relancé le commerce et les affaires, hé ! Tu crois vraiment qu'ils m'auraient permis de leur faire cadeau de tout ça ? Ils sont soupçonneux, Mado. Soupçonneux et fiers. C'est ça qui les tue ! Ils s'accrochent à leur rocher et vieillissent là, ils ont si peur de tout changement qu'ils préféreraient laisser la mer les emporter plutôt que de prendre une décision parfaitement raisonnable ou de faire preuve d'un peu d'esprit d'entreprise. » Il ouvrit les mains d'un air d'impuissance. « Quel dommage ! Ils savaient pourtant bien, tous, qu'il n'y avait rien à faire mais personne n'était prêt à vendre ! Plutôt que de se rendre à l'évidence, ils auraient laissé le flot leur passer par-dessus la tête et les noyer ! »

« Vous parlez même comme lui, maintenant », remarquai-je.

« Je suis terriblement las, Madeleine. Trop las pour subir un interrogatoire de ce genre. » Il avait de nouveau l'air d'un vieil homme, son énergie s'était évanouie et ses joues tombantes lui composaient un masque triste.

« J'ai beaucoup d'affection pour toi, Mado. Mon fils aussi. Nous aurions toujours veillé à ce que tu t'en tires bien. Maintenant, rentre chez toi et repose-toi ! » me conseilla-t-il d'un ton gentil. « Demain, la journée sera longue ! »

55

C'était donc cette vérité-là que j'avais cherché à découvrir sans même en avoir conscience. Brismand et le fils qu'il croyait avoir perdu il y a si longtemps, tous les deux, chacun à son bout de l'île, avaient travaillé en secret — travaillé à quoi ? Je me souvenais de la triste histoire que Brismand m'avait racontée à propos de sa vieillesse. Était-il possible que Flynn l'eût persuadé de se racheter ? Était-il possible qu'ils eussent tous les deux vraiment fait quelque chose pour nous ? Non ! Je ne pouvais y croire. Au plus profond de ma raison, là où il n'y a pas de place pour les illusions, j'étais certaine d'avoir toujours su la vérité.

Je courus jusqu'au blockhaus. Je reconnaissais cette impression de détachement qui m'avait maintenant envahie pour l'avoir déjà ressentie le jour où Maman était morte. C'était comme si un mécanisme subtil, destiné spécifiquement à ces moments d'intense crise personnelle, s'était déclenché, me permettant de me distancer de tout, sauf de la chose précise qui m'occupait à cet instant-là. Plus tard, il me faudrait payer pour ce sursis, en chagrin, en larmes peut-être, mais, pour l'instant, j'étais maîtresse de la situation. La trahison de Flynn s'était transformée en quelque chose qui était arrivé dans le cauchemar de quelqu'un d'autre. Un calme étrange m'inonda et sa vague effaça les mots tracés dans le sable de mon cœur.

Je pensai à GrosJean et à la petite maison si récemment construite. Je pensai à tous ces

Salannais qui avaient dû faire un emprunt pour financer leurs travaux, leurs nouvelles entreprises, à tous les petits investissements que nous avions risqués pour préparer notre avenir. Derrière les peintures refaites et les coquets jardinets, les étalages et les comptoirs étincelants, derrière les bateaux de pêche remis à neuf et les garde-manger bien approvisionnés, les nouvelles robes d'été et les volets repeints, derrière les jardinières pleines de fleurs et les verres à cocktail, les barbecues et les viviers à homards, les seaux et les pelles des enfants, derrière tout cela, dissimulés, luisaient l'argent de Brismand, l'influence de Brismand, la traîtrise de Brismand.

Le *Brismand II*, déjà à moitié construit il y a six mois, devait être terminé maintenant et prêt à prendre sa place dans le grand plan familial, à faire partie de ce qui reviendrait à Jean-Claude dans l'entreprise de son père. La place de Flynn était claire maintenant. Il représentait l'une des pierres angulaires du triumvirat : Claude, Marin, Rouget ; la Houssinière, les Salants, le continent. La symétrie était frappante, inévitable : les prêts, le récif et l'intérêt exprimé par Brismand pour les terres inondées. J'avais reconnu certaines de ses intentions assez tôt dans cette partie d'échecs. La seule chose qui m'avait manqué pour comprendre l'échec et mat final était la connaissance de la trahison de Flynn.

Si elle s'était trouvée à ma place, ma mère, elle, si démonstrative, aurait immédiatement répandu la nouvelle dans le village, mais je ressemblais trop à GrosJean pour cela. Nous avons plus de choses en commun dans notre caractère, lui et moi, que je ne l'avais compris tout d'abord. Nous ruminons en secret nos vieilles rancunes. Nous nous analysons méthodiquement. Comme l'artichaut, nous cachons notre cœur trop tendre derrière des épaisseurs et des épaisseurs de remparts aux pointes acérées. Non, je n'allais pas éclater en sanglots, me promis-je. Pas avant d'avoir appris toute la vérité. Alors, j'en ferais calmement l'analyse et je pourrais ensuite établir un diagnostic de ma position.

Pour cela j'avais besoin de parler à quelqu'un. Pas à Capucine, à laquelle je me serais normalement confiée. Elle n'était pas assez méfiante, elle se sentait trop bien dans sa peau. Elle n'était pas assez secrète de nature. D'ailleurs, elle adorait Rouget. Je n'allais pas commencer à l'alarmer sans raison — du moins pas avant d'avoir pu évaluer le degré de sa trahison à lui. Il nous avait menti, ça, c'était sûr, mais les raisons de ses mensonges étaient encore peu claires. Par un miracle quelconque, on prouverait peut-être son innocence. C'était ce que je souhaitais, bien entendu. Mais mon côté GrosJean, celui qui n'acceptait que la vérité, ne se laissait pas prendre à ce futile espoir. Je me persuadai que, plus tard, oui plus tard, j'aurais toujours le temps pour ces illusions-là.

Toinette ? Son grand âge la mettait au-dessus de tout cela. Elle observait les rivalités du village avec une nonchalante indifférence, ayant depuis longtemps cessé de trouver quelque chose de nouveau qui pût encore l'amuser. D'ailleurs, il était tout à fait possible qu'elle eût même reconnu Rouget pour celui qu'il était vraiment, mais qu'elle s'était tue parce que, dans son esprit blasé, elle avait peut-être découvert un certain humour à la situation.

Aristide ? Matthias ? Un seul mot à l'une ou l'autre des deux familles de pêcheurs et le village entier serait au courant de l'affaire dès le lendemain matin. J'essayai de deviner les réactions. Omer ? Angelo ? Hors de question ! Pourtant, il fallait bien me confier à quelqu'un, même si ce n'était que pour m'assurer que je n'étais pas devenue folle.

Les bruits de la dune entraient par la fenêtre ouverte. Une odeur salée montait de la Goulue, l'odeur de la terre qui se refroidissait, d'un million de petits êtres qui reprenaient vie sous les étoiles. GrosJean serait dans la cuisine maintenant, une tasse de café à proximité de la main, silencieux. Comme toujours, il regarderait par la fenêtre avec la même expression d'attente pleine d'espoir...

Bien sûr, je parlerais à mon père. Si je ne pouvais compter sur lui pour tenir sa langue, sur qui vraiment pouvais-je compter ?

Il leva les yeux à mon entrée. Son visage avait l'air tendu, ses yeux étaient gonflés. Il était affalé sur la petite chaise de la cuisine si gauchement que l'on eût dit une grosse figurine de pâte à modeler. Je fus tout à coup submergée d'une vague de tendresse et de pitié pour lui. Pauvre GrosJean aux lèvres scellées et aux yeux tristes. Mais cette fois-ci, cela n'avait aucune importance, pensai-je. Cette fois-ci, ce que je lui demandais était simplement d'écouter.

Avant d'aller m'asseoir en face de lui à la table, je l'embrassai. Cela faisait bien longtemps que je n'avais fait cela. Je crus voir une ombre de surprise sur son visage. Je me rendis compte que, depuis l'arrivée de ma sœur, je n'avais qu'à peine adressé la parole à mon père. Mais, après tout, il ne s'était pratiquement jamais adressé à moi non plus.

« Pardon, Papa », dis-je. « Rien de tout ce qui arrive n'est de ta faute à toi, n'est-ce pas ? »

Je versai du café pour nous deux, y mettant machinalement le sucre comme il l'aimait, et je m'appuyai au dossier de ma chaise. Il avait dû laisser une fenêtre ouverte quelque part car des papillons de nuit voletaient affolés autour de l'abat-jour et faisaient vaciller la lumière. Tout là-bas, la marée remontait, je le savais, l'odeur de l'océan avait envahi la pièce.

Je ne sais plus ce que je lui ai vraiment dit, les mots que j'ai prononcés. Autrefois, sur le chantier, nous communiquions parfois sans parler, par une sorte d'osmose de nos esprits, ou quelque chose de ce genre, je m'en souvenais encore : un mouvement de la tête, un sourire, une absence de sourire suffisait. Toutes ces petites choses, ces menus détails sont si révélateurs pour qui sait lire les signes. Lorsque j'étais enfant, le silence de mon père avait quelque chose de mystique pour moi, quelque chose de quasi divin. Je lisais les petites indications qu'il laissait dans son sillage comme une prophétesse lit les augures. La façon dont il avait laissé traîner une tasse de café ou une serviette indiquait tantôt son plaisir, tantôt son mécontentement, un croûton de pain abandonné avait le pouvoir de modifier le climat de toute une journée.

Mais tout cela était terminé. Je l'avais adoré. Je l'avais détesté. Je ne l'avais jamais vraiment *vu*. Maintenant, je le voyais, ce vieillard triste et silencieux, assis à une table. Quels imbéciles l'amour peut-il faire de nous et quels sauvages aussi !

Ma grande erreur avait été de croire que, pour être aimé, il fallait travailler, gagner cet amour, le mériter. C'était bien une idée d'îlienne, bien sûr, la conviction que tout a un prix et qu'il faut tout payer d'une façon ou d'une autre. Mais l'amour n'a que faire du mérite ! Seuls les saints seraient aimés sans cela. C'était une erreur que j'avais répétée bien des fois : avec GrosJean, avec ma mère, avec Flynn, peut-être même avec Adrienne, mais surtout avec moi-même. J'avais fait tant d'efforts pour mériter d'être aimée, pour avoir droit à ma place au soleil, à ma poignée de terre à moi, que j'en avais négligé le principal.

Je posai ma main sur la sienne, lisse et usée comme un vieux bout de bois d'épave.

L'amour que ressentait ma mère était exubérant, le mien avait toujours été sombre et secret. C'était encore la fille de l'île en moi, mon côté GrosJean. Nous nous enfonçons dans le sable comme des palourdes. Le grand jour nous remplit de panique. Je repensai à mon père, debout sur la falaise, qui regardait la mer, à toutes ces heures passées à attendre que sainte Marine veuille bien tenir sa promesse. GrosJean n'avait jamais tout à fait cru que P'tit Jean était perdu pour l'éternité. Le corps que l'on avait retrouvé à la Goulue avec l'épave de l'*Éléonore*, ce corps informe et sans visage, comme celui d'un jeune phoque que l'on aurait dépouillé de sa peau, aurait pu être celui de n'importe qui. Alors Gros-Jean avait peut-être conclu un pacte avec la mer, une sorte d'offrande, celle de sa voix, en échange du retour de son frère. Un vœu de silence, était-ce cela ? Ou était-ce simplement devenu une habitude chez lui, un pli naturel qui s'était peu à peu accentué au point où, à la fin, il lui était devenu si difficile de parler que, dans des moments de tension, c'était devenu pour lui une impossibilité ?

Les yeux rivés aux miens, il me regardait. Ses lèvres bougeaient mais aucun son ne sortait de sa bouche.

« Comment ? Qu'est-ce que tu dis ? »

J'avais cru entendre quelque chose, comme un filet de voix enrouée, un mot à peine intelligible : PetitJean. Ses mains se crispaient de frustration à l'idée des paroles qu'il ne pouvait prononcer, ces mains qui exprimaient si bien ce qu'il ressentait.

« PetitJean ? »

L'effort qu'il faisait pour me dire ce qu'il voulait empourprait son visage, mais en vain. Seules les lèvres continuaient à remuer, muettes. Du doigt, il indiqua les murs, la fenêtre et ses mains agiles esquissèrent le mouvement de la marée montante. Il imita Brismand avec une justesse étonnante, enfonçant les mains dans ses poches et se voûtant en traînant les pieds. Puis il fit un geste pour marquer avec insistance deux hauteurs différentes. Le grand Brismand et le petit Brismand. Enfin, d'un large mouvement de bras, il balaya l'air en direction de la Goulue.

Je passai mes bras autour de ses épaules et murmurai : « Ce n'est rien ! Ne te crois pas obligé de parler. Ce n'est rien ! » J'aurais cru tenir un bonhomme de bois, une caricature cruelle de l'homme qu'il était vraiment, sculptée par un maladroit. La bouche appuyée contre mon épaule, en proie à une détresse immense et incompréhensible, il s'acharnait en vain à produire des sons et son haleine chaude avait l'âcreté des cigarettes et du café. Je sentais toujours ses grosses mains, étrangement fragiles pourtant, s'agiter à ses côtés, essayant de communiquer quelque chose de bien trop urgent pour de simples mots.

« Ce n'est rien, je te dis ! » répétai-je. « Tu n'as pas à parler. Ce n'est pas important ! »

Il recommença à imiter Brismand, PetitJean et refit le même grand geste vers la Goulue. Un bateau ? L'*Éléonore* ? Son regard m'implorait. Il me tira la manche et répéta son geste avec insistance. Je ne l'avais encore jamais vu si agité : Brismand, PetitJean, la Goulue, l'*Éléonore*.

« Écris donc ce que tu veux me dire si tu penses que c'est important ! » suggérai-je enfin. « Je vais te chercher un crayon. » Je fouillai l'un des tiroirs de la cuisine où je découvris un petit bout de crayon rouge et un morceau de papier. Mon père les regarda sans les prendre. Je les poussai sur la table dans sa direction.

GrosJean secoua la tête.

« Vas-y, s'il te plaît. Écris ! »

Il regarda le papier. Le minuscule bout de crayon paraissait ridiculement petit entre ses gros doigts. Il se mit à écrire d'un air gauche et appliqué. Cette adresse merveilleuse dont il témoignait autrefois lorsqu'il cousait des voiles ou qu'il me fabriquait des jouets avait disparu. Je devinai ce qu'il avait écrit avant même de l'avoir regardé. C'était la seule chose que je l'eusse jamais vu écrire : son nom, Jean-François Prasteau, en grande écriture maladroite. J'avais même oublié que son vrai nom était en effet Jean-François. Pour moi, comme pour tout le monde, il avait toujours été GrosJean. Il n'avait jamais rien lu, il préférait regarder les revues de pêche avec des illustrations en couleurs, il n'avait jamais rien écrit, je me souvenais des lettres que je lui avais envoyées de Paris et auxquelles il n'avait jamais répondu.

J'avais toujours pensé qu'il n'était tout simplement pas le genre d'homme à écrire des lettres, je comprenais enfin maintenant que mon père ne savait pas écrire.

Je me demandai combien d'autres secrets il avait bien pu me cacher. Je me demandai si ma mère elle-même avait jamais remarqué cela. Il restait assis là, les mains pendantes, comme si l'effort colossal qu'il avait fourni pour écrire son nom avait simplement épuisé toute son énergie. Je réalisai que l'effort qu'il avait pu faire pour communiquer avait maintenant cessé. Ses traits s'étaient détendus. L'échec, ou l'indifférence, avait posé sur son visage le masque serein d'un bouddha. Son regard se dirigea de nouveau vers la Goulue. « Ce n'est rien ! » répétai-je, en déposant un baiser sur son front glacé. « Ce n'est pas de ta faute ! »

La pluie, attendue depuis longtemps, était enfin arrivée. En quelques instants, la dune, derrière nous, se peupla de mille rumeurs. L'eau bruissait, chuchotait, gazouillait dans les petites rigoles qu'elle creusait dans le sable en s'écoulant vers la Bouche. Elle couronnait de perles transparentes les têtes bleues des chardons des dunes qui luisaient dans le dernier éclat du jour. Là-bas à l'horizon, la nuit avait déjà hissé sa voile noire.

56

En été, la nuit n'est jamais totalement noire et le ciel blanchissait déjà alors que je m'acheminais lentement vers la Goulue. Je traversai la lande en faisant attention où je posais le pied, les petites têtes soyeuses des mimis des dunes caressaient mes chevilles nues. Je grimpai sur le blockhaus pour regarder remonter la mer. Sur le Bouch'ou clignotaient les deux balises — l'une verte, l'autre rouge — qui marquaient la position du récif artificiel.

Il avait l'air si rassurant, ce récif, si solidement ancré, il semblait aussi permanent que les Salants eux-mêmes. Et pourtant, tout avait soudain changé. Il ne nous appartenait plus. Il ne nous avait jamais appartenu. C'était à l'argent de Brismand que nous devions notre rêve, à son argent, à ses mensonges.

Mais dans quel but exactement avait-il fait cela ?

Pour s'approprier les Salants ? C'était ce que lui-même avait laissé entendre. Le terrain était encore bon marché ici et celui qui saurait l'exploiter pourrait y trouver son profit. Mais les villageois continuaient à se faire tirer l'oreille, ils s'accrochaient obstinément à cette terre qu'ils ne savaient ni exploiter ni apprécier et, pourtant, ils s'agrippaient désespérément à ce rocher sans avoir plus de projets ou plus d'ambition que les coquillages qu'ils y récoltaient.

Mais le couteau, si recherché des vrais gourmets et qui s'enfonce souvent jusqu'à trois mètres de profondeur dans le sable mouillé, se laisse facilement attraper lorsque la mer commence à remonter et qu'il sort de son trou pour répondre à l'appel du grand large. Ce que les Brismand et leurs gros sous avaient accompli était de nous faire croire que la mer remontait et d'attendre que nous sortions de nos trous, nous aussi. Comme les homards du vivier Guénolé-Bastonnet, nous avions grossi, nous nous étions leurrés d'espoir, sans même nous douter dans quelle intention nous avions été épargnés.

Au Devin, les dettes sont sacrées. Les repayer est une question d'honneur. Ne pas le faire est impensable. La création de la nouvelle plage avait dévoré le reste de nos économies, les liasses de billets dissimulées sous les planches et les rouleaux de pièces de monnaie conservés dans des boîtes à biscuits pour les mauvais jours. Enhardis par notre succès, nous avions emprunté, hypothéquant nos rêves. Nous avions commencé à croire en notre bonne étoile. L'année, après tout, avait été pour nous une année de chance.

Encore une fois, je repensai à ce *cochon de fer* dans le chantier naval de Fromentine et je me souvins de Capucine me demandant ce que Brismand avait l'intention de faire en achetant des terrains inondés. Ce n'était peut-être pas des terrains à construire qu'il voudrait acheter, pensai-je soudain. Depuis le début, c'étaient les terrains inondés qui avaient éveillé son intérêt.

Des terrains inondés. Pour quelle raison ? Que pourrait-il bien en faire ?

Et la réponse me sauta soudain à l'esprit : un ferry-port !

Si les Salants étaient envahis par l'eau, mieux encore, si le village se trouvait coupé de la Houssinière à la Bouche, la crique pourrait être assez agrandie pour permettre à un ferry d'y pénétrer et d'y accoster. Il n'y aurait plus qu'à raser les maisons, à inonder tout le coin et il y aurait de la place pour deux ferrys, peut-être plus, même. Brismand pourrait créer un service régulier qui desservirait toutes les îles de la côte s'il le voulait, s'assurant ainsi un flot constant de visiteurs au Devin. Une navette allant du ferry-port à la Houssinière empêcherait là une utilisation coûteuse des meilleurs terrains à bâtir.

Mon regard se porta de nouveau vers le Bouch'ou dont les feux clignotaient paisiblement de l'autre côté de l'eau et je me dis que Brismand était propriétaire de ces douze modules faits de vieux pneus d'automobiles maintenus par des câbles d'aviation et ancrés au fond de l'eau par des blocs de ciment. Il m'avait paru si indestructible auparavant et sa fragilité maintenant me remplissait d'effroi. Comment avait-on pu tant miser sur une chose aussi provisoire ? Bien entendu, nous l'avions fait à une époque où nous croyions fermement avoir Flynn de notre côté. Nous nous étions crus bien malins. Nous avions repris notre part des Immortelles au nez et à la barbe de Brismand. Pendant tout ce temps-là, lui avait renforcé sa position, nous avait observés, nous avait galvanisés, il avait gagné notre confiance et fait monter les enjeux de façon que, le moment venu, il puisse...

Tout à coup, je me sentis très lasse. Mes tempes étaient douloureuses. Quelque part, là-bas, vers la Goulue, j'entendis quelque chose, le faible soupir du vent dans une fissure de rocher, un changement dans son léger bourdonnement, comme la note assourdie d'une cloche noyée, puis les lames suspendirent leur clapotement et une accalmie étrange tomba soudain.

Comme toutes les grandes idées, le plan de Brismand m'apparaissait génial dans sa simplicité maintenant que je connaissais sa logique. Je comprenais comment le fait que nous soyons devenus prospères avait été aussi la cause de notre perte, comment nous nous étions laissé manipuler, petit à petit, pour nous faire croire à notre indépendance alors que nous nous enferrions de plus en plus dans le piège tendu pour nous. Était-ce cela que GrosJean avait voulu me dire ? Était-ce le secret caché derrière ses yeux bleus si tristes ?

Chargée d'une odeur de sel et de fleurs sauvages, la brise qui venait de l'ouest était tiède. Derrière moi, la grève luisait sous la fausse promesse de l'aube et, plus loin, le brassard gris perle de la mer éclairait le gris ardoise du ciel. L'*Éléonore II* était déjà sortie et la *Cécilia* voguait dans son sillage. Au-dessus, le banc de nuages en avait fait des miniatures d'elles-mêmes et la distance les faisait paraître immobiles.

Cela me rappela une autre nuit, il y a bien longtemps, celle où nous avions mis en place le récif artificiel. À ce moment-là, notre projet nous avait paru si grandiose, ses répercussions si énormes, que nous en étions pleins d'admiration pour nous-mêmes. Voler une plage ! Comme des dieux, changer le contour d'un rivage ! Le plan de Brismand cependant dépassait de bien loin mes pauvres ambitions à moi. Voler les Salants !

Il n'avait plus à bouger qu'une seule pièce sur l'échiquier et il faisait mat. Il avait gagné la partie.

57

« Ah ! je devine bien pourquoi tu viens si tôt par ici, toi ! » s'écria Toinette, comme je passais devant chez elle, en route vers le village.

La brume était montée de la mer avec la marée et le soleil s'était voilé, ce qui pouvait bien annoncer la pluie. Toinette, vêtue d'une cape épaisse et en gants de laine, donnait des restes de légumes à sa chèvre qui se mit effrontément à lécher ma vareuse. Je la repoussai avec une certaine irritation.

Toinette gloussa. « Une insolation, ma p'tite, c'est simplement ça maintenant, pourtant ça peut être grave pour ces sang de navet que sont les gens du Nord, mais pas mortel, hé, non pas mortel ! » Elle eut un large sourire. « Donne-lui encore un jour ou deux et il aura repris du poil de la bête. Il sera de nouveau lui-même, prêt à se faufiler entre nos doigts comme une anguille.

Alors, ça t'rassure, ma fille ? C'est bien ça que tu v'nais m'demander ? »

Il me fallut un instant pour comprendre ce dont elle parlait. À la vérité, j'avais été si préoccupée par mes pensées que la santé de Flynn, depuis que je le savais sauvé, ne représentait plus qu'une douleur sourde, très lointaine, dans les profondeurs de mon cœur. Qu'on me l'eût rappelé ainsi à l'improviste m'avait prise totalement au dépourvu et je me sentis rougir.

« Eh bien non, c'était de la santé de Mercedes dont j'allais m'enquérir ! »

« Je ne la laisse pas s'ennuyer ! » me confia la vieille femme, en jetant un coup d'œil vers la maison. « Et ça me prend tout mon temps ! Et puis, il faut que je m'occupe aussi de ses visiteurs, du jeune Damien Guénolé qui se ramène ici à tout moment, de Xavier Bastonnet qui ne peut s'empêcher de venir la voir et puis de sa mère aussi qui m'arrive en poussant des cris de putois. Mais je te l'jure, si cette sacrée bonne femme remet encore les pieds ici, moi, je la… Mais parlons de toi plutôt, comment vas-tu ? » Elle me regarda d'un œil inquisiteur. « Tu n'as pas bonne mine. Tu ne vas pas nous tomber malade par hasard ? »

Je secouai la tête. « Je n'ai pas beaucoup dormi la nuit dernière. »

« Moi non plus, d'ailleurs, mais on raconte que les rouquins ont toujours plus de chance que les autres. Alors, ne t'inquiète pas. Je ne serais pas surprise s'il revenait ce soir chez lui ! »

« Hé ! Mado ! »

Les voix venaient de derrière moi ; je me retournai, heureuse de leur interruption. C'étaient Gabi et Laetitia avec des provisions pour la journée. Laetitia me faisait de grands signes du sommet de la dune. « T'as vu le gros bateau ? » demanda-t-elle, d'une voix pleine de vivacité.

Je fis non de la tête. Alors, Laetitia indiqua vaguement la direction de la Jetée. « C'est zen ! Va donc voir ! » Et, entraînant Gabi derrière elle, elle partit vers la plage en gambadant.

« Donne mon bonjour à Mercedes et dis-lui que je pense bien à elle ! » lançai-je à Toinette.

« Hé ! » Je crus remarquer un soupçon dans la façon dont Toinette me regardait. « J'vais t'accompagner un p'tit bout d'chemin. On va voir le gros bateau, hé ? »

« Si vous voulez ! »

On le voyait clairement du village, une longue forme basse qui émergeait à peine de la brume blanchâtre au large de la pointe Griznoz. Bien trop petit pour être un bateau-citerne, la mauvaise silhouette pour être un navire de croisière, cela aurait pu à la rigueur être un bateau-usine mais nous connaissions tous les navires qui croisaient par là et celui-là n'était aucun d'entre eux.

« Il a des ennuis, peut-être ? » suggéra Toinette en me regardant. « À moins qu'il n'attende la marée ! »

Aristide et Xavier nettoyaient des filets dans la crique. Je leur demandai ce qu'ils pensaient du navire.

« C'est sans doute quelque chose qui a à voir avec les méduses », déclara Aristide, en retirant un gros dormeur de l'un de ses casiers. « Depuis qu'on est sortis, il n'a pas bougé de la limite du Nid' Poule ; c'est un gros machin en tout cas, avec toutes sortes d'appareils. Il appartient à l'État, d'après Jojo-le-Goéland. »

Xavier haussa les épaules. « Ça me semble un peu exagéré ! Tout ça pour quelques malheureuses méduses ! Ce n'est pas comme si la fin du monde était arrivée quand même ! »

Aristide lui décocha un regard sombre. « Quelques malheureuses méduses, hein ? Tu n'as aucune idée de ce dont tu parles. La dernière fois que c'est arrivé... » Il s'arrêta net et se remit à ses filets.

Xavier éclata d'un rire nerveux. « Rouget, au moins, va s'en remettre », dit-il. « Jojo me l'a affirmé ce matin. J'ai même envoyé une bouteille de devinnoise ! »

« Et moi, je t'ai pourtant bien dit de ne pas ouvrir ta grande gueule devant lui. »

« Je n'ouvrais pas ma grande gueule ! »

« Tu ferais bien mieux de te mêler de tes affaires. Si tu avais fait cela dès le début, tu aurais peut-être encore tes chances avec la fille Prossage. »

Xavier détourna les yeux et rougit derrière ses lunettes.

Toinette leva les yeux au ciel. « Bon Dieu, Aristide, vas-tu bientôt lui foutre la paix à ce garçon ? » dit-elle, d'un ton d'avertissement.

« Eh bien ! » grogna Aristide. « Je pensais que le fils de mon fils aurait eu un peu plus de plomb dans la tête que ça ! »

Mais Xavier ne leur prêtait plus aucune attention. « Tu lui as parlé ? » me demanda-t-il à voix basse au moment où je me tournais pour partir. Je lui fis signe que oui. « Est-ce qu'elle a l'air d'aller bien ? »

« Qu'importe l'air qu'elle a, hé ! » s'exclama Aristide. « Elle t'a bien fait passer pour un idiot complet, toi, ça, tu peux en être sûr ! Quant à sa grand-mère, elle... » La vieille femme tira la langue à Aristide avec une si soudaine vivacité que je ne pus m'empêcher de sourire.

Xavier ne faisait toujours attention ni à l'un ni à l'autre. Toute timidité avait disparu de son visage qui reflétait seulement son inquiétude. « Comment va-t-elle ? Acceptera-t-elle de me voir ? Toinette ne veut rien me dire ! »

« Elle ne sait que penser », répondis-je. « Elle ne sait pas ce qu'elle veut vraiment. Accorde-lui un certain temps ! »

Aristide renifla de mépris. « Ne lui accorde rien du tout ! » s'exclama-t-il. « Elle a déjà eu sa chance, hé. Il y aura d'autres filles et de bien mieux qu'elle. Des filles honnêtes au moins ! »

Xavier ne répondit rien mais je remarquai l'expression sur son visage.

Toinette se rebiffa. « Pas honnête, ma Mercedes ! »

Je lui mis rapidement le bras autour des épaules pour la calmer. « Allez, venez. Ne perdez pas votre temps ! »

« Non, pas avant qu'il n'ait retiré ce qu'il a dit ! »

« Toinette, allons, s'il vous plaît ! Partons. » Je jetai un nouveau coup d'œil vers le bateau dont la présence semblait étrangement menaçante à l'horizon blême. « Qui est-ce ? » murmurai-je en me parlant presque à moi-même. « Que peuvent-ils bien faire ici ? »

Ce matin-là, le village entier se sentait mal à l'aise. En allant chercher du pain chez les Prossage, je découvris qu'il n'y avait personne au comptoir mais des éclats de voix parvenaient de l'arrière-boutique. Je me servis moi-même et laissai l'argent près de la caisse. Derrière, Omer et Charlotte continuaient à se quereller et leurs cris résonnaient dans l'air immobile de façon singulière. Ghislain et sa mère nettoyaient des casiers à la brosse, tout près du vivier. Elle avait protégé ses cheveux d'un fichu de coton. Le bar était presque désert. Seul Matthias y était assis devant un café-devinnoise. Le brouillard, peut-être, était responsable d'avoir chassé presque tous les touristes. On avait l'impression d'avoir du mal à respirer. L'air était chargé de fumée et la forte humidité annonçait que la pluie n'était pas loin. Personne ne semblait avoir envie de bavarder.

Sur le chemin du retour, avec mes provisions, je croisai Alain. Comme sa femme, il me parut tendu et pâle. Il serrait un mégot de cigarette entre les dents. Je le saluai d'un signe de tête. « Alors, on n'est pas à la pêche aujourd'hui ? »

Alain secoua la tête. « Je cherche mon fils », me dit-il. « Et quand je l'aurai trouvé, il le regrettera bien ! » Je compris que Damien n'était pas rentré à la maison de la nuit. La colère, l'inquiétude aussi avaient sculpté de profondes rides autour de sa bouche et entre ses sourcils.

« Il ne peut pas être bien loin », répondis-je. « On ne peut jamais s'éloigner beaucoup dans une île. »

« Dans son cas, ça pourrait être assez loin »,

répliqua Alain d'une voix morne. « Il est parti avec l'*Éléonore II*. »

Ils l'avaient mouillée hier au large de la Goulue, expliqua-t-il, car Alain avait projeté d'aller, avec Ghislain, jusqu'à la Jetée ce matin-là, pour vérifier qu'il n'y avait plus de méduses.

« J'avais pensé que le gamin pourrait venir avec nous aussi », dit-il d'un ton amer. « Je m'disais que ça l'forcerait peut-être à penser à autr' chose. »

À leur arrivée à la plage ce matin, l'*Éléonore II* était déjà partie. On ne la voyait plus du tout. La petite prame, dont on devait se servir pour l'atteindre à marée haute, était amarrée à la bouée du corps-mort.

« Je m'demande bien ce qu'il pense qu'il fait ! » s'exclama Alain. « L'*Éléonore II* est beaucoup trop grande pour qu'il la sorte seul. Il va me la fracasser contre la roche. D'ailleurs, où peut-il être allé, bon Dieu, par une journée comme celle-ci ? »

Je compris que j'avais dû apercevoir l'*Éléonore II* de l'endroit où j'étais ce matin-là, devant le blockhaus. Quelle heure était-il ? Trois heures ? Quatre heures ? La *Cécilia* aussi était sortie mais, dans son cas, ce n'était que pour relever les casiers à homards dans la baie. Le brouillard tombait déjà et les Bastonnet connaissaient très bien les dangers que présentaient les bancs de sable dans de telles conditions.

Alain blêmit quand je le lui dis. « À quoi peut-il bien jouer, hé ? » gémit-il. « Oh ! attendez un peu que j'l'r'trouve ! Vous ne croyez pas quand même qu'il ait fait quelque chose de vraiment stupide, comme d'essayer d'atteindre le continent ? »

« Sûrement pas. Il faut presque trois heures au *Brismand I* pour venir de Fromentine et il y a quelques passages dangereux. »

« Je ne sais pas ! Pourquoi aurait-il voulu faire ça ? »

Soudain, Alain eut l'air mal à l'aise. « Je lui ai dit hier ses quatre vérités. Vous savez comment réagissent les garçons ? » Il sembla absorbé par la contemplation de ses poings pendant un moment. « Je suis p't-être allé un peu trop loin ! Et il a emmené avec lui quelques affaires ! »

« Oh ! » C'était plus grave, ça, me semblait-il.

« Mais est-ce que j'pouvais d'viner, moi, qu'il était si bête ? » s'écria Alain. « J'vous l'dis, si jamais je lui mets la main d'ssus... » Et il s'arrêta court. Il avait l'air vieilli et fatigué. « Si jamais quelque chose lui est arrivé, Mado, si quelque chose est arrivé à Damien. Vous allez me prévenir si vous l'apercevez, hé ? » Il me regarda brusquement, les yeux tout rapetissés d'inquiétude. « Il a confiance en vous. Dites-lui que je n'serai pas en colère. Je ne veux que le revoir sain et sauf ! »

« N'ayez pas peur ! Je le lui dirai ! » promis-je. « Mais je suis sûre qu'il n'est pas allé loin ! »

58

À midi, la brume s'était un peu dissipée et le ciel avait pris un ton gris délavé, le vent s'était levé et la mer avait commencé à remonter. Lentement, je m'acheminai vers la Goulue, plus inquiète que mon enjouement n'avait pu le laisser croire lorsque j'avais quitté Alain. Depuis le jour de l'arrivée des méduses, tout semblait sur le point de s'effondrer ; le temps et les marées elles-mêmes semblaient conspirer contre nous, comme si Flynn, nouveau joueur de flûte de Hamelin, en s'en allant, avait emporté notre chance de bonheur avec lui.

Lorsque j'atteignis la Goulue, je découvris la plage presque déserte, ce qui m'étonna un instant. Alors, je me souvins des avertissements au sujet des méduses et remarquai le feston glauque au bord de l'eau, trop large pour qu'il pût s'agir d'écume. On avait enlevé les filets de protection et la marée en avait amené des douzaines que la mort rendait opaques. Il nous faudrait ensuite organiser des équipes de nettoyage. Et le plus tôt serait le mieux, étant donné le danger que ces bestioles-là représentaient pour tous.

À quelques pas de la laisse de haute mer, j'aperçus quelqu'un qui observait l'eau presque exactement à l'endroit où Damien l'avait fait la nuit précédente. Cela aurait pu être n'importe qui : une vareuse passée, le visage abrité sous un chapeau de paille à larges bords, mais c'était sûrement quelqu'un de l'île et je devinai immédiatement qui.

« Bonjour, Jean-Claude, ou préférez-vous qu'on vous appelle Brismand II, maintenant ? »

Il avait dû m'entendre approcher car il s'était préparé. « Mado, Marin m'a dit que tu savais tout. » Il ramassa un morceau d'épave et s'en servit pour en tourmenter l'une des méduses en train de mourir. Je remarquai son bras bandé sous sa vareuse.

« Ce n'est pas si grave que ça », expliqua-t-il. « Personne ne va être perdant dans cette histoire-là. Crois-moi, le village entier va s'en sortir et se retrouver plus riche qu'avant. Penses-tu vraiment que je pourrais laisser quelque chose de vraiment terrible t'arriver à toi ? »

« Je n'ai aucune idée de ce que vous êtes capable de faire », murmurai-je d'un air sombre. « Je ne sais même plus comment vous appeler ! »

Il parut blessé. « Tu peux m'appeler Flynn », répondit-il. « C'était le nom de ma mère. Rien n'a vraiment changé, Mado ! »

Il y avait assez de douceur dans sa voix pour me faire monter les larmes aux yeux. Je fermai les paupières et me laissai de nouveau envahir par la froideur, heureuse qu'il n'eût pas tenté de me toucher.

« Si, tout a changé ! » J'entendis ma voix s'élever sans pouvoir la maîtriser.

« Vous nous avez menti. Tu m'as menti ! »

Son visage se durcit. Il me parut malade, ses traits étaient tirés, son visage très pâle. L'insolation lui avait laissé une sorte d'égratignure le long de la pommette gauche. Les coins de sa bouche tombaient légèrement. « Je n'ai fait que te dire ce que tu voulais entendre et, à l'époque, tu semblais bien heureuse du résultat ! »

« Mais ce n'était pas pour nous que tu le faisais, n'est-ce pas ? » Je n'arrivais pas à en croire mes oreilles, il essayait de justifier sa trahison.

« C'était pour toi-même et cela a bien réussi, n'est-ce pas ? Tu es devenu partenaire de Brismand et tu as un compte en banque pour le prouver ! »

Flynn envoya alors un grand coup de pied à l'une des méduses qui ternissaient sur la plage. « Tu n'as aucune idée de ce que cela était vraiment », dit-il. « Comment pourrais-tu comprendre ? Toi qui n'as jamais rien désiré d'autre que ce coin-ci, qui n'as jamais été torturée par l'idée que tu habitais chez quelqu'un d'autre et que tu n'étais aimée de personne, que tu n'avais pas un sou à toi, ni de vrai boulot, ni d'avenir. Moi, je voulais tellement plus que ça ! Si j'avais été satisfait de vivre dans ces conditions-là, je serais resté dans le Kerry, en Irlande. » Il regarda la méduse échouée devant lui et lui décocha un autre coup de pied. « Sales bestioles ! » Alors, soudain, il me regarda droit dans les yeux et je lus un défi sur son visage. « Dis-moi la vérité, Mado. T'es-tu jamais demandé ce que tu aurais fait si les choses avaient été différentes pour toi ? N'as-tu jamais été tentée, même pas un tout petit peu ? »

Je ne répondis pas à cette question. « Pourquoi les Salants ? Pourquoi ne pas être resté tranquillement à la Houssinière t'occuper de tes affaires ? » demandai-je.

Sa bouche dessina une grimace. « Brismand n'est pas un type à se laisser gagner facilement. Il aime demeurer à la barre de son navire. Tu ne crois pas quand même qu'il m'ait accueilli à bras ouverts ? Il m'a fallu du temps, de la méthode, du travail. Il aurait pu me faire attendre pendant des années et des années et cela l'aurait bien arrangé, lui ! »

« Alors, tu nous as laissés t'offrir un asile pendant que tu te servais de nous pour te mettre dans ses petits papiers ! »

« J'ai travaillé en échange de mon hébergement ! » Il avait l'air furieux maintenant. « Oui, j'ai travaillé et je ne dois rien à personne ! » D'un geste catégorique de son bras blessé, il fit comprendre que, pour lui, cela était sans appel et des mouettes effrayées s'envolèrent tout indignées. « Tu n'as aucune idée de ce que c'est », répéta-t-il d'une voix adoucie. « J'ai passé la moitié de ma vie, moi, dans la pauvreté. Ma mère... »

« Mais Brismand vous envoyait de l'argent », protestai-je.

« L'argent était pour... » Et il s'arrêta tout court. « Cela n'était pas assez », conclut-il d'une voix blanche. « C'était bien loin d'être suffisant. » Il rencontra mon regard méprisant et reprit son air de défi.

Menaçant, le silence roula vers nous comme un banc de nuages d'orage.

Enfin, faisant un gros effort pour rendre ma voix indifférente, je lui demandai : « Alors, quand allez-vous commencer ? Dans combien de temps vos gens vont-ils se mettre à démanteler le Bouch'ou ? »

Il fut évidemment pris de court par ma question. « Qui t'a dit que cela allait se faire ? » demanda-t-il.

Avec un haussement d'épaules, j'enchaînai : « C'est clairement la chose à faire. Tout le monde doit de l'argent à Brismand et tout le monde compte en faire cet été, assez pour pouvoir le rembourser. Mais, sans le récif artificiel, les gens seront bien obligés de vendre au plus bas prix pour repayer leurs dettes et, dans un an, Brismand sera propriétaire. Il n'aura plus qu'à attendre que les marées inondent de nouveau les terres et il pourra commencer à construire son nouveau port. C'est bien ça, j'ai deviné juste ? »

« Assez juste ! » dut-il admettre.

« Salaud ! C'était son idée à lui ou la tienne ? »

« La mienne ! Non, la tienne, pour être plus précis ! » Il haussa de nouveau les épaules. « S'il est possible de voler une plage, pourquoi pas un village aussi ? Pourquoi pas une île tout entière ? Brismand est déjà propriétaire de la moitié et il contrôle pratiquement tout le reste. Il a fait de moi son partenaire et maintenant... » Il remarqua alors l'expression de mon visage et fronça les sourcils. « Ne fais pas cette tête-là, Mado ! » dit-il. « Ce n'est pas aussi terrible ! Il y a un choix à faire pour celui qui veut bien le faire. »

« Quel choix ? »

Flynn se tourna vers moi, les yeux brillants. « Ah, Mado, penses-tu vraiment que nous soyons des monstres ? » s'écria-t-il. « Brismand a besoin de travailleurs. Pense à ce que représentera un ferry-port pour les habitants de l'île ? Du travail, de l'argent, une vie, quoi ! Il y aura toujours du boulot pour tous les gens des Salants. La vie sera pour eux meilleure qu'elle ne l'a jamais été. »

« Et il y aura une condition à cela, je devine ! » Nous connaissions tous les deux la technique de Brismand.

« Et alors ? » Enfin, je détectais une note défensive dans sa voix. « Où est le problème ? Tout le monde aura du travail, fera de l'argent, du commerce. Ici, il n'y a aucune organisation, chacun tire dans sa direction à lui. Il y a du terrain qui ne sert à rien parce que personne n'a assez d'imagination ni d'argent pour le développer. Brismand, lui, pourrait changer tout ça et vous le savez tous. Seuls votre orgueil et votre entêtement vous empêchent de l'admettre ! »

Je le dévisageai. Il avait vraiment l'air de croire à ce qu'il disait. Pendant un instant, il me convainquit presque. Ce qu'il disait était une formule agréable à l'esprit : l'ordre naîtrait du chaos. Le charme facile de cette idée n'était qu'un leurre, comme le rapide éblouissement du soleil à la surface de l'eau qui attire votre regard une seconde seulement mais distrait votre vigilance juste assez longtemps, quelquefois fatalement, pour vous rendre aveugle à la présence d'écueils juste devant votre nez. « Et les vieux, hein ? » J'avais vu l'endroit où son beau raisonnement se cassait la figure. « Et que va-t-il arriver à ceux qui ne peuvent pas contribuer à cette entreprise, ou à ceux qui refuseraient ? »

Il répondit avec un haussement d'épaules. « Il y a toujours les Immortelles ! »

« Ils n'accepteront pas. Ce sont des Salannais. Je sais qu'ils refuseront. »

« Penses-tu qu'ils aient beaucoup de choix ? En tout cas, on découvrira cela bien assez tôt ! » ajouta-t-il d'une voix plus douce. « Il va y avoir une réunion chez Angelo ce soir. »

« Autant l'avoir le plus tôt possible pendant que les garde-côtes sont encore ici ! »

Il me lança un regard où je lisais une certaine admiration. « Oh, tu as vu leur bateau, alors ? »

« Vous ne pouviez pas vraiment démanteler le Bouch'ou sans eux ! » m'exclamai-je sur un ton de mépris. « Tu me l'as dit toi-même un jour !

C'était quelque chose d'illégal. On n'avait pas soumis de plans et puis cela a endommagé la côte. Tout ce qu'il y a à faire dans une situation comme celle-là, c'est de mettre la puce à l'oreille des autorités, s'asseoir et attendre que les gratte-papier fassent le boulot à votre place. » En moi-même, je devais admettre que cela avait une certaine classe. Aux Salants, on avait peur de l'*administration*, on perdait son sang-froid devant les *autorités*. Un clip-board réussissait là où la dynamite aurait échoué lamentablement.

« Il n'était pas dans nos plans d'agir immédiatement mais il aurait bien fallu un jour que nous trouvions une excuse pour les faire venir ! » me confia-t-il. « Les avertir de la présence des méduses semblait une occasion comme une autre. J'aurais seulement préféré ne pas en être la victime ! » Il fit une grimace et indiqua le pansement à son bras.

Je ne lui accordai aucune sympathie. « Seras-tu à la réunion, ce soir ? » demandai-je.

Flynn sourit. « Je ne crois pas. Je vais peut-être retourner sur le continent et y travailler à la gestion de ma partie de l'entreprise. Je ne pense pas que l'on me décerne le prix de popularité aux Salants quand ils apprendront ce que Brismand a à leur dire. »

Un instant, je fus certaine qu'il allait m'offrir de le suivre et mon cœur se tordit et se retourna comme un poisson à l'agonie mais Flynn s'était déjà détourné. J'avais conscience d'un vague soulagement au fait qu'il ne m'eût pas proposé de partir avec lui. Au moins, cela avait été une rupture propre, sans fausse excuse, sans agonie.

Un océan de silence nous sépara. Au loin, de l'autre côté des salines, les vagues chuchotaient. J'étais étonnée du peu d'émotion que je ressentais. Comme un bout de bois flotté, j'étais vidée de ma sève, sans poids, légère comme l'écume.

Des nuages de brume couvrirent d'un bandeau chatoyant la face du soleil. Dans cette trompeuse luminosité, les yeux à demi fermés, je crus apercevoir un navire sur la Jetée. Je pensai immédiatement à l'*Éléonore II* et fis un effort pour m'en assurer mais, déjà, il avait disparu.

« Tu verras, les choses vont s'arranger », dit Flynn. Sa voix me ramena brusquement à mes propres inquiétudes. « Il y aura toujours du travail pour toi. Brismand parle de t'installer dans une galerie d'art à la Houssinière ou même sur le continent. Je ferai tout mon possible pour qu'il te déniche une jolie maison. Tu y seras mieux et plus à l'aise, financièrement, que tu ne l'étais aux Salants.

« Comme si cela te préoccupait ! » m'exclamai-je brutalement. « Toi, tu n'as pas à t'inquiéter, n'est-ce pas ? »

Il me regarda fixement et son visage se ferma. « Tu as raison », dit-il d'une voix dure et métallique. « Je n'ai pas à m'inquiéter ! »

59

J'arrivai en retard à la réunion. À neuf heures, tout était terminé, à part les cris que l'on entendait déjà depuis longtemps. De la rue de l'Océan, j'entendais les vociférations, les coups de poing sur la table et les tapements de pied. En jetant un coup d'œil par la fenêtre, je vis Brismand debout au bar, une devinnoise à la main. Il avait l'air indulgent d'un instituteur devant une classe d'élèves un peu turbulents.

Flynn n'était pas là. Non pas que je me fusse attendue à le voir — sa présence aurait sûrement fait tourner une réunion déjà houleuse en révolte ou en massacre — mais je fus consciente de l'étrange angoisse qui m'étreignit lorsque je constatai son absence. En colère contre moi-même, je fis un effort pour la chasser.

D'autres Salannais manquaient à l'appel : les Guénolé et les Prossage — sans doute occupés à chercher Damien partout dans l'île —, Xavier et GrosJean. À part ceux-là, le village entier était réuni là, y compris les femmes et les enfants. Debout, les gens s'entassaient contre les tables en groupes serrés. On avait bloqué la porte avec un coin de bois pour la garder ouverte et créer davantage de place.

Pas étonnant qu'Angelo eût l'air abasourdi, sa recette de la soirée aurait sûrement battu tous les records !

La mer était presque haute maintenant et des nuages d'orage assombrissaient l'horizon et gribouillaient le ciel de violet. Le vent avait aussi légèrement tourné, il avait viré au sud, comme souvent avant la tempête. L'air s'était refroidi.

Hésitant à entrer, je m'attardai pourtant à la fenêtre, essayant de reconnaître les voix de ceux qui parlaient. Tout près, il y avait Aristide et Désirée qui lui tenait la main, à côté, Philippe Bastonnet et sa famille avec Laetitia et le chien

Pétrole. Sans même voir le vieillard adresser vraiment la parole à Philippe, il était évident pour moi qu'il était maintenant moins agressif envers lui. Il y avait une sorte d'abandon dans la façon dont il se tenait, comme si quelque chose d'essentiel avait disparu. Depuis l'histoire de Mercedes, le vieil homme avait perdu une grande partie de son assurance. Il paraissait désorienté et pitoyable sous sa façade de brusquerie bourrue.

Soudain, j'entendis un bruit dans la crique derrière moi. Je me retournai et j'aperçus Xavier Bastonnet et Ghislain Guénolé dévaler la dune à toute vitesse, le visage figé. Ils ne me remarquèrent pas mais se dirigèrent immédiatement vers l'étier où l'eau avait remonté avec la marée et où la *Cécilia* était mouillée.

« Vous n'allez quand même pas la sortir ce soir ? » leur criai-je, en voyant Xavier commencer à relever la bouée qui marquait le corps-mort.

Ghislain semblait lugubre. « On a vu un bateau au large de la Jetée », expliqua-t-il d'une voix brusque. « On ne peut pas être sûrs, avec cette brume, sans y aller voir de plus près. »

« N'en parlez pas à mon grand-père ! » dit Xavier qui n'arrivait pas à faire démarrer le moteur de la *Cécilia*. « Il deviendrait fou s'il savait que j'allais là-bas, avec Ghislain, par une nuit pareille. Il dit toujours que c'est l'imprudence d'un Guénolé qui a causé la mort de mon père. Mais si Damien est là-bas, incapable de rentrer, il faut... »

« Et Alain ? » demandai-je. « Ne devrait-il pas y avoir au moins une autre personne avec vous ? »

Ghislain haussa les épaules. « Il est allé à la Houssinière avec Matthias. On n'a pas l'temps d'attendre. On doit y aller avec la *Cécilia* avant que le vent ne se lève trop. »

J'acquiesçai de la tête. « Bonne chance, alors ! Et soyez prudents ! »

Xavier m'adressa un sourire timide. « Alain et Matthias sont déjà à la Houssinière. Quelqu'un devrait peut-être aller les mettre au courant. Dites-leur que nous avons la situation en main. »

Avec un grondement, le moteur démarra. Ghislain maintint la baume de la *Cécilia* pendant que Xavier prit la barre de la petite embarcation et la guida entre les berges renforcées de madriers, puis mit le cap sur la Goulue et la pleine mer.

60

Aristide était toujours chez Angelo. Préférant ne pas avoir à expliquer la disparition de Xavier et de la *Cécilia*, je me décidai à porter le message moi-même.

Il faisait presque nuit lorsque j'arrivai à la Houssinière. Il faisait froid aussi. Dans le creux où se blottissaient les Salants, ce qui n'était qu'un vent qui soufflait par rafales était ici, dans cette partie de l'île exposée au sud, une bourrasque qui faisait hurler les fils télégraphiques et claquer furieusement les pavillons. Le ciel était tourmenté. Juste au-dessus de la plage, la mince bande encore claire était déjà envahie de nuages menaçants d'un violet agressif, les lames se barraient de chevrons d'écume blanche et les oiseaux de mer qui s'étaient posés, appréhensifs, attendaient. Jojo-le-Goéland quittait justement l'esplanade avec une pancarte, avertissant les touristes qu'en raison du mauvais temps annoncé, le voyage de retour à Fromentine à bord du *Brismand I* avait été annulé. Un couple, à l'air morose, le suivait, la valise à la main, en grommelant des protestations.

Sur l'esplanade, il n'y avait aucun signe d'Alain, ni de Matthias. Je m'arrêtai un instant sur la digue et jetai un regard du côté des Immortelles tout en frissonnant un peu et regrettant de n'avoir pas apporté de manteau. Du café, derrière moi, des éclats de voix me parvenaient comme si quelqu'un avait ouvert une porte.

« Tiens, mais c'est Mado, ma sœur, Mado qui vient nous rendre une petite visite ! »

« Oui, la petite Mado qui a l'air d'avoir bien froid, hé, elle a l'air vraiment frigorifiée même ! »

C'étaient les deux vieilles religieuses, sœur Extase et sœur Thérèse, qui sortaient du Chat Noir, portant ce qui ressemblait à des tasses de café-devinnoise.

« Mais entre donc, Mado, tu vas bien prendre une boisson chaude ? »

Je refusai d'un signe de tête. « Non, merci, ça va ! »

« C'est ce mauvais vent du sud encore une fois », dit sœur Thérèse. « C'est lui qui a ramené les méduses, d'après Brismand. Nous en sommes infestés tous les... »

« Trente ans, ma sœur, quand les marées nous les apportent du Gulf Stream, ces sales bestioles ! »

« Je me souviens bien de la dernière fois », dit sœur Thérèse. « Il passait des heures et des heures à attendre aux Immortelles, à guetter la marée... »

« Elle n'est pourtant jamais revenue, n'est-ce pas, ma sœur ? »

Les religieuses secouèrent la tête. « Non, elle n'est jamais revenue, jamais, jamais ! »

« De qui parlez-vous ? » demandai-je.

« De cette fille, bien sûr ! » Toutes deux me regardèrent. « Il en était amoureux fou. Tous deux l'étaient. Ces deux frères-là... »

« Ces frères ? » Perplexe, je regardai fixement les deux religieuses. « Voulez-vous parler de mon père et de PetitJean ? »

« C'était l'été de l'année terrible. » Elles hochèrent la tête et leur sourire se fit rayonnant.

« Nous nous en souvenons parfaitement. Nous étions jeunes alors... »

« En tout cas, nous étions plus jeunes que... »

« Elle nous a confié qu'elle partait et elle nous a donné une lettre ! »

« Mais de qui s'agit-il ? » demandai-je, un peu perdue par leurs explications.

Les deux religieuses me dévisagèrent de leurs yeux noirs et perçants. « De la fille, bien sûr ! » s'écria sœur Extase avec un peu d'impatience. « D'Éléonore, quoi ! »

Ce nom-là me prit tellement au dépourvu que, d'abord, je n'entendis pas sonner la cloche dont les notes basses nous arrivaient de l'autre côté du port en ricochant lourdement sur l'eau. Une foule de gens jaillirent du Chat Noir pour voir ce qui se passait. Quelqu'un me heurta, et cogna dans une tasse qui se renversa. Lorsque je relevai les yeux, après ce bref moment de confusion, les deux religieuses avaient disparu.

« Eh bien, le père Alban, qu'est-ce qui lui prend de sonner la cloche de l'église à l'heure qu'il est ? » demanda Joël d'une voix traînante, une cigarette aux lèvres. « C'est pas la messe, quand même ? »

« Non, je n'crois pas », répondit René Loyon.

« Il y a peut-être un incendie quelque part », hasarda Lucas Pinoz, le cousin du maire.

Les gens semblaient penser qu'il devait s'agir d'un incendie. Dans une petite île comme le Devin, il n'y a pas de services d'urgence pour ainsi dire et le tocsin est bien souvent le moyen le plus rapide de donner l'alarme. Une voix cria « Au feu ! », la confusion augmenta, de plus en plus de consommateurs se bousculèrent à l'entrée du café, mais, comme le fit remarquer Lucas, il n'y avait aucun rougeoiement dans le ciel, aucune odeur de brûlé.

« Le tocsin a sonné en 55 quand l'ancienne église a été frappée par la foudre », déclara le vieux Michel Dieudonné.

« Il y a quelque chose, là-bas, au large des Immortelles », cria René Loyon, perché sur le mur de la digue. « Sur les rochers ! »

C'était un bateau. À présent que nous savions dans quelle direction regarder, on l'apercevait facilement, à une centaine de mètres, sur le même éperon rocheux qui avait éventré l'*Éléonore* l'année précédente.

Je retins ma respiration. À cette distance-là, sans apercevoir de voile, il était impossible de dire s'il s'agissait de l'une de nos deux embarcations des Salants.

« C'est une épave », affirma Joël d'un ton catégorique. « Elle doit être là depuis des heures déjà. Il n'y a aucune raison de nous inquiéter maintenant. » Il écrasa son mégot sous sa botte.

Jojo-le-Goéland n'en était pas si sûr. « Faudrait p't-êt' essayer de l'éclairer », suggéra-t-il. « Y a p't-êt' que'que chose à récupérer. J'amène le tracteur. »

Déjà un petit groupe s'assemblait à l'abri de la digue. Le tocsin, ayant rempli son office, se tut enfin. Le tracteur de Jojo s'acheminait comme un ivrogne, il traversa la plage inégale jusqu'au bord de l'eau où il s'arrêta, là son phare puissant illumina la surface.

« Je l'aperçois bien, maintenant », dit René. « La coque est encore intacte mais pas pour longtemps ! »

Michel Dieudonné, d'un signe de tête, approuva la remarque. « La marée est trop haute pour aller la chercher tout de suite, même si l'on prenait la *Marie-Joseph*... et avec le grain qui nous arrive... » Il ouvrit les mains d'un geste éloquent. « Qui que soit son propriétaire, elle est perdue maintenant ! »

« Mon Dieu ! » C'était la voix de Paule Lacroix, la mère de Joël, qui se tenait au-dessus de nous sur l'esplanade. « Il y a quelqu'un dans l'eau, là-bas ! »

Les visages se tournèrent vers elle. La lumière du tracteur était trop éblouissante et seule la coque sombre de la petite embarcation en détresse était visible parmi tous ces reflets.

« Éteignez le phare ! » hurla Pinoz, le maire, qui venait d'arriver avec le père Alban.

Il fallut quelques instants à nos yeux pour s'habituer à l'obscurité. La mer semblait d'un noir d'encre à présent, la coque du bateau d'un indigo sombre. Plissant les yeux, nous nous efforçâmes de distinguer une forme pâle et floue parmi les vagues.

« Je vois un bras. Il y a un homme à l'eau. »

Un hurlement se fit entendre à quelques pas de moi, je reconnus la voix. Je me retournai et j'aperçus la mère de Damien, les traits défaits par l'angoisse et à moitié cachés par le lourd foulard de l'île. Alain se tenait sur la digue avec des jumelles mais, avec le vent de sud qu'il recevait en pleine figure et la mer qui creusait de plus en plus, je ne pensais pas qu'il pût voir plus clairement que nous ce qui se passait. Matthias, debout à ses côtés, regardait l'eau d'un air désespéré.

La mère de Damien m'aperçut, elle descendit la plage en courant dans ma direction et les pans de son manteau s'ouvrirent comme des ailes noires. « C'est l'*Éléonore II* », dit-elle, à bout de souffle, en s'accrochant à moi. « J'en suis sûre ! Damien ! »

J'essayai de la rassurer. « Vous ne pouvez pas en être certaine ! » remarquai-je d'une voix que je voulais aussi calme que possible. Mais elle était inconsolable. Elle se mit à pousser un gémissement aigu, moitié lamentation, moitié incantation. Plusieurs fois, j'y reconnus le nom de son fils puis plus rien. Soudain, je me rendis compte que je n'avais pas dit que Xavier et Ghislain étaient sortis avec la *Cécilia*. En parler maintenant n'aurait fait qu'aggraver la situation, je me tus.

« S'il y a quelqu'un là-bas, il faut faire un effort pour l'atteindre, hé ? » Le maire, à moitié ivre, essayait maladroitement de reprendre en main la direction de l'opération de sauvetage.

Jojo-le-Goéland fit signe qu'il n'était pas d'accord. « Pas avec la *Marie-Joseph* ! » déclara-t-il d'une voix inflexible.

Mais déjà Alain dévalait le chemin qui menait de l'esplanade vers le port. « Essaie donc de m'en empêcher ! » hurla-t-il.

Il était bien certain que la *Marie-Joseph* était le seul bateau assez stable pour s'approcher de l'embarcation en détresse mais, par le temps qu'il faisait, l'opération était quasi vouée à l'échec.

« Mais il n'y a personne là-bas ! » gémit Jojo avec indignation, tout en remontant la plage à la poursuite d'Alain. « De toute façon, tu ne peux pas la sortir tout seul ! »

« Eh bien, allez avec lui ! » m'écriai-je. « Si le garçon est bien là-bas, il faut... »

« S'il y est, il est perdu », grommela Joël. « À quoi bon le rejoindre ? »

« Eh bien, moi, j'y vais alors ! » Je remontai quatre à quatre les marches menant à la rue des Immortelles. Une embarcation était sur les rochers, un Salannais était en péril. Malgré mon inquiétude, mon cœur débordait de joie. Je me sentais envahie d'une émotion féroce. Voilà ce que c'est d'être vraiment de l'île, ce que c'est d'appartenir à une communauté ! Aucun autre endroit du monde n'inspire une telle loyauté, un amour si solide, si fidèle.

Des gens couraient à mes côtés. Je reconnus le père Alban et Matthias Guénolé qui, je le devine, n'avait pas dû être bien loin. Omer les suivait, avançant aussi vite que possible de son pas pesant. De la fenêtre illuminée de la Marée, Marin et Adrienne contemplaient la scène, immobiles. Des groupes de Houssins nous regardaient courir, les uns perplexes, d'autres incrédules. Moi, je n'y prêtais aucune attention, je courais vers le port.

Alain était déjà là. Sur la jetée, certains le regardaient, étonnés. Peu semblaient avoir envie de le suivre à bord de la *Marie-Joseph*. Matthias, de la rue, lui cria quelque chose. Derrière lui, s'élevèrent d'autres voix. Un homme, vêtu d'une vareuse passée par le soleil, rentrait les voiles de la *Marie-Joseph*, le dos tourné vers moi. Au moment où Omer, tout essoufflé, me rattrapa, l'homme se retourna et je reconnus Flynn.

Je n'eus pas le temps de réagir. Nos regards se croisèrent, puis il détourna le sien, d'un air quasi indifférent. Alain s'installait déjà à la barre. Omer s'escrimait contre le moteur qu'il ne connaissait pas bien. Debout sur la jetée, le père Alban s'efforçait d'apaiser la mère de Damien, arrivée quelques minutes après les autres. Alain me jeta un coup d'œil, se demandant si j'étais capable de lui être d'une utilité quelconque puis, d'un signe de tête, il approuva ma présence.

« Merci ! »

La foule se bousculait toujours autour de nous. Certains essayaient de nous donner un coup de main dans la mesure du possible. On nous lança divers objets — un peu au hasard, semblait-il : une gaffe, un rouleau de cordage, un seau, une couverture, une lampe électrique. Quelqu'un me passa une flasque de cognac, un autre tendit une paire de gants à Alain. Au moment même où nous nous éloignions de l'estacade, Jojo-le-Goéland me lança son manteau. « Essayez de n'pas m'le mouiller ! » grommela-t-il.

Sortir du port était une opération d'une trompeuse facilité... L'embarcation tanguait bien un peu mais le port était abrité et nous nous engageâmes sans difficulté dans l'étroit chenal pour gagner le large. Tout autour de nous, bouées et prames dansaient sur les vagues de notre étrave. Assise à l'avant, je me penchai pour les dégager sur notre passage.

Et puis, le choc de l'océan nous ébranla. Pendant le peu de temps que nous avions mis à nos préparations de départ, le vent avait encore forci, il gémissait dans les haubans d'acier et nous mitraillait d'embruns qui nous cinglaient comme des graviers. La *Marie-Joseph* était un petit bateau, dur à la tâche, mais pas fait pour le gros temps : basse sur l'eau, comme tous les bateaux d'ostréiculteurs, les vagues passaient par-dessus ses bords. Alain se mit à jurer.

« Tu la vois ? » demanda-t-il à Omer en criant de toutes ses forces.

« Oui, j'vois quelque chose », répondit-il en hurlant contre le vent. « Mais je n'peux pas dire si c'est l'*Éléonore II* ou non ! »

« Pare à virer ! » rugit Alain dont je pouvais, avec le vent, à peine entendre la voix. Une vague m'aveugla. « On va essayer de prendre le vent de face ! »

Je voyais bien ce qu'il voulait dire. Avancer avec le vent dans le nez posait toujours un problême mais les vagues étaient assez fortes pour nous retourner si nous les prenions de côté. Nous avancions avec une lenteur désespérante, chevauchant une lame après l'autre, chacune d'elles nous écrasant à son tour. L'*Éléonore II* — si c'était bien elle — émergeait à peine des chaotiques festons d'écume qui l'assiégeaient. De la silhouette que nous avions cru apercevoir dans l'eau, il ne restait rien.

Vingt minutes plus tard je n'étais pas sûre que nous ayons progressé de plus de quelques douzaines de mètres. La nuit, les distances sont trompeuses et l'état de la mer occupait toute notre attention. J'avais vaguement conscience de la présence de Flynn, occupé à écoper l'eau au fond du bateau, mais ce n'était pas le moment d'y penser, ni de me souvenir de la dernière fois où nous nous étions trouvés ensemble dans une situation semblable.

Je voyais toujours très loin les lumières des Immortelles, et je crus entendre des voix. Alain fit briller la lampe électrique à la surface de l'eau qui, dans la faible lumière, paraissait d'un brun sale et j'aperçus enfin l'embarcation, maintenant plus proche et plus facile à reconnaître. Elle avait été pratiquement coupée en deux par l'éperon rocheux sur lequel elle s'était empalée.

« C'est elle ! » Le vent avait fait disparaître toute trace d'angoisse dans la voix d'Alain qui arrivait jusqu'à moi, faible et lointaine comme un léger sifflement à travers des roseaux.

« Assieds-toi ! » Cela s'adressait à Flynn qui était tellement penché à l'avant de la *Marie-Joseph* qu'il semblait y pendre. Pendant un instant, j'aperçus quelque chose dans l'eau, quelque chose de blanchâtre qui n'était pas de l'écume. Cela ne dura qu'un instant et la chose sembla rouler sous la crête de la vague suivante.

« Je vois quelqu'un ! » hurla Flynn.

Alain se dressa soudain et abandonna la barre à Omer. Je saisis un cordage et le lançai mais un coup de vent violent me le rabattit en pleine figure tout dégoulinant d'eau salée et il me cingla de plein fouet à la hauteur des yeux. Je basculai en arrière, les yeux fermés par la douleur. Lorsque je pus les ouvrir de nouveau, j'avais du mal à voir clairement les choses et tout me semblait étrangement flou. J'apercevais de façon indistincte les silhouettes de Flynn et d'Alain accrochés l'un à l'autre au-dessus de l'eau en un trapèze désespéré pendant qu'au-dessous les vagues bondissaient et retombaient vertigineusement. Ils étaient trempés jusqu'aux os. Alain s'était amarré à un filin, passé autour de sa cheville, pour ne pas tomber. Flynn, qui tenait un cordage avec un passant, était suspendu au-dessus de l'eau, un pied coincé dans le creux de l'estomac d'Alain, l'autre s'appuyant sur le rebord de l'embarcation, les bras écartés, prêt à saisir quelque chose dans la masse liquide en convulsion au-dessous. Tout près, une forme blême émergea une seconde. Flynn plongea le bras pour l'attraper et la manqua. Derrière nous, Omer s'arc-boutait pour maintenir l'embarcation face au vent. La *Marie-Joseph* plongea du nez misérablement, Alain chancela, un rouleau déferla par-dessus les deux hommes et prit le petit esquif de côté. Un paquet d'eau glacée nous éclaboussa tous avec un grondement énorme. Pendant un instant, je crus voir les deux hommes tomber par-dessus bord. L'étrave s'alourdit, l'eau atteignait maintenant presque le haut du bord. Je m'efforçai de l'écoper aussi rapidement que possible lorsque l'éperon rocheux apparut, terriblement proche. Il y eut un bruit terrible sous la coque de la *Marie-Joseph*, un grincement accompagné d'un claquement sec comme celui qui suit un éclair. Nos nerfs se tendirent dans l'attente de l'inévitable, mais c'était l'*Éléonore II* qui avait finalement sombré, l'échine brisée, et dont les deux morceaux s'abîmaient parmi les roches écumantes. Nous étions pourtant bien loin d'être hors de danger, dérivant comme nous le faisions à travers une mer couverte des débris de l'épave. Je sentis quelque chose ébranler le bord du bateau, quelque chose qui me paraissait coincé sous la coque, mais la *Marie-Joseph* passa de justesse au-dessus de la roche et Omer nous repoussa à la gaffe loin des fragments de bois flottant. Je levai les yeux — Alain était toujours à l'avant mais Flynn, lui, n'y était plus. Cela ne dura qu'un instant pourtant et je poussai un cri de soulagement lorsqu'il ressortit de dessous la muraille liquide qui l'avait englouti, le cordage toujours à la main. Une forme dansa un instant devant nos yeux et Alain et Flynn commencèrent à hisser quelque chose de blanchâtre.

Malgré mon désir de savoir ce qui se passait, je devais continuer à écoper car la *Marie-Joseph* avait embarqué autant d'eau qu'elle pouvait en contenir. J'entendis des appels et risquai un coup d'œil. Le dos d'Alain m'empêchait, hélas, de voir un peu. Je continuai à écoper pendant au moins cinq minutes jusqu'à ce que nous fussions assez éloignés de ces terribles rochers. Je crus entendre au loin des acclamations d'un autre monde venir des Immortelles.

« Qui est-ce ? » criai-je, mais le vent emporta le son de ma voix. Alain ne se retourna pas. Flynn s'escrimait à tendre au fond du bateau une bâche qui m'empêchait presque complètement de voir ce qu'il y avait dessous.

« Flynn ! » Je savais qu'il m'avait entendue car il me jeta un bref coup d'œil puis se détourna mais je devinai à son visage que c'était une mauvaise nouvelle. « Est-ce Damien ? » hurlai-je. « Est-il encore vivant ? »

Flynn me repoussa de sa main encore à moitié bandée et dégoulinante d'eau.

« Il n'y a plus rien à faire », répondit-il et le vent couvrit presque sa voix. « C'est fini ! »

La marée nous poussant maintenant de l'arrière, nous rejoignîmes rapidement le port. Déjà, il me semblait qu'il y avait une accalmie dans la force des vagues. Omer lança un regard interrogateur à Alain qui lui répondit par une expression consternée et incrédule. Flynn ne regarda ni l'un ni l'autre mais saisit un seau et commença à écoper lui-même bien que cela ne fût plus vraiment nécessaire.

Alors je le saisis par le bras et le forçai à tourner les yeux vers moi. « Vas-tu enfin me répondre, Flynn ? C'est bien Damien ? »

Les regards des trois hommes convergèrent sur la bâche puis se dirigèrent vers moi. L'expression sur le visage de Flynn était indéfinissable, impénétrable. Il regarda ses mains ensanglantées à force d'avoir tenu des cordages mouillés. « Non, Mado ! » prononça-t-il enfin. « C'est ton père ! »

61

Je me souviens de la scène comme d'une peinture, un Van Gogh tourmenté des visages indistincts et silencieux parmi des spirales de ciel violet. Je me souviens du frêle esquif qui se soulevait comme un cœur à chaque lame. Je me souviens de m'être couvert le visage de mes mains et d'avoir remarqué la couleur blême de leur peau toute ridée par l'eau de mer. Je crois m'être alors écroulée au fond du bateau.

GrosJean était étendu, à demi recouvert par la bâche. Pour la première fois, je pris vraiment conscience de la corpulence de cet énorme poids mort bouffi. Il avait dû perdre ses chaussures à un moment et ses pieds paraissaient tout petits, presque délicats en comparaison. Quand on vous parle de la mort, on vous raconte souvent que la personne a simplement l'air de dormir paisiblement. GrosJean, lui, avait l'air d'une bête prise au piège. Sa chair avait la texture caoutchouteuse du petit cochon à la devanture du charcutier. Il avait la bouche ouverte et montrait les dents en un rictus hargneux comme si, à la dernière seconde, au moment de mourir, il avait finalement retrouvé une voix pour s'exprimer. Je ne ressentis pas non plus cette insensibilité d'anesthésie dont parlent ceux qui viennent de perdre un être cher, cette impression d'irréalité salvatrice. Au contraire, je me sentais en proie à une colère terrible.

Comment avait-il osé faire cela ? Après tous les obstacles que nous avions dû franchir ensemble, comment avait-il osé ? Je lui avais fait confiance, moi, je m'étais confiée à lui, j'avais essayé de repartir de zéro. Son geste me disait ce qu'il avait pensé de moi !

Peut-être ce qu'il avait pensé de lui-même !

Quelqu'un me saisit le bras. De mes poings, je martelais le cadavre encore moite de mon père. « Arrête, Mado, je t'en prie ! » C'était Flynn. Ma colère reprit le dessus et, sans même penser à ce que je faisais, je me retournai brusquement et lui assenai un coup à travers la figure. Il recula. Je basculai en arrière et retombai au fond du bateau. Une fraction de seconde, j'aperçus Sirius émerger de derrière les nuages qui galopaient dans le ciel. Les étoiles alors se multiplièrent et bientôt le ciel en fut constellé.

Plus tard, j'appris qu'on avait découvert Damien, caché dans l'entrepôt de marchandises du *Brismand I*, gelé et affamé mais sain et sauf. Il avait tenté d'embarquer clandestinement à bord du ferry dont le retour avait été annulé à cause du mauvais temps.

Ghislain et Xavier n'avaient jamais réussi à regagner les Immortelles. Ils avaient passé des heures à essayer mais ils avaient dû enfin mouiller la *Cécilia* à la Goulue et étaient revenus au village juste au moment où les volontaires de la Houssinière rentraient chez eux.

Pendant ce temps, Mercedes attendait. Elle avait rencontré Aristide au village et il y avait eu entre eux un bruyant échange, ni l'un ni l'autre n'étant prêt à ménager son adversaire. Sa réaction devant le retour de Xavier et de Ghislain avait été plus calme. Les jeunes gens étaient épuisés mais étrangement ravis. Si leurs efforts avaient échoué en mer, ils étaient arrivés au moins à un nouvel accord entre eux. Alors qu'ils s'étaient longtemps comportés en rivaux acharnés, ils étaient maintenant presque redevenus copains. Aristide avait commencé à critiquer violemment son petit-fils pour avoir pris la *Cécilia* mais, pour la première fois, Xavier n'avait pas semblé intimidé par ses cris. Il avait au contraire eu un entretien à part avec Mercedes et, cette fois-ci, son sourire avait été bien différent du timide sourire qui lui était habituel et, bien qu'il fût trop tôt pour parler de réconciliation, Toinette nourrissait le secret espoir que tout finirait pour le mieux.

Moi, j'avais attrapé froid sur la *Marie-Joseph* et cela tourna à la pneumonie pendant la nuit. Peut-être est-ce la raison pour laquelle je ne me souviens pratiquement de rien — quelques photos figées sur fond de sépia fané : celle du corps de mon père, transporté dans une couverture sur le quai, les Guénolé, d'habitude si peu démonstratifs, s'étreignant sans aucune retenue, le père Alban, la soutane retroussée au-dessus de ses bottes de pêcheur, attendant patiemment. Flynn.

Une semaine entière s'écoula presque avant que je ne reprisse pleinement conscience de ce qui se passait autour de moi. Jusqu'alors, tout avait été flou, les couleurs plus soutenues, les sons étouffés. J'avais l'impression que mes poumons étaient remplis de ciment et ma fièvre était montée vertigineusement. On m'avait transportée aux Immortelles, où le docteur, appelé d'urgence, était resté. Au fur et à mesure que ma fièvre était retombée, j'avais peu à peu repris conscience de ma chambre aux murs blancs, des vases de fleurs, des petits cadeaux laissés à la porte par le flot de visiteurs. J'y avais d'abord accordé peu d'attention. Je m'étais sentie si faible et si malade que garder les yeux ouverts me demandait un immense effort. Respirer aussi exigeait un effort constant. Le souvenir même de la mort de mon père devait céder place à ma détresse physique.

Adrienne avait été prise de panique à l'idée de devoir me soigner et s'était enfuie sur le continent avec Marin dès que le temps le lui avait permis. Le docteur avait enfin déclaré que j'étais sur le chemin de la guérison et m'avait confiée à Capucine, en demandant à Hilaire, malgré ses protestations, de me faire des piqûres d'antibiotiques. Toinette m'avait préparé des tisanes et m'avait forcée à les boire. Le père Alban était resté à mon chevet nuit après nuit, d'après Capucine. Brismand, lui, s'était tenu à l'écart et personne n'avait aperçu Flynn.

C'était sans doute mieux pour lui. Avant la fin de la semaine, tout le monde était au courant de son rôle dans les événements et l'hostilité du village envers lui était phénoménale. De façon surprenante, elle était moindre envers Brismand — lui, après tout, était un vrai Houssin, à quoi pouvait-on s'attendre de quelqu'un comme ça ? Mais Rouget, lui, avait été l'un des nôtres. Les Guénolé, seuls, osaient prendre sa défense — après tout, il était allé sortir l'*Éléonore II* alors que personne d'autre n'y était prêt ! Toinette, elle, refusait de prendre au sérieux toute cette histoire mais bien des Salannais parlaient de revanche. Capucine était persuadée que Flynn était reparti sur le continent et hochait tristement la tête lorsqu'il était question de l'affaire.

L'invasion des méduses était maintenant terminée. Des filets avaient été tendus entre les bancs de sable pour en empêcher d'autres d'entrer dans la baie. Une patache de gardes-côtes avait ramassé celles qui y restaient. L'explication officielle était que des tempêtes anormales les avaient fait remonter avec le Gulf Stream et que, peut-être, elles venaient d'aussi loin que l'Australie. Au village, on préférait penser que c'était un avertissement de la sainte.

« J'ai toujours dit que cette année allait être une année terrible », affirmait Aristide avec une satisfaction sinistre. « Vous voyez ce qui arrive lorsque vous n'écoutez pas ! »

Malgré sa colère envers Brismand, le vieillard semblait résigné. Les mariages coûtent cher, disait-il, et si son imbécile de petit-fils continuait à s'entêter... il secouait la tête. « Enfin, je ne serai pas éternel ! Il est toujours agréable de penser qu'il héritera peut-être de quelque chose de plus intéressant que des sables mouvants et des bois pleins d'humidité. La chance tournera peut-être de nouveau dans notre direction. »

Peu de gens y croyaient. Les Guénolé s'opposaient au projet de Brismand dans la mesure où ils le pouvaient. Avec une famille de cinq personnes à nourrir, un collégien et un vieillard de quatre-vingt-cinq ans, ils avaient toujours eu du mal à joindre les deux bouts, maintenant c'était vraiment la gêne. Personne ne pouvait dire exactement combien ils avaient emprunté mais, de l'opinion générale, cela devait bien s'élever à plus de cent mille francs. La perte de l'*Éléonore II*, pour eux, avait été le coup de grâce. Alain avait parlé avec indignation après la réunion, disant qu'il y avait là une injustice, que la communauté entière avait une responsabilité dans l'histoire, que la disparition de Damien l'avait empêché, lui, de prendre part à la discussion, mais la plupart du temps on ne faisait pas attention à ses objections. Notre éphémère esprit de communauté s'était une fois encore égaré et c'était de nouveau chacun pour soi aux Salants.

Matthias Guénolé refusa d'aller vivre aux Immortelles, bien sûr. Alain le soutint dans sa décision. Ils parlèrent de quitter l'île. Les hostilités entre les Guénolé et les Bastonnet avaient repris. Aristide, devinant le défaut à l'épaule et le départ possible de son plus dangereux rival, avait fait tout ce qui était en son pouvoir pour retourner l'opinion publique contre sa famille.

« Ils vont tout saboter avec leur entêtement ! Ils vont nous faire perdre l'occasion de réussir enfin ! C'est de l'égoïsme pur et simple et je ne vais pas permettre à ces têtes de mule de Guénolé de gâcher toutes les chances d'avenir de mon petit-fils. C'est maintenant qu'il faut faire quelque chose pour nous sortir de ce merdier, ou bien nous allons tous y rester ! »

La plupart durent admettre qu'il avait raison sur ce point, mais Alain fulmina lorsqu'il apprit ce qui avait été dit. « Alors, c'est comme ça ? »

rugit-il. « C'est comme ça que vous traitez les vôtres aux Salants ? Et mes gosses à moi, alors ? Et mon père, un ancien combattant ? Vous allez les laisser tomber maintenant ? Et tout ça pour quoi ? Pour du fric ? Pour remplir les poches d'un salaud de Houssin ? »

Cet argument-là aurait peut-être eu plus de poids il y a un an, mais nous avions tous reniflé le parfum enchanteur de l'argent et nous étions trop sous son charme pour réagir à ces paroles. Le silence tomba. Les joues se colorèrent mais peu furent vraiment touchés. Quelle importance a une seule famille lorsque toute une communauté lutte pour sa survie ? Après tout, le ferry-port de Brismand valait mieux que rien.

On enterra mon père pendant que j'étais encore aux Immortelles. En été, il est impossible de garder les corps bien longtemps et, dans l'île, on ne s'embarrasse pas de la préparation des cadavres pour les rituels de veille comme on le fait sur le continent. Nous avions un prêtre, n'est-ce pas ? Le père Alban remplit son office à la Bouche, comme d'habitude, en soutane et bottes de pêcheur.

La pierre tombale est un bloc de granit rose de la pointe Griznoz. Ils ont utilisé la remorque de mon tracteur pour la transporter. Plus tard quand le sable se sera tassé, j'y ferai graver une inscription — Aristide le fera pour moi peut-être, si je lui demande.

« Mais pourquoi a-t-il fait cela ? » Ma colère n'était pas retombée vraiment depuis la nuit à bord de la *Marie-Joseph*. « Pourquoi, ce jour-là, avait-il sorti l'*Éléonore II* ? »

« Qui peut en être sûr ? » dit Matthias en allumant une gitane. « Tout ce que je sais, moi, c'est que nous avons découvert de sacrées drôles de choses quand nous avons finalement ramené l'épave. »

« Pas alors que la p'tite est encore malade, espèce d'idiot ! » interrompit Capucine en subtilisant la cigarette de ses doigts agiles.

« Quelles drôles de choses ? » demandai-je en m'asseyant dans mon lit.

« Des filins, des crampons et une demi-boîte de dynamite. »

« Quoi ? »

Le vieillard haussa les épaules et poussa un gros soupir. « Je ne crois pas que l'on sache un jour avec exactitude ce qu'il faisait. J'aurais seulement bien voulu qu'il n'ait pas choisi l'*Éléonore* pour le faire ! »

L'Éléonore. Je fis un effort pour me souvenir précisément de ce que m'avaient révélé les deux religieuses la nuit de la tempête. « C'était quelqu'un qu'elles connaissaient », expliquai-je. « Quelqu'un dont PetitJean et lui étaient amoureux, cette Éléonore-là. »

Matthias secoua la tête en signe de désapprobation. « Il ne faut pas croire ces sales pies. Elles vous raconteraient bien n'importe quoi ! » Il me regarda un instant et je crus le voir rougir un peu. « Les religieuses, hé, ce sont les pires commères qui soient. D'ailleurs, ce dont elles parlaient, quoi que ce soit, est arrivé il y a si longtemps ! Comment cela aurait-il pu avoir quelque chose à voir avec la façon dont GrosJean est mort ? »

Non, pas avec la façon dont il était mort mais

avec la raison de sa mort. Je ne pouvais en détourner ma pensée, le lien entre le suicide de son frère trente ans plus tôt, son suicide dans l'*Éléonore* et... Mon père s'était-il aussi suicidé ? Et pourquoi avait-il eu besoin de transporter de la dynamite ?

Cela me tourmentait tellement que Capucine décida que cela retardait mon rétablissement. Elle dut en toucher un mot au père Alban car le vieux curé, si peu communicatif, vint me rendre visite deux jours plus tard, l'air aussi morose que d'ordinaire.

« Tout est terminé, Mado », dit-il. « Votre père a trouvé le repos. Maintenant, vous devriez laisser son âme en paix. »

Je me sentais beaucoup mieux à ce moment-là, malgré la fatigue que j'éprouvais encore. Appuyée contre mes oreillers, je contemplai l'implacable ciel d'août derrière lui. Beau temps pour la pêche.

« Père Alban, qui était Éléonore ? La connaissiez-vous ? »

Il eut un instant d'hésitation. « Oui, je la connaissais mais je ne peux pas parler d'elle avec vous. »

« Venait-elle des Immortelles ? Était-elle l'une de vos religieuses ? »

« Croyez-moi, Mado. Il vaudrait mieux que vous l'oubliiez ! »

« Mais s'il a donné son nom à l'un de ses bateaux... » J'essayai de lui faire comprendre combien cela avait dû être important dans la vie de mon père, il n'avait jamais recommencé, même pas dans le cas de ma mère. Ce n'était sûrement pas par hasard qu'il avait choisi ce bateau-là plutôt qu'un autre. Et d'ailleurs, quelle était la signification de ce que Matthias avait découvert à bord ?

Cependant, le père Alban était encore moins prêt à bavarder que d'habitude.

« Cela ne veut rien dire ! » répéta-t-il pour la troisième fois. « Laissez GrosJean tranquille et que son âme trouve enfin la paix ! »

62

J'étais aux Immortelles depuis plus d'une semaine. Hilaire m'avait pourtant conseillé une autre semaine de repos mais je commençais à m'impatienter. Le pan de ciel que j'apercevais par les hautes fenêtres était pour moi comme un reproche. Un rayon de poussière d'or tombait avec le soleil jusqu'à mon lit. Le mois touchait à sa fin. Dans quelques jours, la lune serait pleine et, de nouveau, ce serait la fête de Sainte-Marine et les célébrations à la pointe. J'avais l'impression que cette fois serait la dernière. Chaque seconde qui passait me paraissait un adieu auquel je n'aurais pas le cœur de me dérober.

Je me préparai alors à rentrer à la maison.

Capucine émit des protestations dont je ne tins aucun compte. Je m'étais déjà absentée trop longtemps. Il fallait bien que je retourne un jour aux Salants. Je n'avais même pas encore eu l'occasion d'aller me recueillir sur la tombe de mon père.

Alors, la Puce céda devant tant de détermination de ma part. « Tu pourras habiter quelque temps ma caravane », suggéra-t-elle. « Je ne vais pas te laisser toute seule dans cette maison déserte ! »

« Cela ira ! » dis-je. « Je te le promets ! Je ne vais pas retourner vivre là-bas mais j'ai besoin de me retrouver seule pendant quelque temps. »

Je ne retournai pas à la maison de GrosJean, ce jour-là. Je m'étonnai d'ailleurs de n'éprouver aucune curiosité à son sujet, de n'avoir aucune envie de jeter un coup d'œil à l'intérieur. Au lieu de cela, je me dirigeai vers les dunes, au-dessus de la Goulue, pour y contempler ce qui restait de mon monde à moi.

La plupart de nos estivants étaient repartis. La surface de la mer se moirait comme de la soie sous un ciel du bleu intense d'un dessin d'enfant. Le village, sous le soleil de la fin d'août, perdait graduellement ses couleurs comme il le faisait année après année depuis si longtemps. Il s'enfermait dans le silence. Dans les jardins, que l'on avait négligés ces derniers temps, et les jardinières des fenêtres, il ne restait plus que des squelettes de fleurs desséchées. Des figuiers rabougris donnaient, comme à regret, de misérables petits fruits. Des chiens traînaient devant des maisons aux volets fermés. Les queues-de-lièvre blêmissaient sur leurs tiges devenues cassantes. Chez les gens aussi, la nature avait repris ses droits. Omer passait des heures à jouer aux cartes chez Angelo où il buvait tasse après tasse de devinnoise. Charlotte Prossage, que l'arrivée des enfants des estivants avait tant radoucie, se cachait de nouveau le visage sous des foulards de toutes les nuances de brun. Damien était maussade et querelleur. Je n'étais pas rentrée depuis plus de vingt-quatre heures que, déjà, je comprenais que les Brismand n'avaient pas seulement brisé le village, ils en avaient complètement détruit le cœur.

Peu de gens m'adressaient la parole. Ils avaient prouvé leur inquiétude à mon sujet en m'envoyant cadeaux et cartes et c'était suffisant. Je m'étais rétablie et maintenant je devinais chez eux une sorte d'inertie, un retour aux vieilles habitudes. De nouveau, le bref signe de tête tenait lieu de toute forme de salutations. Les conversations languissaient. Je crus tout d'abord que l'on m'en voulait peut-être — ma sœur, après tout, avait épousé un Brismand ! Au bout de quelque temps, je me mis à comprendre. J'en pris conscience à la façon dont ils contemplaient l'océan, l'œil toujours fixé sur le récif flottant, là-bas, dans la baie, sur notre Bouch'ou, notre épée de Damoclès à nous. Ils ne se rendaient même pas compte qu'ils le faisaient mais ils le regardaient pourtant, même les enfants, plus pâles et plus soumis qu'ils ne l'avaient été tout au long de l'été. Il nous était d'autant plus précieux, nous persuadions-nous, à cause des sacrifices que nous avions faits pour l'obtenir. Plus grand le sacrifice et plus précieux l'objet. Nous l'avions autrefois adoré, nous le détestions maintenant, mais le perdre était chose impensable. L'emprunt qu'Omer avait dû faire avait mis en danger la propriété de Toinette en dépit du fait que, n'en étant pas propriétaire, il n'avait pas le droit de l'offrir comme garantie. Aristide, lui, avait hypothéqué sa maison bien au-delà de sa valeur réelle. Alain allait perdre un fils — peut-être deux — maintenant que son affaire périclitait. Les Prossage avaient perdu leur fille, car Xavier et Mercedes parlaient de quitter pour de bon le Devin et de s'établir soit à Pornic, soit à Fromentine où le bébé pourrait naître à l'abri de tout scandale.

La nouvelle avait porté un coup terrible à Aristide qui était bien trop orgueilleux pour l'avouer. Pornic n'est pas loin, répétait-il à qui voulait l'écouter. Un trajet de trois heures en ferry, deux fois par semaine. Pas exactement le bout du monde, hé ?

Des bruits couraient toujours à propos de la mort de GrosJean. Capucine me les rapportait — au village, l'usage exigeait que l'on me fichât la paix en ce moment difficile — mais on se livrait, quand même, à toutes sortes de spéculations et bien des gens étaient persuadés qu'il s'était suicidé.

Et il y avait tout lieu de croire qu'ils avaient raison. GrosJean avait toujours été un instable. Comprendre la traîtrise de Brismand avait peut-être été pour lui la dernière goutte. Et si près de l'anniversaire de la mort de PetitJean et de la fête de Sainte-Marine !... L'histoire se répète, murmurait-on. Tout revient !

Mais d'autres ne se laissaient pas si facilement convaincre. Ils n'avaient pas manqué d'interpréter la présence d'une quantité de dynamite à bord de l'*Éléonore II*. Alain était convaincu que GrosJean avait essayé de démolir le brise-lames des Immortelles, qu'il avait perdu le contrôle du bateau qui avait été alors poussé contre les rochers.

« Il s'est sacrifié », répéta Alain à tous ceux qui voulaient l'écouter. « Il a compris, avant n'importe lequel d'entre nous, que c'était la seule façon de contrecarrer les machinations de Brismand. »

Cette explication n'était pas plus bizarre que n'importe laquelle, accident, suicide ou acte d'héroïsme. Mais la vérité était que personne n'était sûr de rien. GrosJean n'avait dévoilé ses intentions à personne et nous ne pouvions rien faire d'autre que d'essayer de deviner. Dans la mort comme dans la vie, mon père gardait ses secrets.

Le lendemain matin de mon retour, je descendis à la Goulue. Lolo était assis au bord de l'eau en compagnie de Damien. Tous deux, silencieux, ne bougeaient pas plus que des pierres. Ils semblaient attendre quelque chose. L'étale de haute mer était déjà passé, laissant de grands festons sombres de sable mouillé sur la plage. Damien avait une meurtrissure fraîche à la pommette. Lorsque j'y fis allusion, il se contenta de hausser les épaules. « Je suis tombé », expliqua-t-il, sans même essayer d'être convaincant.

Lolo me regarda. « Damien avait raison », dit-il d'un ton lugubre. « On n'aurait jamais dû avoir cette plage. Elle a tout gâché. On était plus bien tranquilles avant. » Il énonça ce fait sans amertume mais d'un ton de profonde lassitude que je trouvai encore plus troublant. « On ne le savait pas alors ! »

Damien approuva d'un signe de tête. « Nous nous en serions sortis ! Si la mer s'était trop rapprochée, nous aurions simplement reconstruit nos maisons plus haut. »

« Ou nous serions partis ! »

Je hochai la tête. Soudain, la perspective d'un départ ne semblait plus quelque chose de si terrible.

« Ce n'est qu'un endroit où vivre après tout, n'est-ce pas ? »

« Bien sûr, et il y en a d'autres ! »

Je me demandai si Capucine se rendait compte de ce qu'envisageait son petit-fils. Damien, Xavier, Mercedes, Lolo... À cette vitesse-là, il ne resterait plus aucun jeune aux Salants l'année prochaine.

Les deux garçons regardaient là-bas dans la direction du Bouch'ou. Invisible encore, il commencerait à émerger dans cinq heures environ quand la marée découvrirait les parcs à huîtres.

« Et si on nous l'prenait, hé ? » Une pointe d'inquiétude perçait dans la voix de Lolo.

Damien hocha la tête. « Ils peuvent bien l'reprendre, leur sable. On n'en a pas besoin ! »

« Non ! De toute façon, on n'en voulait pas d'leur sable, aux Houssins ! »

Je me sentis bouleversée de me rendre compte que j'étais, malgré moi, presque d'accord avec eux.

Cependant, après mon retour, je constatai que les Salannais passaient plus de temps à la plage qu'ils ne l'avaient fait auparavant. Pas à se baigner, ni à se dorer au soleil — seuls les estivants passent leur temps à cela —, ni même à bavarder, comme nous l'avions fait si souvent, cet été-là. Cette fois, il n'y avait ni barbecues, ni feux de la Saint-Jean, ni célébrations à la Goulue. Nous y allions au contraire en cachette, tôt le matin, ou à l'étale de basse mer ou de haute mer. Nous faisions couler le sable entre nos doigts furtifs, sans échanger un seul regard.

Nous étions fascinés par ce sable. C'est que nous le regardions avec d'autres yeux, à présent.

Nous n'y voyions plus de la poussière d'or mais des cendres, des fragments de vies broyées par les rouleaux des siècles : de la poudre d'os et de coquillages, des particules microscopiques de matière fossilisée, de verre et de minuscules éclats de pierre réduite en miettes, les restes d'un monde perdu dans l'infini des temps. Nous y voyions des hommes, des amoureux et des enfants, des héros et des traîtres. Nous y voyions des tuiles de maisons disparues depuis longtemps, des guerriers et des pêcheurs, des avions nazis et des débris de faïence, des idoles fracassées. Dans ce sable se mêlaient révolte et défaite. Tout s'y retrouvait et tout s'y ressemblait maintenant.

Nous le comprenions à présent : l'inutilité de tout, de notre lutte contre les marées comme de notre guerre contre les Houssins. Nous comprenions enfin ce que l'avenir nous réservait.

63

Deux jours avant la fête de Sainte-Marine, je me décidai enfin à aller sur la tombe de mon père. Mon absence à l'enterrement avait été quelque chose d'inévitable mais, maintenant que j'étais revenue, on s'y attendait.

Les Houssins ont leur cimetière à eux, près de l'église, bien tenu et aux pelouses bien vertes. Un gardien est chargé de l'entretien des tombes. À la Bouche, nous faisons le travail nous-mêmes. Il le faut bien. Nos pierres tombales prennent des allures païennes de monolithes, à côté des leurs. Nous veillons sur elles. L'une, très ancienne, marque la tombe d'un jeune couple. L'inscription y est très simple : « Guénolé-Bastonnet, 1861-1837 ». Quelqu'un y apporte toujours des fleurs. Pourtant, personne ici n'est assez âgé pour se souvenir d'eux.

La place qu'ils ont choisie pour mon père est à côté de celle de PetitJean. Leurs pierres tombales sont presque jumelles en taille et en couleur, mais celle de PetitJean, avec son épaisse couche de lichen, est visiblement plus ancienne. En m'approchant davantage, je remarquai les graviers bien propres que quelqu'un avait répandus et ratissés autour des deux tombes et la terre que quelqu'un avait préparée pour y planter des fleurs. J'avais apporté des boutures de lavande et un déplantoir pour creuser le sable et les y mettre. Le père Alban semblait avoir eu la même idée. Il avait les mains couvertes de terre et, au pied des tombes, flamboyaient deux géraniums rouges nouvellement plantés.

Le vieux curé parut très étonné de me rencontrer et sursauta comme si je l'avais pris en faute. Il se frotta plusieurs fois les mains pour se débarrasser du sable et dit enfin : « Je suis bien heureux de vous voir remise maintenant. Je vais vous laisser seule à vos adieux. »

« Non ! Ne partez pas », m'exclamai-je, en avançant d'un pas. « Je suis contente de vous trouver ici, moi, père Alban ! Je voulais... »

« Je suis désolé », dit-il, en secouant la tête. « Je devine ce que vous désirez de moi. Vous croyez que je sais quelque chose à propos de la mort de votre père. Hélas, je ne peux rien vous en dire. N'insistez pas ! »

« Mais pourquoi donc ? » répliquai-je. « J'ai besoin de comprendre, moi ! Mon père est bien mort pour quelque chose et je suis persuadée que vous en connaissez la raison ! »

Il me dévisagea d'un air sévère. « Votre père a péri en mer, Mado. Il est sorti dans l'*Éléonore II* et une vague l'a emporté par-dessus bord exactement comme c'était arrivé à son frère. »

« Mais vous, vous savez quelque chose d'autre, n'est-ce pas ? » murmurai-je.

« J'ai quelques soupçons. Vous aussi. »

« Quelle sorte de soupçons ? »

Le père Alban soupira profondément. « Laissez tomber, Mado. Moi, *je* n'ai pas le droit de vous dire quoi que ce soit. *Je* suis lié par le secret de la confession. *Je* ne peux pas vous en parler. » Je crus discerner quelque chose d'insolite dans sa voix, comme si les paroles qu'il prononçait n'étaient pas tout à fait celles qu'il fallait pour ce qu'il essayait de communiquer.

« Quelqu'un d'autre le pourrait par contre ? » murmurai-je, en lui prenant la main. « C'est cela que vous êtes en train de me dire ? »

« *Moi, je* ne peux pas vous aider, Mado ! » Était-ce dans mon imagination ou était-ce dans sa façon de dire « *Moi, je* ne peux pas ! » en appuyant légèrement sur le premier mot ? « Je rentre à présent ! » dit le vieillard en libérant avec douceur sa main de la mienne. « Je dois mettre de l'ordre dans de vieux documents, des actes de naissance et de décès, vous savez de quel genre de choses je veux parler. C'est une tâche que je remets depuis si longtemps mais qui fait partie de mes responsabilités et cela me préoccupe. » L'étrange intonation était encore là.

« Des documents ? » répétai-je.

« Des documents officiels. J'avais un secrétaire pour l'état civil autrefois, puis les religieuses l'ont remplacé et maintenant, je n'ai plus personne. »

« Moi, je pourrais peut-être vous aider ? » Cela n'était plus un effet de mon imagination, il essayait vraiment de me dire quelque chose. « Père Alban, laissez-moi vous aider ! »

Il eut un sourire particulièrement réjoui et tendre. « C'est bien gentil à vous, Madeleine. Ce serait me rendre un très grand service ! »

64

Les gens des îles se méfient des papiers officiels. C'est la raison pour laquelle nous faisons d'un prêtre le gardien de nos secrets : naissances illégitimes et cas de mort violente, c'est lui que nous chargeons de faire des recherches dans notre généalogie. L'accès aux documents est à la portée de tout le monde bien sûr ; du moins en théorie, mais l'ombre du confessionnal recouvre ces documents, comme un linceul, sous la poussière. Il n'y a jamais eu d'ordinateur ici, il n'y en aura jamais.

À la place, il y a de gros registres aux pages couvertes d'une écriture serrée, à l'encre, maintenant d'un brun-rouge, et des dossiers d'un beige-rose qui renferment des papiers que l'âge a desséchés.

Les signatures paraphées qui s'étalent paresseusement sur les pages, ou les traversent d'un jet, racontent leurs histoires : ici, une mère analphabète a collé un pétale de rose sur l'acte de naissance de son enfant, là, une main d'homme a tremblé en signant l'acte de décès de sa femme. Mariages, bébés mort-nés, décès, tout est là. Ici, deux frères ont été fusillés par les Allemands pour avoir fait passer du continent des marchandises provenant du marché noir, là, une famille entière a été emportée par la grippe, sur cette page-ci, une jeune fille — une autre Prossage — a donné naissance à un bébé de père inconnu, sur la page d'en face, une autre fille — une fillette de quatorze ans dont l'enfant, déformé, n'a pas survécu — est morte en couches.

Jamais cette lecture ne me parut ennuyeuse. La variété infinie des cas était pour moi au contraire étrangement stimulante. Continuer à vivre et à lutter, comme nous le faisons, en dépit de tout, me semble une attitude curieusement héroïque, sachant qu'en fin de compte tout revient à cela. Les noms de l'île : Prossage, Bastonnet, Guénolé, Prasteau, Brismand défilaient de page en page comme une armée en marche. J'en oubliais presque la raison de mes recherches.

Le père Alban me laissait tranquille. Peut-être craignait-il de parler ? Pendant un certain temps, je m'abîmai dans la lecture des histoires du Devin jusqu'au moment où le jour commença à baisser et que je me souvins de la raison pour laquelle je me trouvais là. Il me fallut encore bien une heure pour découvrir ce que je cherchais.

Je n'étais toujours pas tout à fait sûre de ce que j'espérais trouver. Je perdis du temps à rechercher mon arbre généalogique — lorsque, tombant par hasard, dans le haut d'une page, sur la signature de ma mère, mes yeux se remplirent de larmes, celle de GrosJean, d'une écriture appliquée d'illettré, était à côté. Je remarquai ensuite la date de naissance de mon père, puis celle de son frère, sur la même page, bien qu'avec quelques années de différence, et les actes de décès des deux frères, avec les causes de décès : « Perdu en mer ». L'écriture, si serrée que j'avais du mal à la lire, me demanda un certain temps à déchiffrer.

Je commençai à me demander si je ne m'étais pas trompée, et si ces pages-là, après tout, contenaient vraiment quelque chose qui m'intéressât.

Et puis, tout à coup, je le vis. C'était un acte de mariage entre Claude Saint-Joseph Brismand et Éléonore Margaret Flynn et deux signatures à l'encre violette : « Brismand », d'une main rapide, sans fioritures, et « Éléonore », d'une écriture généreuse et franche. La bouche du *l* semblait s'envoler et enlacer dans son étreinte, comme un lierre, les noms de la ligne du dessus et du dessous.

Éléonore. Je prononçai son nom d'une voix étrange, maintenant un peu inquiète, malgré ma victoire.

Je l'avais trouvée.

« Eh oui, elle a trouvé, ma sœur ! »

« Je savais bien, moi, que si elle persévérait, elle trouverait ! »

Les deux religieuses se tenaient là dans l'entrebâillement de la porte et leurs yeux souriaient dans leurs bons visages de vieilles pommes ridées. « Tu lui ressembles un peu, un petit peu seulement, n'est-ce pas, ma sœur ? Elle nous fait penser à... »

« Éléonore ! »

Après cela, il n'y eut plus de problèmes. L'histoire commençait et finissait avec Éléonore. Nous en démêlâmes le fil, les deux religieuses et moi, dans la salle des archives de l'église, à la lumière des bougies, pour mieux éclairer les vieux documents au fur et à mesure que le jour baissait.

J'avais déjà deviné une partie de cette histoire et les religieuses savaient le reste. Le père Alban avait peut-être laissé échapper un mot imprudent pendant qu'elles l'aidaient à mettre de l'ordre dans les documents.

L'histoire était bien typique de l'île, plus sombre que la plupart des autres, mais, ici, nous sommes si habitués à nous accrocher à ce rocher que nous avons appris à ne pas nous laisser abattre par les coups du sort — enfin, certains d'entre nous l'ont appris ! L'histoire commençait avec deux frères, très proches l'un de l'autre : Jean-Marin et Jean-François Prasteau et la jeune fille, bien sûr, pleine de vivacité et d'emportement, pleine de passion aussi, si l'on en croit les fioritures de la grande signature qui s'étalait languissamment sur la page, l'héroïne de quelque grand amour tempétueux.

« Ce n'était pas une fille d'ici », expliqua sœur Thérèse. « M. Brismand l'avait ramenée d'un de ses voyages à l'étranger. Elle n'avait ni parents, ni amis, ni argent. Elle était plus jeune que lui d'une dizaine d'années, une adolescente encore, ou presque ! »

« Mais une vraie beauté ! » déclara sœur Extase. « Et passionnée avec ça. Beauté et passion, quel dangereux mélange ! »

« Et lui était si occupé à faire de l'argent qu'après la cérémonie, il ne sembla même plus s'apercevoir de sa présence. »

Lui voulait avoir des enfants, comme tous les îliens, mais elle voulait beaucoup plus que ça de la vie. Elle ne se fit aucune amie parmi les femmes de la Houssinière — elle était trop jeune, trop exotique. Alors, elle prit l'habitude de venir s'asseoir toute seule devant les Immortelles. Là, elle passait la journée à lire et à contempler la mer.

« Elle adorait les histoires », dit sœur Extase. « Elle aimait les lire et les raconter aussi. »

« Des histoires de chevaliers et de demoiselles. »

« De princesses et de dragons. »

C'est là que les deux frères l'avaient rencontrée. Ils étaient venus chercher une livraison de matériaux pour le chantier où ils travaillaient avec leur père et elle attendait là. Elle n'était alors au Devin que depuis trois mois seulement.

Pour PetitJean, impulsif comme il l'était, ce fut le coup de foudre immédiat. Il commença à venir la voir tous les jours à la Houssinière, il s'asseyait à ses côtés et bavardait avec elle. Au début, amusé, GrosJean l'avait regardé faire sans réagir, puis avec une curiosité mêlée d'un peu de jalousie, et finalement il s'était, à son tour, laissé prendre à cet aimable et dangereux piège.

« Elle savait bien ce qu'elle faisait », dit sœur Thérèse. « Au commencement, ce n'était qu'un jeu de sa part — elle aimait les jeux ! PetitJean n'était qu'un gamin, il n'aurait pas tardé à se remettre de sa déception éventuellement. Mais GrosJean, lui... »

Oui, mon père était un homme taciturne, aux émotions profondes ; pour lui, l'amour était bien autre chose, elle le devinait et cela l'attirait. Ils se rencontrèrent en cachette dans les dunes ou près de la Goulue. GrosJean lui apprit à naviguer à la voile, elle lui conta de belles histoires. Le nom qu'il donna aux bateaux qu'il construisait sur le chantier était l'écho de son influence à elle, ces merveilleux noms, tirés de livres et de poèmes que, tout seul, il n'aurait jamais lus.

La méfiance de Brismand s'était alors éveillée et c'était en grande partie de la faute de PetitJean. L'adoration qu'il lui portait n'était pas passée inaperçue à la Houssinière et, malgré son jeune âge, il était beaucoup plus proche d'Éléonore de tempérament que ne l'était son mari. On interdit donc à Éléonore de retourner seule aux Salants et Claude veilla à ce qu'il y eût toujours une religieuse aux Immortelles pour la chaperonner. D'ailleurs, Éléonore était enceinte maintenant et Claude se montra enchanté de la nouvelle.

Le bébé — un garçon — naquit un peu prématurément. Elle lui donna le nom de son père : Claude, comme le veut la tradition de l'île, mais, avec un entêtement bien typique, elle inscrivit un autre nom sur l'acte de naissance, un nom plus secret, que n'importe qui pourrait lire, pourtant.

Personne n'établit de lien. Pas même mon père, qui était bien incapable de déchiffrer cette écriture aux boucles et aux déliés si difficiles à lire ! Pendant quelques mois, les besoins de l'enfant exigèrent tous les soins d'Éléonore et mirent fin à ses escapades.

Mais Brismand était devenu plus possessif maintenant qu'il avait un fils. Au Devin, plus que sur le continent où les nouveau-nés robustes ne sont pas l'exception, il est important d'avoir des fils. J'imaginais à quel point il avait dû être fier de ce fils. J'imaginais aussi la façon dont les deux frères l'avaient jugé avec mépris, avec un sentiment de culpabilité aussi, mêlé de désir et d'envie. J'avais toujours cru que mon père en voulait à Brismand à propos de quelque chose que ce dernier lui aurait fait. Ce n'est qu'à ce moment-là que je compris que ceux que nous détestons le plus sont ceux envers qui nous nous sentons coupables.

Et Éléonore, que lui est-il arrivé ? Pendant un certain temps, elle a vraiment essayé de se consacrer à son fils, mais elle n'était pas heureuse. Comme à ma mère, la vie dans l'île lui était devenue insupportable. Les femmes se méfiaient d'elle et l'enviaient. Les hommes n'osaient pas lui adresser la parole.

« Elle passait des heures et des heures à lire et à relire ses histoires », me dit sœur Thérèse. « Mais rien n'y fit. Comme l'une de ces fleurs sauvages que l'on ne devrait jamais cueillir car elles s'étiolent et fanent dès qu'on les met dans un vase, elle maigrit et perdit son éclat. Elle nous parlait quelquefois... »

« Mais nous étions trop vieilles pour elle, même à cette époque-là. Elle avait besoin de vivre un peu ! »

Les deux religieuses hochèrent la tête et me dévisagèrent de leurs yeux brillants. « Un jour, elle nous a donné une lettre à porter aux Salants.

Éléonore était bien nerveuse, ce jour-là, bien nerveuse... »

« Mais elle riait beaucoup aussi... »

« Et le lendemain, plus personne ! Elle était partie, emmenant le bébé avec elle ! »

« Personne ne savait où, ni pourquoi ! »

« Mais nous, nous le devinons, n'est-ce pas, ma sœur ? »

« Nous n'écoutons pas la confession des gens mais... »

« Les gens se confient quand même à nous ! »

Quand PetitJean avait-il deviné la vérité ? L'avait-il découverte par pur hasard ou la lui avait-elle dite elle-même ? À moins qu'il ne l'eût déchiffrée, comme cela m'était arrivé à moi trente ans plus tard, sur l'acte de naissance, parmi les paraphes extravagants de son écriture ?

Les religieuses, souriantes, me dévisageaient avec un air d'attente. Baissant les yeux vers l'acte de naissance étalé sur le bureau devant moi et l'élégante écriture à l'encre violette, je lus : *Jean-Claude Désiré St Jean-François Brismand*.

Le père du bébé était GrosJean.

65

Ressentir un sentiment de culpabilité est quelque chose de familier pour moi. C'est de mon père que j'ai hérité cette chose amère, indestructible que je découvre en moi, cette chose qui paralyse et qui étouffe. C'est ce que lui avait dû ressentir lorsque PetitJean et son bateau avaient été rejetés sur le rivage à la Goulue. Une paralysie totale, une impression d'emmurement — lui, déjà naturellement si taciturne, ne pourrait plus jamais vivre trop replié sur lui-même. La présence de PetitJean vivant avait déjà dû le torturer assez, mais la mort de PetitJean avait été un obstacle qu'il n'avait jamais pu surmonter.

Avant que mon père n'eût eu l'idée de contacter Éléonore, elle était déjà partie, lui laissant une lettre, adressée à son nom, qu'il découvrit, décachetée, dans la poche de son frère.

Je la retrouvai, moi, cette lettre en fouillant une dernière fois la vieille maison de mon père et, grâce à elle, je réussis à terminer le puzzle : la mort de mon père, le suicide de PetitJean, et Flynn.

Je n'aurais pas l'arrogance de croire que j'aie tout compris. Mon père n'avait rien laissé d'autre comme explication. Je ne sais pas pourquoi d'ailleurs je m'étais attendue qu'il le fasse car, vivant, il n'avait jamais expliqué sa conduite. Nous avons longuement parlé de cette histoire, les religieuses et moi, et je pense que nous sommes parvenues à en comprendre l'essentiel.

Flynn en avait été le catalyseur. Sans en être conscient, il avait déclenché une réaction en chaîne, lui, Flynn, le fils de mon père, celui que GrosJean ne pourrait jamais reconnaître sans avoir, en même temps, à admettre son rôle dans le suicide de son frère. Je comprenais à présent l'attitude de mon père en apprenant l'identité de Flynn. Tout revient, d'une année terrible à une autre année terrible, d'une Éléonore à une autre Éléonore. La symétrie tragique de ce dénouement avait dû satisfaire son tempérament romantique.

Mais peut-être Alain avait-il raison, peut-être n'avait-il pas voulu mourir, me répétais-je. Peut-être son geste avait-il été un effort désespéré pour obtenir sa rédemption, sa façon à lui de faire pénitence. Après tout, c'était bien son fils qui était responsable de toute la situation.

Les religieuses et moi remîmes soigneusement les documents et les registres à leur place. Sans rien en dire, j'étais heureuse de leur présence car leur incessant bavardage m'empêchait d'analyser mon propre rôle dans cette histoire.

La nuit était tombée. Lentement, je m'acheminai vers les Salants. J'écoutais l'étrange stridulation des criquets dans les bosquets de tamaris en contemplant le ciel étoilé. Ici et là, dans l'herbe, à mes pieds, un ver luisant abritait sa maigre petite lueur blême. J'avais l'impression d'avoir perdu une grande quantité de sang. Ma colère avait disparu. Mon chagrin aussi. L'horreur même de ce que j'avais appris me paraissait aussi peu réelle que les histoires que je lisais lorsque j'étais enfant. Une amputation m'avait libérée. Pour la première fois de ma vie, je sentais que je serais peut-être capable de quitter le Devin sans avoir cette impression terrible de partir à la dérive, d'évoluer dans une atmosphère sans pesanteur, d'être un débris d'épave rejeté sur un rivage inconnu. Je savais enfin où j'allais.

Le silence était tombé sur la maison de mon père. J'avais pourtant l'étrange impression de ne pas y être seule. Quelque chose dans l'air me le suggérait, une vieille odeur de bougie éteinte, un écho inhabituel. Je n'avais pas peur. Au contraire, je me sentais bizarrement à l'aise, comme si mon père était simplement sorti pour une pêche de nuit et que ma mère était encore là, peut-être dans la chambre voisine, occupée à lire l'un de ses vieux romans à l'eau de rose.

Avant de la pousser, j'hésitai un instant à la porte de la chambre de mon père. La pièce était encore telle qu'il l'avait quittée, peut-être un peu plus en ordre que d'ordinaire, car ses vêtements étaient pliés et le lit avait été fait. À la vue de la vieille vareuse de GrosJean, pendue derrière la porte, mon cœur fit un bond. À part cela, je restais parfaitement calme. Cette fois-ci, je savais exactement ce que je cherchais.

Il gardait, comme la plupart des autres îliens, ses documents et ses papiers secrets dans une vieille boîte à chaussures, fermée par une ficelle, au fond de son armoire. Il y en avait si peu ! Au bruit qu'elle fit lorsque je la secouai, j'aurais pu dire qu'elle n'était pleine qu'à moitié, et encore ! Quelques photos — celle de leur mariage, avec elle en blanc et lui en costume de l'île. Sous le chapeau noir à bords plats, son visage à lui paraissait terriblement jeune. Quelques autres photos d'Adrienne et de moi, plusieurs de PetitJean à différents stades de sa vie. Le reste, pour la plupart, étaient des esquisses.

Il dessinait le plus souvent sur du papier bulle de mauvaise qualité, au fusain et au crayon gras noir. Le temps et la friction, papier contre papier, en avaient estompé les traits. Pourtant, je devinai bien que GrosJean avait eu autrefois un talent extraordinaire. Les visages étaient fixés sur le papier avec une économie de coups de crayon qui faisait écho à la parcimonie de sa conversation mais chaque ligne, chaque ombre était révélatrice. Du pouce, il avait souligné ici d'une lourde estompe tel contour de mâchoire, là, deux yeux vous fixaient avec une étrange intensité derrière un masque au fusain.

Toutes les esquisses étaient des portraits, tous de la même jeune femme. Et je connaissais son nom, j'avais vu les élégantes arabesques de son écriture sur le registre de l'église. Maintenant, je découvrais sa beauté aussi, l'arrogance de ses hautes pommettes, sa tête altière, le dessin de sa bouche.

Ces esquisses étaient, de la part de GrosJean, comme des lettres d'amour. Ce père silencieux et illettré avait un jour trouvé cette merveilleuse façon de s'exprimer. Une fleur séchée tomba d'entre deux épaisseurs de papier bulle : un œillet des dunes, tout jauni par le temps, puis un petit bout de ruban qui autrefois avait peut-être été bleu ou vert, et enfin une lettre.

C'était la seule chose écrite, une seule page, dont les arêtes se déchiraient à force d'avoir été dépliées. J'en reconnus immédiatement l'écriture fleurie à l'encre violette.

Mon cher Jean-François,
Peut-être avez-vous eu raison de rester si longtemps loin de moi. Je vous en ai voulu terriblement au début et j'étais en colère contre vous mais je comprends maintenant que vous vouliez m'accorder le temps de réfléchir.
Je sais que ma place n'est pas ici. Je ne suis pas faite de l'argile de ces gens-ci. J'avais pensé un

moment que notre amour pourrait nous changer mais pour tous les deux cela se révéla trop difficile.

Alors, j'ai décidé de partir demain, par le ferry. Claude ne pourra pas m'en empêcher car il est à Fromentine pour ses affaires et restera absent plusieurs jours encore. Je vous attendrai sur la jetée, jusqu'à midi.

Je ne vous en voudrais pas si vous ne venez pas me rejoindre. Vous êtes chez vous, ici, dans l'île, et ce serait un crime pour moi de vous forcer à la quitter. Essayez pourtant de ne pas m'oublier. Peut-être, un jour, notre fils reviendra-t-il ici, même si, moi, je ne le fais jamais.

Tout revient.

Éléonore.

Je repliai avec soin la lettre et la replaçai dans la boîte à chaussures. Et voilà, pensai-je. L'ultime preuve, si j'en avais réellement eu besoin. Comment cette lettre était-elle tombée entre les mains de PetitJean, je n'en ai aucune idée, mais le choc qu'il avait dû ressentir devant la trahison de son frère avait dû être terrible pour le jeune homme si sensible et si passionné. Sa mort avait-elle été un suicide, ou un grand geste dramatique qui avait mal tourné ? Personne n'en était certain, sauf peut-être le père Alban.

C'est à lui que GrosJean se serait confié, je le savais. Un Houssin et un prêtre peut-être, mais pourtant assez éloigné des gens mêlés à l'affaire pour qu'il pût lui demander de déchiffrer la lettre d'Éléonore. Le vieux prêtre, lui, avait interprété cela comme une confession et en avait gardé le secret.

GrosJean n'en avait parlé à personne d'autre. Après le départ d'Éléonore, il s'était replié sur lui-même, passant des heures et des heures aux Immortelles à contempler l'océan, s'enfermant de plus en plus dans sa coquille. Un moment, on avait bien cru que son mariage avec ma mère l'aurait sauvé mais le changement n'avait que peu duré. Éléonore l'avait bien compris. Ils n'étaient pas faits de la même argile, ils appartenaient à des mondes différents.

Je replaçai le couvercle et emportai la boîte dans le jardin. Lorsque la porte se referma derrière moi, j'eus soudain la certitude absolue que jamais plus je ne remettrais les pieds dans la maison de GrosJean.

« Mado ! » Il attendait près de l'entrée du chantier, à peine visible dans son jean noir et son pull sombre. « Je savais bien que tu finirais par revenir ici si j'attendais assez longtemps ! »

Mes mains se crispèrent sur la boîte. « Qu'est-ce que tu veux ? »

« Je suis désolé de ce qui est arrivé à ton père ! » Son visage était dans l'ombre et ses yeux s'obscurcirent soudain. Je sentis en moi quelque chose qui se serrait.

« À mon père ? » m'exclamai-je d'une voix dure.

Je le vis tressaillir au ton de ma voix. « Mado, s'il te plaît ! »

« Ne t'approche pas ! » Flynn avait avancé la main pour effleurer mon bras.

Je crus ressentir la brûlure de cette main à travers le tissu épais de la veste que je portais. J'éprouvai alors une nausée d'horreur devant le désir qui s'était détendu comme un ressort au creux de mon estomac et y avait jeté son venin. « Ne me touche pas ! » m'écriai-je en le frappant. « Que veux-tu ? Et pourquoi es-tu revenu ? »

Le coup l'avait atteint en plein visage. Il porta la main à sa bouche et me dévisagea calmement. « Je sais que tu es en colère », dit-il posément.

« En colère ? »

Je ne suis pas loquace d'habitude mais, cette fois-ci, la fureur me donna de la voix, tous les registres de la voix avec lesquels je lui déversai tout ce que j'avais sur le cœur. Les Salants, les Immortelles, Brismand, Éléonore, mon père et lui-même. Lorsque je m'interrompis enfin, hors d'haleine, je lui plantai la boîte à chaussures entre les mains. Il ne fit pas un mouvement pour la prendre. Elle lui échappa et tomba par terre. Tout ce qu'elle contenait, ces tristes témoignages de la vie de mon père, se répandit comme des papiers sans importance. Les mains tremblantes, je m'agenouillai pour les ramasser.

Il prononça d'une voix blanche. « Le fils de GrosJean ? Son fils ? »

« Éléonore ne vous l'a-t-elle pas avoué ? N'était-ce pas la raison de votre insistance pour garder cela dans la famille ? »

« Je n'en avais pas la moindre idée ! » Ses pupilles s'amincirent. Je devinai qu'il faisait un effort pour prendre une décision rapide. « Rien de cela n'a d'importance ! » murmura-t-il enfin. « Cela ne change rien du tout ! » Il paraissait se parler à lui-même plutôt que s'adresser à moi. Alors, brusquement, il se retourna de nouveau vers moi. « Mado ! » dit-il d'une voix pressante. « Rien n'a changé ! »

« Qu'est-ce que tu veux dire ? » Je me sentais prête à le frapper, encore une fois. « Mais bien sûr que les choses ont changé ! Tout a changé ! Tu es mon frère ! » Quelque chose commençait à me brûler les yeux, un goût amer avait envahi ma bouche et ma gorge était douloureuse. « Oui, mon frère ! » répétai-je, tenant encore à la main toute une poignée des papiers de GrosJean et j'éclatai d'un rire strident qui se termina en une longue et pénible quinte de toux.

Le silence tomba. Alors, dans l'obscurité, Flynn commença à rire doucement.

« Et quoi alors ? »

Il continuait à rire. Cela n'aurait pas dû me paraître quelque chose de désagréable et pourtant... « Ah, Mado », dit-il enfin. « Cela devait être si simple, si magnifiquement simple, la meilleure histoire que quelqu'un eût jamais fait avaler à un autre. Et tous les éléments y étaient : le vieux, ses gros sous, sa plage, son envie désespérée de se découvrir un héritier. » Il secoua la tête. « Tout était prêt. On avait seulement besoin d'encore un peu de temps. Enfin, de plus de temps que je ne l'avais prévu. Hé ! Il ne me restait plus qu'à laisser les événements suivre leur cours. Passer toute une année dans un trou comme les Salants pour obtenir ça n'était pas la mer à boire ! » Alors, il m'adressa l'un de ses dangereux sourires, un de ces sourires de fin de films hollywoodiens, avec le coucher de soleil sur la mer. « Et puis, dit-il, il a fallu que tu viennes, toi ! »

« Moi ? »

« Oui, toi, avec tes grandes idées, tes noms d'îliens, tes plans grandioses mais impossibles.

Toi, la tête de mule, la naïve, l'incorruptible, toi ! » Il m'effleura la nuque du bout de ses doigts et cela m'électrifia.

Je le repoussai. « Encore une seconde et tu vas essayer de me faire croire que tu as fait tout ça pour moi ! »

Il sourit de nouveau. « Pour qui d'autre l'aurais-je fait ? » J'avais encore l'odeur de son haleine sur mon front. Je fermai les yeux. Son image était encore devant moi, imprimée là, sur ma rétine. « Oh, Mado ! Si seulement tu pouvais croire à quel point j'ai essayé de te tenir à l'écart de tout ça. Mais cette île te ressemble et lentement, insidieusement, je m'y suis laissé prendre moi aussi. Et avant que je n'aie eu le temps de me retourner, j'étais mêlé à son histoire. »

J'ouvris les yeux. « Tu ne peux pas... »

« Il est trop tard ! » soupira-t-il. « Cela aurait été pourtant bien agréable d'être Jean-Claude Brismand ! » dit-il d'un air lugubre. « D'avoir de l'argent, des terres, de pouvoir faire tout ce que j'aime ! »

« Tu peux encore avoir tout ça », répliquai-je. « Brismand n'a pas besoin de le savoir ! »

« Mais je ne suis pas Jean-Claude ! »

« Qu'est-ce que tu veux dire ? C'est écrit là, sur l'acte de naissance ! »

Flynn fit non de la tête. Ses yeux, presque noirs, où dansaient des lucioles, étaient indéchiffrables. « Mado, dit-il, je ne suis pas celui dont il est question sur cet acte de naissance ! »

66

Je l'écoutai malgré moi, avec une fascination croissante, pendant qu'il me racontait son histoire, une histoire si typique de l'île qu'elle me paraissait étrangement familière. C'était son secret après tout, la porte mystérieuse qu'il ne m'avait jamais invitée à passer et qu'il m'ouvrait toute grande maintenant, l'histoire de deux frères.

Nés à mille kilomètres et à un peu moins de deux ans l'un de l'autre, tous deux tenaient de leur mère et se ressemblaient de façon frappante bien qu'ils ne fussent que demi-frères. Pourtant, ils étaient bien différents dans tous les autres domaines. Leur mère, n'ayant jamais eu beaucoup de chance avec ses hommes, en changeait souvent, John et Richard avaient donc connu toute une série de pères.

Mais celui de John était riche. Bien qu'il eût vécu à l'étranger, il avait continué à pourvoir aux besoins du garçon et de sa mère et était resté en relation avec eux, tout en ne venant jamais en personne. Les deux frères en vinrent à voir en lui un personnage bienveillant et mystérieux, quelqu'un à qui ils pourraient s'adresser en cas de besoin.

« C'était une bonne blague ! » dit Flynn. « Je l'ai appris à mes dépens le jour où je suis allé pour la première fois à l'école secondaire ! » On avait envoyé John deux ans plus tôt dans un Grammar School où il étudiait le latin et faisait partie de l'équipe de cricket. Richard, lui, avait été expédié dans l'établissement secondaire du coin, une boîte abominable où les différences, et surtout l'intelligence, étaient dénoncées au grand jour et servaient de prétexte à toutes sortes de brimades ingénieuses et brutales.

« Notre mère ne lui avait jamais parlé de mon existence ! Elle avait peur que, s'il apprenait qu'elle avait connu d'autres hommes, il cessât de lui envoyer de l'argent ! » Le nom de Richard n'avait donc jamais été prononcé et Éléonore s'était employée à faire croire à Brismand que John et elle vivaient seuls.

Flynn poursuivit. « Quand de l'argent arrivait, elle le consacrait toujours au petit chéri : voyages organisés par l'école, uniforme scolaire, équipement de sport. Personne ne donnait d'explications. John avait son livret de Caisse d'épargne. John avait son vélo. Je recevais, moi, les choses dont il ne voulait plus, qu'il avait cassées et celles qu'il était trop bête pour savoir utiliser. Il ne venait à l'idée de personne que j'aurais peut-être aimé avoir quelque chose qui m'appartînt vraiment ! » J'effectuai un rapide retour en arrière vers ce que j'avais vécu, moi, avec Adrienne et, sans même y prêter attention, je fis un signe de tête pour montrer que je le comprenais bien.

À la fin de ses études secondaires, John entra à l'université. Brismand avait accepté de subvenir à ses besoins financiers pendant ses études à condition qu'il choisît de suivre une filière utile pour entrer dans le domaine des affaires. John, hélas, n'avait aucun talent dans le domaine de la gestion ni pour faire des études d'ingénieur et il refusa de faire quelque chose qu'on lui imposait. Pour dire la vérité, John, ayant été si longtemps l'enfant gâté, ne voyait pas pourquoi il devrait travailler. Il abandonna donc, dès la seconde année, ses études universitaires et vécut de ses économies en traînant avec une bande d'individus louches et constamment fauchés.

Éléonore cacha sa conduite aussi longtemps qu'elle le put mais John avait déjà échappé à son influence et se procurait de l'argent de la façon la plus facile, en revendant des radios volées à des automobilistes, des cigarettes de contrebande... tout en se vantant tout le temps, quand il avait bu, de la fortune de son père.

« C'était toujours la même histoire ! Un de ces jours, il aurait un boulot, le vieux lui en obtiendrait un, juste comme ça, il avait bien le temps d'y penser ! J'imagine qu'au fond il espérait que Brismand mourrait avant qu'il n'eût à prendre une décision lui-même. John n'avait jamais su s'accrocher à quoi que ce fût et la pensée de s'installer en France, d'apprendre une nouvelle langue, de quitter les copains et la vie facile... bref ! » Flynn ricana. « Moi, je travaillais depuis assez longtemps comme docker et sur des chantiers de construction... et le rôle de Jean-Claude était là pour qui voulait bien se l'approprier car le petit chéri ne paraissait pas du tout pressé ! »

Cela lui avait donc semblé l'occasion unique. En plus de leur presque parfaite ressemblance, Flynn avait accumulé assez de détails, de documents et d'anecdotes pour passer pour son frère. Il quitta son boulot chez un entrepreneur et rassembla ses quelques sous d'économies pour acheter un billet et rejoindre le Devin.

Au commencement, son plan avait été simplement d'obtenir de Brismand le maximum d'argent liquide avant de disparaître. « Une carte de crédit aurait été un bon début ou un fonds en fidéicommis... Cela n'aurait pas été, après tout, un arrangement anormal entre un père et son fils ! Mais les gens des îles ne sont pas comme ça ! »

Et il avait raison, les îliens n'accordent pas foi à des arrangements bancaires. Ils s'en méfient. Brismand voulait d'abord qu'il accepte des responsabilités. Il voulait de l'aide, au départ, pour les Immortelles, puis pour la Goulue, et enfin pour les Salants. « Ce fut cette histoire des Salants qui le décida », dit Flynn, avec une nuance de regret dans la voix. « J'avais gagné le gros lot, là ! D'abord la plage, puis le village, et enfin l'île entière. J'aurais pu tout avoir ! Brismand était prêt à prendre sa retraite. Il m'aurait abandonné la gestion de la plus grosse partie des affaires. J'aurais eu les mains libres pour faire ce que je voulais. »

« Mais plus maintenant ! »

Il eut un large sourire et effleura ma joue du bout de ses doigts.

« Non, Mado ! Plus maintenant ! »

J'entendais au loin le bruissement des vagues qui, avec la marée montante, léchaient le sable de la Goulue. Plus loin encore, montaient des appels indignés de mouettes dont quelqu'un dérangeait le repos. Mais ces bruits me parvenaient étouffés par la distance et encore plus par les battements de mon cœur. Je faisais un effort pour suivre l'histoire que me racontait Flynn mais, déjà, elle m'échappait. Quelque chose martelait mes tempes, quelque chose me bloquait la gorge et m'empêchait de respirer. Tout paraissait disparaître devant l'énormité d'un seul fait : Flynn n'était pas mon frère.

« Qu'est-ce que c'est qu'ça ? » Je me reculai avant même d'avoir pris conscience de l'avoir entendu. Un tintement sourd résonnait, que l'on entendait à peine pourtant au-dessus du murmure de l'océan.

Flynn me jeta un rapide coup d'œil. « Qu'est-ce que tu as maintenant ? »

« Chut ! » Je mis un doigt à ma bouche. « Écoute ! »

Le bruit se fit de nouveau entendre, à peine un faible bourdonnement dans l'air immobile de la soirée, comme le pouls d'une cloche engloutie battant contre nos tympans.

« Je n'entends rien ! » Il fit un geste d'impatience et voulut passer son bras autour de mes épaules. Je me redressai et le repoussai mais avec plus de violence cette fois.

« Tu ne l'entends pas ? tu ne la reconnais pas ? »

« Je m'en fiche ! »

« Flynn, c'est la Marinette ! »

67

Et l'histoire se termine comme elle a commencé. La cloche, qui d'ailleurs n'était pas la légendaire Marinette mais, tout simplement, celle de l'église de la Houssinière, sonnait le tocsin pour la deuxième fois ce mois-là, et son timbre puissant se faisait entendre à travers les marais. La nuit, l'appel d'une cloche ne provoque pas les mêmes réactions qu'en plein jour. Cet appel-là était urgent, inquiétant. Mon instinct me conseillait de m'y rendre immédiatement. Flynn essaya de m'en empêcher mais je n'étais pas prête à me laisser retenir. Je devinais une catastrophe encore plus grande que la perte de l'*Éléonore II* et, avant que Flynn n'eût compris où je partais, je descendais déjà en courant la dune dans la direction des Salants.

Bien entendu, le village était le seul endroit où il ne pouvait me suivre. Il s'arrêta donc au sommet de la dune et me laissa. Le café d'Angelo était ouvert. Alertés par le tocsin, nombre de consommateurs s'étaient rassemblés devant la porte. J'aperçus parmi eux Omer et Capucine et les Bastonnet.

« C'est l'tocsin ! » marmonna, d'une voix pâteuse, Omer qui avait déjà ingurgité assez de devinnoises pour ne plus réagir avec grande rapidité.

« C'est l'tocsin des Houssins ! »

Aristide secoua la tête. « Dans c'cas-là, cela n'nous r'garde pas, hein ? Si les Houssins ont des emmerd' pour une fois, laissons-les s'débrouiller. C'est pas comme si l'île allait sombrer quand même, n'est-ce pas ? »

« On devrait tout d'même aller voir ! » suggéra Angelo d'un air gêné.

« Quelqu'un pourrait y aller à vélo », dit Omer.

Plusieurs approuvèrent mais personne ne se porta volontaire. Un certain nombre d'explications peu probables quant à la nature de la catastrophe suivirent. Elles allaient d'un autre avertissement à la suite d'une seconde invasion par des méduses jusqu'à la possibilité d'un mini-cyclone de puissance exceptionnelle qui aurait rasé les Immortelles. Cette dernière explication rallia le vote de la majorité des participants car elle leur faisait plaisir ; alors Angelo suggéra une autre tournée.

C'est à ce moment-là qu'Hilaire déboucha au coin du boulevard de l'Océan, en agitant les bras et en criant. Cette conduite-là, elle-même, était déjà assez surprenante car le vétérinaire, dans ses meilleurs jours, n'était pas du tout démonstratif mais c'était encore sans tenir compte de son accoutrement. Dans sa précipitation, il paraissait avoir tout simplement enfilé sa vareuse par-dessus son pyjama et il courait nu-pieds dans de vieilles espadrilles toutes passées. Pour Hilaire, toujours très correctement vêtu, même par les jours de canicule, c'était quelque chose de tout à fait extraordinaire. Il criait quelque chose à propos d'une radio.

Quand il arriva, Angelo lui avait déjà versé un verre qu'Hilaire avala immédiatement, avant toute autre chose puis, avec un plaisir sinistre, il déclara brièvement : « Si ce que je viens d'entendre est vrai, on a tous besoin d'un verre ! »

Il avait écouté la radio. Lui, aimait écouter les émissions d'informations internationales de dix heures avant d'aller se coucher bien que les îliens ne fussent pas d'habitude très curieux de ce qui se passe ailleurs. Le plus souvent, les journaux arrivent en retard au Devin où seul le maire, Pinoz, affirme s'intéresser vraiment à la politique et aux actualités ; mais, dans sa position, bien sûr, on pourrait s'y attendre !

« Eh bien, cette fois-ci, j'ai vraiment entendu quelque chose », dit Hilaire. « Et j'aurais préféré ne pas l'entendre ! »

Aristide hocha la tête d'un air fataliste. « Ce n'est pas une surprise ! » dit-il.

« J'vous l'avais bien dit que c'était une année terrible. Ça devait arriver ! »

« Tu vois toujours les choses en noir, hein ! » grogna Hilaire en tendant la main vers la seconde devinnoise. « Eh bien ! D'après ce que j'viens d'entendre, elles vont devenir bien plus noires encore ! »

Vous avez sûrement lu quelque chose à ce propos dans les journaux : un pétrolier éventré, au large des côtes de Bretagne, vomissait quelques milliers de litres de liquide empoisonné par minute. C'est le genre de désastre qui capte l'imagination du public pendant quelques jours, une semaine au maximum. Les chaînes de télévision vous montrent des images d'oiseaux morts, d'étudiants qui manifestent contre la pollution, de volontaires venus de la grande ville pour satisfaire leur conscience sociale en nettoyant une plage ou deux et le tourisme en souffre pendant un certain temps mais les municipalités du littoral s'activent immédiatement pour dégager les côtes les plus recherchées par les touristes. Pour la pêche, bien sûr, c'est une tout autre histoire, les conséquences durent beaucoup plus longtemps.

Les huîtres sont vulnérables. Le moindre soupçon de pollution peut les détruire complètement.

Pour les crabes et les homards, c'est la même chose. Quant au mulet, c'est pis encore. Aristide se souvient des mulets dont le ventre gonflé de mazout éclatait, en 1945. Nous nous souvenons tous des marées noires des années soixante-dix — beaucoup, beaucoup plus éloignées de nous que celle-ci — qui nous ont obligés à enlever au grattoir d'énormes caillots de goudron noir des rochers de la pointe Griznoz.

Quand Hilaire eut terminé, des gens étaient arrivés chez Angelo porteurs d'autres nouvelles qui confirmaient ou contredisaient ce qu'il nous avait annoncé. Parmi nous, c'était presque la panique. Le pétrolier était à moins de soixante-dix kilomètres — non, plutôt à moins de cinquante kilomètres — et il transportait de l'huile brute pour diesel, le pire scénario que l'on pût imaginer, la nappe d'huile couvrait déjà des kilomètres carrés et continuait à s'étendre malgré tous les efforts pour la contrôler. Quelques-uns décidèrent de se rendre à la Houssinière pour voir Pinoz qui aurait peut-être reçu davantage d'informations. La plupart restèrent pour voir si la télévision pourrait nous fournir plus de détails. On déplia de vieilles cartes marines pour tenter de deviner la direction que prendrait la nappe d'huile.

« Si c'est ici, déclara Hilaire, d'un air lugubre, en indiquant du doigt un point sur la carte d'Aristide, je ne vois pas du tout comment on pourrait y échapper, hé ? C'est la frange du Gulf Stream ! »

« Mais rien ne nous prouve que la nappe ait atteint le Gulf Stream ! » dit Angelo. « Ils vont peut-être la détruire avant. Elle pourrait même nous contourner, passer entre Noirmoutier et nous et ne pas nous toucher du tout ! »

Aristide n'était pas convaincu. « Si elle arrive au Nid' Poule, dit-il, du ton monotone d'un récitant à l'église, elle va s'y enfoncer et nous empoisonner pendant un demi-siècle. »

« Eh bien, tu nous empoisonnes, toi, depuis deux fois plus de temps », fit remarquer Matthias Guénolé. « Et nous avons tous survécu quand même ! »

Des rires nerveux éclatèrent à cette plaisanterie. Angelo servit une autre tournée de devinnoise. Puis quelqu'un au bar réclama le silence et nous rejoignîmes le petit groupe agglutiné autour de la télévision. « Chut ! Taisez-vous ! Ça y est ! »

Certaines informations ne peuvent être entendues que dans le silence. Nous écoutâmes, muets, les yeux écarquillés, comme des enfants, pendant que l'écran nous passait son terrible message. Aristide lui-même s'était tu. Nous étions tous abasourdis, fascinés par l'écran et la petite croix rouge sur la carte qui indiquait l'endroit du naufrage. « À quelle distance ? » demanda Charlotte d'une voix inquiète.

« Très proche », murmura Omer dont le visage était devenu blême.

« Ces sacrés cons du continent ! » s'indigna Aristide. « I'n'savent pas se servir d'une vraie carte ou quoi ? À en croire leur croquis minable, on dirait qu'ça n'est qu'à une vingtaine de kilomètres ! »

« Si la nappe arrive jusqu'ici, alors quoi ? » murmura Charlotte.

Matthias fit semblant de ne pas se laisser abattre. « Eh bien, on trouvera quelqu' chose. On luttera tous ensemble. Ce n'sera pas la première fois ! »

« Non, mais avant, c'était pas comme ça ! » dit Aristide.

Omer marmonna quelque chose dans sa barbe.

« Qu'est-ce que tu dis ? » demanda Matthias.

« Je dis que j'voudrais bien qu'Rouget soit encore là ! »

Nous échangeâmes tous des regards appuyés mais personne ne le contredit.

68

Et, cette nuit-là, avec la devinnoise comme source d'énergie, nous commençâmes à mettre en place notre organisation. On réunit des volontaires qui allaient se relayer devant la télévision et la radio pour nous tenir au courant de toutes les informations concernant la marée noire. Hilaire, qui avait le téléphone, fut nommé notre contact officiel avec le continent. Il se chargea d'être notre agent de liaison avec les gardes-côtes aussi bien qu'avec les services maritimes, de façon que nous puissions être prévenus à temps. Des observateurs furent assignés à se remplacer à leur poste à la Goulue toutes les trois heures. Aristide nous assura, d'un ton de catastrophe, que si nous devions apercevoir quelque chose, cela commencerait précisément à cet endroit-là. La crique devait hâtivement être nettoyée de sa vase et on en fermerait l'entrée avec des blocs de rochers de la Griznoz et ce qui nous restait du ciment utilisé pour le Bouch'ou pour empêcher la marée de l'envahir. « Au moins, si on réussit à protéger l'étier, nous restera-t-il quelque chose quand même ! » dit Matthias. Pour une fois, Aristide fut d'accord et ne protesta pas.

Xavier Bastonnet arriva vers minuit — Ghislain et lui étaient déjà sortis deux fois avec la *Cécilia*. Il nous apprit que la patache des gardes-côtes était toujours au large de la Jetée. Le pétrolier qui avait subi des avaries était en grand danger depuis un certain temps déjà mais les autorités n'avaient averti le public de la situation que depuis ces derniers jours. Les pronostics n'étaient pas optimistes, commenta Xavier. On s'attendait à un vent de sud, disait-il, qui, s'il se maintenait, pousserait la nappe d'huile droit vers nous et, si cela arrivait, un miracle seulement pourrait nous sauver !

Le matin de la fête de Sainte-Marine, notre moral était bien bas. Nos efforts pour protéger l'étier n'avaient pas été vains mais ils n'étaient pas suffisants. Même avec les matériaux qu'il aurait fallu avoir, d'après Matthias, cela nous aurait bien pris une semaine pour l'isoler complètement. À dix heures du matin, on entendit dire dans le village qu'un résidu noir avait été découvert à quelques kilomètres de la Jetée. Nerveux, nous attendions avec appréhension. Les bancs de sable en étaient noirs déjà et, bien que cela n'eût pas encore atteint la plage, cela y arriverait à coup sûr dans les vingt-quatre heures.

Cependant, comme nous le fit remarquer Toinette, il ne s'agissait pas de négliger la sainte, surtout le jour de sa fête et, déjà, le village s'y préparait comme à l'habitude — on repeignit la niche de la statue, on déposa des fleurs et on alluma le brûle-parfum près des ruines de la vieille chapelle.

Même en regardant à la jumelle, la nature précise du résidu noir n'était pas évidente mais Aristide annonça qu'il y en avait une sacrée quantité et qu'avec la marée montante du soir et le vent qui soufflait du sud, la Goulue en serait affectée maintenant à n'importe quel moment. On attendait la prochaine haute mer à dix heures du soir. Dès l'après-midi, des gens du village s'installèrent à la pointe Griznoz avec des offrandes, des fleurs et des images de la sainte. Toinette, Désirée et les plus vieux du village tendaient à s'en remettre à la prière comme ultime solution.

« Elle a bien déjà accompli des miracles », déclara Toinette. « Il y a toujours de l'espoir ! »

La marée noire était visible à l'œil nu depuis la fin de l'après-midi déjà. On en avait aperçu des fragments au creux d'une vague, quelque chose retombait des bancs de sable et flottait bizarrement parmi les ombres des rochers. Il n'y avait encore aucun signe de mazout à la surface de l'eau cependant, pas même une fine couche. Omer affirmait qu'il s'agissait peut-être d'une huile spéciale, d'une huile particulièrement dangereuse, bien pire encore que celle que nous avions eue auparavant et qu'au lieu de flotter à la surface elle se coagulait, sombrait, roulait au fond de la mer où elle empoisonnait tout. C'est que la technologie pouvait accomplir de terribles choses.

Les gens hochaient la tête mais personne n'en était sûr. Cela ne faisait pas partie de notre domaine de connaissances. Au début de la soirée, les racontars à propos de la marée noire s'étaient déjà multipliés. Aristide déclarait que l'on verrait des poissons à deux têtes et des crabes qui nous empoisonneraient, que leur contact même pourrait causer une terrible infection. Les oiseaux deviendraient comme fous, le poids de cette boue noire figée attirerait les bateaux au fond de l'eau. D'ailleurs, il se pouvait bien que ce fût même la marée noire qui nous avait valu l'invasion des méduses. Et pourtant, malgré tout cela — sans doute, peut-être à cause de cela — les Salants, notre village, tint bon.

La marée noire nous avait, au moins, rapporté cela. De nouveau, nous avions un but, une direction. Cet esprit de corps du village — ce noyau dur comme le diamant que nous avions tous en nous et que j'avais reconnu au fil des pages des registres du père Alban —, nous l'avions retrouvé, je le sentais bien. Une fois de plus, on oubliait les vieilles rancunes. Xavier et Mercedes avaient abandonné leur projet de quitter l'île — au moins pour le moment — et s'étaient mis à aider. Philippe Bastonnet, qui attendait le prochain ferry à la Houssinière, était revenu aux Salants avec Gabi, Laetitia, le bébé et Pétrole, le chien, et, malgré les protestations de plus en plus faibles d'Aristide, il était bien décidé à rester et à nous aider. Désirée leur avait trouvé de la place dans leur maison et, cette fois, Aristide n'y avait pas fait d'objections.

Comme le soir tombait et que la marée montait, d'autres personnes commencèrent à s'assembler à la Griznoz. Le père Alban était occupé à la

Houssinière où une messe exceptionnelle était célébrée à l'église mais les deux vieilles religieuses étaient là, toujours aussi alertes et actives. On alluma des braseros. Des lanternes rouges, orange et jaunes illuminèrent le pied des ruines de la chapelle et les habitants du village, si attendrissants dans leurs costumes de l'île et leurs robes des dimanches, s'alignèrent devant Sainte-Marine-de-la-Mer pour prier à haute voix et implorer la mer.

Les Bastonnet étaient là, y compris Philippe et Laetitia, les Guénolé et les Prossage, Capucine avec Lolo et Mercedes aussi, qui tenait un peu timidement la main de Xavier et gardait l'autre posée sur son estomac. Toinette, de sa voix chevrotante, chanta *La Santa Marina*. Désirée, debout entre Philippe et Gabi, aux pieds de la sainte, était rose de plaisir comme à un mariage. « Même si la sainte décide de ne rien faire, déclara-t-elle d'un air de parfaite sérénité, cela vaut le coup d'avoir tout simplement mes enfants autour de moi ! »

Je restai à l'écart de la foule, au sommet de la dune. J'écoutai, en repensant à la fête de l'année précédente. La nuit était calme. Les criquets chantaient à tue-tête dans les creux tapissés d'herbe encore toute tiède de la chaleur de l'après-midi. Le sable était frais sous mes pieds. J'entendais la marée monter et les vagues lécher la plage avec un chuintement léger. Dans sa solitude de pierre, sainte Marine contemplait les villageois à ses pieds et, à la lueur des flammes, ses traits s'animaient. Un à un, les habitants du village s'approchèrent de l'eau et je les observai.

Mercedes fut la première à y jeter une poignée de pétales de fleurs. « Sainte Marine ! Protégez mon bébé. Bénissez mes parents et protégez-les. »

« Santa Marina ! Protégez ma fille. Faites qu'elle soit heureuse avec son jeune homme et qu'elle vive assez près de nous pour qu'elle puisse venir nous voir de temps en temps. »

« Marine de la Mer. Protégez les Salants et notre rivage. »

« Protégez mon mari et mes fils ! »

« Protégez mon père ! »

« Protégez ma femme ! »

Je pris peu à peu conscience que quelque chose d'extraordinaire était en train de se passer. À la lumière des flammes, les Salannais s'étaient donné la main et avaient formé une chaîne. Omer avait son bras autour des épaules de Charlotte. Ghislain et Xavier se tenaient bras dessus, bras dessous, Capucine et Lolo, Aristide et Philippe, Damien et Alain formaient d'autres maillons de cette chaîne humaine. Malgré leurs soucis, ils souriaient. Au lieu des têtes basses et des visages maussades de l'année dernière, je voyais des têtes altières et des regards pleins d'étincelles. Les foulards ne couvraient plus la tête des femmes dont les cheveux tombaient sur les épaules. Les flammes seules n'étaient pas responsables de la transfiguration de ces visages, c'était bien autre chose. Leurs silhouettes dansaient à la lueur des feux pendant qu'elles jetaient à la mer des poignées de pétales de fleurs, des rubans et des sachets d'herbe parfumée. Toinette recommença à chanter. Cette fois, d'autres mêlèrent leur voix à la sienne et peu à peu toutes ces voix se fondirent en une seule, le chœur des Salants s'était mis à chanter.

En y prêtant l'oreille, je pouvais presque y discerner la voix de GrosJean et celle de ma mère et de PetitJean. J'eus soudain envie de me joindre à cette foule qui chantait, de sortir de l'ombre pour courir vers leur lumière et d'offrir ma prière à la sainte, moi aussi. Mais c'est de la dune, à voix très basse, presque à moi-même, que je murmurai...

« Mado ? » Il sait se déplacer sans le moindre bruit quand il le veut. Un vrai îlien — s'il y a un îlien derrière tous ses masques. Je me retournai brusquement et mon cœur fit un bond dans ma poitrine.

« Bon Dieu, Flynn, mais qu'est-ce que tu fais ici ? » Il était debout, à mes côtés, sur le sentier qui venait de la dune, invisible pour les gens qui assistaient à la petite cérémonie. Il portait sa vareuse sombre et aurait complètement échappé à ma vue sans le fil de soie que la lune posait sur sa chevelure.

« Où étais-tu ? » demandai-je d'une voix sifflante en jetant un coup d'œil inquiet vers les villageois mais, avant qu'il n'eût pu me répondre, une clameur s'éleva de la pointe Griznoz et, une ou deux secondes plus tard, des gémissements venant de la Goulue lui firent écho.

« La marée noire ! Ah, elle est là ! »

Le chant mourut à la petite chapelle. Il y eut un instant de confusion. Certains coururent jusqu'au bout de la pointe mais il n'y avait pas grand-chose à voir à la pâle lumière des lanternes. Pourtant, quelque chose roulait à la crête des vagues, une masse noire flottait juste sous la surface mais personne ne pouvait exactement dire ce qu'elle était. Alain saisit une lanterne et commença à courir.

Ghislain en fit autant. En quelques minutes, une ligne de lanternes et de lampes électriques dégringolait la dune vers la Goulue et la marée noire.

Flynn et moi étions isolés parmi toute cette agitation. La foule passait tout près de nous ; les gens criaient, posaient des questions, balançaient les lanternes à bout de bras mais personne ne sembla vraiment nous remarquer. Chacun voulait arriver le premier à la Goulue. Certains prirent des râteaux et des filets en passant par le village comme s'ils avaient voulu immédiatement commencer l'opération de nettoyage.

« Mais qu'est-ce qui se passe ? » demandai-je à Flynn pendant que la foule nous entraînait maintenant dans son sillage.

Il secoua la tête. « Viens voir ! »

Du blockhaus, nous avions toujours une bonne vue. Au-dessous de nous, la Goulue grouillait de gens avec des lanternes. Je les voyais debout dans l'eau peu profonde, on eût dit qu'ils pêchaient, de nuit, à la senne. Autour d'eux, on apercevait des formes sombres, des dizaines et des dizaines, qui roulaient dans les vagues, à moitié immergées. De loin, j'entendis des voix s'élever et des rires, oui, des rires, j'en étais sûre. À la lumière des lampes, ces formes sombres n'étaient pas assez distinctes pour être identifiées mais, à un moment, je crus apercevoir quelque chose de régulier, trop géométrique pour être naturel.

« Regarde bien ! » me conseilla Flynn.

Les voix, au-dessous de nous, étaient devenues encore plus fortes, des gens s'étaient assemblés au bord de l'eau, d'autres y étaient entrés jusqu'aux aisselles. Les lumières glissaient sur l'eau. D'où nous étions, les bas-fonds s'étaient colorés d'un vert blafard étrange.

« Continue à bien regarder ! » répéta Flynn.

À coup sûr, je ne m'y trompais pas. C'étaient de vrais rires maintenant qui montaient de la Goulue. « Mais, qu'est-ce qui se passe enfin ? » demandai-je. « Est-ce la marée noire ? »

« En un sens, oui ! »

Je voyais Omer et Alain maintenant rouler des masses noires qu'ils sortaient du flot montant. D'autres se mirent à les aider. Ce qu'ils sortaient était de forme régulière et d'environ un mètre de diamètre. À cette distance-là, j'aurais pu jurer qu'il s'agissait de pneus d'automobiles.

« C'est précisément ce que c'est ! » dit Flynn à voix basse. « C'est le Bouch'ou ! »

« Quoi ? » Ce fut comme si l'on m'avait coupée en deux. « Le Bouch'ou ! »

Il fit oui de la tête. Son visage maintenant était illuminé par la lueur qui montait de la plage.

« C'était la seule chose à faire, Mado ! »

« Mais enfin, pourquoi ? Après tout ce travail qu'on avait fait et... »

« Dans l'immédiat, l'important est d'empêcher la nappe de mazout de dériver vers la Goulue. Si on se débarrasse du récif artificiel, les courants changeront. De cette façon, si la marée noire atteint le Devin, elle passera peut-être à côté des Salants sans les toucher. Au moins, comme cela, le village a-t-il une chance ! »

Il était sorti à marée basse et avait coupé les câbles d'acier avec des pinces spéciales et libéré les modules. Cela avait été le travail d'une demi-heure. La mer avait fait le reste.

« Es-tu sûr que cela réussira ? » demandai-je enfin. « Sommes-nous à l'abri maintenant ? »

Il haussa les épaules et répondit : « Je ne sais pas ! »

« Tu ne sais pas ? »

« Ah ! Mado. À quoi t'attendais-tu ? » Il semblait exaspéré maintenant. « Je ne peux pas te donner la lune ! » Il secoua la tête. « Vous pourrez au moins vous défendre maintenant. Le village n'est plus condamné à mourir ! »

« Et Brismand, qu'est-ce qu'il fera ? » demandai-je d'un ton morne.

« Il est bien trop occupé par ses problèmes, à son bout de l'île, pour faire attention à ce qui se passe ici ! La dernière fois que je l'ai vu, il se creusait la tête pour essayer de trouver une façon de déplacer un brise-lames d'une centaine de tonnes en vingt-quatre heures ! » Il se mit à sourire. « On dirait que GrosJean avait eu la bonne idée à propos de ça, après tout ! »

Tout d'abord, je ne compris pas ce qu'il venait de dire. J'avais été tellement préoccupée par la marée noire que j'en avais vraiment oublié les projets de Brismand. Soudain, une joie féroce m'inonda. « Si Brismand détruisait son système de défense contre la mer, tout pourrait être évité ! » dis-je. « Les marées reviendraient à leurs mouvements d'autrefois ! »

Flynn se mit à rire. « De petits barbecues sur la plage. Trois estivants dans une chambre d'amis. Trois francs par personne pour aller voir la statue de la sainte. On se remettrait à compter sou par sou. Pas d'argent, pas de développement, pas d'avenir, pas de fortune à faire, rien, quoi ! »

Je secouai la tête avant de répliquer : « Tu as tort, il y aurait encore le village ! »

Il se mit à rire de nouveau, d'un rire délirant.

« Tu as raison, il y aurait les Salants ! »

69

Je sais très bien qu'il ne peut pas rester ici, aux Salants, et que ce serait complètement idiot de ma part de m'y attendre. Il serait pris au piège dans la toile de mensonges et de tromperies qu'il avait tissée. Trop de gens maintenant le détestaient. Il était d'ailleurs, au fond, un type du continent. Il rêvait de la grande ville et de ses lumières. Même s'il voulait vraiment rester ici, je ne voyais pas comment il le pourrait. Quant à moi, je ne veux pas partir, je ressemble à mon père, j'ai du sang d'îlienne dans les veines. Mon père était amoureux d'Éléonore et pourtant il n'a pas quitté l'île pour elle. L'île trouve le moyen de garder jalousement les siens. Cette fois-ci, c'est la marée noire. La nappe de mazout n'est qu'à dix kilomètres d'ici, du côté de Noirmoutier. Personne ne sait encore si elle nous touchera ou si elle passera à côté — pas même le garde-côte. Déjà la côte vendéenne en est souillée, la télévision nous révèle en couleurs criardes et en images de mauvaise qualité ce que l'avenir pourrait bien nous réserver. Personne, bien sûr, ne peut prédire avec exactitude ce qui nous arrivera. Logiquement, la nappe devrait suivre le Gulf Stream mais elle n'en est qu'à quelques kilomètres maintenant et n'importe quoi est possible.

Noirmoutier sera presque certainement touché. Quant à l'île d'Yeu, ce n'est pas sûr. Les courants violents qui nous en séparent se disputent la responsabilité. L'une des îles — une seule peut-être — sera sur le passage de la marée noire. Les Salants n'ont pas perdu tout espoir et nous luttons avec plus de courage que jamais. La crique est protégée maintenant et le vivier est bien rempli. Aristide, que sa jambe de bois empêche de se livrer à des travaux trop exigeants, reste collé à la télévision à la recherche d'informations, de chaîne en chaîne, pendant que Philippe aide Xavier. Charlotte et Mercedes donnent un coup de main chez Angelo pour fournir de la nourriture aux volontaires. Omer, les Guénolé et les Bastonnet passent presque tout leur temps aux Immortelles. Brismand a accepté l'aide de tous ceux — Houssins, aussi bien que Salannais — qui étaient prêts à l'aider à détruire le brise-lames des Immortelles. Il a aussi modifié son testament en faveur de Marin. Damien, Lolo, Hilaire, Angelo et Capucine travaillent à dégager la Goulue des vieux pneus de voiture que nous avons l'intention de réutiliser pour construire des barrages de protection contre le mazout, s'il finit par atteindre nos plages, et nous avons déjà accumulé des stocks de produits chimiques pour le nettoyage éventuel. Flynn s'est chargé personnellement de l'opération.

Non, pour le moment, il n'est pas encore parti. Certains le traitent encore avec froideur mais les Guénolé et les Prossage lui ont de nouveau ouvert les bras malgré tout et hier seulement Aristide a fait une partie d'échecs avec lui. Alors, tout n'est pas perdu ! Ce n'est sûrement pas le moment de perdre son temps en reproches. D'ailleurs, il est aussi dur au travail que n'importe lequel d'entre nous — peut-être plus, même — et, en ce moment, au Devin, c'est la chose qui compte. Je ne sais pas pourquoi il reste ici. Pourtant, cela me rassure étrangement de le voir tous les jours, à sa place, à la Goulue, explorant du bout de son bâton les objets rejetés par la mer, poussant jusqu'au sommet de la dune des quantités et des quantités de pneus de voiture pour la prochaine tâche.

Son caractère n'a pas tout à fait perdu ses épines — sans doute ne les perdra-t-il jamais — mais il semble adouci, calmé, réhabilité, presque l'un de nous. J'ai même commencé à l'aimer — un petit peu, un tout petit peu.

Parfois, je me réveille et je regarde le ciel par la fenêtre. La nuit n'est jamais très noire en cette saison. Parfois, sans faire de bruit, nous sortons, Flynn et moi, contempler la Goulue. La mer semble s'allumer de cette étrange phosphorescence qui colore en vert glauque la Côte de Jade. Nous restons assis sur la dune où poussent tamaris et œillets sauvages et les queues-de-lièvre s'étirent et courbent la tête sous le pinceau des étoiles. À l'horizon, ce sont les lumières du continent, une bouée lumineuse à l'ouest et, au sud, le clin d'œil régulier de la balise. Flynn aime dormir sur la plage, il aime entendre le petit bruit des insectes au-dessus de lui et écouter les mille secrets que l'oyat chuchote à la brise. Et quelquefois, nous restons là toute la nuit.

ÉPILOGUE

L'hiver est là maintenant. La marée noire ne nous a toujours pas touchés. L'île d'Yeu a été en partie atteinte. Fromentine a été dévasté et Noirmoutier a énormément souffert. La nappe continue à se déplacer vers le nord, le long de la côte, elle y envahit les bas-fonds, se divisant pour suivre les chenaux et s'accrochant aux promontoires. Il est toujours trop tôt pour être sûr de ce qui se passera ici mais Aristide est optimiste. Toinette, qui a consulté la sainte, assure avoir eu des visions. Mercedes et Xavier se sont installés dans la petite chaumière dans les dunes, à la grande joie d'Aristide qui ne l'a pourtant pas exprimée. Omer a gagné tant de fois à la belote que c'en est incroyable. Je suis certaine d'avoir vu un sourire sur le visage de Charlotte Prossage. Je n'irais pas jusqu'à affirmer que notre chance ait vraiment tourné mais quelque chose d'autre est revenu au Devin : une sorte de détermination. Personne ne peut jamais empêcher la mer de monter, du moins pas pour bien longtemps. Tout revient mais le Devin tient bon. Malgré inondations, sécheresse, année terrible ou marée noire, il tient bon et s'il tient bon, c'est grâce à nous, les Devinnois : les Bastonnet, les Guénolé, les Prasteau et les Prossage, les Brismand et même peut-être, plus récemment, grâce à nous, les Flynn. Non, rien ne peut plus maintenant nous abattre. Il vaudrait mieux cracher en l'air que d'essayer.

REMERCIEMENTS

No book is an island.

Aucun livre n'est jamais créé dans un isolement total. Je voudrais donc exprimer ma reconnaissance à tous ceux sans qui celui-ci n'aurait jamais pu être écrit.

Mes plus sincères remerciements à mon agent, Sérafina la Guerrière, à Jennifer Luithlen, Laura Grandi, Howard Morhaim et à tous les autres qui ont négocié, cajolé, menacé et ont permis à ce roman d'arriver à bon port.

Ma reconnaissance à mon excellente éditrice, Francesca Liversidge ; à ma publiciste dévouée, Louise Page ; à tous ceux de La Table Ronde, Quai Voltaire, à mes parents, à Lawrence, mon frère, à Kevin, mon mari, à ma fille, Anouchka, qui, le plus souvent, a été pour moi un havre de paix, à mes correspondants, ces champions de la glisse électronique : Curt, Emma, Simon, Jules, Charles et Mary qui m'ont permis de ne pas errer trop loin du reste du monde, à Christopher qui est toujours au poste pour répondre à mes S.O.S., à Stevie, Paul et David pour le thé à la menthe, les crêpes et leurs suggestions utiles.

Merci encore à tous ces agents de vente et à ces libraires qui ont tant travaillé pour faire, sur leurs rayons, de la place pour mes livres.

Et enfin, merci à tous les Salannais. Un jour peut-être finiront-ils par me pardonner...

Prologue 9

Première partie. Flot et jusant 17
Deuxième partie. Marée montante 187
Troisième partie. De crête en creux,
au fil des vagues 337
Quatrième partie. Le marchand de sable
est revenu 415

Épilogue 533

DU MÊME AUTEUR

Aux Éditions Quai Voltaire

CHOCOLAT, roman, 2000.
VIN DE BOHÈME, roman, 2001 (Folio n° 3751).
LES CINQ QUARTIERS DE L'ORANGE, roman, 2002 (Folio n° 4005).
VOLEURS DE PLAGE, roman, 2003 (Folio n° 4169).
L'ÉTÉ DES SALTIMBANQUES, roman, 2004.

Aux Éditions Flammarion

DORS PETITE SŒUR, roman, 1999.

Composition Nord Compo.
Impression Société Nouvelle Firmin-Didot
à Mesnil-sur-l'Estrée, le 20 février 2005.
Dépôt légal : février 2005.
Numéro d'imprimeur : 72589

ISBN 2-07-031500-2

129052